本书为
教育部人文社会科学青年基金项目《中国古文理论的"终结"——林纾古文理论研究》（11YJC751119）
福建省社会科学规划项目《林纾文学批评理论研究》（FJ2016B279）
成果

张胜璋 著

闽江丛书

林纾古文论综论

Study on Lin Shu's Theory of Ancient Prose

厦门大学出版社 国家一级出版社
XIAMEN UNIVERSITY PRESS 全国百佳图书出版单位

图书在版编目(CIP)数据

林纾古文论综论/张胜璋著. —厦门:厦门大学出版社,2018.5
ISBN 978-7-5615-6383-0

Ⅰ.①林… Ⅱ.①张… Ⅲ.①中国文学-古典文学-文学理论 Ⅳ.①I206.2

中国版本图书馆 CIP 数据核字(2016)第 313597 号

出版人	郑文礼
责任编辑	王鹭鹏
封面设计	夏　林
技术编辑	朱　楷

出版发行	厦门大学出版社
社　　址	厦门市软件园二期望海路 39 号
邮政编码	361008
总 编 办	0592-2182177　0592-2181406(传真)
营销中心	0592-2184458　0592-2181465
网　　址	http://www.xmupress.com
邮　　箱	xmup@xmupress.com
印　　刷	厦门集大印刷厂

开本　720 mm×1 000 mm　1/16
印张　14.25
插页　2
字数　256 千字
版次　2018 年 5 月第 1 版
印次　2018 年 5 月第 1 次印刷
定价　50.00 元

本书如有印装质量问题请直接寄承印厂调换

厦门大学出版社
微信二维码

厦门大学出版社
微博二维码

序

  胜璋是我在林纾研究过程中结识的青年学者。我们两人从年龄上看属于地地道道的两代人,并且分别生活在祖国的南方和北方,但在求学和治学方面却有一些相似之处:我们在各自的研究生阶段求学时读的都是中国现代文学专业,我们都由于对五四时期的新旧思潮之争感兴趣而涉足林纾研究,我们一旦涉足林纾研究就都不管困难有多大胜算有多少而抱着自己选定的题目认认真真地做下去。胜璋身上有着闽人浓厚的尊师敬长传统,她在林纾研究过程中每有新的想法或收获都会用电子邮件及时地和我沟通并交流,而我也愿意向她贡献自己的浅见。正因为这样,当胜璋请我给她的这部专著写序并且情辞恳切地说明她的博士生导师汪文顶教授(也是我的友人)由于近期行政工作繁忙而无力审阅她的这部书稿时,我便感到有些难以推却了。我深知给他人的著作写序并不是一件容易的事,林纾在论及古文序跋文体时就曾说过"书序最难工",因为"人不能奄有众长",而求序者却"各有专家之学"。因此,写序者不仅"宜平时窥涉博览,运以精思",而且对于"求序之书,尤必加以详阅",只有这样方"能得其精处,出数语中其要害"(胜璋书中亦论及此)。我和胜璋虽然都一直在从事林纾研究,但胜璋关注的这个课题却不是我的长项。因此,我不可能写出林纾所期许的那种书序来,我只能在这里简单地谈谈我阅读胜璋书稿后的一些感想。

  胜璋的这部专著研究的是林纾的古文理论,对于这一课题,胜璋前前后后寝馈已有十年之久。2005年到2009年她在福建师大读博士期间,就在汪文顶、姚春树两位业师的指导下对这一课题展开了奠基性的研究。2011年她又以此课题成功申报教育部人文社会科学研究青年基金项目,获得福建省教育厅颁发的"2012年福建省高校科研杰出青年"称号。这个课题是她在博士论文基础上对同一课题进行的扩展性、提高性研究,于2015年结项,负责鉴定的五位专家都对该课题的结项成果给予了较高评价。我自己阅读后也深感胜璋的这部书稿有着多方面的学术建树,堪称近年来整个林纾研究界的一项重要收获。

  胜璋此书最重要的学术建树,我以为是在林纾研究史上首次为林纾的古文理论研究搭建了一个涵盖全面、体系自成的研究框架。所谓涵盖全面,是说对林纾古文理论的研究突破了以往人们仅仅着眼于对《春觉斋论文》一书进行研究的狭小格局,而将林纾的《韩柳文研究法》《文微》《左孟庄骚精华录》《庄子浅说》《左传撷华》《中学国文读本》《〈古文辞类纂〉选本》《林氏选评名家文集》等与古文理论相关的编著尽收眼底。的确,林纾《春觉斋论文》以外的涉及古文理论的编著基本上都属于评点或编选之列,但众所周知,编选需要眼光,评点更需要识度,因此,编选和评点原本就是中国传统文人治学的一种基本路数,更何况林纾是个认真的人、勤苦的人,他多达一千五六百篇的选文几乎篇篇都有评语,其中该有多少吉光片羽式的论述可供我们采撷啊!从本书论述中我们可以看到,由于作者视野开阔,所掌握的资料丰硕,因此她对有关论点的论述就显得理据充沛,颇具说服力;所谓体系自成,是说胜璋在自己的研究中既以《春觉斋论文》为基础,又博采林纾其他编著中的观点,对林纾古文理论的全部内容及其内在结构、相互关系进行了认真梳理和整合,形成从渊源论到功用论、文体论、艺术论、批评论、拓展论(实际上应是文论史上的地位和价值论)这样一个研究体系。应该说,这个研究体系揭示的正是林纾古文理论内在的基本构成和体系,因而也是对林纾作为中国最后一位古文理论家的基本面目和成就的呈现。有了这样一个呈现,林纾作为近代学养颇深的学者型文人的定位,应该得到世人的公认。

  任何人治学,骨子里都有一种创新的冲动,谁愿意只撷拾陈言或者只嚼别人嚼过的馍呢?胜璋也是这样。研究林纾的古文理论,对她来说是"专业不对口",困难就相当大。如前所述,胜璋所学的专业和我一样都是现代文学,而林纾的古文理论著述,从文字形态、基本内涵、知识宽度来看,却与古代的散文理论著述毫无二致。正因为这样,当胜璋刚开始接手这个课题时,我曾担心她能顺利地读完并读懂林纾的全部相关著述吗?现在来看,胜璋一定是下了极大功夫,她不仅读完并读懂了林纾的这些著述,而且在对林纾的古文理论及其具体观点进行评价时提出一些带有创意的见解。胜璋认为"林纾是中国古文理论的集大成者与终结者",而这句话更为具体的含义则是"林纾古文论不只于对桐城派的继承与综合,而在于更高意义上对其的拓展与超越"。为了说明这一点,胜璋还特意引述海德格尔和恩格斯的有关论述,对"终结"一词的哲学意涵做出如下解释:"从哲学的角度理解,一个事件或阶段的完结往往是另一个新的事件与崭新阶段的开始,'终结'除了有'总结'、'完结'、'了结'的意思外,更带有'埋葬'、'颠覆'、'更生'的意蕴。"应该说,这确实是一个非常重要的并且带有独到创意的新见解。书中的新见解当然不只于这一条,例如她认为:林纾能在中西文学的比较中"借助外来文化之光镀亮中国传统古文中某些长期被埋没的特质";林纾选评古文不仅从年代上超越了桐城派过分注重唐宋两代的局限,"选文的体裁也有意突破藩篱";林纾的文体分类观"体现出文学由古典向现代发展的过渡期特征";林纾以意境论文"补救了王国维意境说忽视古文之不足";林纾对考据派虽然颇有微词,"但他也常引用王念孙、俞樾等人的训注"等,这对我们从新的角度研究和评价林纾的古文理论都具有一定启示意义。

作为青年学者,胜璋拥有一般青年学者勇于进取的锐气,因此她敢于承担"林纾古文理论研究"这样比较繁难的项目,但她的书稿却绝无时下某些青年学者喜卖弄,擅炫耀,尚空谈的浮滑之气。她重资料,重考据,所有的论述都努力做到既论从己出又言而有据。她用语平实,注重基本概念以及用语的通用性和准确性,从不堆砌、稗贩那些并不适合中国传统文论研究的所谓新名词、新术语。她从不做故示高深的玄虚之论,而是老老实实地依照林纾古文理论的内部结构,从渊源论到文体论、艺术论、批评论、拓展论一步一步地写下去。文风平妥扎实,实事求是,这是非常值得肯定的。

　　此书是胜璋的首部专著,因此它也不可避免地会留下她在专著撰写道路上初试锋芒的嫩稚和不足。比如,概述中涉及功用论(或称内容论),但写到最后却没有了。或者因为林纾在论及古文的功用时过多地使用"载道"一词让胜璋觉得没有多少阐释空间而主动放弃,这就不得而知了。但我以为"道"的内涵与时俱进,只要联系林纾对社会、国家、民族命运和前途的诸多论述进行阐发,对这一部分不难生发出一些有价值的论述。再如,胜璋认为近代的所谓"新学"对林纾的古文理论是有影响的,但书中的相关论述却比较粗糙。正因为这样,我觉得这部专著仍然有着一定的提高空间。就此而言,这部专著的出版,不应该是胜璋对林纾古文理论研究的终点,而应该是胜璋对林纾古文理论继续进行深入研究的新的起点。

　　中国古代有"生男弄璋、生女弄瓦"之说,胜璋既然取名"胜璋",说明她父母从生下她一开始就希望她能和男子一样事业有成。从胜璋现在的表现来看,她已经实现了她父母的期望。但学无止境,业亦无止境,因此,我相信胜璋在今后的教学和科研之路上一定会不断努力,不断取得新的成绩和收获。

张俊才
二〇一六年十一月
于河北师大寓所知止斋

目　录

第一章	绪论	001
第二章	林纾古文论的学术渊源	022
第一节	林纾早年学养	024
第二节	林纾与桐城派	035
第三节	林纾文论的取法	042
第四节	林纾文论的新学影响	056
第三章	林纾古文文体论	066
第一节	林纾古文文体论的取源	067
第二节	林纾的文体观	078
第四章	林纾古文艺术论	095
第一节	林纾论古文的意境	096
第二节	林纾论古文的审美形态	107
第三节	林纾论古文的审美追求	119
第五章	林纾古文批评论	133
第一节	林纾古文选评概况	133
第二节	林纾的韩柳文研究	139
第三节	林纾的《庄子》研究	158

第六章　林纾古文论的拓展研究 …………………………… 173
第一节　林纾与中国现代文学……………………………… 174
第二节　堂吉诃德：是宿命，也是荣耀！ ………………… 188

附　录　林纾古文理论作品概貌 …………………………… 197

参考文献 ……………………………………………………… 207

后　记 ………………………………………………………… 218

第一章 绪 论

林纾(1852—1924),福建闽县(今福州)人。原名群玉,字琴南,号畏庐,别署冷红生,晚称蠡叟、六桥补柳翁、践卓翁、春觉斋主人等。林纾是近代著名翻译家和古文家,兼为小说家、画家、诗人、教育家、文论家,他的小说翻译、诗文创作、古文理论与文学活动都对时代与文学产生深刻影响,在中国近现代文学史上拥有举足轻重的地位与价值。由于篇幅及能力所限,本书仅关注林纾的古文理论。

第一节 研究综述

清末民初是风云变幻的大时代,也是中国文学发生变革的重要时期。钱基博的《现代中国文学史》将当时的文学分为两编介绍,上编分魏晋文、骈文、散文论"古文学";下编分新民体、逻辑文、白话文论"新文学"。"散文"部分开篇即称"民国更元,文章多途,特以俪体缛藻,儒林不贵,而魏晋、唐宋,骈骋文囿,以争雄长。大抵崇魏晋者,称太炎为大师;而取唐宋,则推林纾为宗盟云"①。1901年,林纾由杭州入京,始遇桐城大佬吴汝纶,"余治古文三十年,恒严闭不以示人,光绪中桐城吴挚甫先生至京师,始见吾文,称曰'是抑遏掩蔽,能伏其光气者'"②,遂与桐城诸人交好。马其昶为林纾《韩柳文研究法》作序称"今之治古文者稀矣,畏庐先生最推为老宿"③;姚永概认为后世文章皆涂饰

---

① 钱基博.现代中国文学史[M].上海:上海古籍出版社,2011:128.
② 林纾.赠马通伯先生序[M]//畏庐续集(民国丛书第四编 94).上海:上海书店,1992:25.本文凡引自于《畏庐文集》《畏庐续集》《畏庐三集》者,皆出于此书(民国丛书第四编 94),后只注书名及篇名。
③ 马其昶.韩柳文研究法·序[C]//林纾.韩柳文研究法.上海:商务印书馆,1915:序 1.

藻采之作,丧失"性情之真",而畏庐"取法韩、柳,而其真不可掩阙"①。马其昶、姚永概诸人皆为桐城嫡系传人,世人公认的古文大家,他们对林纾的评述虽有惺惺相惜之嫌,但颇能切中要点。

19世纪末20世纪初,"林译小说"风靡全国,林纾广为新旧读者接纳,被认为是用"古文"译书,其古文创作与理论研究都倍受推崇。这一期间,人们对他的评价多与翻译小说相关,如"林琴南先生,今世小说界之泰斗也。问何以崇拜者众?则以遣词缀句,胎息史汉,其笔墨古朴顽艳,足占文学界一席而无愧色"②。胡适认为林纾与严复都是用"古文译书",他充分肯定林纾的翻译小说因文言因素的运用而具备的独有魅力:

> 林纾译小仲马的《茶花女》,用古文叙事写情,也可以算是一种尝试。自有古文以来,从不曾有这样长篇的叙事写情的文章。《茶花女》的成绩,遂替古文开辟一个新殖民地。③

不过,当时也有论者意识到林纾的翻译所擅用的应是"古文之笔致":

> 近人论小说,多推尚林琴南,其实林琴南所擅长者,特其古文之笔致耳,于小说并无特著之成功,其结构描写,胥为原著之所有,林氏不能专美也,唯其以朴茂之文笔,写旖旎之情事,能婉转流丽,斯为难得之事,虽在白话文之作者,亦将推崇之也。④

认为林译小说之所以成功,关键在于翻译的语言载体具有艺术张力——"特其古文之笔致""朴茂之文笔",这种提法当然要比简单地认为林纾"用古文译书"更切近肯綮。

钱基博在《现代中国文学史》中并举以章太炎为代表的魏晋派和以林纾为代表的唐宋派。这两个古文学内部的派别在清末民初颇有纷争,章太炎对林纾评价不高,他在《与人论文书》中贬斥后者:

> 并世所见,王闿运能尽雅;其次,吴汝纶以下,有桐城马其昶为能尽俗。下流所仰,乃在严复、林纾之徒,复辞虽饬,气体比于制举,若将所谓曳行作姿者也。纾视复又弥下,辞无涓选,精采杂污,而更浸润唐人小说之风。夫欲物其体势,视若蔽尘,笑若龋齿,行若曲肩,自以为妍,而只益其丑也。与蒲松龄相次,自饰其辞,而只敬之曰:此真司马迁、班固之言!

---

① 姚永概.畏庐续集·序[C]//林纾.畏庐续集.上海:上海书店,1992:序1.
② 觉我.余之小说观[J].小说林,1908(10):9-10.
③ 胡适.五十年来中国之文学[M]//胡适文存:二集.合肥:黄山书社,1996:197.
④ 沈苏约.小说杂谈[J].新月,1926,2(4):29.

若然者,既不能雅,又不能俗,则复不得比于吴蜀六士矣。①

当然,章太炎对林纾的偏见有门户相争、文人相轻之嫌。林纾的同乡及好友——陈衍也曾称林纾古文"不免空疏",钱锺书在《石语》中还提到陈衍说过:"琴南最恼人家恭维他的翻译和画。我送他一副寿联,称赞他的画,碰了他的一个钉子。康长素送他一首诗,捧他的翻译,也惹得他发脾气。"康有为为林纾赋诗云:

> 译才并世数严林,百部虞初救世心。
> 喜剩灵光经历劫,谁伤正则日行吟。
> 唐人顽艳多哀感,欧俗风流所入深。
> 多谢郑虔三绝笔,草堂风雨日披寻。

此诗原是恭维林纾,却引得他不满。作为传统文人,林纾最着意的是"古文",翻译、绘画只是副业而已,他一生倾力于古文创作、研究与传播的事业,翻译工作自然深受影响,研究林纾的翻译文学往往不得不推及他的古文。

"五四"新文化运动期间,林纾为桐城护法,成为反对新文化的急先锋,备受争议。1917年《新青年》第1号发表钱玄同与陈独秀的"通信文",其中贬损桐城派及林纾译笔:

> 至于当世,所谓桐城巨子,能作散文,选学名家,能作骈文,做诗填词,必用陈套语,所造之句,不外如胡君所举旅美某君所填之词。此等文人,自命典赡古雅,鄙夷戏曲小说,以为猥俗不登大雅之堂者。自仆观之公等所撰皆高等八股耳(此尚是客气话,据实言之,直当云变形之八股),文学云乎哉(又如某氏与人对译欧西小说,专用《聊斋志异》文笔,一面又欲引韩柳以自重,此其价值,又在桐城派之下,然世固以大文豪目之矣)。②

《新青年》扮演"双簧戏"的目的是批判林纾及其翻译文学,林纾的反击导致双方混战,他成为众矢之的。曾有一段时间,《每周评论》几乎成为批判林纾的专刊。林纾遭时人诟病的另一个污点,1913—1922年,他前后十一次谒拜光绪陵墓,此种不合时宜的行动在事实上使他成为封建遗老的典型。

1923年,胡适的《五十年来中国之文学》发表于《申报》五十周年纪念特刊,此文不再纠缠于"痛打落水狗"或重述林纾与五四新文学阵营的种种纷争,大概是深知那番事件中,新青年们自身亦存在过激的言辞与行为。胡适选择

---

① 章太炎.与人论文书[M]//章太炎全集四:太炎文录初稿.上海:上海人民出版社,1986:169.

② 钱玄同.通信(致陈独秀)[J].新青年,1917.1(3):6-7.

有限度地肯定林纾的文学成就,如白话诗、翻译作品,也提及其古文创作并对古文的兴衰命运做整体评价:

> 这一度的古文中兴,只可算是痨病将死的人的"回光返照",仍旧救不了古文的衰亡。这一段古文末运史,是这五十年的一个很明显的趋势。
>
> 古文不长于写情,林纾居然用古文译了《茶花女》与《迦茵小传》等书。古文的应用,自司马迁以来,从没有这种大的成绩。但这种成绩终归于失败,这实在不是林纾一般人的错处,乃是古文本身的毛病。①

1924年10月9日,林纾于北京寓所辞世。林纾研究的权威学者张俊才在《顽固非尽守旧也——晚年林纾的困惑与坚守》一书中以"一个复杂的存在"形容晚年的林纾:

> 一个曾经大量译介西方文学并以此播下新文学种子的人为什么在五四时代要挺身而出与新文学阵营对垒?一个明知卫护传统文学将斥为"守旧"的人为什么要以殉道的精神"力延古文之一线"?一个明知卫护孔孟儒学将会被斥为"陈腐"的人为什么决心要"拼却残年极力卫道"?一个推崇"立宪政体"的人为什么在革命到来后却决计认同"共和"?一个认同了"共和"的人为什么在民国治下又宣称要以"大清举人"终其身?一个在大清王朝从未入仕的布衣之士为什么在清朝灭亡后要屡屡拜谒先皇光绪的陵墓?②

林纾晚年种种矛盾行为导致人们难以客观全面地对他进行评介。林纾逝世后,《国闻周报》登载了一则消息:

> 古文家兼画家林琴南,于十月九日早二时病故京寓。林于六月间得滞邪之症,初由中医诊治,日渐沉重……琴南名纾,号畏庐,光绪壬午举人。其对人言,三十以后,即弃制举之学,肆力治古文。中岁曾译《巴黎茶花女遗事》,自署冷红生,名重一时,是书为林译小说第一种。其后来居京师,以卖文为生,每日恒译小说三千五百言,十余年,非疾病未尝间断,其所译小说凡一百五十三种。六十以后,则兼卖画,购者多喜其题跋。林所著书,有《畏庐文集》《续集》《三集》及《畏庐诗存》《琐记》《漫录》各书。此外,尚著传奇三种,曰《天妃庙》《合浦珠》《蜀鹃啼》,小说亦著数种,近日尚

---

① 胡适.五十年来中国之文学[M]//胡适文存:二集.合肥:黄山书社,1996:183.
② 张俊才,王勇.顽固非尽守旧也:晚年林纾的困惑与坚守[M].太原:山西人民出版社,2012:4.

见刊行者有《京华碧血录》及《金陵秋》二书。①

首句将林纾定位为"古文家兼画家",这是盖棺定论,后文除叙述病情外主要肯定了林纾的翻译作品与小说创作。《清华周刊》1924 年第 322 期登《国情述要:林琴南九日逝世》一文,称林纾为"我国小说大家兼画家"。郑振铎亦在《小说月报》发表《林琴南先生》一文。郑振铎是现代文学著名作家、文学史家和知名学者,其岳父高梦旦曾任上海商务印书馆国文部长、编译所所长、出版社社长等职,是林纾的同乡兼至交。大概因为这一层关系,郑振铎在林纾逝后首先呼吁给予他公平客观的评价:"林琴南先生逝世,便是使我们失去公允的认识他、评论他的一个机会。现在,他的顽固的言论已不能再使我们听见了,我们所有的是他三十余年努力的成绩,'盖棺定论',我们现在可以公正地评判他了。"郑振铎认为林纾是"令人佩服的清介之学者",他在近代文坛上的地位主要取决于他的翻译工作,其古文"自称是坚守桐城派的义法的,但桐城派的古文,本来不见得高明;我们现在不必再去论他"②。胡适在《晨报》(六周年增刊,1924 年 12 月)发表《林琴南先生的白话诗》一文,选登林纾三十年前旧作《闽中新乐府》诗集中的部分诗歌作品,评曰:

  林先生的新乐府不仅可以表示他的文学观念的变迁,并且可以使我们知道,五六年前的反动领袖在三十年前也曾做过社会改革的事业,我们这一辈的少年人只认得守旧的林琴南,而不知道当日的维新党林琴南;只听得林琴南老年反对白话文学,而不知道林琴南壮年时曾做很通俗的白话诗——这算不得公平的舆论。③

胡适与郑振铎的观点代表当时文化界对林纾的最终评判以及时人的普遍认识。同时期的文学史著作,如范烟桥的《中国小说史》,陈子展的《中国近代文学之变迁》及《最近三十年中国文学史》,对林纾的评述也不出以上范围。

20 世纪 30 年代,寒光的论著《林琴南》重构了光明的林纾形象,但亦重于对林纾的翻译文学、诗与画的评介。论著的总结部分有一句意味深长的话:"中国的旧文学当以林氏为终点,新文学当以林氏为起点。"④这句话后来反复为林纾研究者们所引用和改造,以证明林纾的翻译文学对中国新文学现代化的推动作用。笔者认为,把寒光所谓"中国的旧文学当以林氏为终点"理解为

---

① 林纾逝世[J].国闻周报,1924,1(12):6.
② 郑振铎.林琴南先生[J].小说月报,1924,15(11):24-35.
③ 胡适.林琴南先生的白话诗[J].晨报六周年增刊,1924-12-1:268.
④ 寒光.林琴南[M].上海:中华书局,1935:220.

"林纾对于旧文学(主要是古文)的整理与研究上所做的努力为中国的旧文学作了一个终结"也未尝不可。寒光的《林琴南》一书出版后,毕树棠在《人间世》上发表书评,提倡要从时代历史的角度来评价林纾的成就,他认为林纾是古文最后的保护者,"林氏一生的文章事业只在古文与翻译,而二者又互相为用,造出林氏的特殊地位"①,但大多数的评论者往往因林纾翻译小说的影响力才洄溯到他的"古文"。从20世纪初开始,林纾以"力延古文于一线"为安身立命之本,有计划地进行古文理论的研究、梳理、讲授、传播工作,成果斐然。只是,在新文学狂飙突进并取得绝对胜利的20世纪二三十年代,这一切并不值得一提。

此后也有一些零星的文章论及林纾的古文成就,与龄在1934年11月20日《人间世》上发表《林琴南传略》一文,评林纾"文章耀海内",认为林纾论古文"以文气、文境、文词为三大要,三者之中,特重文境"②。这些关于林纾古文论研究的评价虽然只是只言片语,难成规模,但毕竟关注到林纾作为古文家的价值地位及其文论的主要特色。"五四"之后,许多现代作家都曾谈及林纾对自己的影响。在林纾研究中,这些资料往往被用以证明林纾对于中国文学现代转型的重要作用。笔者认为,林纾对于现代作家与现代文学的影响是复杂的,不应止于"林译小说"。

苏雪林称林纾为自己"最初的国文导师",在她看来,时人下笔为文几乎都要受到林纾几分影响,革命先烈林觉民的《与妻书》以及岑春萱的《遗蜀父老书》,其笔调都逼肖林译。她还提醒人们不妨关注那些在近现代史上以反面角色出现的个性倔强的人们,将林纾与辜鸿铭、王国维并举以说明他的文化价值观:

> 我们不大读古书的人,不大受死鬼的影响,所以对于旧文化还没有什么眷念不舍之意。至于像林琴南这类终日在故纸堆里讨生活的人,自然不能和我们相提并论。他把尊君思想当作旧文化的象征,不顾举世的讥嘲讪笑,抱着这五千年僵尸同入墟墓,那情绪的凄凉悲壮,我觉得很值得我们同情的。辜鸿铭说他之忠于清室,乃忠于中国之政教,即忠于中国的文明——见林语堂先生的《辜鸿铭》——王国维先生之跳昆明湖也是一样。如其说他殉清,不如说他殉中国旧文化。③

---

① 毕树棠.人间世[C]//朱传誉编.林琴南传记资料.台北:天一出版社,1981:1.
② 与龄.林琴南传略[C]//朱传誉编.林琴南传记资料.台北:天一出版社,1981:6.
③ 苏雪林.林琴南先生[M]//苏雪林散文.杭州:浙江文艺出版社,2001:175.

中华人民共和国成立以前,对林纾的古文论研究真正取得理论成果的当数钱基博与周振甫。前者在《现代中国文学史》中充分肯定林纾在古文坛上的地位,"当清之季,士大夫言文章者,必以纾为师法"①,论及林纾评点《史记》《左传》《汉书》和韩柳文的重要特色,简述其文体学研究的主要观点。钱基博似乎颇为赏识林纾在译西书中绳以古文义法的方式和在小说序跋中对中西小说相通的比较。钱基博是近现代著名的国学大师,其治学率直真诚,不为亲者讳,敢于说真话,他对林纾古文成就的评述比较客观公允,常为后人引据。周振甫的《林纾的文章论》发表于1946年4月《国文月刊》42期(时题名"林琴南的文论"),称中国自古以来,用古文译长篇小说的要以林纾为第一人,同时认为:

  琴南对于古代的文章,寝馈既深,很能窥见文心的秘奥,再加以翻译欧美小说,颇能触发文心,故他的文章论,很有独标新解,不依附前人的。倘使他不去做无谓的争辩,只就他在抉发文心这方面的成绩看,那他于并世学者,亦未肯稍让的。②

周振甫将林纾与王国维相对比,认为二者的意境说均以写真景物、真感情为核心,有相似处,但林纾讲意境而求载道,就又回到合道的老路上去了。周振甫以"真情"论林纾古文理论,虽然只是论及林纾古文艺术论中的部分内容,然颇能抓住林纾文论的内在精魂。林纾晚年入室弟子朱羲胄编纂《林畏庐先生学行谱四种》,对林纾一生的品性学行进行概括并提供大量文献资料,对后来者的研究工作极有助益。林纾的《文微》一书也由其弟子整理出版,黄侃对此书评价甚高,谓"彦和(刘勰)以后,非无谈文之专书,而统纪不明,伦类不析,求如是书之笼圈条贯者,盖已稀矣"③。但也有不同意见,钱锺书《石语》说陈衍认为此书多荒谬之言,曾"嘱其弟子毁书劈板,毋贻琴南声名之玷。其弟子未能从也"④。

中华人民共和国成立后的前三十年是林纾研究的沉寂期。20世纪五六十年代,由于国家意识形态的影响,在对"五四"历史的回顾中,都对复古守旧势力的典型代表——林纾采取激烈批判的态度。特别是在文学史的书写中,

---

① 钱基博.现代中国文学史[M].上海:上海古籍出版社,2011:126.
② 周振甫.林纾的文章论[M]// 古代文论二十三讲.重庆:重庆大学出版社,2010:207.
③ 朱羲胄.春觉斋著述记(第2卷)[M].上海:上海书店,1992:6.
④ 钱锺书.写在人生边上[M].北京:三联书店,2002:475.

林纾和他坚守的古文是被彻底否定的对象：
>文学革命浪潮的汹涌澎湃，使封建复古主义者深深地感到它的威力，以林纾为代表的"卫道者"们，纷纷出动向新文学发动进攻。林纾希望靠军阀的屠刀来镇压新文学运动，无效，又竭力为古文辩护，攻击新文化运动"复孔孟、铲伦常"。①

>林纾也公然声称要"拼我残年极力卫道"，他用古文做的两篇小说——《荆生》和《妖梦》就露骨地表示了封建复古主义者想借军阀力量来压制革命的企图，成为封建文化的最忠实的维护者……林纾作为封建阶级的代言人，站在封建阶级的立场上，竭力为旧礼教、旧文化辩护，暴露出他一付"遗老"的反动面目……《致蔡鹤卿太史书》……这篇文章语无伦次，只是力竭词穷地为腐死了的古文招魂而已。②

不过也出现一些颇有见地的研究成果，如钱锺书的《林纾的翻译》、阿英的《关于〈巴黎茶花女遗事〉》及孔立编写的《林纾和"林译小说"》，对林纾的翻译文学与历史贡献进行了重点评价。阿英主编的《晚清文学丛钞·小说戏曲研究卷》和舒芜等人编选的《中国近代文论选》中收录了不少林纾为翻译小说撰写的序跋作品，彰显了他在近代文论领域的贡献与地位。郭绍虞、罗根泽主编的《中国古典文学理论批评专著选辑》收录林纾最重要的文论集《春觉斋论文》③。特别值得一提的是钱锺书发表于1964年的文章《林纾的翻译》④，此文对林纾用古文译书的问题进行详尽解释：

>"古文"有两方面。一方面就是林纾在《黑奴吁天录·例言》《撒克逊劫后英雄略·序》《块肉余生述·序》里所谓"义法"，指"开场""伏脉""接笋""结穴""开阖"等等——一句话，叙述和描写的技巧。从这一点说，白话作品完全可能具备"古文家义法"……不过，"古文"还有一个方面——语言。只要看林纾信奉的"桐城派"祖师方苞的教诫，我们就知道"古文"运用语言时受多少清规戒律的束缚。它不但排除了白话，也勾销了大部分的文言："古文中忌语录中语、魏晋六朝人藻丽俳语、汉赋中板重字法、

---

① 华东师范大学中文系现代文学教研组函授教学小组.中国现代文学史简编[M].上海：华东师范大学，1961：7.
② 中山大学中文系.中国现代文学史[M].广州：中山大学出版社，1961：53.
③ 此书与刘大櫆《论文偶记》和吴德旋《初月楼古文绪论》合为一本，北京商务出版社1959年出版。
④ 本文发表于1964年《文学研究集刊》第1册，后收入1979年出版的《旧文四篇》及1985年出版的《七缀集》，重刊于1985年《中国翻译》。

诗歌中隽语、南北史佻巧语。"后来的桐城派作者更扩大范围,陆续把"注疏""尺牍""诗话"的腔吻和语言都添列为违禁品。受了这种步步逼近的限制,古文家战战兢兢地循规蹈矩,以求保卫语言的纯洁……从这方面看,林纾译书的文体不是"古文",至少就不是他自己所谓"古文"。①

因此,钱锺书认为对"林纾用古文译书"的"古文"的正确理解应该是:

> 林纾译书所用文体是他心目中认为较通俗、较随便、富于弹性的文言。它虽然保留若干"古文"成分,但比"古文"自由得多,在词汇和句法上,规矩不严密,收容量很宽大。②

总体来说,中华人民共和国成立后的三十年,对林纾无论或正或否的评论都值得珍惜,因为数量实是有限。

不过,这三十年中,港台地区的林纾研究无疑得到更广阔自然的发展。台湾地区影印出版过林纾的《庄子浅说》《左传撷华》《林纾选评船山史论》等文论作品。1981年,台湾天一出版社出版《林琴南传记资料》一书,收录林纾传记资料52篇,绝大部分摘于1949年以后港台地区发行的文章,这些资料涉及林纾的生平掌故、品性学行、文学翻译、诗书画等诸多方面,主要观点是尊其真,叹其忠,对林纾"五四"期间所为表示宽容与理解,在文学方面还是首推其翻译成就。评介林纾的古文事业虽谈不上全面系统,也缺乏学术深度,还是给笔者不小启发。邵祖恭的《林纾》一文除了叹赏林纾文言译笔的高深淳厚外,更进一步说"世所震惊于纾的,乃在他的翻译小说;其实,纾之基本的志业,还是在古文——翻译不过是他古文的运用"③,可谓真知林纾也!刘绮言提到林纾诗书画兼胜,"纾论画常间参文法论画法,如其论文,间参画法论文法,又如其作诗,间参画法入诗法,是以诗书画三者已贯通矣"④,这是一个新颖的研究视角。

在传统文化研究的大背景下,港台地区出现林纾研究新成果,20世纪80年代后期出现一批关于林纾古文研究的专论,如王琼馨的《林琴南古文研究》、林淑云的《林琴南先生的文章学》、吕立德的《林琴南古文理论研究》。以上诸人对林纾古文论所进行的研究不乏新颖与别致处,在作品分析与观念解读方面体现出具体细腻的共同特点。但缺点也很明显,对林纾古文论的思考耽于对原著的逐条分析,缺乏高屋建瓴的概括。再如,古文艺术论原应是林纾古文

---

① ② 钱锺书.林纾的翻译(续)[J].中国翻译.1985(12):2.
③ 邵祖恭.林纾[C]//朱传誉编.林琴南传记资料.台北:天一出版社,1981:28.
④ 刘绮言.林纾事略[C]//朱传誉编.林琴南传记资料.台北:天一出版社,1981:72.

论极富特色的一部分,却被埋没于创作技法中,难以凸显其独特魅力与价值。港台地区的林纾古文论研究也有客观条件的制约,如吕立德所述:"林琴南之古文著作丰富,其理论粲然可观者,不仅止于《畏庐论文》等著作,尚有《林氏选评名家文集》共十五册十六种,对古文作家作品之选评,颇有参考价值。然其中多星散于大陆,虽极力搜罗,仍力有不逮,殊属遗憾,此亦为本论文研究上之局限。"①他未收集到的林纾论著何止这些,这足以说明,林纾的文论研究有继续挖掘与开拓的空间。

从20世纪70年代末开始,大陆的传统文学研究复兴,林纾研究渐受关注。1982年,福建人民出版社出版薛绥之、张俊才编《林纾研究资料》,为后继的林纾研究提供了大量可靠的学术资源。新时期初始,学术界首先关注林纾的生平及历史问题。在各种版本的文学史中,重估林纾的文学史地位主要依据其翻译文学的成就,如任访秋的《中国近代文学史》、徐鹏绪的《中国近代文学史纲》、王运熙的《中国文学批评史新编》,虽然他们都在书中将林纾列单节讲评,但都只关注林纾的翻译文学或小说理论研究。即使在"近代散文"这个范畴下,文学史也极少列单节评介林纾的散文,大多把他视为后期桐城派的一员。庆幸的是,新时期以来,几位林纾研究专家在林纾古文论研究上均取得不菲成就。

曾宪辉著有《林纾》一书,其论林纾的古文创作与理论:"林纾的文论体系:其一,崇尚《左传》《史记》《汉书》及韩、柳、欧、曾之文;其二,讲意境,守义法;其三,以阳刚阴柔分析文章风格。"曾宪辉认为林纾文论的特点是"取法乎上""学古而能变化";反对摹拟剽袭;"将义法的应用范围拓展到向为桐城文家所鄙视的小说";"厌恶考据之学";"较之姚鼐,林氏更看重意境"②。

林薇著有《百年沉浮——林纾研究综述》一书,其中有《精析源流、洞瞩利病——林纾文论管窥》一节,对于此前资料,取其主要几家进行评述。另外,她在《林纾选集·文诗词卷·前言》中,于林纾古文论有颇为精到之论述,特别关注林纾对散文美感特征的重视。

张俊才当之无愧为当代林纾研究专家,他在80年代初就发表《林纾的古文理论述评》《林琴南古文的阴柔美》等研究论文,与薛绥之合编《林纾研究资料》一书。20世纪90年代初,张俊才独撰出版《林纾评传》,此书于2007年再

---

① 吕立德.林琴南古文理论研究[D].台北:台湾师范大学,1989:7.
② 曾宪辉.林纾文论浅说[J].福建师范大学学报,1985(3):62-68. 曾宪辉.林纾论文的"取法乎上"——畏庐文论摭论[J].福建师范大学学报,1992(2):67-73.

版。对比张俊才三十载的林纾古文理论研究,发现不少有意思的问题。早年张俊才认为林纾古文在内容与思想上无创新之处,这是末代桐城派古文弊端丛生、更加朽败的标志。对于林纾在古文艺术理论上的探讨和总结,张俊才承认其有可借鉴之处,最后归纳为"林纾似可称为桐城派古文艺术的一个集大成者"①。2007年,《林纾评传》再版,张俊才表示"对一些带有当年时代印痕的词语,一律改过",更注重从文化视野、文化立场、文化策略上来理解林纾其人其事其文。其中《古文殿军》一章是新时期以来林纾古文论研究最有深度、最具权威的论述,其论"林纾的古文理论既是传统古文也是桐城派古文理论的终结""就《春觉斋论文》而言,林纾的古文理论大体上是由内容论、写作论和艺术论这三位一体的框架构成的""他对传统的古文艺术理论进行了全面的探讨和总结,内容丰富,体系完整,其中许多见解至今仍有值得借鉴之处。在这一点上,林纾不愧为传统古文艺术理论的集大成者"②。张俊才的论述虽然未能涉及林纾的大部分论著,但昭示了林纾古文研究的价值与前景,对于鼓励与启示后来者具有非同寻常的意义:"作为传统的古文理论的终结,《春觉斋论文》以及林纾的其他有关论述,无论它的优点和缺点都自有其值得研究的价值……是不应该被漠视的。"③2012年,张俊才出版新著《顽固非尽守旧也——晚年林纾的困惑与坚守》,重评五四新旧思潮之争,阐述晚年林纾的政治绝望、文化忧思、文学焦虑,复原"晚年林纾,一个复杂的存在",此书可谓近几年来林纾研究标志性的理论专著。

  林纾的文集得到影印出版,1979年北京文津出版社出版《畏庐论文、文集、续集》,1985年北京中国书店影印出版《林琴南文集》。林纾的诗文、小品选集出现多种版本,如李家骥等整理《林纾诗文选》(1993年);林薇选编《畏庐小品》(1998年);吴俊标注《林琴南书话》(1999年);许桂亭选注《铁笔金针:林纾文选》(2002年);王洪军注释《畏庐琐记》(2013年);龚任界编《林纾书画集》(2014年)等等。林纾的文论著作影印或点校再版:《林纾选评〈古文辞类纂〉》(1986年)、《林纾笔记及选评两种》(2012年)、《韩柳文研究法》(2014年)等。2008年,福建文史馆的内部交流资料《林纾研究资料选编》收录林纾研究资料200余篇,对新世纪的林纾研究颇有助益。

  林纾研究的期刊论文成果这几年来亦呈逐年递增的趋势。以"林纾"为关键词进行搜索,结果简要概括如下:

---

① 张俊才.林纾古文理论述评[J].江淮论坛,1984(3):86-93.
②③ 张俊才.林纾评传[M].北京:中华书局,2007:196-209.

一,在林纾研究论文中,其翻译研究论文占据大比例,古文研究论文在总量上相对逊色。中国知网·中国学术期刊网络出版总库显示1089条结果(1958—2016.4),其中2000年后为840篇,以"翻译"为主题词进行"在结果中检索"显示530条结果,即60%以上的作品主涉林纾翻译。中国知网·中国优秀硕士学位论文全文数据库(2000年始)显示277条结果,其中250篇左右主涉翻译问题,以林纾古文或古文理论为主要研究对象的作品共有8篇。中国知网·中国博士学位论文全文数据库(2003年始)显示45条结果,其中38篇主涉翻译与小说问题,以林纾古文或古文理论为主要研究对象的作品1篇。

二,林纾研究论文在数量上呈逐年增长的良好趋势,特别是以林纾古文事业作为观照视角的论文数近几年增长迅速,这意味着此一领域的学术价值与研究潜力为越来越多的学人所关注。这些论文主要涉及林纾的古文理论、古文评点、古文教育实践、文化思想以及与"五四"之关联等等。过去学界为林纾翻案,重释他在新旧文学转型中的积极作用,重审其文学史地位的主要依据是林纾的翻译文学,即"林译小说"对中国文学现代转型具有重要的推动作用,这一点已成为学界共识。近几年对林纾古文事业探讨的成果不断涌现,形成新的趋势——作为古文家、文论家的林纾应该在中国文学史占有一席之地。这也是近年来林纾研究最大的增长点和亮点,略归纳如下:

其一,林纾古文创作研究。何天杰认为小说笔法被林纾不自觉地运用到散文创作中,"林纾《章君墓志铭》细述一场科举案的始末等等,都是绘声绘色、近于小说类的散文作品",认为这也是桐城派文家的共同特点:"桐城文家对小说笔法的吸收运用,不仅极大地增强散文作品的文学意味,而且也对现代散文家的创作起到某种示范作用。"①刘素萍的《林纾古文研究》分类(论辩文、传状文、碑志文、记体文)论述林纾古文创作的特点,认为林纾古文体式短小精悍,选材上以普通人、家常事为主,表现方式上以抒发情感、以情动人为主,文风阴柔婉媚;马肖娜的《忠恳之诚 抑遏掩蔽——论林纾古文创作》探讨了林纾古文的艺术特征及嬗变;也有文章从林纾古文与"林译小说"的关联论其"小说笔法"等等。此类研究总体上似乎还处于起步阶段,论文篇数不多,其深广度依然有待拓展。

其二,林纾的古文理论研究。研究者以林纾古文理论作为主体探讨林纾在建构古文理论方面的独特贡献,如《林纾〈春觉斋论文〉古文理论探要》《林纾〈文微〉探要》等,有的则从文章写作学的角度探讨林纾的古文论,如论林纾的

---

① 何天杰.论桐城派在散文史的地位[J].首都师范大学学报,1997(4):78-86.

修辞观论、《春觉斋论文》与当代散文写作的教学等。笔者近年来陆续发表系列论文探讨林纾古文艺术论,如《林纾论古文意境》《林纾论古文的审美形态》《林纾论古文的审美欣赏》等文章。陈平原《古文传授的现代命运——教育史上的林纾》从林纾被北大解职的事件说起,重读大量历史资料,讨论林纾与京师大学堂及北京大学的历史渊源、个人恩怨及冲突的历史必然性,借此凸显现代中国文化、思想及教育的艰难转型。陈平原的《古典散文的现代阐释》一文指出,经过西洋文学洗礼的林纾,其"古文义法"已不太纯正,其在《春觉斋论文》中讲求"筋脉""风趣"更是与其译述西洋小说的经验大有关系。

其三,基于林纾文论细读的理论研究。如杨新平《林纾〈古文辞类纂选本〉及其文章学思想》,张少成《读林纾之柳宗元〈剑门铭〉研究》,张思齐《林纾的〈左传〉文学研究与历史意识》,郭丹《林纾的楚辞读本与楚辞批评》,陈安民《试论林纾和嵇文甫的船山史论选评——兼谈时代与史学批评之关系》,《林纾论欧阳修散文》,《林纾〈庄子〉研究》等等,通过对文本的细读探讨林纾的文论思想及其特色价值。

其四,基于史料梳理的价值重审。如陈平原《林纾与北大的离合悲欢》,夏晓虹《一场未曾发生的文白论争——林纾一则晚年佚文的发现与释读》,赵海峰《文化选择与自身身份的坚守——林纾晚年的坚守与矛盾》等,侧重于从史料出发,通过梳理与重塑释清历史误读,重新确认林纾在文学变革时代的历史贡献,特别关注到林纾作为"古文家"而非翻译家的文学史地位与价值。值得一提的是,苏建新多年来坚持为林纾研究撰写年度述评。

总的来说,新时期以后林纾的古文论研究得到持续发展,只是相对于层出不穷的关于其生平逸事、思想人格、流派归属、翻译创作研究的传记、文章、专著,还是稍显逊色。不过,从这几年的发展趋势看,虽然此类成果数量上不占优势,但已然引起学界关注,对林纾古文论开展更为深广的系统性研究是林纾研究的必然趋势。

第二节　本书的主要内容、价值、创新点与难点

古文研读伴随林纾一生，晚年的他曾为挽救古文行将没落的命运不遗余力。林纾视古文为安身立命的事业，而人们多关注他的小说翻译，林纾希望青年人读了他的小说译作进而关注古文，而读着"林译小说"成长的青年人却走向西方世界，走向新文学，站在他的对立面。林纾醉心于传承古文，虽然含有对旧世界、旧秩序、旧伦理的留恋，但何尝不是对变革文学和改革社会的向往呢！"五四"新文化运动对传统文学的割裂为现代文学留下诸多遗憾，这个问题已引起后人的深刻反思。今日，我们是不是也应该重新审视林纾的古文事业与成就？

林纾的古文论，从本书涉及的几部分内容看，确实取得不同凡俗的成就。林纾的文体研究既承继《文心雕龙》文体论的范畴与架构，又结合魏晋后文体的发展，对文体论基本范畴进行综合、梳理、辨析与更新。可以说，他的文体研究超越吴讷的《文章辨体》与徐师曾的《文体明辨》，甚至姚鼐的《古文辞类纂》，是对《文心雕龙》文论传统的直接继承，当之无愧为《文心雕龙》后中国古典文体论的佼佼者。林纾的古文艺术论内容丰富、体系完整，与王国维的境界论各有千秋。王国维的境界论主要借助对中西方文艺理论的融会贯通，林纾的意境论却是建立于中国传统文学审美理论的总结与更新的基础之上。王国维以"境界"为至境，林纾则以"意境"为母体。"意境"在他的古文艺术论体系中具有本原意义与生发功能，"情韵""气势""风趣""神味""筋脉""声调"就是"意境"这个母体上滋生的不同艺术境界，它们是"意境"的具体表现形式和审美追求，它们是林纾"意境"理论的丰富内涵，它们的存在使得林纾的意境理论不再只是一个空疏的框架，不再只是单就一个概念的解释或综合，而是对古文审美艺术各个层面的诠释。林纾对"意境"的探讨包括意境的内涵、意境的构成、意境的创造、意境的欣赏等有机成分，它使原来零散的意境理论结合各部分紧密连接的理论系统，这是林纾对于中国古典艺术理论的贡献。

林纾的古文论以丰硕的文论成果为坚实基础，其文论作品数量之多、质量之精，是其他桐城文家或同时代的文学研究者所无法比拟的。林纾是非常勤勉的作家，拥有丰富的古文创作经验与教学经验。他的文学理论有细致丰富的论述，而非漫谈随感式的语录，形成了一套完整的理论体系。林纾评点左、孟、庄、骚，评点名家文集，评点清文、元明文、宋文、唐文、六朝文、秦汉三国文，

洋洋洒洒数十万文字,让人叹为观止。所以,林纾的古文理论是对包括桐城派在内的中国古文理论的集成与终结,在这个论断的基础上,其价值才得以凸显。林纾的批评论内容丰富,有评点论、作家论、文学史论等等,其中庄子研究、韩柳文研究、史传研究都极有特色。

　　林纾的古文理论具有比较完善的体系,之所以说它"完善"或"完整",因为它几乎涵盖中国古典文论各个层面:功用论、文体论、艺术论、技法论、批评论(作家论、作品论、文学史论、作家修养论),且对所有的问题都有具体阐述。一般来说,体系的完整性体现于它所属辖的全部思想观点中,任何个别的、少数的思想观点,都构不成理论体系。比如孔子的文学见解虽然包含远见卓识,但只能称其为理论观点,而算不上理论体系。相反,我们常说刘勰的理论自成体系,刘勰在《序志》中对《文心雕龙》的体系中做了说明,分"文之枢纽""论文叙笔""剖情析采","崇替于《时序》,褒贬于《才略》,怊怅于《知音》,耿介于《程器》",把全书分成本体论、文体论、创作论、文学史论、鉴赏论、作家论、作家品德论等七个部分。桐城大家如方苞、姚鼐、曾国藩的古文理论大多散见于其古文作品或点评本中,多半是只言片语的真知灼见,或是阅读随感式的抄录,未形成体系性理论著作。姚鼐被认为是桐城文派的集大成者,曾国藩推崇他"固当为百年正宗",还把他作为唯一的桐城派代表列为中国有史以来的三十二位"圣哲"之一。姚鼐的文学理论,最有特色的是"神理气味、格律声色"之说,对中后期的桐城派影响深远,后人阐述的文章非常之多。然而追本溯源,研究者实际上依据的主要是姚鼐在《古文辞类纂·序目》中的数段论述,他本人并未展开具体内容的讨论,后人全凭姚鼐在其他文章中的零星言论进行补充阐述。林纾论古文以意境为根本,这同戴名世类似,不过戴氏只是蜻蜓点水,偶尔涉及,也未留下专门论著。林纾在《春觉斋论文·应知八则》中对古文艺术进行细致探讨,涉及意境、识度、气势、声调、筋脉、风趣、情韵、神味等八大范畴,意境是"文之母",是作家主观情感与外在客观景物浑然一体的状态在文章中的艺术呈现;"识度"是创作者文学涵养、艺术气质、人生阅历的综合体现,它是"造境"的内在因素,是一切古文审美风格的创造性前提;"神味""风趣""情韵"是古文艺术的审美追求;"气势""声调""筋脉"是古文艺术的表现形式。单就"意境"而言,林纾就超越桐城诸家,成为中国古典意境理论的集大成者,有力地推动了古文理论的深化与系统化。桐城派后期的几部理论著作,如刘大櫆的《论文偶记》、吴德旋的《初月楼古文绪论》、姚永朴的《文学研究法》,都不同程度地被冠以"总结"的名号,我们不妨将它们与林纾的《春觉斋论文》稍作比较。

刘大櫆的《论文偶记》是桐城文论的经典之作，颇为后人推崇，有人称之"精邃透澈，直可与宋李耆卿《文章精义》、元陈伯敷《文说》等著并驱传世"①。《论文偶记》共分三十一则，每则少至一句，多至十数句，其中内容最完整的一部分是"文贵"法则（十二条），"文贵奇，文贵高，文贵大，文贵远，文贵简，文贵疏，文贵变，文贵瘦，文贵华，文贵参差，文贵去陈言，文贵品藻"，这是对桐城派文章鉴赏法与创作经验的总结。刘大櫆对于每一条法则都稍加解释并征引前人言论，点到为止，没有具体论述。《论文偶记》还涉及"神""气""音节"等古文审美论的专有概念，这是刘大櫆古文理论的精粹之处，不过它们大多是只言片语。吴德旋的《初月楼绪论》共设六十则，每则亦是三言两语，内容丰富但缺乏系统性，类似读书随感。中国古代文论在逻辑上不如西方文论严密，大都是感悟式和浓缩式的语录文。曹丕《典论·论文》以"雅、理、实、丽"四个字分别概括"奏议、书论、铭诔、诗赋"四科八类文体的艺术特质。刘勰论文体多一言以蔽之："章表奏议，则准的乎典雅；赋颂歌诗，则羽仪乎清丽；符檄书移，则楷式于明断；史论序注，则师范于核要；箴铭碑诔，则体制于弘深；连珠七辞，则从事于巧丽。"②古代文论家使用这些浓缩精妙的语言，其优点是能直入主题、一针见血、入木三分，深入传神地把握对象的艺术精髓；其缺点在于，精粹深奥的思想和高度浓缩的语言往往让初学者望而生畏、不知所措。再如姚永朴《文学研究法》，有学者认为它是"桐城派文章理论的总结"③。姚永朴是姚鼐世交姚范之五世孙，桐城派嫡系传人、末代名家，于桐城派文章理论有整合之功，其《文学研究法》共四卷二十五篇，内容较有体系性，涉及古代文章学的本体论、文体论、创作论、风格论等诸多内容。《文学研究法》一书体例上有意模仿《文心雕龙》，其卷首有张玮之序，论及姚氏写作该书："其发凡起例，仿之《文心雕龙》。"④姚永朴以《文心雕龙》为参照，力图突破桐城派的藩篱，此书在内容上多征引方苞、刘大櫆、姚鼐、姚范以及曾国藩等人的评文之语，对桐城文论的总结之功要胜于创新，有人甚至讥之为桐城派的名言锦集。

笔者认为林纾的《春觉斋论文》在体例上与《文心雕龙》亦有关联。此书由《述旨》《流别论》《应知八则》《论文十六忌》《用笔八则》《用字四法》六个部分组

---

① 李瑶.论文偶记·附录·李序[C]//刘大櫆.论文偶记.北京：人民文学出版社，1998：15.
② 刘勰.文心雕龙[C]//周振甫.《文心雕龙》今译.北京：中华书局，1986：280.
③ 慈波.《文学研究法》：桐城派文章理论的总结[J].江淮论坛，2007(5)：156-159.
④ 张玮.文学研究法·序[C]//姚永朴.文学研究法.上海：商务印书馆，1933：序1.

成。相比于《文心雕龙》,《述旨》相当于总论,《流别论》是文体论,《应知八则》是古文艺术论,《论文十六忌》和《用笔八则》是技法论,各个部分的内容更加集中突出。《述旨》主要探讨文章的根本性质,属于本性论范畴,《流别论》即文体论(林纾的《选评〈古文辞类纂〉》也可以作为其文体观的补充,选本对每篇选文进行详细评述,有助于人们对文体类型的把握与鉴赏),《应知八则》接近创作论,其论意境、识度、气势、声调、筋脉、风趣、情韵、神味,是对桐城派古文艺术论,包括对刘大櫆的"神气"论、姚鼐"神理气味、格律声色"说的继承与拓展。《论文十六忌》《用笔八则》和《用字四法》主要从法的角度对文章的谋篇制局、笔法字法提出理论指导,是技法论。林纾的批评论则由其大量的选评本来体现,他在论风格、论文体中掺杂作品分析。林纾对文学创作进行历史的考察与条分缕析的论述,探讨文学与时代的关系,他在《流别论》中对多类文体的考察围绕历史演变展开。林纾选编的《中学国文读本》由近代上溯古代,是一部较系统的古文选读本,他为之撰写的序文对一时代的美学风貌、文体沿革、作家起伏皆有论述与概括,带有强烈的文学代际意识。林纾的作家论最集中地表现在他的《选评名家文集》中,此外,他对韩愈、柳宗元、司马迁、班固、孟子、屈原都有专门研究并形成理论著述。可以说,林纾的古文理论有比较完善的理论体系,虽然没有《文心雕龙》的体大虑周,但就古文这一领域而言,无疑在细腻深入上具有优势。

在这个基础上,笔者认为林纾古文理论研究带有"集成与终结"的性质,"集成"有"总结"或"终结"的意思,只要承认林纾是"集成者",他自然就是"总结者"。"终结"简单来看是"了结"或"完结",但实际内涵更复杂。所以,从哲学的角度理解,一个事件或阶段的完结往往是另一个新的事件与崭新阶段的开始,"终结"除了有"总结""完结""了结"的意思外,更带有"埋葬""颠覆""更生"的意蕴。林纾在中国近现代文学史上的地位以及他对中国文学现代化的贡献似乎也具有"终结"的内涵。早在 20 世纪 30 年代,寒光就已经比较完整地表达了这层意思,他说:"中国的旧文学当以林氏为终点,新文学当以林氏为起点。"[1]张俊才也说林纾既是旧文学的"押阵大将",又是新文学的"不祧之祖"[2]。

很多人把林纾当作桐城派的殿军,这也是"五四"期间他倍受攻击的原因之一。笔者认为林纾的古文论不止步于对桐城派的继承与综合,而在于拓展

---

[1] 寒光.林琴南[M].上海:中华书局,1935:211.
[2] 张俊才.林纾评传[M].北京:中华书局,2007:104.

与超越。这个命题目前未引起足够重视,也没有得到充分论证。笔者试图说明:林纾是中国古文理论的集大成者与终结者。一般来说,林纾对旧文学的总结比较容易为人接受,也正因为他对旧文学的执守和旧派文人的身份,人们很容易忽略其文学思想深处隐含的"埋葬""颠覆"与"更生"的倾向与诉求。林纾以通俗流畅的文言翻译的《巴黎茶花女遗事》《黑奴吁天录》为代表的"林译小说",为文化封闭的国人打开多彩的异域之窗。"林译小说"及林纾对西洋小说的鼓吹深深地影响并塑造了中国文学的新一代作家,这不正是对以古文为中国文学正宗的传统文学观念最好的瓦解与颠覆吗?这种瓦解与颠覆催生了中国文学的现代性因素,在中国古文论的现代转化进程中,林纾功不可没。

本书的主要价值和意义在于:

其一,文论研究价值。林纾所论古文,上至先秦两汉,近及唐宋明清,梳理诸多概念范畴、渊源流别以至于文法技巧,内容庞杂丰富,既有真知灼见,也有迂腐成见,精芜交错,新旧杂糅,如能科学理性地加以辨析阐发,必将有新的发现,为中国文论古今转型研究增添新的实证材料和思想资源。

其二,文化传承价值。林纾对古文的固守和研究,固然有偏执和复古的弊端,为"五四"以来的新文化潮流所否定,但其中也有保全国学、传承文化的合理意见和有益思考,值得当今借鉴。中华传统文化经典一直由古文承载和传承,古文学习和训练是当下教育的弱项,研究林纾古文论,对研习古文,传承发展中国散文艺术和文化传统,必有裨助意义。

其三,文献整理价值。林纾对古文情有独钟,潜心著述,数量繁多,见识精到,形成了一套比较完整的古文论体系,是中国古文论的集成和"终结"。笔者搜罗整理林纾古文论文献资料,校勘已刊文本,发掘未刊文稿,对古文点评和著译序跋进行整理汇集,希望日后为林纾研究和古文论研究提供完善版本。

本书主要内容如下:

一,渊源论(第二章)。林纾自幼博览群书,不拘派别统系,古文功底醇厚。林纾对桐城派的感情非常复杂,既有为壮大古文声势、力延古文之一线而视之为战友的袒护,也有基于追求个性独立而对门户偏见的不满。林纾对中国传统古文理论的集成与终结,不仅表现为对桐城文派的整合与归结,更表现为超越,冲破桐城派的清规戒律,取法乎上、博涉诸家。但凡以古人为师法,容易被人误为陈陈相因,林纾认为善于师古者必善于推陈出新,"为文当肖自己,不当肖古人"。在翻译小说的过程中,林纾撰写了大量序跋,并进行中西文化比较,开启了近现代比较文学的先声。他以西洋小说的叙事法类比古文"义法",既抬高小说在文学体系中的地位,又拓展了古文论的应用范围,表现出对中国古典文学的重审与发现。

二,文体论(第三章)。林纾著有《流别论》与《选评〈古文辞类纂〉》,其理论取源主要为挚虞之《文章流别论》、刘勰之《文心雕龙》及姚鼐之《古文辞类纂》。林纾继承了《文心雕龙》文体论的范畴与架构,又结合魏晋之后文体的发展,对文体分类、源流、功能、语体、风格、创作规则、名家名作评析等中国古典文体学的基本范畴进行综合、梳理、辨析与更新,对当时文体发展现状与倾向也有比较准确的捕捉,当之无愧是《文心雕龙》之后中国古典文体论的佼佼者。

三,艺术论(第四章)。林纾非常重视对古文审美艺术的探讨,其《应知八则》探讨了中国古典美学的基本范畴:意境、识度、气势、声调、筋脉、风趣、情韵、神味,对概念进行剖析,评述其构因、演变、具体表现、创作技巧及代表作品。其中,林纾以"意境"为"文之母也","情韵""气势""风趣""神味""筋脉""声调"就是"意境"的不同层面,它们是古文艺术的表现形式与审美追求。林纾对意境论的探讨渗透在作品构思、创作、审美、鉴赏等各个环节中,涵盖文学活动的整个过程。他以"天下之最足动人者"论"声调";以"最灵动、亦最绵远"论"筋脉";以"敛气蓄势"论"气势";以"寓庄于谐"论"风趣";以"深情远韵"论"情韵",以"言止而意不尽"论"神味"。它们构成内容丰富、结构完整的古文艺术论体系,"林纾不愧为传统古文艺术理论的集大成者"[①]。

四,批评论(第五章)。林纾评左、孟、庄、骚,评名家古文,评各朝文学,留下洋洋洒洒数十万文字,它们是其文学思想与文学发展、文学价值观最直接的体现。这一部分将具体论述林纾对中国文学批评史上的重要范畴与具体作家研究,如庄子研究、韩柳文研究、左传研究,但笔者目前完成的只有林纾的庄子研究与韩柳文研究两个部分,它们最主要的特点是实践与理论、具体作品与作家批评紧密结合。

五,古文论的拓展(第六章)。这部分主要论及林纾与"五四"新文化运动、现代文学的关系。在论述林纾与现代文学的关系时主要涉及文学社会价值的发现、新旧文学交替的临界态、文体观念的健全、现实主义原则的确立、对现代作家的影响等问题,力求说明林纾对于中国文学现代化进程的重要价值。现代文学史上记载的林纾,在"五四"新文化运动期间丑态百出,是个堂吉诃德式的滑稽丑角。本章结合人们把林纾比喻为"堂吉诃德"的说法,论述林纾五四期间的所作所为,揭示他内心深处的想法、保守的行为和激烈的性格以及人们对他的重重误读,还原真实的林纾。

---

① 张俊才.林纾评传[M].北京:中华书局,2007:207.

本书的主要创新点在于：

其一，拓展深化林纾古文论研究。本书以资料为基础，从流别论、范畴论、技法论、批评论四个层面加以深入探讨，系统阐发林纾古文研究的基础体系、主要特色、理论价值研究及其文学史地位。

其二，修正文史界对林纾的"定评"，对林纾与桐城派关系进行重新梳理。前人多半承认"林译小说"对中国文学现代化进程的贡献，实际上，林纾用不规范的中西文化比较研究丰富了他的理论视域，更新与拓展了中国传统古文的范畴，推动了中国传统古文理论的现代化进程。本书将对林纾古文论的集成和转型意义提出新的见解和论证。

其三，从中华文化传承发展和古今转化的视野考察林纾古文论的是非得失和实际贡献。林纾是古典文学向现代文学转化进程中的关键性人物，他对中国古文理论的更新与拓展为我们奠定了眺望新文化的宝贵阶石，尽管新旧并存、新芜交错，但依然是我们宝贵的文学遗产。

其四，本书的文献整理工作将弥补近现代文学文献保存工作的缺失。本书集资料收集与文论研究于一体，为林纾古文论研究夯实基础。

林纾生逢封建王朝的末世，这使他有条件广泛地借鉴和汲取包括桐城派在内的传统文论。林纾的古文理论撷精取宏于归、方、刘、姚，对桐城派古文论有继承与整合之功，同时不拘桐城、"取法乎上"，是对中国传统古文论的集成与终结。从青年时代的博览群书到中年以后的由博返约，林纾在古文审美体验与创作技巧上积累了丰富经验，他根据自己长期阅读、创作、教学、研究的经验和体会对传统古文理论进行梳理整合，体现了比较鲜明的包容性与实践性的理论倾向。林纾在并不规范的中西文学比较研究中，借助外来文化之光镀亮了传统古文长期被埋没的特质，更新与拓展了中国传统古文的研究视域，展示了与桐城派及他们所敬仰的唐宋诸家截然不同的新气象。林纾对西洋小说的技法与情调的揣摩影响了自己的散文创作，他不仅是中国古典散文（古文）和文言小说的终结者，更是传统文学的终结者和新文学的启蒙者，他和他的作品在新旧文学交替期显现"临界态"。在这种理解的基础上，笔者试图以"中国古文论的集大成者与终结者"来定位林纾，以此作为本书的主线。

本书把林纾古文论定位于"中国古文论的集成与终结"，也就意味着它还是一个比较研究，不仅通过将林纾与桐城派诸家进行对比以证明他对桐城派的超越之处，还要将林纾与同时代理论家进行对比，林纾的文论价值在对比研究中可以得到凸显。本书的重点是挖掘林纾古文论的内涵与价值，其古文论中最有特色的是艺术论与批评论，这两个部分是重点。此外，比较客观地给林纾一个合理的历史评价也是棘手问题,历史对他存在误解,他一生的言论和行为有太多矛盾与反复,使这个问题更加复杂。研究林纾古文论,首先遇到的问题是资料的短缺,林纾大部分的古文论作品只有民国版本,分散在各图书馆。因此,收集资料花费了不少时间。幸运的是,笔者收集到了林纾绝大部分民国期间结集出版的著作。

  以往的林纾研究,主要集中在其生平思想、"林译小说"、小说创作与小说理论研究上,把林纾作为古文家,特别是把他作为古文论家的研究占少数。古文是林纾一生中花费精力最多的领域,是他灵魂深处安身立命的事业,其成果并不逊色于翻译小说。林纾对于古文艺术的探讨和他的文学评点,可以说达到了中国古典文论的一个高峰。再则,如果没有"古文家"的名头和他翻译小说用的"古文"笔法,林译小说的接受恐怕没有那么顺利。在以往的研究中,人们多关注他的翻译小说对中国文学现代化的推动作用,特别是林纾对中国现代小说形成的影响。其实,林纾对中国现代文学的影响不仅包括现代小说,也应包括现代散文,不仅包括形式层面,也包括精神层面。"五四"新文化运动那段历史引发了笔者对林纾的浓郁兴趣,然而以林纾的古文论作为研究对象于笔者确实是个挑战,研究林纾的古文论意味着在理解林纾的同时更要理解林纾所研究的对象。中国古典文学、古典文论博大精深,若想融会贯通、游刃有余,非数年的积淀能及,当努力为之。

第二章　林纾古文论的学术渊源

"古文"原是针对骈文而言，它们最直接的区别是语言形式不同。骈文讲骈俪、对偶，古文则采用自由的、不受限制的单行散句，古文是骈文产生以前先秦两汉文章写作的主要语言表达方式，在唐代古文运动中相对性地称为"古文"。唐代之前并无"古文"的提法，刘师培在《文章源起》中说："降及唐代，韩、柳嗣兴，始以单行易排偶，由深趋浅，由简入繁，由骈俪相偶之词，易为长短相生之体。"①当然，并非所有单行散句之文都可以称为古文，"古文"之"古"除了文体复古，还带有文风复古之意，当前林纾研究领域似乎没有专门针对这一概念的界定。有学者含糊地称之为"传统古文"，有学者以"古文"为"中国古典散文"，认为林纾的"杂传体"（笔记小说）也是古文的一部分，最典型的误读就是认为林纾用古文译书。钱锺书曾调侃说，因为林纾是古文家，众人便恭维他用"古文"译书，实是透露出他们对传统文学的不甚了了。胡适在《五十年来白话之文学》中评严复："严译的书，所以能成功，大部分是靠着这'一名之立，旬月踟蹰'的精神。有了这种精神，无论用古文白话，都可以成功。"②在这段话中，"古文"作为与"白话"相对立的文字载体的概念被使用，也是不准确的。明清时期的古文有特殊而狭隘的内涵，方苞在《古文约选·序例》中认为古文的根源是《六经》《论语》《孟子》等儒家经典，《左传》《战国策》《国语》《史记》《汉书》及两汉、唐宋八大家文是其支流：

> 盖古文所从来远矣，《六经》《语》《孟》，其根源也。得其支流，而义法最精者，莫如《左传》《史记》，然各自成书，只有首尾，不可以分割。其次《公羊》《穀梁传》《国语》《国策》，虽有篇法可求，而皆通记数百年之言与事，学者必览其全，而后可取精焉。惟两汉书疏及唐、宋八家之文，篇各一

---

① 刘师培.刘师培经典文存·文章源起[M].上海：上海大学出版社，2004：290.
② 胡适.五十年来中国之文学[M]//胡适文存：二集.合肥：黄山书社，1996：194.

事,可择其尤。①

林纾所论"古文"应该是秉承了这条最狭的体系,"先秦诸子、司马迁、班固、唐宋八大家、明代的归有光、清代的桐城派"一脉相承,"以《史记》《汉书》为渊源的传统古文在林纾心目中已被奉为中国传统文学之冠,他和古文也就结下了不解之缘。换言之,林纾在经学上笃嗜宋学,而在文学(文章)上则推尊古文了"②。

明清时期,古文发展蔚为壮观,从骈散兼行、"深于比兴"的战国文章到善叙事理、质而不俚的《史记》,从说人记事、巧思雄辩的先秦诸子散文到恢阔流畅、情文并茂的唐宋八大家作品,再到明代自然洒脱的性灵小品,展现在清代文人面前的是一道富丽堂皇的古文艺术长廊,因此清代的古文创作和学术研究拥有"集大成"的条件与基础。一个民族的文化思想或某个文学流派发展到了一定阶段,就需要一个里程碑式的人物对此前的理论与成果进行总结、概括与整合,使之由零散的各家之言上升为具有时代或流派特点的完整体系,这种情况往往在一个时代的末期或流派发展的中后期最容易发生。明清是中国传统文化发展的最后积淀期,我们发现这个阶段的许多文学创作与学术研究成果在后来的研究中都程度不同地被冠以"集大成"的美誉,如"晚清四大家词学集大成论"(晚清四大家:王鹏运、朱祖谋、郑文焯、况周颐)③"文化小说:明清集大成"④"脂砚斋——明清小说创作'真实性'理论的集大成者"⑤"王国维标举意境说,是古代意境思想的集大成"⑥。当然,"集大成"不是对过去(前人)成果简单机械的堆砌或组合,而是以前人成果为基础进行融会丰富、整合发挥,使之成为有机且富于个人色彩的理论整体。对于林纾在中国传统文学研究领域的地位与价值,也有学者用"集大成"或与之相似的语言形容。如曾宪辉认为"林纾的文论著作旁征博引,熔裁前人论著及本人研治所得,给传统古文从理论上做了总结"⑦,张俊才明确提出,林纾的古文理论既是传统古文也是桐城派古文理论的终结,"他对传统的古文艺术理论进行了全面的探讨和总

---

① 方苞.古文约选序例[C]//桐城派文选论.贾文昭编.北京:中华书局,2008:49-50.
② 张俊才.林纾评传[M].北京:中华书局,2007:43.
③ 孙克强.晚清四大家词学集大成论[J].文艺理论.2006(3):109-116.
④ 陈辽.文化小说:明清集大成[J].文学研究.2006(2):87-90.
⑤ 段军.脂砚斋——明清小说创作"真实性"理论的集大成者[J].河北北方学院学报.2005(6):16-19.
⑥ 聂振斌.王国维美学思想述论[J].江苏社会科学,2008(3):10-17.
⑦ 曾宪辉.林纾[M].沈阳:春风文艺出版社,1999:67.

结,内容丰富,体系完整,其中许多见解至今仍有值得借鉴之处。在这一点上,林纾不愧为传统古文艺术理论的集大成者"①。

林纾一生不间断地从事教职,尤其晚年为"力延古文之一线"四处演讲,开办讲习会,选编教材。他在古文的创作技巧与审美体验上都积累了丰富经验,根据自己长期阅读、创作、教学、研究的经验和体会对传统古文理论进行梳理整合,其理论体现出比较鲜明的包容性与实践性的倾向。对于林纾来说,集成不是机械的组合,而是审择、融会、丰富、发挥,使之形成一个富有个人个性特征的有机体系。除了桐城文论与中国古典文论,西洋文学也是其文学阐释的重要资源,来自异域的文化之光似乎激活了这位中国末代文人的文学激情,当他带着域外文学的新鲜馈赠回望我们民族积淀几千年的传统文学时,它们因之反射出不同寻常的光彩。林纾是中国古文理论的"集大成者"与"终结者",他借助外来文化之光镀亮中国传统古文,更新与拓展了中国传统古文的研究视域,展示了与桐城派以及他们所敬仰的唐宋诸家不同的新气象。林纾的文学理论还激荡着时代浪潮,他的文言白话观虽然遭受"五四"新文化阵营的讨伐,但今天看来也有其价值意义。只是,"五四"以后的文学史作为胜利者的书写,未能客观公允地关注这个失败者。林纾用"古文"翻译的小说和他所撰写的序跋作品以沟通中西文化的方式参与中国传统文学的现代化。清末民初,那些浸润在"林译小说"的滋养中长大并最终选择走向新文化新世界的一代青年成为"五四"新文学的主力军,是他们开创了中国文学的新纪元。

第一节 林纾早年学养

林纾出身寒微,他的家庭在当时福建省闽县(今福州)处于社会下层,曾祖父是个小手工艺者,"辍耕治艺于城中",所获难以养家糊口,生活非常拮据。今日林纾位于莲宅村的故居,无论格局、规模还是装饰,皆与城内"三坊七巷"的大家宅第有天壤之别。那些与林纾同时代并有交谊的近代闽派文人,如严复,出身于中医世家,十二岁以第一名的成绩考上马尾船政学堂,二十三岁公派英国留学;如郑孝胥,出身世代宦族,其父郑守廉为咸丰二年(1852年)进士;又如陈宝琛,出身望族,曾祖父陈若霖官至刑部尚书,其父陈承裘好集古今金石书画和善本书,建有"居敬堂";这几个家庭在福州城内"三坊七巷"皆有

---

① 张俊才.林纾评传[M].北京:中华书局,2007:207.

宅第。林纾的父亲只是个小商人,但他何尝不想跻身城内,效法"孟母三迁,择邻而居",为子女的成长谋求更好的生活环境与教育资源。当经济略有宽裕时,他即在城内"三坊七巷"的玉尺山附近典下房屋供家人居住,只是后来为乡间恶霸所欺,搬到城外横山。

　　据林纾自述,他的读书生涯自五岁时在私塾外的"窃听"开始,塾师感动于他的好学,破例让他免费旁听。八岁时,林纾正式入私塾,读书异常勤奋。他晚年为其子作训帖道"力学是苦事,然如四更起早,犯黑而前,渐渐向明;好游是乐事,然如傍晚出户,趁凉而行,渐渐向黑"[1],这是他读书生涯中的深切体验。困顿的童年生活促使林纾养成自强自励、刻苦勤奋的品格,这段经历对他的一生影响深远。林纾嗜书如命,在逆境中从不放松学习,自谓"一日未尝去书,亦未尝辍笔不画,果以明日死者,而今日固已饱读吾书"[2]。因家贫无力购买,林纾只能靠拣旧书或借书抄读,平时所读除"四书五经"类科考教科书,还有从市井书摊上搜罗来的断简残编,至二十岁已校阅古籍残本不下两千卷。"纾年十一岁矣,然尚不能买书,则月积数百钱,入城购得零本《汉书》及诸子、史,凡三年积破书三橱。"[3]他还曾记载这样的一段经历:"余自八岁至十一岁之间,每积母所赐买饼饵之钱,以市残破《汉书》读之。已而,又得《小仓山房尺牍》,则大喜。母舅怜之,始以其《康熙字典》贶我。时吾攻读甚勤,尝画棺于壁,而挈其盖,立人于棺前,署曰'读书则生,不则入棺',若张座右铭者。"[4]林纾把节省的零用钱用于购买零本,可见其嗜学之心。不过,他常去市井旧书摊上看书,也很容易接触到更新鲜活泼的文化资源,旧书摊为林纾提供的读本恐怕更多的是一般市民所需的通俗读物吧。林纾曾说:"余四十以前,颇喜读书。凡唐宋小说家,无不搜括。"[5]虽然他曾因科考而中断小说阅读,但青年时期博览群书对其人生的影响不可估量。这样看来,相对于家传子弟,青少年时期的林纾在阅读方面虽然乏人指导,缺少系统性,但他的涉猎面无疑是比较广阔的,这种难得的自由选择让他充分享受到阅读的乐趣并葆有文学欣赏的包容心,能够对新事物、新思潮保持开放学习的姿态。

---

[1][4]　朱羲胄.林畏庐先生年谱[M]//民国丛书第三编76.上海:上海书店,1989:45.本书中凡引自此书者,皆只注作者和篇名.

[2]　林纾.畏庐三集·石颠山人传.

[3]　林纾.畏庐续集·先大母陈太孺人事略.

[5]　林纾.斐州烟水愁城录·序[C]//哈葛德.斐州烟水愁城录.曾宗巩口译,林纾笔译.上海:商务印书馆,1913:序1.

1840年"鸦片战争"之后,福州被辟为对外通商口岸。1866年,清政府在福州设立制造兵船、炮舰的新式造船企业,称"马尾船政局",下设铁厂、船厂和船政学堂,驻有一支颇具规模的福建海军。福州敞开门户接受了欧风美雨,大量福州子弟应召入伍入学,甚至被派遣出国留学。他们为福州这个地处一隅、经济文化都不甚发达的城市注入新鲜血液,促进了当地市民文化的发展。福建方言自古以来复杂难懂,其口语常用词系统与官话系统相去甚远,汉字书写难度大。19世纪末,当福州的有识之士立意革新民志、启蒙维新时,当地绝大多数市民文化教育水平都不高,不懂官话,因此,对这些民众的教化启蒙自然需要一种有别于文言写作的方式,那就是与方言俗语相契合的白话书写,且这种需求已经被一些有识之士捕捉认识。陈泽平的《19世纪以来的福州方言:传教士福州土白文献之语言学研究》中,曾提到基督教传教士C.White用福州方言翻译《圣经》一事,"当初促成他下决心用通俗的'平话'(福州话)来翻译《圣经》,就是看到街边书摊上租售的读物大多数都是用这种'平话字'写的"[1]。晚清时期,福州地区文化中心所在地"三坊七巷"内书肆林立,刻书成业,这里是"儒雅文化与市井文化融合、碰撞、分化、包容"[2]之地。青少年时代的林纾经常在城中小书摊上流连忘返,他接受的文化资源应是非常丰富与市民化的。据说,林纾与陈衍、何振岱(《福建通志》《西湖志》编纂)、陈培锟(光绪翰林,后任代理省府主席)、于君彦(翰林院编修,后任福建官立商业学堂监督)等人经常出入于董执谊的"味芸庐",焚香品茗,吟诗作赋(董执谊与林纾有同门之谊,师从时经学大家谢章铤)。1911年,董执谊刊刻出版的《闽都别记》,"以福州方言叙闽中佚事,且引俚谚俗腔,复详于名胜古迹,文词典故,多沿袭小说家者言"[3]。林纾用"俚语鄙谚,旁收杂罗,谈格调者将引以为噱"[4]的语言创作通俗易懂的乐府诗歌《闽中新乐府》,又用浅白文言翻译西方文学作品,都与其青少年时期的阅读经历及当时当地社会风尚颇有关联。

一次,林纾偶然从叔父的书箧里找到《毛诗》《尚书》《史记》《左传》,如获至宝、日夜诵读,引发了他对史传作品的兴趣。《畏庐先生学行谱记》中记载林纾

---

[1] 陈泽平.19世纪以来的福州方言:传教士福州土白文献之语言学研究[M].福州:福建人民出版社,2009:27.
[2] 游友基.林纾与三坊七巷文化名人的交往[J].闽江学院学报,2011(3):21.
[3] 林蔚文.闽都别记·序[C]//何求纂.闽都别记.福州:福建人民出版社,2012:序1.
[4] 魏瀚.闽中新乐府·序[C]//林纾.闽中新乐府.福建省图书馆藏本.序3.

十一岁时"春从同里薛锡极,受欧阳永叔文、杜子美诗,薛于及门中,特伟先生"①。这位给林纾留下深刻印象的老师是科场失意的落魄秀才,"长髯玉立,能颠倒诵七经",对林纾有偏爱:

> 先生字纾曰徽,授纾欧文及杜诗,务于精熟。一日,读《檀弓》至"防墓崩",捧卷大哭,纾愕然,先生曰:"若非人子乎?吾哭而若不动,何也?"纾曰:"徽重帏在上,不知所哭;虽然,闻先生哭,亦滋悸矣。"先生叹曰:"谅哉,徽也。"自尔视纾益重,其课纾欧文与杜诗亦益急。②

薛则柯还教导林纾"吾不为制举文。若熟此,可以增广胸次"。老师的言行镂刻在年幼的林纾心中,影响至深。首先,薛则柯给了林纾最初的文学启蒙,林纾终身热爱并维护古文与诗歌,和老师在童年时代的文学启蒙密不可分。其次,薛则柯授课不重科举应试的制举文,却喜欢讲欧文杜诗,说明他在课蒙上有比较开明的见解与主张,林纾以塾师为业时,亦着意教学方式的改革,他用口语化和方言味的语言仿白居易新乐府诗创作《闽中新乐府》,并将其作为儿童课蒙读物,希望用儿童易于接受的方式传播新知,是对其师教学理念的发展,在当时可算是开风气的新教育法。再则,薛则柯是科考的失败者,以课蒙自娱,他不善交际,性格"抗直好忤人",曾嘲笑某些贡士"以时文博科第,对案至不能就一札"的丑态。林纾《薛则柯先生传》说:

> 门人林纾曰:先生,隐君子也。薛氏之族成进士者三人,与先生皆辈行,先生顾之,未尝为动。入山后,于经益邃,旁及诸家集。终身未尝为文及诗,殆并文及诗而隐之也。及门中特伟纾,而纾四十不偶,岂先生所伟者在读书制行,不以科名伟耶?呜呼!其将何以报先生也?③

林纾中举之后,七上春官不遇,最终绝意仕途,他不慕名利,以传统士大夫不屑的小说作为手段传播新思想,"冀吾同胞惊醒",并认为"强支此不死期内,多译有益之书,以代弹词,为劝喻之助"④,在当时可算惊世骇俗。

然而,科举是当时普通读书人施展抱负、光宗耀祖的主要出路,其重要性对林纾这样的贫寒子弟不言而喻。外祖母亲曾训诲他"孺子不患无美食,而患无大志"⑤,家人更是对此寄予厚望。林纾后由薛则柯介绍师从朱苇如学习八

---

① 朱羲胄.贞文先生年谱.
②③ 林纾.畏庐文集·薛则柯先生传.
④ 林纾.爱国二童子传·达旨[C]//沛那(现译布律诺).爱国二童子传.李世中口译,林纾笔译.上海:商务印书馆,1914:序5.
⑤ 林琮.外曾祖母郑太孺人事略//朱羲胄.贞文先生年谱.

股文,"纾以先生谕,执业于朱韦如师,习制举文"①,但对于这位老师和这段经历,林纾并未留下详细的描述文字。十九岁那年,林纾的家庭丧葬接踵,祖父、父亲、祖母先后辞世。林纾为养家糊口而中断学业,以做塾师度日,与他来往的是三两个同样破落不羁的子弟。此时的林纾交际圈比较窄,与同乡严复、陈宝琛、陈衍等人尚未相识。人生的前三十年,林纾和他的家庭一直在困境中挣扎,正如他七十岁时自寿诗所谓:"畏庐身世出寒微,颠顿居然到古稀。多病似无生趣望,奇穷竟与饿夫几。"②亲眼目睹和亲身遭受的人间不平滋养了林纾内心的正气,并形成他狷介的性格,也为我们理解林纾成人以后为人处世与品性人格提供线索。好友陈衍说他"自少刻苦力学,强记多闻……才名噪里党,与林崧祁、林某,有'三狂生'之目"③。作为寒门子弟,林纾天资聪慧,但人生之途屡屡受挫,近而立之年还困于养家糊口,自然对世态人生积累了诸多不满与蔑视的情绪,"至于困馁不能自振,而言益肆,气益张,乃不知为贫贱之骄人也"④。林纾的性格中有任气使性的一面,他在《叔公静庵公坟前石表辞》中记载叔父林国宾在他十岁前后说"儿虽善读,顾燥烈不能容人,吾知汝不胜官也"⑤。青年时代的林纾学习剑术拳击,经常佩剑出行,状若游侠,又常与友人醉酒高歌。林纾在《支榭诗拾·序》中曾提到"玉幼时学为短章,多萧寥悲凉之音,响发而辄断,声扬而不还,古文所谓文家之吃也,储叶径寸,愤而烬之,遂不更作"⑥。青年林纾性情刚烈、行为乖张、自负任性,被乡人目为"狂生"。这样一个默默无闻的寒门子弟,如何在19世纪末20世纪初的那段时间迅速登上时代潮流的浪尖?此刻,他的人生还在等待一个转折的契机,那就是1882年,林纾中举。

林纾十八岁娶同里刘有棻之女刘琼姿为妻,岳父成为对他影响至深的一个人。林纾在《外舅刘公墓志铭》中说,岳父家"四世儒而莫昌其家",刘有棻有一点才学,经常以理学书籍来教导林纾,并资助他随一个叫陈蓉圃的先生读书。二十八岁时,林纾在岳父资助下入县学读书,二十九岁"补弟子员",成为正式的秀才。1882年,31岁的林纾领乡荐,中式为举人。据说,当时福建乡试

---

① 林纾.畏庐文集·薛则柯先生传.
② 朱羲胄.贞文先生年谱.
③ 陈衍.林纾传[J].国学专刊.1927.1(4):93.
④ 林纾.畏庐续集·二箴并序.
⑤ 林纾.畏庐文集·叔公静庵公坟前石表辞.
⑥ 林纾.支榭诗拾·序[C]// 支榭诗拾.林纾编.福建省图书馆藏本.3.

的座主是爱新觉罗·宝廷,为清镶蓝旗第一族宗室,此人非常赏识林纾,与他结下终身情谊。陈宝琛在《林纾七十寿序》中提及:"予挚友宝竹坡侍郎,君乡举座主。直言敢谏,类刘子政,其忘身急友,亦俨然东汉人也。君少以任侠闻,事亲至孝。顾善骂人,人以为狂。竹坡独契赏之,令二子与为友,即伯茀仲茀,庚子同殉国难者也。君既集同年友,刊竹坡遗集,又自为传奇,记伯茀事,且时时存恤其家。"①

中举后的林纾开始正式参加福州当地的文化活动,最早参加的可能是福州支社的诗钟唱和。诗钟大约出现于嘉庆、道光年间,是一种限时吟诗的文字游戏,很受福建文人雅士的青睐,后流传到全国各地,盛极一时。闽籍的近代名人如林则徐、沈葆桢、梁章钜、陈宝琛、萨镇冰、陈绍宽等都热衷此道。支社由李宗言②兄弟创立,李家曾是"玉尺山房"(福州三坊七巷中的光禄坊东段北侧,前身为光禄吟台)的主人,李氏兄弟常在此读书、会友、结社,此地即为支社主要聚集地。值得一提的是,李家藏书连楹,林纾常常出入于此,借阅藏书,据说几年间他就从这里借去书籍三四万卷,从此文笔更加恣肆,为其日后在小说翻译、古文创作与研究上的成功奠定基石。支社成员一共十九人:黄敬熙、黄春熙、何尔瑛、周长庚、林葵、黄燊、欧骏、林群玉、卓凌云、陈衍、李宗言、方家澍、高凤岐、林琦、李向荣、方昆玉、王允皙、李宗典、刘蕲。林纾在诗文中多处记录李氏玉尺山房和支社活动细节,还于1891年编辑支社成员唱和诗作集《支榭诗拾》。支社的成员中,陈衍后来主编《福建通志》,是同光体闽派诗歌的代表人物;王允皙也是近代"同光体"闽派著名诗人,与何振岱、郑孝胥、沈瑜庆等齐名,可见"同光体"闽派诗歌与支社渊源颇深。"中举"虽然没让林纾走上仕途,但他由此广交士流,进入福州的主流文化圈,为日后走上成功之路提供机缘。

与林纾同科的举人有陈衍、郑孝胥、李宗言、高凤岐、方家澍、卓孝复诸人,他与李家、高家往来最密切。李家有李宗言兄弟以及他们的舅舅沈瑜庆(沈葆桢子)及其女婿林旭("戊戌六君子"之一)。高氏兄弟分别是高凤岐、高尔谦、高凤谦。高凤岐(字啸桐)官至广西梧州府知府;高而谦(字子益)毕业于福建船政学堂制造班,留学法国巴黎大学,精通洋务;高凤谦(字梦旦)是近代中国最富实绩和最具声望的出版家之一,曾任商务印书馆编译部主任,是"林译小

---

① 朱羲胄.贞文先生年谱.
② 李宗言(1859—1917),字畲曾。福建闽县人,清光绪八年(1882年)举人,官至江西广信府知府,安徽候补道。据朱羲胄《畏庐先生学行谱记四种》。

说"的重要推手。林纾还结识了高家表亲魏瀚及其同事王寿昌和福建船政学堂的一批青年学人,从此摆脱原来狭小的交际圈,与这个近代中国最先进的知识群体一同关注时代风云,思考国家与民族的命运。

1884年,法军突袭福州马尾港,福建水师全军覆没;1895年,中日"甲午战争",日本强迫中国政府签订《马关条约》;1897年,德国强占胶州湾;1898年,"戊戌变法"失败。1882—1898年,林纾"六试礼部不遇"(陈宝琛语),但借应试之机,不断出入京畿,往来南北,对中国的社会现实有了更直接深入的了解与认识,也更有机会交友结社,拓宽视野。林纾同当时所有进步的知识分子一样为时代的潮流所激荡,热切关注国家民族的命运。中法马尾海战后,左宗棠赴闽督办军务。林纾与友人遮道递状,控告船政大臣何如璋贻误战机,谎报军情;《马关条约》签订之时,林纾与高凤歧、卓孝复等人"叩阙上书,抗争日本占我辽阳、台湾、澎湖诸岛事"[①],然而他们努力的结果可想而知。作为一介书生,当外在努力终以失败告终时,林纾能够做的,只能是拿起手中的笔,以他所擅长的文字感愤时事,呼唤救国。

林纾公开印行的第一部诗集是《闽中新乐府》,写作时间大约在1895年《马关条约》签订之后,由魏瀚出资于1897年年底在福州刻版印行,时间上要早于他出版的第一部译作《巴黎茶花女遗事》。刻本问世后,供不应求,"东南大郡,多有求其书为家塾读本者"[②],后高凤谦托上海《中外日报》报馆"用活字板排印千册"[③]。1898年,《闽中新乐府》连载于《知新报》,题为"闽中新乐府三十二首",署名"闽中畏庐子",部分诗歌还选登于《时务报》《女报》等刊物,在海内外影响不俗。旅居南洋的闽籍华侨邱炜萲[④]将其编入"知爱丛书"后六种中,对林纾以童谣训蒙的教学法表示赏识,褒扬《闽中新乐府》"指陈利弊,匡谬正俗,明耻有功,尤与悟性之书为近"[⑤]。

关于创作初衷,林纾在诗集前言说:"儿童初学,骤语以六经之旨,茫然当不一觉。其默诵经文,力图强记,则悟性转窒。故入人以歌诀为至。闻欧西之兴,亦多以歌诀感人者。闲中读白香山讽谕诗,课少子,日仿其体作乐府一篇,

---

① 陈衍语.见朱羲胄·贞文先生年谱.
② 汪康年.汪康年师友书札[M].上海:上海古籍出版社,1986:1639.
③⑤ 邱炜萲.增印《闽中新乐府》序[J].知新报.1899(85):4.
④ 邱炜萲(1874—1941),名德馨,字溰娱,号菽园.晚年自号星洲寓公。东南亚华侨文坛领袖,热心教育,曾参与创办新加坡第一所华侨女学。

经月得三十二篇。"①作为私塾老师的林纾,他不满于传统以六经为儿童启蒙的教育之法,而向往"多以歌诀感人"的欧西之法,希望寻找一种更有活力和效率的教育方式,用它为普通民众启蒙。

此时,中国近代维新运动正渐次兴起,好友高梦旦回忆说:

> 甲午之役,我师败于日本,国人纷纷言变法,言救国。时表兄魏季子主马江船政局工程。余馆其家,为课诸子。仲兄子益先生、王子仁先生,欧游东归,任职船局,过从甚密。伯兄啸桐先生、林畏庐先生亦时就游宴,往往亘数日夜,或买舟作鼓山、方广游。每议论中外事,慨叹不能自已。畏庐先生以为转移风气莫如蒙养,因就议论所得,发为诗歌,俄顷辄就。季子先生为出资印行,名曰《闽中新乐府》。②

《闽中新乐府》是林纾参与维新思潮的主要标志,在诗集中,他呼喊反帝救国,主张维新变法、学习西方,振兴教育,发展工商业,破除迷信……对落后衰败的社会现实、腐败昏庸的官僚制度和下层人民生活的疾苦表示不满、愤激与同情。《闽中新乐府》的影响力虽然不如随后的《巴黎茶花女遗事》,但意义非凡,它开启了林纾借助通俗文学作品开民智,述新知,击时弊,倡变革的文学之路。写作《闽中新乐府》时,林纾只是一个"二十六年村学究"——福州城的教书先生,生活阅历与学识眼界决定了林纾不可能具有康有为、梁启超式高屋建瓴的理论深度与开阔视野,他在自己生活的小圈子内,撷取身边事发而为诗,是个人参与时代潮流的一种方式。胡适在林纾逝世后发表《林琴南先生的白话诗》一文,肯定了这个"五四新文化运动"中的复古主义者当年的先进:

> 林先生的新乐府不但可以表示他文学观念的变迁,而且可以使我们知道:五六年前的反动领袖在三十年前也曾做过社会改革的事业。我们这一辈的少年人只认得守旧的林琴南,而不知道当日的维新党林琴南。只听得林琴南老年反对白话文学,而不知道林琴南壮年时曾做很通俗的白话诗——这算不得公平的舆论。③

1897年,林纾的妻子刘琼姿去世,其友人魏瀚、王寿昌为排解其抑郁之情,强之再三,鼓动林纾和他们一起翻译小说。在游览鼓山的画船上,由王寿昌口译,林纾书写,完成《巴黎茶花女遗事》一书的翻译。林纾曾回忆:"回念身

---

① 林纾.闽中新乐府[M].福建省图书馆藏本.
② 高梦旦.闽中新乐府·书后[C]//民国丛书第四编94:朱羲胄.春觉斋著述记.上海:上海书店,1991:5.
③ 胡适.林琴南先生的白话诗[M]//胡适文集:七.北京:北京大学出版社,1998:559.

客马江,与王子仁译《茶花女遗事》时,则莲叶被水,画艇接窗,临楮叹喟,犹且弗怪。"①他融怀妻之情于文字深处,令小说格外生动感人。严复叹曰"可怜一卷《茶花女》,断尽支那荡子肠"②。林纾古文素养醇厚,他用文言翻译的西洋小说,语言端庄优雅又通俗流畅,非常适合时人阅读,受众广泛。"《巴黎茶花女》小说行世,中国人见所未见,不胫走万本"③。据有关资料记载,此书最早由魏瀚出资在福州镌版印刷,随后便有素隐书屋本、文明书局本、广智书局《小说集新》第一种本、玉情瑶怨馆红印本和黑印本、商务印书馆本以及其他通行本④。短短数年内居然有这么多版本行世,可见影响之大。林纾因《巴黎茶花女遗事》一书的成功而声名鹊起,从此与翻译结下不解之缘,他的译作达200多种,被称为"旷世译才",他翻译的小说不仅风行于晚清,也是"五四"新文学的先声,推动了中国文学的现代化。现代文学大师鲁迅、周作人、朱自清、冰心、郑振铎、苏雪林等都毫不讳言林译小说的成就及对自己的积极影响。晚清时期,翻译外国小说的并非只有林纾一家,为什么独有他取得如此成功呢？其中一个重要原因即是人们认为他是用"古文"译书,也因而把他的小说当"古文"来读。扎实的古文功底给予林纾超乎寻常的文字驾驭能力,他的文笔生动流畅而富有表现力,他的译作虽然有任意删改原文的嫌疑,但能够惟妙惟肖地传达原文的风格情趣,具有不朽的艺术魅力。时人沈禹钟论:"林琴南先生为近代文章大师,其文坚实精醇,戛戛独造,士林莫不宗仰！生平所译西洋小说,往往运化古文之笔以出之,有无微不达之妙！"⑤

林纾不懂西文,他对西洋小说内容的了解全仗口译者的翻译,后者在"林译小说"的翻译过程中扮演着十分重要的角色。王寿昌精通法语,热爱西方文学,中文造诣亦佳,是他向深陷丧偶之痛的林纾推荐《茶花女》,成为正式与他合作的第一个口译者,推动林纾走上翻译之路。可惜二人合作只此一本,后来,王寿昌的侄子王庆骥与王庆通成为林纾晚年的合作者。邱炜菱介绍过当年的情况:"若林先生固于西文未尝从事,惟玩索译本,默印心中。暇复昵近省

---

① 林纾.迦茵小传·题词[C]// 哈葛德.迦茵小传.魏易口译,林纾笔译.上海:商务印书馆,1905:序1.

② 严复.甲辰出都呈同里诸公[C]//严复集:诗文卷.王栻编.北京:中华书局,1986:365.

③ 陈衍.林纾传[J].国学专刊.1927.1(4):93.

④ 阿英.关于《巴黎茶花女遗事》[C]//林纾研究资料.薛绥之,张俊才编.福州:福建人民出版社,1982:274.

⑤ 寒光.林琴南[M].上海:中华书局,1935:52.

中船政学堂学生及西儒之谙华语者,与之质西书疑义。而其所得力,以视泛涉西文辈,高出万万。"①19世纪末,中国社会普遍缺乏中外沟通的有效渠道和先进知识社会传播的大众化途径,林纾既无名师相授,也无留洋经历,其知识系统整体上依附于科举教育,他如何能由一个"二十六年村学究"而最终成为20世纪初为闭塞国人打开西方文化之窗的那个人呢?林纾能走上翻译文学之路,实与"省中船政学堂"的"学生""西儒"有关。福建船政学堂是近代中国的特殊产物,它自创办伊始,就向外输送了大量学子,这些怀抱"富国强兵"梦想留学海外的知识分子,都不同程度地受到西方现代思想、学理的洗礼,比中国传统教育模式下以"科考"为终身奋斗目标的"迂儒"更具有积极的社会参与意识和救世精神。他们不仅为中国近代海军事业做出贡献,而且对当地的文化、教育、思想事业的发展起到积极作用,与林纾亲密交往的魏瀚、王寿昌及严复都是其中的佼佼者。林纾与友人们一起议论时事,切磋文字,相互鼓励,这对于"二十六年村学究"的他接受新思想,开拓视野无疑极有助益。19世纪末期的那段时光,友人们建构的文化圈正是林纾成长的温床,那里流淌的空气蕴含着近代中国最早最先进的变革更新的菌子。在《巴黎茶花女遗事》成书的过程中,林纾是高超的笔译者,王寿昌是不可或缺的推荐者和口译者,魏瀚是翻译工作的倡导者和出版的资助者,吴玉田是福州城内有名的镌版印刷者,是他们的才情、眼界、胆识与实力共同造就了这本影响近现代文学的伟大作品,也注定了《巴黎茶花女遗事》必须刻上"福州制造"的印迹。

1898年,林纾应杭州知府林迪臣聘,执教于杭州东城讲舍,前后三年。其间经历了"百日维新"的夭折与"庚子事变"的动荡。科场屡试屡败的惨痛经历以及对社会腐败的激愤使林纾宦情扫地,他自知污浊之官场难容木直梗傲之人,所以决意一生不入仕途。杭州期间,随着《巴黎茶花女遗事》与《黑奴吁天录》风靡全国,林纾显然已是个举国瞩目的"大文豪"了。在小说的翻译传播中,林纾的古文家身份与古文造诣发挥重要作用,他用古文笔法翻译小说并在小说序跋中不断地沟通西洋小说与古文"义法",以古文家的身份表示对小说的认可,这样的影响在当时非同寻常。林纾译书的时代,知识界普遍认为语言有雅俗高低之分,白话只是针对妇孺农氓启蒙和宣传的工具,用文言书写的古文才是高文典册。同样,如果严复不是用古文翻译《天演论》,桐城派大家吴汝纶绝不会为它写序并赞为"与晚周诸子相上下"。林纾用古文翻译小说,也起

---

① 邱炜萲.客云庐小说话·挥尘拾遗[C]//晚清文学丛钞:小说戏曲研究卷.阿英编.北京:中华书局,1960:408.

到类似的作用,这一点寒光说得很透彻:

> 林氏以古文名家而倾动公卿的资格,运用他的史、汉妙笔来做翻译文章,所以才大受欢迎,所以才引起上中级社会读外洋小说的兴趣,并且因此而抬高小说的价值和小说家的身份。很显明的,倘使那时不是林氏而是别人用白话文来译《茶花女》等书,无论如何决不会收到如此的好结果,这道理不待识者当会明白的。①

在中国古典文学观念中,小说一直是不入流的角色,林纾竟把小说类比古文,认为小说家等同于中国的史迁,"西人文体,何乃甚类我史迁也"②。他用文言翻译的小说,竟然颇有马班韩柳的神韵、传统文学的风采,因此颇合传统文人的喜好。士人们的推崇带动了中国近代翻译西方文化的浪潮,梁启超等人高呼"小说界革命"却没有相应的作品,倒是"林译小说"成为小说界革命的实绩,小说很快在近代文坛争得首屈一指的席位。

1901年,林纾受聘入京担任金台书院讲席,时年49岁。在北京,林纾完成了人生蜕变,那些年,他是个炙手可热的大人物——"林译小说"的笔译者、桐城派最后的古文大家、清末民初古文坛唐宋派的盟主⋯⋯乃至五四新文化运动期间,他又成为人人喊打的"桐城谬种",后者即是大多数国人所熟悉的历史上的林纾与林纾的历史。诚然,林纾的大部分作品(包括翻译小说、自创小说、古文、诗歌及理论著述)和文学活动都发生在北京。然而,一个文化人的文学素养的形成既是个人资质使然,更离不开他成长生活的文化环境与文学传统。我们不禁发问:林纾入京时已年过半百,突然爆发出如此巨大的创造力,仅仅是北京的文化氛围、桐城文派的推崇或有利的出版条件使然吗?福州是林纾出生、成长、生活的地方,除了少年时候远渡台湾的两年以及成年后几次赴京赶考之外,林纾一直生活在家乡并深受福建近代社会与文化氛围的影响,在他入京后,那些沉积多年、深涵在地表之下的灼热岩浆,碰上有利的气候与时势强劲的迫击,终于在他生命的最后二十年中得到最集中最耀眼的释放,成就了这个近代文坛的殿军与现代文学的"开山鼻祖"。可惜,世人对早年林纾知之甚少,人们往往聚目于耀眼的光芒而忽略了光芒之下深蓄多年的力量。早年学养的积累才是林纾文学人生的底色和成功的关键因素,这种影响容易为人忽视,但一定是更为内在、更加深刻的。

---

① 寒光.林琴南[M].上海:中华书局,1935:36.
② 林纾.斐州烟水愁城录·序[C]//哈葛德.斐州烟水愁城录.曾宗巩口译,林纾笔译.上海:商务印书馆,1914:序2.

第二节　林纾与桐城派

林纾中举之后,得以广交士流,开拓视野,摆脱生计的烦忧,有更多时间与精力用于个人修为。林纾对中年后的阅读经历有过比较详细的文字记载:

> 仆四十五以内匪书不观,已而八年读《汉书》,八年读《史记》,近年则专读《左氏传》及《庄子》,至于韩、柳、欧三氏之文,楮叶汗渍近四十年矣。①

> 仆治韩文四十年,其始得一名篇,书而黏诸案,幂之。日必启读,读后复幂,积数月始易一篇。四十年中,韩之全集凡十数周矣。②

由此可见,早年博览群书的林纾此时渐入精读。以韩愈、柳宗元、欧阳修为代表的唐宋古文,自他三十岁开始就爱不释手,苦读精研,四十五岁后更专注阅读与研究《史记》《汉书》,他把以《史记》《汉书》为渊源的传统古文奉为古典文学之宗。不过,此时林纾与古文的关系还明显带有个人特征,热爱古文是他自小培养的文学兴趣,他研读古文主张取径于秦汉唐宋、马班韩欧,而对于名噪天下的桐城派却未留下文字记载。

林纾醉心于传统古文的同时,在钻研传统经学上亦费力不少。1885年,林纾拜谢章铤为师学习经义,以求沟通当时所谓的"汉学"与"宋学"。对于以二程和朱熹为代表的程朱理学,林纾也很重视,他曾记下与徐祖莆在"龙潭精舍"讲诵程朱理学的情形:"余读书龙潭时,与君邻毗,日过从讲程朱之学。君被长帔,交其膝,褒衣广袖,与余坐论蕉竹中,或弥日不去。"③他还说自己四十岁以后,"《诗》《礼》二经及程朱二氏之书,笃嗜如饫粱肉"④。1895年,林纾应兴化府知府张僖之聘到兴化校阅试卷,张僖在《畏庐文集·序》中记载这段经历:

> 乙未之秋,余守兴化,廷畏庐分校试卷,居府治"梅花诗境"中。经月旦夕论文,稍检其行箧,则所携带者诗礼二疏、春秋、左氏传、史记、汉书、韩柳文集及广雅疏证而已。畏庐无书不读,谓古今文章归宿止此。⑤

---

① ④　林纾.畏庐三集·答徐敏书.
② 　林纾.畏庐三集·答甘大文书.
③ 　林纾.畏庐三集·清修职郎训导徐君墓志铭.
⑤ 　张僖.畏庐文集·序[C]//林纾.畏庐文集.上海:上海书店,1989:序1.

本来就受封建家庭伦理影响至深的林纾中年以后又如此精研宋学,孔孟之道、程朱理学更加深刻地印在意识深处。

个人文学素养的养成既是天赋资质与后天努力的结果,也离不开时代文风与文学传统的渲染。林纾在应聘北京之前与桐城派并没有直接联系,但我们知道,时代与传统的因素对人的作用同样至关重要。桐城派及其支流阳湖派和新生代湘乡派在绵延二百多年的历史中,拥有众多的服膺者,是清代古文创作与理论最具深远影响的文学流派,其影响何止限于桐城一派。虽然林纾否认自己文学桐城,甚至不认为桐城有派,但这并不能否认他受到桐城派影响。桐城派是时代文学的主潮,是士人们必须呼吸的空气和身处其间的大环境,它对林纾的影响并不一定借助师徒相承的关系。国学大师钱穆自述为学时说:"入中学,遂窥韩文,旁及柳、欧诸家,因是而得见姚惜抱《古文辞类纂》及曾涤生《经史百家杂抄》。"①钱穆出生于1895年,青少年时代犹能感染唐宋文并受桐城派影响,更何况是19世纪末的中国知识分子。林纾入京之前,虽然古文造诣纯由自学,与桐城派并无师承关系,但他自小喜爱史传作品,启蒙后受塾师的影响爱好欧文杜诗,数十年沉潜于左、马、班、韩,客观上,林纾文论思想的取源与桐城派非常相似,他还公开表示心仪归有光、方苞之文。由于家庭教育与科举应试的原因,林纾严守伦理道德,遵从程朱义理,这表明他与桐城派在道德观与文学观上没有本质的区别。桐城派在吴汝纶之后的姚永概、马其昶社会影响力不大,其号召力与文学实绩都不足以振兴门面。林纾既有不亚于姚、马二人的古文功底,又有"译界泰斗"带来的赫赫声名,因此,他客观上扮演了传统古文殿军的角色。当历史机缘巧合时,林纾不可避免地要由非桐城派的古文家变成人们眼中的桐城派大家②。

1901年,林纾以文名就聘于北京金台书院讲席,从此在北京定居。据林纾自述,他是当时书院中唯一的布衣,"金台书院主讲者,多退老之六卿,次亦词臣,余独以布衣受聘"③。后来又任五城中学堂国文总教习,期间,林纾有机会接触到当时的古文大家吴汝纶。吴汝纶是桐城派古文的末代宗师,时任京师大学堂总教习。1901年,吴、林二人初次见面:"故余治古文三十年,恒严闭不以示人,光绪中桐城吴挚甫先生至京师始见吾文,称曰'是抑遏掩蔽,能伏其

---

① 钱穆.宋明理学概述·自序[M]//宋明理学概述.成都:成都时代出版社,2010:序2.
② 张俊才.林纾评传[M].北京:中华书局,2007:44.
③ 林纾.七十自寿诗[C]//朱羲胄.贞文先生年谱.

光气者'。"①林纾以三十年"严闭不以示人"的古文作品呈于吴汝纶,而后者以苏洵称韩愈"抑遏掩蔽"之语赞扬林纾之文能敛气蓄势,可谓赞誉有加。之后,二人结为知己,时时相互论文,据说,林纾还曾向吴汝纶"执贽请业,愿居门下,而公谢不敢当"②。林纾记载:"辛丑入都,晤吴挚甫先生于五城学堂,论《史记》竟日……先生深韪吾说……余尊先生如师保。"③后来,吴汝纶将自己收藏的曾国藩编《古文四象》抄本交给林纾代为校勘。

事实上,林纾虽然为桐城派护法,但他对桐城派也不乏自己的思考。他不太赞成"桐城派"这种说法,认为他们不是有意立派。1913年,林纾在《与姚叔节书》中说:"桐城之派,非惜抱先生所自立,后人尊惜抱为正宗,未敢他逸,而外轶转转相承,而姚派自立,仆生平未尝言派,而服膺惜抱者,正以取径端而立言正。"④1916年,林纾的《春觉斋论文》针对所谓"桐城派"之说反问道:"夫桐城岂真有派?惜抱先生亦力追古学,得经史之腴,熔裁以韩、欧之轨范,发方既清,析理复粹,自然成为惜抱之文,非有意立派也。"⑤林纾晚年似乎更加坚执桐城无派的说法,1919年,他在《论古文白话之相消长》说:"实则文无所谓派,有提倡之人,人人咸从而靡,不察者,即指为派。余则但知其有佳文,并不分别其为派。"⑥1921年,林纾在《答甘大文书》中说"古文之衰久矣,然衰而弗歇者,以每代必有一二人提倡之。惜抱之后,传衍尤盛,遂尔成派"⑦,接着又说:"古文固无所谓派。袭其师说,用以求炫于世,门户始立,古文之道转从而衰亡……则知桐城固无所谓派,以派名之,实不知文,即其自命为桐城者,而亦不谓之擅于文也。"⑧同年,林纾途经上海造访康有为,康有为问其奈何学桐城,他辩解道"纾生平读书寥寥,左、庄、班、马、韩、柳、欧、曾外,不取问津。于归震川则数周其集,方、姚二氏,略为寓目而已"⑨,并说"夫文字安得有派?学古者得其精髓,取途坦正,后生遵其轨辙而趋,不知者遂目为派。然则程、朱学孔子,

---

① 林纾.畏庐续集·赠马通伯先生序.
② 郭立志.桐城吴先生(汝纶)年谱[M]//近代中国史料丛刊725.台北:文海出版社,1972:325.
③ 林纾.畏庐续集·桐城吴先生点勘史记读本序.
④ 林纾.畏庐续集·与姚叔节书.
⑤ 林纾.春觉斋论文·述旨[M]//春觉斋论文.北京:人民文学出版社,1998:46.以下注释凡出于此书者,皆只注题名。
⑥ 林纾.论古文白话之相消长[J].文艺丛报,1919(1):1-8.
⑦⑧ 林纾.畏庐三集·答甘大文书.
⑨ 林纾.震川集选·序[M]//震川集选.上海:商务印书馆,1924.序1.

亦将谓之为曲阜派耶"①？林纾自持深得古文造诣，不必挟桐城以自重。青年时代，他曾夸口说，把笔架在福州的城门上，也休想有人搬得动。他一再拒绝桐城派，是出于一个文人的自尊、自负以及对创作自由的坚持。章学诚论浙东学派时曾说："学者不可无宗主，而必不可有门户。"②林纾不承认自己是桐城中人，进而强调桐城无派，大概也可以用文学上的这种"宗主"思想来解释。新文化运动期间，林纾被新青年们当成"桐城谬种"设套围攻，几经论战，这位年近古稀的老人身心俱疲，对门派之争已厌烦至极，但他自知人言可畏，心中也明了自己所要承受的命运："桐城一派，尤为后生小子所诟病，今生固不病余，正恐因生之勤余，而余转为后生小子之所病。"③林纾在"五四"新文化运动中为桐城护法，其立场早已表达得非常明确，"吾非桐城弟子为师门捍卫者，盖天下文章务衷于正轨"④——非为桐城捍卫，实为古文护法！更何况，他对于古文的末运相当清醒：

> 方道咸间，曾梅诸老以古文鼓吹于吴楚，一时朝士亦彬彬竞学濂亭，挚甫实为之后劲，诸老中，挚甫为最后死，尝语余自撼其老，恐桐城光焰自是而熸。时吾未识通伯，固谓叔节必能力继其盛。今通伯方读书浮山，叔节归而与之，提倡古学果得二三传人。⑤

偌大的桐城派，只剩下零零星星的二三传人，林纾也只能自我勉励了。

林纾不承认桐城有派，然而，桐城有派早已是不争的事实。对于林纾是否归属桐城派这个问题，研究者的看法也不尽相同。文学史家陈炳堃把林纾当成桐城派的衣钵传人："严复、林纾同出吴汝纶的门下，世称林、严。他们的古文都可以说是桐城派的嫡传，尤以林纾自谓能谨守桐城义法。"⑥张俊才认为，从事实上看，"'生平未尝言派'的林纾事实上已经与桐城派共其休戚了"⑦。林薇认为林纾"原本无须皈依桐城，而可卓然名世"。钱基博认为林纾：

> 晚年昵于马其昶、姚永概，遂为桐城护法，昵于陈宝箴、郑孝胥，遂助西江张目，然"侈言宗派，收合徒党，流极未有不衰"，纾固明知而躬蹈之

---

① 林纾.震川集选·序[M]//震川集选.上海：商务印书馆，1924.序1.
② 章学诚.文史通义二[M].北京：中华书局，1985：158.
③ 林纾.畏庐续集·送刘洙源赴岭南序.
④ 林纾.畏庐续三·慎宜轩文集序.
⑤ 林纾.畏庐续集·送姚叔节归桐城序.
⑥ 陈子展.中国近代文学之变迁.最近三十年中国文学史[M].上海：上海古籍出版社，2002：30.
⑦ 张俊才.林纾评传[M].北京：中华书局，2007：197.

者,毋亦盛名之下,民具尔瞻,人之藉重于我,与我之所以见重于人者,固自有在,宗派不言而自立,党徒不收而自合,召闹取怒,卒丛世诟。则甚矣,盛名之为累也。或者以桐城家目纾,斯亦皮相之谈矣。①

刘声木《桐城文学渊源考撰述考》中将龚自珍、谭嗣同、梁启超、严复等人均纳入桐城门下,却将林纾摒弃在外。其实,不管林纾与桐城文派亲昵并为之护法的所作所为与他屡屡表示非桐城中人的言辞是如何矛盾,也不管后来研究者对于林纾究竟属不属于桐城派的或是或非的证言如何确凿有据,以下的几点事实都是不容争辩的。

其一,林纾论文推崇桐城派。林纾推崇姚鼐的《古文辞类纂》,在其基础上编辑《选评〈古文辞类纂〉》,他的《春觉斋论文·流别论》多引姚鼐之辞为据;他的《选评名家文集》有《方望溪集选》;他选编《中学国文读本》,《清文》一册以桐城派古文为主……种种迹象表现,林纾对于桐城派古文绝非"略为寓目而已",这只是一时辩解的急就之辞。桐城派以方苞为初祖,林纾《方望溪集选》盛赞"望溪祖述六经,寝馈程朱,发而为文,沉深处不病其晦,主断处一本之醇,道论能发现容城之所长,亦不护姚江之所短,堂堂正正,读之如饮佳茗,如饫美膳,震川后一人而已"②。他赞叹方苞的"祖述六经,寝馈程朱",认为归震川之后,方氏是唯一能继其遗绪之人。他在《方望溪集选》的点评中,溢美之词不胜枚举——"抉经之精,眼光如炬""眼光独到""立论甚高""大有深意""大有见地"……至于论姚鼐之文,林纾赞不绝口:"阳湖诸老,复各树一帜,争为长雄。惜抱伏处钟山,无一息曾与竞,不三十年间,诸子光焰皆熸,而天下正宗尊桐城焉。"③他认为姚鼐对桐城的贡献在于能扬其精华,致当时与之相竞的阳湖派趋于式微,使桐城成天下之正宗。

其二,林纾与桐城文人有密切的文事往来。1906年,林纾受聘于京师大学堂,一直任教至辛亥革命后。时京师大学堂以桐城派势力为主,他很受尊崇,在古文界的地位与声望大增,"民国更元,文章多途,特以俪体缛藻,儒林不贵,而魏晋、唐宋、骈骖文囿,以争雄长。大抵崇魏晋者,以太炎为大师,而取唐宋,则推林纾为宗盟云"④。民国后,以章太炎为首的魏晋派进入京师大学堂,在北大的势力日增,与桐城派两不相容,导致林纾、马其昶、姚永概等人被迫去

---

① ④ 钱基博.现代中国文学史[M].上海:上海书店出版社,2004:135,124.
② 林纾.方望溪集选·序[C]//方望溪集选.上海:商务印书馆,1924:序1.
③ 林纾.畏庐续三·慎宜轩文集序.

职。林纾为姚永概回桐城作文相送,表示"叔节虽不与吾居,精神当日处吾左右"①,足见他们之间的深情厚谊。吴汝纶去世后,林纾与吴的弟子马其昶、姚永概结为"道义之友",惺惺相惜,互相推崇。马其昶认为林纾古文有"过于吴汝纶者"②,是"天下之知文章者"③。林纾则称"通伯文方重饫衍,析理毫芒之间,而咸撷其精""吴先生既逝,世之归仰桐城者,必曰马通伯先生"④,赞扬马其昶为文析理深入、撷精取实,是继吴汝纶后的桐城派代表人物。林纾还赞姚永概"叔节家世能文,为惜抱之从孙,所著慎宜轩文若干篇,气专而寂,澹宕而有致,不矜奇立异,而言皆衷于名理,是因能弥其祖矣","今日微言将绝,古文一道,既得通伯,复得叔节,吾道庶几不孤乎"⑤。三人常常切磋文事,"而来书所举之二姚及通伯,又皆仆道义之友,通伯谦德无尚,每得一篇,必走而就商于仆"⑥。1916年,林纾《畏庐续集》出版,姚永概为之序,其中说"畏庐长余十四年,弟视余,余亦兄事之"⑦。同年,姚永概的《慎宜轩文集》出版,亦请林纾为之序,序中道:"今日微言将绝,古文一道,既得通伯,复得叔节,吾道庶不孤乎!"⑧

林纾与桐城文人多有投契,遂在各色论争中与桐城派站在同一营垒。对于各种诋毁桐城派的言论,他叹道"呜呼,后生小子,于古文一道,望之不知津涘,乃诋毁桐城,不值一钱,余既叹且笑"⑨。林纾对于"后生小子"不知"古文一道"却诋毁桐城,颇为不满又无奈。在京师大学堂的两派之争中,章太炎认为桐城派师法唐宋,好为空言,特别刻薄严复与林纾。林纾反唇相讥"今庸妄钜子,钉饳过于汪伯玉,哓勃甚于祝枝山,用险句奇字以震眩俗目,鼓其赝力,斥桐城值一钱",甚至诟骂其支持者为"谬种"。林纾在论争中的暴躁脾气,连姚永概都认为他"任气而好辩"。这些都可明证林纾与桐城派确有互通声息之处,"五四"新文化运动期间,林纾又奋不顾身为桐城派护法,以至被新青年们扣上"桐城谬种"的帽子。

其三,林纾的主要理论著作形成并出版于他与桐城的"亲密期"。虽然,林纾见吴汝纶之前,治古文已经三十年,但"恒严闭不以示人","日汲汲焉索其疵

---

① 林纾.畏庐续集·送姚叔节归桐城序.
②④ 林纾.畏庐续集·赠马通伯先生序.
③⑥ 林纾.畏庐三集·答甘大文书.
⑤⑧ 林纾.畏庐三集·慎宜轩文集序.
⑦ 姚永概.畏庐续集·序[C]//林纾.畏庐续集.
⑨ 林纾.方望溪集选·序[C]//方望溪集选.上海:商务印书馆,1924:序1.

谬,时时若就焚者"。据张俊才《林纾年谱简编》,在1901年之前,有关林纾古文研究和创作的主要记载只有两条,"这时(1895年),林纾已有古文数十篇……至1910年《畏庐文集》刊印时,文稿又增加了数十篇""林纾客居杭州(1899—1901)时,曾认真地研读过《史记》。他在归震川校订过的《史记》刻本上仔细加以标点,又以两年之力,笺识其上过半"①。可见,入京之前,林纾的主要理论著述还未成形。入京后,他除却教书外,把所有精力倾注"力翻可以警觉世士之书"的事业上。1907年起,他开始从事古文的编著和经学的阐释工作,一方面,入京后视野的开拓和长期教书讲学的经验积累使他的文论思想进一步成形并系统化,另一方面他大概已经意识到古文乃至承载它的整个封建社会即将没落的命运,尤其是当寄予期望的政治变革屡屡失败之后,他把注意力更多地转移到内心的事业上。古文成为他灵魂深处安身立命的事业,古文所承载的"道"是可以挽救他眼中日渐衰颓的乱世与人心的良方。1906—1908年,林纾在担任大学堂预科和师范馆"经学"教员时,摘取明代孙奇峰编《理学宗传》中诸理学家语录,诠释讲解,历三年之久编成《修身讲义》二卷。1907—1910年,林纾又应商务印书馆的要求,编选、评注并出版十卷本的《中学国文读本》,分为清文、元明文、宋文、唐文、六朝文、秦汉三国文。林纾精选篇目,逐篇评注,为每卷精心撰写序言。这套丛书被认为是清末文人编写的最有影响的历代古文选本之一。1910年,林纾《畏庐文集》出版,初版万册,迅即售空。此外还有1913年的《左庄孟骚精华录》、1914年的《韩柳文研究法》、1916年的《春觉斋论文》。"五四"期间文白论争失利后,林纾心灰意冷,更专心于古文的选评与赏析,1921年的《左传撷华》,1923年的《庄子浅说》,1924年的《林氏选评名家文集》(十六种),都是林纾多年心血的结晶,它们撰写、结集、出版于林纾与桐城派文人交往密切、互相唱和、同仇敌忾的时期。

关于林纾早年的文学素养,钱基博认为"初林纾论文持唐宋,故亦未尝薄魏晋"②,周振甫也说"他早年对于古代文章的见解,推重唐宋而亦未尝菲薄魏晋"③。入京后,林纾能够与桐城文人相亲近,一个重要原因就是他们的文学师法与鉴赏品味有共同点。林纾的古文创作及其古文批评思想在一定程度上

---

① 张俊才.林纾年谱简编[C]//林纾研究资料.薛绥之,张俊才编.福州:福建人民出版社,1983:21,25.
② 钱基博.现代中国文学史[M].上海:上海书店出版社,2004:131.
③ 周振甫.林琴南的文章论[M]//古代文论二十三讲.重庆:重庆大学出版社,2010:206.

与桐城派有相似的倾向与追求,"几乎自戴名世以来桐城派所有的古文理论,都可以在林纾那里看到"①。林纾对桐城派的主要观点进行了整合发展,强化了桐城派文论的体系性,因此不少研究者将林纾的文学理论视为桐城派文论的综合与总结,一些文学史和文学理论著述中也多把林纾视为后期桐城派的主要成员。林纾对桐城派的感情非常复杂,既有为壮大古文声势,力延古文于一线的祖护,也有基于追求个性独立而对门户偏见的不满,他对于桐城派的认识以及对与桐城派关系的澄清,前后也有矛盾和发展。以至于在林纾与桐城派关系这个问题上,主张或是或非的学者都能找到确凿有力的证词。

第三节 林纾的文论取法

近代以来,桐城派由于死守"义理",拘泥"文以载道",逐渐走入空洞无物、不合实用的死胡同,时文的弊病越来越多地暴露在"古文"创作中,如龚自珍、魏源等知识分子都选择与桐城派划清界限。林纾的做法比较独特,他既亲近桐城文人,又对桐城文派及其理论主张保持比较清醒的认识。林纾对中国古文理论的贡献不仅表现为对桐城文论的整合与归结,更表现在对桐城文论的超越,他冲破了桐城派的种种清规戒律,博涉诸家,取法乎上,力挽凋弊文风,其古文理论是中国古文理论的集大成。

一、整合桐城文论

桐城派的文学思想大多围绕"义法"论展开,桐城初祖方苞提出"义法"说:"春秋之制义法,自太史公发之,而后之深于文者亦具焉。义即《易》之所谓'言有物'也;法即《易》之所谓'言有序'也。义以为经而法纬之,然后为成体之文。"②所谓"义",主要指文章思想内蕴,所谓"法",主要指规矩经营,方苞用"义法"一词时比较偏重于"法",即古文的创作技法与规则。如其评《左传》《史记》"记事之文,惟《左传》《史记》各有义法。一篇之中,脉相灌输而不可增损,然其前后相应,或隐或显,或偏或全,变化随宜,不主一道"③。刘大櫆强调以"神气"论文,也提及字句音节,这大概与"法"有关。乾隆时期,姚鼐批评方苞

---

① 王济民.林纾与桐城派[J].华中师范大学学报,2007(3):105-110.
② 方苞.又书《货殖传后》[C]//桐城派文论选.贾文昭编.北京:中华书局,2008:37.
③ 方苞.书五代史安重诲传后[C]//桐城派文论选.贾文昭编.北京:中华书局,2008:43.

"止以义法论文,则得其一端而已"①,提出"神理气味、格律声色"作"义法"说的补充。后来,方东树、曾国藩也大体延续了姚鼐的观点。光绪年间,吴汝纶作为桐城派末期的大家,非常推崇方苞的"义法"说,其评点大量古文,对清末民初的桐城派学人颇有影响。可以说,"义法"是桐城派最重要的理论基石,是其文学理论的核心,也是我们把握桐城派两百多年流脉的一条基本线索。

林纾对"义法"说持何种态度呢?林纾对作为古文创作规则的"法"非常强调,这是他最擅长的技艺。他拥有丰富的古文创作与教学经验,这是他与桐城派沟通最为相得的一环,以至初见桐城大佬吴汝纶就相见恨晚。林纾论文谨守义法,他说:"唐之作者林立,而韩、柳传;宋之作者亦林立,而欧、曾传。正以此四家者,意境义法皆足资以导后生而进于古,而所言又必衷之道。此其所以传也。"②又说:"舍意境,废义法,其去古乃愈远。"③他认为守义法、重意境是韩柳文得以传世的根本原因,也是后来者借此"进于古"的通道。不仅是意境,古文的其他诸种艺术特质都离不开与"义法"的关联:"文字有义法,有意境,推其所至,始得神韵与味;神也,韵也,味也,古文之止境也。"④林纾把"义法"论贯穿于阅读与批评实践中,"读古人之文章,必先察其义训,然后寻绎其文法,始为有序"⑤,对于一般的文章写作来说,林纾所谓"义法"就是章法,文章的各个部分要协调统一、前后照应、经纬分明、行阵整齐、筋脉贯通,才能使文章表现出充沛的生命力。林纾甚至认为外国小说也有义法,并以外国小说比附古文:"纾不通西文,然每听述者叙传中事,往往于伏线、接笋、变调、过脉处,以为大类吾古文家言。"⑥不过,林纾对于"法"的观点是辩证的,一方面强调有法,一方面强调不能为法所困。他认为如今的古文积弊已深:"呜呼,古文之弊久矣,大佬之自信而不惑者立格树表,俾学者望表赴格而求合其度,往往病拘挛而痿于盛年,其尚恢富者则又矜多务博。"⑦古文创作的弊病大都和泥古不化有关,

---

① 姚鼐.与陈硕士书[C]//桐城派文论选.贾文昭编.上海:中华书局,2008:132.
② 林纾.畏庐续集·与姚叔节书.
③ 林纾.畏庐续集·送大学文科毕业诸学士序.
④ 林纾.桐城派古文说[M]//林纾诗文选.李家骥,李茂肃,薛祥生整理.北京:商务印书馆,1993:84.
⑤ 林纾.文微[M]//林纾诗文选.李家骥,李茂肃,薛祥生整理.北京:商务印书馆,1993:390.以下注释凡引自《文微》者,皆只标篇名.
⑥ 林纾.撒克逊劫后英雄略·序[C]//狄更斯.撒克逊劫后英雄略.魏易口译,林纾笔译.上海:商务印书馆,1923.
⑦ 林纾.畏庐续集·送大学文科毕业诸学士序.

"知古人之美处而不能学,则生入其句法,足之以己意,骇读者之目以为古,苟为人觅得其主人翁,则几疑全体之皆赝,此为行文一大病痛"①,可见林纾对于不善用法的弊端已经有比较清晰的认识。学习"义法"确实可以把握文章创作的一般规律,也有利于后来者的模仿、学习,但文章精髓实非"义法"所能包容,一味模仿古人而不知变化,结果只能是袭貌而遗神。桐城派处于中国古典散文发展的最后时期,它具有清代文学的重要特征,重视对创作法的总结,在这一点上,林纾可谓登峰造极,他在《论文十六忌》《用笔八则》《用字四法》以及各色文章点评中对于古文创作技法进行了归纳,其深度、规模及系统性,均非桐城诸家所能企及。

桐城派以"学行继程朱之后,文章在韩欧之间"作为行身祈向,企图以韩欧之文载程朱之道,因此如琐碎生活、日常情感一类不太严肃的主题,古文家们极少涉及,这恰是林纾的偏好,他自称"少时喜诵《九章》""《骚》之为辞至悲""情挚声哀""伤心极也""悲凉极矣",认为"天下文章,莫易于叙悲"②,还说"古文中叙事,惟叙家常平淡之事为最难着笔"③。

在语言方面,桐城派推崇"严净"与"雅洁",方苞评归有光文"其辞号雅洁,仍有近俚而伤于繁者"④。他在《〈古文约选〉序例》中说:"古文气体,所贵澄清无滓。"⑤为了追求语言的至清境界,方苞反对其他文体语言的入侵:"古文义法不讲久矣,吴越间遗老犹放恣,或杂小说,或沿翰林旧体,无雅洁者。古文中不可入语录中语、魏晋六朝人藻丽俳语、汉赋中板重字法、诗歌中隽语、南北史佻巧语。"⑥桐城派后辈多继承这种对散文语言的苛刻要求,"雅洁"成为桐城文家在创作审美上矢志追求的目标。吴德旋提出古文五忌:"古文之体,忌小说,忌语录,忌诗话,忌时文,忌尺牍;此五者不去,非古文也。"⑦吴汝纶曾盛赞严复所译《天演论》乃"与晚周诸子相上下之书",而对于"说部"却无好感,其云:"今西书虽多新学,顾吾之士以其时文公牍说部之词译而传之,有识者方鄙夷而不之顾。"⑧桐城文人们大多忌讳小说,因为小说的语言过于浅白俚俗而

---

① 林纾.春觉斋论文·论文十六忌·忌剿袭.
②③ 林纾.孝女耐儿传·序[C]// 狄更斯.孝女耐儿传.魏易口译,林纾笔译.上海:商务印书馆,1915:5.
④ 方苞.书归震川文集后[C]//桐城派文论选.贾文昭编.北京:中华书局,2008:43.
⑤ 方苞.古文约选序例[C]//桐城派文论选.贾文昭编.北京:中华书局,2008:51.
⑥ 沈廷芳.书方望溪先生传后[C]//方望溪集选.林纾选编.上海:商务印书馆,1924:71.
⑦ 吴德旋.初月楼古文绪论[M].北京:人民文学出版社,1998:19.
⑧ 吴汝纶.天演论·序[C]//桐城派文论选.贾文昭编.北京:中华书局.2008:401.

不合"义法",哪怕是在文学风向已发生巨大变化的近代,他们还执守着这显然已经不合时宜的标准。这些繁复禁忌使桐城古文的语言表达系统局限于狭小天地中,单调、平乏、无味,以致桐城文风萎弱衰颓。林纾的文论多有涉及语言修辞的规范性问题,如"若立志为文,非积理积学,循习于法度,纯精于语言,不可轻着一笔",他在《春觉斋论文》的《用字四法》和《论文十六忌》等章节中,对古文修辞规律进行了深入探讨与概括,对古文入门者颇有裨益。重视语言规范本身没有错,问题是,林纾的某些论述看起来显得过于苛刻与偏颇,如"赠送序及山水厅壁诸记,忌用古人诗句起;碑版传略,忌用议论起;论说杂著,忌引古作陈言及成句起"①,"墓志不能为破空议论,铭须拼字"②等等。林纾不仅认为方苞禁忌的"藻丽俳语""隽语""佻巧语"不得入古文,而且"鄙俗语""凡贱语""委巷小家子语"及"东人新名词"也一律不得入古文。有学者认为,林纾在语言要求上比起桐城派的先辈们可谓有过之而无不及。1918年林纾为《选评〈古文辞类纂〉》作序时,批评"报馆文字""时时复搀入东人之新名词",以此为"不韵"。他把新名词分作两类,一类在中国古典里有出处,如"进步"出自《陆象山文集》,"顽固"出自《南史》,"请愿"出自《汉书》,以之对译西洋概念,国人可以接受;另一类则归为无出处的"刺目之字",应予排斥。对于创作语言的过分拘泥和生硬避忌很容易成为束缚文学生命力的绞绳,它束缚作者创作个性的表达,使古文在形式上更加保守、板滞和凝固,更加暴露了古文进入近代以后的颓势。

在理论上,林纾支持方苞关于古文语言的"雅洁"之说,但他的理论与创作实践存在偏差,已经改变的社会决定了这样的语言境界不太可能有实现的空间。林纾用"古文"译书,成功地实现了"文言文"的现代性转化,其翻译小说与自创小说中出现大量俗词白话,如其书名《恨绮愁罗记》《恨缕情丝》《金台春梦录》就使用纤艳的丽词,也有来自于日常生活的俗词,如"便宜""宝贝""老伴""阿姨"等,新名词也有不少,如"股票""自由""民主""俱乐部""专制"等,还有一些外来语汇,如"马克""法郎""咖啡""安琪儿"等。这些词汇大都没有相应的文言表达,只能使用白话口语或音译,这样当然就不可能保持传统古文的"雅洁"了。他评柳宗元文,认为如《天问》这样的文章"多泥于旧说,语中奇古,而设问之词多可笑,如天有八柱,月死复生,天圆地方等等,皆新学未发明时语

---

① 林纾.春觉斋论文·用笔八则·用起笔.
② 林纾.文微·明体.

气,可不必讲"①,这说明他思想上有尚新的一面。钱锺书说林纾的语言,"虽然保留了若干'古文'成分,但比'古文'自由得多;在词汇和句法上,规矩不严密,收容量很宽大"②,这里提到林纾语言的另一个特色,那就是其语言的形式要比文言活泼许多。林纾的翻译小说还保留了不少欧式语句,如《巴黎茶花女遗事》中的一句译文"我虽不知教门之玄妙如何,思上帝之心,必知我此一副眼泪实由中出,诵经本诸实心,布施由于诚意,且此妇人之死,均余搓其目,着其衣冠,扶之入柩,均我一人之力也"③,就汉语来说,这几句的结构是非常松散的,译者未对它进行重新归整,而保留了欧化的痕迹。对作为古文家的林纾来说,西洋小说是一种全新的文学模式,由此他不得不摸索与之相适应的语言表达方式,如果不过分苛求,这也算是一种成功了,"他既继承了古文的长处,又冲破了古文的清规戒律,在词汇、句法上进行了大胆的革新,对我国近代文学语言由旧向新的过渡产生了重大影响"④。非但如此,在林纾为翻译小说写的序跋中,常以古文义法解读外国小说,以史迁类比狄更斯等西洋小说家,桐城派举史传为中国古典文学的最高成就,林纾却将小说与史传并列,这真是对桐城派文论的偏离和超越。

从散文文体语言的角度来说,现代著名散文家鲁迅、周作人、冰心、朱自清、徐志摩、苏雪林等的散文语言总体上表现出文言、白话、欧化相结合的倾向,只是各有侧重而已,这是现代文学语言的丰富多样性,不是对传统语言表达方式的割裂,而是整合与超越。在语言的现代化过程中,林纾用"古文"译书在语言革新上所做出的努力功不可没,他所使用的语言是近代以后经过文学的自然演化而形成的更为贴近人们日常用语的表达方式,体现了中国书面文字从文言到白话的过渡性特征,这种自由流畅、浅近易懂的语言表达方式打破行文拘谨、禁忌繁多的文言文体的局限,趋近日益繁杂的时代内涵,呈现雅俗文化交融的特点,在传统古文向现代散文转变的过程中起到很好的中介作用。

二、博涉诸家、取法乎上

在中国传统文学中,古文一直占据中心地位。从先秦诸子散文,司马迁、

---

① 林纾.韩柳文研究法[M].上海:商务印书馆,1914:48.以下注释凡引自《韩柳文研究法》者,皆只标识篇名。

② 钱锺书.林纾的翻译(续)[J].中国翻译.1985(12):2-9.

③ 小仲马.巴黎茶花女遗事[M].王寿昌口译,林纾笔译.上海:上海辞书出版社,2013:55.

④ 韩洪举.林译小说研究[M].北京:中国社会科学出版社,2005:123.

班固的史传文学到唐宋八大家散文,明朝的归有光,清朝的桐城派,源远流长、名家辈出。文学的发展是一个积淀与渐变的过程,任何时代的文学创作都不是孤立现象,在时代风尚与文学传统两个维度的交集中,完全回避古人的经验与法度是不现实的,此即林纾所谓"古人程法如此,欲极力避之,亦无可避"。古文的学习者们若能认真向古人学习、揣摩优秀作品,掌握古文的创作技法并不难。若是反其道而行,一味追求自我个性,对古人之法嗤之以鼻,全然弃之不用,恐怕也不会一帆风顺。林纾曾把"获理适道"视为桐城文派蔚然壮观的根本原因,也是他服膺姚鼐之处。他说"古文唯其理之获与道无悖者,则味之弥臻于无穷",他为文讲求"先义理后言词",也是强调为文本于经籍的立场,还说"凡文字不由经籍溯源而出,未有不流于杂家者"①,"自六经来,乃为真文"②,那么,什么是林纾心目中的经典呢?

林纾自少博览群书,不拘派别统系,他论文经常提及左、孟、庄、骚、史、汉、韩、柳、欧、曾、归、方、刘、姚……对于古今文章,有着自己的评判标准,林纾说:

  能自《史记》《汉书》《左传》《礼记》《诗经》中求根柢,再以八家法度学周、秦及其他经文,乃有把握。③

  不读《史记》则气不舒,不读《汉书》则语不雅,不读《左传》则不善调度、驱驾,熟斯三者,文无不善。④

  吾以为必先通览诸家之书,更进而熟读左、马、班、韩之文,博涉其他载籍,然后归求四氏精英之所在,如是则无问谁何著述,到眼立可辨认。⑤

  天下文章,能变化陆离不可方物者,止有三家:一左、一马、一韩而已。⑥

张僖言及:"乙未之秋,余守兴化,延畏庐分校试卷,居府治'梅花诗境'中。经月旦夕论文,稍检其行箧,则所携者《诗》《礼》二疏、《春秋》《左氏传》《史记》《汉书》、韩柳文集及《广雅疏证》而已。畏庐无书不读,谓古今文章归宿者止此。"⑦马其昶也说林纾"于史汉及唐宋大家文,诵之数十年,说其义,玩其辞,醰醰乎其有味也"⑧。林纾读书经历了由博入精的过程,自谓四十岁之前匪书

---

① 林纾.元丰类稿选本·序[C]//元丰类稿选本.林纾选评.上海:商务印书馆,1924:1.
② 林纾.文微·通则.
③④⑤ 林纾.文微·籀诵.
⑥ 林纾.左传撷华·序[C]//左传撷华.上海:商务印书馆,1921:序1.
⑦ 张僖.畏庐文集·序[C]//林纾.畏庐文集
⑧ 马其昶.韩柳文研究法·序[C]//林纾.韩柳文研究法.上海:商务印书馆,1914:序1.

不观,四十岁以后由博返约,渐入精读:"仆四十五以内,匪书不观。已而八年读《汉书》,八年读《史记》,近年则专读《左氏传》及《庄子》,至于韩、柳、欧三氏之文,楮叶汗渍近四十年矣。"①他把以《史记》《汉书》和以韩柳为代表的唐宋古文奉为中国传统文学的桂冠,在《文微·唐宋元明清文平》中论文学渊源道:

  八家之文,皆导源左氏。

  昌黎文如《史记》,心中要如何立说,笔辞均随赴之,断不肯丝毫放松,其体物工夫,最为擅场。

  欧阳文,学昌黎之风韵,刘更生之调度,而参以《汉书》之步骤。

  曾子固为文,能力学更生、江都、韩、柳,而各有所获。

  欧阳文学韩,而能淡永,故外枯中膏,桐城诸文学欧阳而仅得其淡,故气息柔弱。桐城之短,在专学归、欧。②

林纾认为史、汉、韩、柳为古典文学的桂冠,主张以博览作为精选的基础,认为桐城派之短在于取径太狭,囿于一偏之见,"学前后七子者,几于七子外无文字;学竟陵、公安者,几于竟陵、公安外无文字"是造成"牵于成见,拘于成法"的重要原因。对于桐城之文,他认为:

  盖姚文最严净,吾人喜其严净,一沉溺其中,便成薄弱。法当溯源而上,求诸欧、曾,然归文正,习此两家者,离合变化,较姚为优。总而言之,欧、曾二氏,不得韩亦无能超凡入圣也。③

  譬诸由欧、曾入门,一步一趋,惟欧、曾是程,此于初学时可谓能自得师,乃久久而仍不变,勿论不能突过欧、曾,即能形似,使读者疑若已见之成文,亦复成何趣味?④

桐城派以唐宋古文作为师法的对象,主张继承和发展唐宋派理念。唐宋派持论比较折中公允,相较于当时高唱复古的秦汉派和主张独创的公安派的各趋极端,在清初力求稳定秩序的历史条件下,更容易为人们所接纳。姚鼐《古文辞类纂》共选文 692 篇,其中唐宋八大家散文有 400 多篇,唐宋八大家选取比例过重,不免偏颇,且明清散文只选归、方、刘,也有门户偏见之嫌。林纾的《选评〈古文辞类纂〉》基本上沿用姚选的旧例,唐宋占大比例,不过他另有丰富的

---

① 林纾.畏庐三集·答徐敏书.
② 林纾.文微·唐宋元明清文平.
③ 林纾.桐城派古文说[M]//李家骥,李茂肃,薛祥生整理.林纾诗文选.北京:商务印书馆,1993:84.
④ 林纾.春觉斋论文·论文十六忌·忌率拘.

选评本可以作为补充,其《中学国文读本》由近代上溯古代,是当时较为系统的中国古文选读本。林纾为小学生选编的古文读本《浅深递进国文读本》,选文取自《战国策》《说苑》《新序》《列女传》《孔丛子》《庄子》等,这说明当时林纾的古文视野已然跳出桐城派以唐宋八大家为核心的阅读习惯,向前延伸到先秦两汉。方苞的《古文约选》和姚鼐的《古文辞类纂》都未选录诸子散文,个中原因,可能如方苞所说"周末诸子,精深闳博,汉、唐、宋文家皆取精焉。但其著书主于指事类情,汪洋自恣,不可绳以篇法"①,认为诸子散文行文自由变化难以法限。作为提供习者学习模仿的古文综合选本,诸子散文的缺失暴露了桐城派的拘囿。林纾对诸子散文青睐有加,他认为师法诸子是韩愈之长:"孟子《与陈相论》《并耕》,千波万澜,吐茹蓄洩,神化至不可方物。昌黎终身用其道,故其所为文,顿接若不相属,能蕴至理于不言之中,贬褒弗见明文,每从旁侧寓其无穷之慨,且因事设权,每制一文必创一格,近断而远续,伏于无心而应于弗觉,变化微渺若神枢藏焉。"②林纾选评《庄子》成书《庄子浅说》,在序言表示"南华一书固与余相始终乎","每得一篇必味之弥月,久之,微洞其玄同冥极之旨",赞其以"奇幻之笔以骇目""语气超妙无伦""最耐人寻味""不多著笔,而精神跃然纸上"……

林纾最反对"守一先生之言,宗一先生之教",唐宋古文也未必尽善尽美,"周秦汉魏之文,其法律往往藏在浩瀚火气之中","周秦两汉之文,其曲折皆内转,犹浑天仪,机关中藏,只可意会。唐宋以来,文字筋骨都露如铜人图"③,唐宋古文虽然易于把捉,然而过于外露。古来文章,有长有短,各有胜出,学者重在能博涉诸家、取法乎上:

五经之中,《易》太高妙,《书》极古茂,后世治碑文者,自当取则斯焉。《雅》《颂》《左氏传》善间架,《礼记》饶滋味而腴美,其儒行等篇皆言侠义。④

读书不可先执成见,然当自有定见。无论古人文章为阳刚、为阴柔,吾皆遂类而观。各寻其美善之源头,兼收并蓄,会通于心,然后以发为文,亦必美善。⑤

---

① 方苞.古文约选序例[C]//桐城派文论选.贾文昭编.北京:中华书局,2008:50.
② 林纾.畏庐三集·百大家评选韩文菁华录序.
③ 林纾.文微·杂平.
④ 林纾.文微·周秦文平.
⑤ 林纾.文微·籀诵.

说道理,《礼经》为胜;究变化,《左传》为胜;谨《法度》,韩、欧之文为胜。①

林纾选评古文,不仅在选文年代上超越桐城派囿于唐宋两代的局限,选文体裁也有意突破藩篱。六朝时,骈文鼎盛,讲究对仗、声律、藻饰,文字华丽阴柔,形式整齐优美,读起来朗朗上口、悦耳动听。唐代韩愈倡导古文运动,反对绮丽浮夸的骈体文风,他关于骈文有害古文的认识为后世文家推崇,更为方苞、姚鼐继承。姚门弟子刘开在《与阮芸台宫保论文书》中谈道:"盖文章之变,至八家齐出而极盛;文章之道,至八家齐出而始衰。谓之盛者,由其体之备于八家也,为之者各有心得而后乃成为八家也;谓之衰者,由其美之尽于八家也,学之者不克远溯而亦即限于八家也,夫专为八家者,必不能如八家。"②桐城派独宗唐宋古文,排斥六朝骈文及汉朝辞赋,姚鼐不像方苞那样将古文与辞赋对立,但其编选《古文辞类纂》依旧不取骈文,桐城派对于骈散文的苛刻限制走向极端。与此相反,以李兆洛、恽敬为代表的阳湖派大力张扬骈文,阮元甚至主张"文必尚偶",无疑走向另一极端。曾国藩看到桐城派的弊端及其变种阳湖派的矫枉过正后,提倡骈散相间才是佳作。林纾从理论与实践上补充与发展了曾氏的观点,他说:"曾文正间用长短句,亦不碍其体妙,在以散文之体,行于韵语中,能挪能转,亦自有神解。"③林纾的《流别论》分文体十六类,以骚、赋、颂为首。他赞《离骚》"乃知骚经之文,非文也,有是心血,始是至言",对赋体亦赞赏有加:

至于《子虚》《上林》《甘泉》《羽猎》,或行以精悍之思,或出以隽冷之语,为赋家之圣手,此美不胜美,议无可议者。《灵光》峭劲,为力颇殚;《景福》条畅,承胜微缓;下及《元虚》之赋海,《景纯》之赋江,或以浑沦胜,或以微实胜,要皆不易之才,非等斤斤于草区禽族、庶品杂类中,极雕镂组织之工也。④

对于六朝文,林纾以为"六朝时,古书未尽毁,又去汉魏不远,元气深厚,制局用笔,敛而不散,精而能卓,虽体格弗高,然能遏光弗扬,亦其精力有独至者","六朝有韵之文,自有不可漫灭处,不能以唐、宋大家之轨范绳之"⑤。林纾肯定骈体文,亦有意识地修正桐城派的过激排斥,他进一步提倡"声调","古来名家之

---

① 林纾.文微·杂评.

② 刘开.与阮芸台宫保论文书[C]//桐城派文论选.贾文昭编.北京:中华书局,2008:259.

③④⑤ 林纾.春觉斋论文·流别论.

作,无不讲声调","时文之弊,始讲声调,不知古文中亦不能无声调"①,林纾论声调固然与桐城派"因声求气"有一定关系,其长处是能够突破桐城派以"格律声色"作为"神理气味"之外在表现的局限性,主张不应把"声调"作为附属品,应视其为古文艺术中具有独立品格的元素。林纾自述"《变风》《变雅》之凄厉,鄙人每于不适意时,闭户读之;家人虽不知诗中之意,然亦颇肃然为之动容"②,声调是古文内在的生命律动,行文有声调,即拥有类似于音律的功能,具有和音律一样牵动人心的情感波动。

林纾主张博采众长、取法乎上,这只是写作的第一步,"平日熟读经史及儒先之书,须熔化为液,储之胸中。临文,以简语制断之,务协于事理,此便是道"③。"经史及儒先之书"必须要"熔化为液,储之胸中",成为学识修养的有机成分,在临文时通过依托"事理"顺利地传达出来:

> 读经可濬来源,读史可广识见,然后参以今世之阅历,而求其会通。如此为文,则有根柢,而不迂固。④

满篇一味高言振俗,不着实际,只会导致文章"虚枵"的毛病。林纾曾批评此种现象:

> 文人因科名之故,以盛年无限之精力,沉酣于八股中。及官成名立,始锐意为古文,撷拾古人讲学言道之余渣,大张其旗鼓曰"文以载道。吾文直布帛菽粟,无取于淫丽之言,繁诡之说",固恢恢而壮阔也。一取其文读之,其述政事,则不离官文书气;辨道学,则不离语录气;著经说,则不离高头讲章气;发吻诏人,则真德秀之《文章正宗》也,金履祥之《濂洛风雅》也。⑤

在林纾生活的时代,科举是大多数出身贫寒的知识分子晋身上层社会的唯一通道,为了求取功名,他们把盛年精力投入到八股文的学习与创作之中。八股文无非是取古人道学之义、载道之言,拾掇经说语录成文,格式千篇一律、僵化不变,久而久之,导致僵化的思维惯性。受此毒害的人不但创作八股文如此,即使写平日文章也脱不了迂腐之气,哪有艺术创造可言?林纾认为"凡脚踏实地之人,为文有过于朴质者,万万不至于虚枵"⑥,脚踏实地即要求文章切于实用。汪钝翁《与曹木欣第二书》论文字必求圣贤之道,达于日用事为,而根柢于

---

① ② 林纾.春觉斋论文·应知八则·声调.
③ ⑤ 林纾.春觉斋论文·论文十六忌·忌陈腐.
④ 林纾.文微·籀诵.
⑥ 林纾.春觉斋论文·论文十六忌·忌虚枵.

修己治身，颇得林纾赏识。这说明，来自于先儒圣人的学识和人生事理在他的文学理论中具有同样重要的地位："理解何出？即出自诗书、仁义及世途之阅历。有此三者为之立意，则境界焉有不佳者？"①这里的"世途之阅历"带有经世意味，强调文章必须关乎世事的意义，与曾国藩所论"经济"属于同一范畴，更具普遍性意义。林纾把道理、诗书、阅历的涵养提到"识度"层面，"识度"在创作中表现为对知识的鉴别审度的能力，表现为开拓的历史视域与深邃的思想深度，拥有"识度"才能在广袤的知识海洋中独立不惧。

三、"为文当肖自己"

刘勰《文心雕龙》有《通变》篇，对于刘勰的"通变"思想，有的学者认为是"复古"与"师古"②，有的学者则强调"通变"不是"复古"，"复古"只是表象，其旨在"革新"。刘勰认为"设文之体有常，变文之术无方"，"文律运周，日新其业，变则其久，通则不乏"③。一般来说，"通"指文学创作的基本原则与方法，代代相因承。"变"指创作中的基本原则与方法，因时因人有所变化，"通变"是继承传统基础上的革新创造。一种新的文学风格与流派的历史坐标，总是确立在继承前人和传承后人之间，有独有品格与自我个性的作品才能不被浩瀚的文学海洋湮没。继承传统固然是创新的基础，然而，对传统、历史的过分执着却有可能陷入对观念、习惯、思想和行为模式的顽固坚持和捍卫，从而拒绝对社会变化和生活复杂性的洞察和接受。对历史演变的失察实际上走向继承的反面。我们对各种思想资源博采众长，避免成为思想混杂的"拼盘"，丧失自我，成为别人的传声筒。化一切有益的资源为我所用，以我为中心，创建一个独立品格的理论系统，关键在于坚持"师古不泥古"，"为文当肖自己，不当求肖古人"④，通过对古代经典的借鉴，对古今文学规律的把握，进而结合自我气质

---

① 林纾.春觉斋论文·应知八则·意境.

② 黄侃说："此篇大指，示人毋为循俗之文，宜反之于古。其要语曰：'矫讹翻浅，还宗经诰，斯斟酌乎质文间，而櫽括乎雅俗之际，可与言通变矣。'此则彦和之言通变，犹补偏救弊云尔。"黄侃认为《通变》篇的主旨在于"反之于古"，以对当时的文坛起到"补偏救弊"的作用。范文澜的《文心雕龙注》同意纪昀和黄侃的观点，提出："彦和此篇，既以通变为旨，而章内乃历举古人转相因袭之文，可知通变之道，惟在师古，所谓变者，变世俗之文，非变古昔之法也。"

③ 刘勰.文心雕龙·通变[C]//周振甫.《文心雕龙》今译.北京：中华书局，2006：271-276.

④ 林纾.春觉斋论文·论文十六忌·忌剽袭.

改造革新，创造出有自我印迹的作品。

林纾在《春觉斋论文》中引前人批评食古不化之语：

> 善饮食者，肴蔌脯醢，酒茗果物，虽是食尽，须得其化，则清者为脂膏，人只见肥美而已。若是不化，少间吐出，物物俱在。为文亦然，化，则说出来都融作自家底；不然，记得虽多，说出来未免是替别人家说话了也。①

这个生动的比喻说明学习前人关键是融化新知，从中汲取养分，化为己有，若食古不化，吐出来的东西"物物俱在"，那只是知识的贩卖，无所谓个性可言了。林纾"生平恶考据烦碎，夙著经说十余篇，自鄙其陈腐，斥去不藏"②，他认为古文若"无篇不加考据，纵极精博，亦第便人寻索，如求馔于厨门，充腹即已"③，某些人过分地"分门别派"或自认"某家香火门人"，只会导致盲目拟人而不知变化的弊病，"学古文，必知古人之病，而力湔涤之。不然吾自有其病，而又益以古人之病，则天下之病皆萃于吾之一身"，结果将集"天下之病"于己身。林纾在《论文十六忌》中指出的古文创作之弊病几乎都跟泥古不化有关：

> 偏，非特见也；蔽于近而无睹，故敢为自信之言。执，非的解也；守一隅而弗迁，转据为坚确之说。此皆学问不纯，私见过深，又用自矜炫，流弊往往至此。④

> 向者某文士为人作志铭，读之铿然，大有音节，而词采亦佳丽。寻为吾友高梦旦摘其剿袭之处，细加注脚，则一篇丽文，竟成一释氏水田之衣，无一处不借取于他氏而为缘饰者，此等文不作可也。⑤

把古人视为习文圭臬，最忌亦步亦趋、陈陈相因的简单模仿，"剿袭即死法也"。

林纾曾经哀叹古文的衰敝，如时人或"倡马、班革命之说"，或"用土语为文字"⑥，或"以古文为朽败"，或"矜多务博，舍意境、义法"⑦，而"大老之自信者立格树表，俾学者赴格而求其合度，往往病拘挛而瘘于盛年"⑧，"袭其师说，用以求炫于世，古文之道转从而衰"⑨，此种情形的发生与不善取舍、牵于成见、拘于成法、泥古不化密不可分。

---

① 林纾.春觉斋论文·论文十六忌·忌肤博.
② 张僖.畏庐文集·序[C]//林纾.畏庐文集.
③ 林纾.春觉斋论文·述旨.
④ 林纾.春觉斋论文·论文十六忌·忌偏执.
⑤ 林纾.春觉斋论文·论文十六忌·忌涂饰.
⑥ 林纾.畏庐三集·答大学文科校长蔡鹤卿太史书.
⑦⑧ 林纾.畏庐三集·送大学文科毕业诸学士序.
⑨ 林纾.畏庐三集·答甘大文书.

《辞义篇》曰："属笔之家,亦各有病:其深者,则患乎譬烦言冗,申诫广喻,欲弃而惜,不觉成烦也;其浅者,则患乎妍而无据,证援不给,皮肤鲜泽,而骨髓过弱也。"呜呼!是言也,悉文中甘苦矣。前一弊,不善学老泉父子之文者当之;后一弊,不善学桐城之文者当之。①

苏家文字,喻其难达之情,圆其偏执之说,往往设喻以乱人观听。骤读之,无不点首称可;及详按事理,则又多罅漏可疑处。然苏氏之文,多光芒,有气概;如少年武士,横槊盘马,不战已足屈人之兵。后人不足于理,而但求足于文,势不能不抄故籍,因事设譬;一譬足矣,又复求多,于是枵音腾于纸上,滞气渍于行间,则贪多之病也。凡无理与气,而好作长篇者,往往坠入此阱。韩昌黎集中无史论,舍《原道》外,议论之文,多归入赠序、与书中,至长无过五六百字者;篇幅虽短,而气势腾跃,万水回环,千峰合抱,读之较读长篇文字为久,即无烦譬冗言耳。②

善于师古者"学古人神",不善于师古者得"皮肤鲜泽",而"理""气"缺失,"理"是作家的创作修养,"气"是作家的气质情感,它们因人而异,是古文创作中个性化的因素。

林纾赞赏王充《论衡》,曾说:"《论衡》《抱朴子》与《文心雕龙》,为最古论文之要言。"③《论衡·自纪》言曰"饰貌以强类者失形,调辞以务似者生情",林纾认为:"'饰貌以强类',愚于论明七子之得失,已尽言矣,而于'调辞以务似'之一语,不能不服史公、欧公及震川三家之能也。"④评欧、归如下:

下至欧公之《泷冈阡表》、归震川之《项脊轩记》,琐琐屑屑,均家常之语,乃至百读不厌,斯亦奇矣。虽然,叙细碎之事,能使熔成整片,则又大难。观《泷冈表》中语,时时用一"知"字,又时时用一"待"字。盖欧公幼不见赠公,但述太夫人深信赠公,故累累用"知"字;既知赠公之必有后,故累累用"待"字。既用此二字为之提纲挈领,则以下琐琐屑屑之处,皆有所消纳,而不至散漫烦赘,令人生憎。震川力追欧公,得其法乳,故《项脊轩》一记,亦别开生面。然有"轩"字为主人翁,则人事变迁,家道坎壈,皆归入此轩,作睹物怀人写法,与《泷冈阡表》面目又大不同。《阡表》步步叙悲,悲尽,皆其得意处;《项脊轩记》亦步步叙悲,然名位去欧公远甚,不能不生其萧寥之感;综之皆各肖其情事。⑤

个人生平经历和情感体验不同,作品体现的精神面貌自然不同,"此即所谓'务似而生情'者也。且'似'字亦非貌似之谓,直当时曲有此情事,登之文字

---

①②③④⑤　林纾.春觉斋论文·述旨.

之中而肖耳"①。林纾论古文创作强调自我情感的抒发,"有是心血,始是至言""性情为理,辞华为表",又说"然必有性情,而后始有风度""须知情韵者发之于性",好文章是对真情实事的描写,哪怕是琐屑之事、家常之语,也足以令人百读不厌。

写文章还须在把握古人创作规律的基础上推陈出新。林纾说欧阳修为文有三多——多看,多做,多商量,正是为了求熟,"熟非缘古人之轨迹,一一步躐而从;在能循古人之轨迹,一一变化而出"②,"变化而出"即塑造作家个性的风格特征,"不可专摹古人,须使有个我在"③是师古的精髓所在。林纾认为:

> 沈潜体认古人用心所在,凡义法、意境、魄力、神味,蓄积盘亘于胸中,一到行文,当有自家把握,临时去取。
>
> 道在读时神与古会,作时心与古离。神会则古人之变化离合,一一解其用心之所在,至于行文必自摅已意,不依倚其门户。
>
> 即如尧峰所论"能入能出",此大有见地。入者,师法也;出者,变化也。守一先生之言,宗一先生之教,固是信服之笃;然有师而无我,有古而无今,仍不能抉出文中之妙。④

"能入能出"即变通之意,"入"就是师法古人,"出"就是出己新意,作文贵在"会其神而离其迹",不依傍师说,"自家把握、临时去取"就是在熟悉前人经验的基础上自辟途轨,做自己的文章,形成个性风格。林纾《答徐敏书》述及论文与为文时说"论文时口有古人,为文时心不必有古人,如此始不为依傍"⑤,大体也是这个意思。林纾评说贾谊《惜誓》、刘向《九叹》:"皆有所感,故声悲而韵亦长。东方、严忌诸人习而步之,弥不及矣。后人引吭伴悲,极其摹仿,亦咸不能似。"⑥文章必是作家个性情感的流露,描摹真情的文字才能流传千古。

在林纾的思想里,承继与革新密切关联,不可分割,他所说的革新并不是随意标新立异,而是以继承作为基础的革新。如果作家们只为标新立异,忽视向古人学习,将会产生"狂谬""偏执"的毛病:

> 才士多狂,狂则近谬。弊在苦古人范围之密,义法之严,知不能遁越

---

① 林纾.春觉斋论文·述旨.
② 林纾.春觉斋论文·论文十六忌·忌熟烂.
③ 林纾.文微·造作.
④ 林纾.春觉斋论文·论文十六忌·忌牵拘.
⑤ 林纾.畏庐三集·答徐敏书.
⑥ 林纾.春觉斋论文·流别论.

而出,始纵情为放言高论,以自矜炫……彼狂谬之人,必聪明绝等,笔墨之间有一种光气,足以夺人;故能擅胜于一时。若才庸而志高,亦窃效而为之,谬且加甚。①

古人性之偏执者,至王临川极矣;然观其文字,皆源本经术,虽不能见诸施行,然殊未敢显悖古训。后人学不及临川,而又不根于经史,据其铢寸之才气,率意发议,以为奇特,习俗或从而炫之,而稍明于理者,则决不称可。②

"说什么"和"如何说"在古人看来是一件很谨慎的事,放言高论、信口开河只能暴露内在修养的匮乏,这或许就是中国传统知识分子"讷于言敏于事"的立身准则对林纾的影响吧。在林纾看来,通变的真正意义不在于炫人耳目的革新,它的基础是作者对积淀已久的文学与历史的深刻领悟,这样才能有内涵地创新。

第四节　林纾文论的新学影响

林纾为自己翻译的西方小说写了大量的叙、跋、译后记、译后剩语、批注,对原作的思想意义与艺术风格进行了阐释与赏析。他把西方小说纳入中国传统文论的范畴内予以观照,或以中国传统的道德框架来解读书中的人物思想与主要情节,或将西方小说与中国传统史传作品进行比较沟通,这些文章是我们研究林纾文论思想的重要资料。小说在中国古代难登大雅之堂,桐城派将古文中杂小说语引为禁忌之一种。林纾则以西方小说家类比中国史迁,在大量译序作品中介绍、评价、称许外国小说,这在中国文学批评史上具有划时代意义。袁进曾在《中国文学的近代变革》一书中认真比较近代学者与现代学者的不同,中国近代学者,如严复、梁启超、林纾,他们站在中国传统文学的基点上接受西方文明,始终认为中学与西方是相通的,可以通过中西方的融通来追求最高层面的学理。他们吸纳西方先进的文化、思想,甚至不同程度地批判中国传统文化,但始终对中国传统文化抱有坚定信心。林纾认为中国的传统文学并不会丧失价值地位,仍然是中国文学发展的重要资源。"五四"知识青年继承近代学者的反思与批判,却未继承他们对中国传统文化的自信力。相反

---

① 林纾.春觉斋论文·论文十六忌·忌狂谬.
② 林纾.春觉斋论文·论文十六忌·忌偏执.

地,他们把中国传统文化当成现代化进程中必须清除的主要障碍,这种唯西方独尊的盲目已经给我们的现当代文学造成惨痛教训。在对待外来文化与传统文化的关系上,也许林纾他们坚持的才是正确的姿态吧,它能保证我们的民族文学在外来文化的汹涌浪潮之前不至于丧失自我而成为他人的翻版,我们应该在葆有自己文化的基础上追求更为丰富与强大的发展,而这个道理是在我们的文学走了弯路、付出代价之后才真正领悟到的。

林纾在评论外国小说时常常大谈古文义法,钱锺书说:"林纾反复说外国小说'处处均得古文义法''天下文人之脑力,虽欧亚之隔,亦未有不同者',又把《左传》《史记》等和迭更司、森彼得的叙事来比拟,并不是在讲空话。"[①]林纾长期坚持古文的教学与创作,在翻译与欣赏西方小说时对文学创作法自然会特别关注,他发现西方小说与中国传统史传文学在谋篇、布局、剪裁上有诸多共通,并不断地在序跋中加以阐述。时人往往把小说视为小道,林纾却把西方小说的叙事技巧与古文"义法"相提并论,他对中国传统文学与西方小说的比较融通提高了小说和小说家的身价,为中国近代小说的崛起做足了前期准备。抬高小说身价只是林纾中西文化研究最显而易见的表层效果,若不从这种社会功利性的效应出发而立足于文化本身,我们就会发现,它的重要价值在于提醒人们对中国传统文学叙事功能与创作技法的重新观察与审定,开启新一代作者对新小说创作方向的构想与展望。林纾的中西文学比较研究对于古文论的拓展,至少应该包含两个方面的内容:其一,借助在翻译与品鉴西方小说中对其叙事法的捕捉,反观中国传统文学(尤其是史传文学),从而有所发现;其二,将西方小说与中国传统史传文学进行比较,总结文章的叙述经验与技法。

中国传统古文,特别是纪传体,往往有类似小说的风味。桐城派推崇归有光,其散文创作明显借鉴《史记》与小说平话的叙事方式与描写手法。闻一多在《文学的历史动向》一文中说归有光,"采取了小说的以寻常人物的日常生活为描写对象的态度,和刻画景物的技巧"[②],认为他开创了散文的新境界。钱锺书认为林纾所谓的"古文义法"实际上是"叙述与描写的技巧"[③],即"首尾呼应""前后关锁""脉络贯通"之类对小说结构的美学要求。据钱锺书考证,将古文与白话小说混为一谈在中国古已有之,一些古文家"简直就是把白话小说和八家'古文'看成同类的东西"。张竹坡评点《金瓶梅》,将之比拟《史记》,认为

---

① 钱锺书.林纾的翻译[C]//钱锺书等.林纾的翻译.北京:商务印书馆,1981:28.
② 闻一多.文学的历史动向[M]// 闻一多诗文选.北京:人民文学出版社,1967:138.
③ 钱锺书.林纾的翻译(续)[J].中国翻译.1985(12):2-9.

《金瓶梅》在叙事技巧上模仿《史记》"秉笔直书"的客观叙事原则，在叙事结构上与《史记》也有惊人的相似之处。当然，小说与散文是两种不同的文体，把小说的写法用于散文创作，并非把散文当小说写。散文在刻画人物与叙述情状时，可以采用小说创作的一些手法，比如重视特征性的细节描写。桐城三祖——方苞、刘大櫆、姚鼐虽未公开认可小说笔法，但都有不少类似于短篇小说的古文作品，如方苞的《左忠毅公逸事》，其中有肖像描写，有心理剖析，有动作，有语言，栩栩如生、唯妙唯肖，这就是在古文中运用小说笔法的效果。林纾的散文也有这样的特点，钱基博称林纾的古文"工为叙事抒情，杂以恢诡，婉媚动人，实前古未有"①，超越了桐城派和一般的古文家。

中国传统的叙事作品常以将相王侯、英雄好汉、才子佳人为主人公，鲜有对普通人生的描写，因此少些许淋漓的生命气息，难以达到对现实人生的深度刻画。从这个角度看中国传统的叙事文体，林纾感叹，"余观中史所记战事，但状军师之摅略，形胜之利便，与夫胜负之大势而已，未有赡叙卒伍生死饥疲之态，及劳人思妇怨旷之情者"，"然传为正史之体，必不能苛碎描写士卒冤究之状，至可惜也"②。借助外来之光，林纾对中国传统文学的观照往往伴随着新的审视与思考：

  迭更司写尼古拉司母之丑状，其为淫耶？秽耶？蠹而多言耶？愚而饰智耶？乃一无所类。但觉彼言一发，即纷纠如乱丝；每有所言，均别出花样，不复沓，因叹左、马、班、韩能写庄容不能描蠢状，迭更司盖于此四子外，别开生面矣。③

  若是书特叙家常至琐至屑无奇之事迹，自不善操笔者为之，且厌厌生入睡魔；而迭更司乃能化腐为奇，撮散作整，收五虫万怪，融汇之以精神，真特笔也。史、班叙妇人琐事，已绵细可味矣，顾无长篇可以寻绎。其长篇可以寻绎者，惟一《石头记》。然炫语富贵，叙述故家，纬之以男女之艳情，而易动目。若迭更司此书，种种描摹下等社会，虽可哕可鄙之事，一运以佳妙之笔，皆足供人喷饭，英伦半开化时民间弊俗，亦皎然揭诸眉睫

---

  ① 钱基博.现代中国文学史[M].上海：上海古籍出版社，2010：124.
  ② 林纾.利俾瑟战血余腥记·叙[C] // 阿猛查登(现译埃克芒-夏特里安).利俾瑟战血余腥记.曾宗巩口译，林纾笔译.上海：商务印书馆，1904：序1.
  ③ 林纾.滑稽外史·短评[C] //狄更斯.滑稽外史.魏易口译，林纾笔译.上海：商务印书馆，1915：14.

之下。①

林纾推崇中国古典小说《红楼梦》,认为它是中国第一杰作,"中国说部,登峰造极者无若《古头记》"②。《红楼梦》虽然"用笔缜密""善于体物",然而它毕竟限于对富贵阶层、男女艳情的描写,而缺乏如狄更斯小说般对下等社会的真实写照。林纾在文论中不止一次地举例《史记·外戚世家》中的一段描写:

> 《史记·外戚世家》记窦皇后弟窦广国事:"文帝召见问之,具言其故,果是。又复问他何以为验,对曰:'姊去我西时,与我决于传舍中,丐沐沐我,请食饭我,乃去。'于是窦皇后持之而泣,泣涕交横下。侍御左右皆伏地泣,助皇后悲哀"。呜呼!史公之写物情,挚矣。今试瞑目思窦姬在行时,追将入代。而稚弟恋姊如母,依依旅灯明灭之中,囚首垢面。窦姬知此行定无可相见之期,计一身与稚弟相聚一晷刻间,即当尽一晷刻手足之谊,不能不向从者丐沐而请食。下一"丐"字"请"字,可见杂沓之中,车马已驾,纷纷且行;窦广国身随其姊在行中,直一赘疣,不丐且不得沐,不请且不得食;沐已饭已,匆匆登车,亦不计弟之何属。此在情事中特一毫末耳,而施之文中,觉窦皇后之深情,窦广国身世之落漠,寥寥数语,而惨状悲怀,已尽呈纸上。此即所谓"务似而生情"者也。③

这是一段关于汉孝文帝窦皇后与其幼年时离散的胞弟窦广国重逢时的描写。窦广国自姐姐离去后,被人拐骗贩卖到外地,前后辗转贩卖了十几户人家,最后到了长安。在那里,他听说新封的皇后姓窦,原籍在观津。窦广国离家的时候虽然年纪幼小,却记得自己的籍贯与姓氏,还隐约记得与姐姐一起去采桑叶,从树上摔下来的情景。他把这些事详细写下,托人转交给窦皇后。窦皇后把窦广国召来详细探问,窦广国回忆道:"姊去我西时,与我决于传舍中,丐沐沐我,请食饭我,乃去。"窦后听到,泣不成声。"丐沐沐我,请食饭我"虽然只是事件的一个细微处,林纾认为这个"特一毫末耳"的细节包涵太多言外之意,具有豪言壮语的宏大叙述所无法达到的真切与深刻的效果。这类生活中的平常琐事与细屑之情在中国古代文章的写作中往往被人忽视,因此不易见。西方小说,特别是狄更斯小说,却大量使用细节描写,他们乐于对平凡素材、普遍人

---

① 林纾.块肉余生述·前篇序[C]//狄更斯.块肉余生述.魏易口译,林纾笔译.上海:商务印书馆,1930:1-2.

② 林纾.孝女耐儿传·序[C]//狄更斯.孝女耐儿传.魏易口译,林纾笔译.上海:商务印书馆,1915:2.

③ 林纾.春觉斋论文·述旨.

生进行细致刻画,而传神的细节描写比大起大落的情节更有助于揭示人物的内心世界,透露灵魂深处的爱恨情愁。比照西洋小说,林纾发现中国传统文学特别缺乏细节描写和对下等社会、普通人生的写照,这是古文的弱点。我们知道,中国的传统小说与"说书"艺术密不可分,"说书"这种艺术形式的特点,决定了讲故事时要有头有尾,交代人物出身、经历和结局,追求故事的完整性,这就难免只注重故事情节的大体把握,不重视人物情感抒发,更少有细腻入微的心理刻画和细节描写。于是,林纾提出"于布帛粟米中述情","布帛粟米"是普遍人的琐碎生活,这些平凡琐碎的细节更能显现人物的个性特征并再现事实的情状。由叙事转为描写,由粗糙转为细腻,由对宏观世界的描绘转为对微观世界的刻画,这无疑透露了现代文学美学意识的觉醒。

实际上,中国传统的叙事理论与西方叙事学有所不同,中国传统的叙事艺术主要指文章的结构布局和作者的艺术构思,是一种"沟通写作行为和目标之间的模样和体制"①。中国大部分的古代小说都混杂在佛教因果报应、人世轮回这一民族心理的深层结构中,在小说叙述上表现为以人物命运为纲布局谋篇,连缀生活具象,组合情节②。西方结构主义叙事学所说的"叙事结构"指的是"产生出分节成语句的具有意义的话语"的"独立程序"③,是针对小说文本而言的具体操作模式。钱锺认为林纾"虽译西书,未尝不绳以古文义法也""林纾以史汉笔法解读迭更司、哈葛德小说,悟出不少穿插导引的技巧"④,林纾在西方小说中不断地感受着了它们与左、马、班、韩文章"蹊径正同"的妙处:

左氏之文,在重复中能不自复,马氏之文,在鸿篇巨制中,往往潜用抽换埋伏之笔而人不觉,迭更司亦然。虽细碎芜蔓,若不可收拾,忽而井井胪列,将全章作一大收束,醒人眼目。有时随伏随醒,力所不能兼顾者,则空中传响,回光返照,手写是间,目注彼处,篇中不著其人,而其人之姓名事实,时时罗列,如所罗门、倭而忒二人之常在佛罗伦司及德口中是也。⑤

仆译外国文学,成书百三十三种。审其文法,往往于一事之下,带叙后来终局,或补叙前文遗漏,行所无事,带叙处无臃肿之病,补叙处无牵强

---

① 杨义.中国叙事学[M].北京:人民出版社,1997:34.
② 吴士余.中国文化与小说思维[M].上海:上海三联书店,2000:79-95.
③ 张寅德.叙述学研究[M].北京:中国社会科学出版社,1989:97.
④ 陈平原."史传""诗骚"传统与小说叙事模式的转变[J].文学评论.1988(1):92-104.
⑤ 林纾.冰雪因缘·序[C]//狄更斯.冰雪因缘.魏易口译,林纾笔译.上海:商务印书馆,1914:2.

之迹。窃谓吾国文章但间有之。①

关于叙事表现手法,林纾提到"预述笔法""插述笔法""补述笔法"等。他在《春觉斋论文·用笔八则》中对古文制局法则进行系统归纳,分述起笔、伏笔、顿笔、顶笔、插笔、省笔、绕笔、收笔八种笔法,从"法"的角度对文章的结构艺术进行理论总结,其中不少内容涉及叙事艺术。他在《应知八则》中使用的"筋脉"也可理解为叙事布局中预设的"伏线""隐线",即今天所谓小说情节环环相扣、前呼后应的结构艺术。林纾在《块肉余生述·前言》中提到"锁骨观音"法,"以骨节钩联,皮肤腐化后,揭而举之,则全具锵然,无一屑落者"②,"锁骨观音"与"筋脉"内涵相仿。林纾论筋脉贵在"阳断而阴联",其云:

> 盖一脉阴引而下,不必在在求显,东云出鳞,西云露爪,使人扪捉,亦足见文心之幻……所以能管照者,正以未说到彼,而此间先已埋伏,到兴会淋漓时回眸顾盼,则以上之伏脉皆见矣。③

文章的叙事脉络须有因果承接,又不能让人一眼看穿,否则文章没有回旋余地,读来索然无味。如果能巧妙设伏,制造悬念,不仅叙事可以顺利展开,文章也能在顿挫中留有余味。这种情节结构既不同于传统章回体小说,也有别于近代小说的松散结构,有学者认为林纾对于叙事法的阐述还起到匡正时弊的作用。

中国古代散文中,记载伟人功业、表彰忠孝节义的雄文华章屡见不鲜,而"家常平淡之事"一直不为古文家青睐,可以资取借鉴的不多。林纾曾感叹,"余尝谓古文中叙事,惟叙家常平淡之事为最难着笔",不过,小人物和生活琐事是他古文创作的一个重要主题。我们来看看《先妣事略》《亡室刘孺人哀辞》中的片断:

> 宜人忽梦纾病于析津,遽起,开门见月,乃觉其梦,即亦弗寝。日上,移榻廊隅,望门待邮者。二日,析津书至,无病,而宜人愈矣。高氏妹尝语纾曰:"母恋兄,意殊不在得官。兄南归多以五月,苍霞之洲,大水新落,家具杂沓横亘,日影停窗纸上。母指麾家人,为兄解装度书籍,往来笑悦,兄忆之耶?"呜呼!无母之戚,得妹言愈弗堪矣!④

---

① 林纾.左传撷华(卷上)[M].上海:商务印书馆,1921:28.
② 林纾.块肉余生述·前篇序[C] // 狄更斯.块肉余生述.魏易口译,林纾笔译.上海:商务印书馆,1930:1-2.
③ 林纾.春觉斋论文·用笔八则·用伏笔.
④ 林纾.畏庐文集·先妣事略.

> 残月向尽,雁声自远而近。余戏孺人:"鬼啸乎?去尔无多日矣!"孺人凄然莫应。更七日,余幸能步,孺人夜四鼓即起,作糜食余。久之,余乃应时而饥,孺人已秉烛按候床下,不差晷刻。①

表彰忠臣义士的激昂文字固然容易给人心灵震撼,平凡琐屑的日常生活却可唤起潜藏在人们内心深处的温情,一样具有震撼人心的力量。林纾的《浩然亭记》《苍霞精舍后轩记》《石颠山人传》等大量作品都长于记叙日常琐事,以典型情节、白描手法来刻画人物,表现了他"工为叙事抒情"的创作特色。哪怕是刻画甲午战争中的英烈,他也是另一番笔调。我们以《徐景颜传》为例:

> 年二十五,以参将副水师提督丁公为兵官。壬辰东事萌芽时,景颜归,辄对妻涕泣,意不忍其母。母知书明义,方以景颜为怯弱,趣之行。景颜晨起,就母寝拜别,持箫入卧内,据枕吹之。初为微声,若泣若诉;越炊许,乃斗变为惨厉悲健之音,哀动四邻。掷箫、索剑、上马、出城。是岁,遂死于大东沟之难。②

徐景颜是甲午海战的烈士,刻画这样一位英雄人物,作者不选取惊心动魄的战争场面,只是用白描手法刻画徐景颜上战场前的几个细节:对妻涕泣、吹箫辞母,然后掷箫、索剑、上马、出城,前者让人以为怯弱,这是欲扬先抑。后者用"掷箫""索剑""上马""出城"几个一气呵成的连贯动作,勾勒出徐景颜视死如归的英雄气概。对箫声的描写是此文中最耐人寻味的一笔,箫声从"如泣如诉"到"惨厉悲健",正是英雄内心深处灵魂的矛盾挣扎与最后决断,此乃以箫声写心声。对于最壮烈的牺牲,林纾也未使用慷慨激昂的文字,"是岁,遂死于大东沟之难",一句简单的描写却分明有着力拨千斤的感染力。这短短的一段文字,虚实相生、波澜起伏,透过细腻深沉的语言,创造了一个悲婉的意境,是典型的小说笔法。

章太炎曾讥讽林纾"辞无涓选,精彩杂汙,而更浸润唐人小说之风"③,连桐城古文大家、唐宋派盟主的林纾都不能免俗,可见俗文学对雅文学的侵蚀真乃无孔不入,但也为传统古文带来更生之契机。传统古文向来求雅正淳厚,胡适说"古文里很少滑稽的风味"④,林纾为人好谐谑,论文主"风趣""情韵",他

---

① 林纾.畏庐文集·亡室刘孺人哀辞.
② 林纾.畏庐文集·徐景颜传.
③ 章太炎.与人论文书[C]//章太炎书信集.马勇编.石家庄:河北人民出版社,2003:287.
④ 胡适.五十年来中国之文学[M]//胡适文存:二集.合肥:黄山书社,1996:197.

对狄更斯、司各特、欧文行文的风趣幽默颇能心领神会,并将这种亦庄亦谐的笔调与中国史传作品进行对比。林纾在翻译小说《撒克逊劫后英雄略》的序言中对比了小说对弄儿汪霸的刻画和《汉书》中的情节片段:

《汉书·东方曼倩传》叙曼倩对侏儒语,及拔剑割肉事,孟坚文章,火色浓于史公。在余守旧人眼中观之,似西文必无是诙诡矣。顾司氏述弄儿汪霸,往往以简语泄天趣,令人捧腹。文人之幻,不亚孟坚,此又一妙也。①

林纾在《春觉斋论文·应知八则》独立"风趣"一篇,论古今文章之趣,他一开始就辨明"风趣"与"滑稽"的区别,认为"凡文之有风趣者,不专主滑稽言也""风趣者,见文字之天真;于极庄重之中,有时风趣间出"②。文章表面上看滑稽风趣,实则寓有深意,"欧文者,古之振奇人也。能以滑稽之语,发为伤心之言;乍读之,初不觉其伤心,但目以为谐妙,则欧文盖以文章自隐矣"③。

在古文创作上,林纾也表现出对诙谐风味的认同,他在"叙事抒情"中"杂以诙诡",创作了一个个风趣幽默而发人深省的故事,如《赵聋子传》《陈猴传》《冷红生传》《书葫芦丐》《书郑翁》,有笔调诡僻的自传,有为"下等社会写照",有为仆役立传,有为娼丐存照,它们看起来颇似"游戏"之作,其实不然。林纾曾说古文是立身之本,翻译小说是游戏之作,学者们藉此认为他对待古文与小说标准不一,这种判断未免失于简单。林纾认为《圬者王承福传》《毛颖传》皆"寄托讽刺,谐谑游戏"④,他为韩愈《毛颖传》辩解:

自退之文出时,人争以为俳,《说文》"俳,戏也";似不应有此,故柳子厚力右之。是时张籍居弟子之列,亦颇以公文为诙诡,况余人耶?

此文全学太史,用典寥寥,而位置得宜处,竟似确有世系可考者。文叙事之有法,自是昌黎本色。吾辈当知其用字之法。即此游戏之作,所选字,非一字两义者,万不适用。⑤

"游戏"不同于今所谓游戏之笔,它主要指内蕴讽刺、有所寄托的作品。林纾翻

---

① 林纾.撒克逊劫后英雄略·序[C]//司各德.撒克逊劫后英雄略.魏易口译,林纾笔译.上海:商务印书馆,1914:序1.
② 林纾.春觉斋论文·应知八则·风趣.
③ 林纾.旅行述异·序[C]//华盛顿·欧文.旅行述异.魏易口译,林纾笔译.上海:商务印书馆,序1.
④ 林纾.春觉斋论文·流别论.
⑤ 林纾选评.毛颖传[M]//选评《古文辞类纂》.慕容真点校.杭州:浙江古籍出版社,1986:292.文中引文凡出自于此书者,皆只注作者和篇名。

译小说不主"巧于叙悲以博阅者无端之眼泪"或"专尚风趣,适资以侑酒",而专于"振作志气,爱国保种之一助"①,这样看来,它们与"王承福、宋清、毛颖之类"有相似性。幽默诙谐的古文,历代也有不少,只是很少有古文家像林纾这般热衷此道,以至诙谐成为其古文的一大特色。这除了"王承福、宋清、毛颖之类"传统古文的影响,也还得益于外国小说的滋养。林薇说:"林纾的'好谐谑',除了他那种'少任气,人目为狂生'的性格使然,恐怕更多的还是由于迭更司、欧文等的幽默风趣对他濡染所致。他熔古、今、中、外于一炉,创造了一种若庄若谐、似嘲似讽、活泼俏皮、妙趣横生的文笔,以雅谑而见长。"②林纾对中西文学的比较开创了中国比较文学的先声,开阔的视野为他的研究与创作带来新的菌子,这也许就是文学交流的互动效应吧!

1932年,周作人在辅仁大学演讲《中国新文学的渊流》,类比晚明思潮与五四新文学,以言志与载道区分中国文学。他认为中国文学史的发展,实际上是"诗言志"与"文以载道"两种文学潮流的交相起伏。周作人指出,中国新文学的思想源头是明末公安派,公安派提出的"独抒性灵,不拘格套"是对明代复古主义载道文学的反叛,公安派的创作清新流丽,不在文章里摆架子,不讲治国平天下的大道理,他们没能直接与新文学连接的原因,是由于八股文与桐城派的阻碍。朱自清随后提出异议,他认为"五四"文学革命是始于文学或文体的解放,在相当程度上,"五四"文学革命所确认的语体文学以外语为标范,但中国文学传统中语体文学支流的影响也不可忽视。对于中国现代小说,人们比较容易认可它的外来影响,但现代散文却无论如何也无法割裂与传统古文的关联。新文学倡导者们的学养受传统文化和桐城派潜移默化的影响是不可抹煞的事实,现代散文与传统文化、传统文学有着割舍不断的联系,这种联系在某个阶段可能被忽视,但绝对是存在的。

鲁迅在1930年所写的《〈浮士德与城〉后记》中论新旧文化之冲突与承接时道:"新的阶级及其文化,并非突然从天而降,大抵是发达于对于旧支配者及其文化的反抗中,亦即发达于和旧者的对立中,所以新文化仍然有所承传,于旧文化也仍然有所择取。"③"五四"以后,"新文学家都明确无误地回归到对新

---

① 林纾.黑奴吁天录·跋[C]//斯托夫人.黑奴吁天录.魏易口译,林纾笔译.上海:商务印书馆,1920:跋1.

② 林薇.林纾选集小说卷·前言[C]//林纾选集:小说卷.林薇编.成都:四川人民出版社,1985:8.

③ 鲁迅.浮士德与城·后记[M]//集外集.北京:中国文史出版社,2002:291.

旧文化、新旧文学割舍不断联系的理性认识"①。他们对待桐城派、对待林纾的态度也有所转变,许多现代作家都曾谈及林纾对自己的影响。苏雪林甚至称林纾为自己"最初的国文导师",冰心、庐隐、郭沫若、茅盾等也不讳言林纾对自己走上文学道路的影响和自己身上残留的"林译"印迹。在桐城派古文的消亡、林纾的古文革新与现代散文的涌现这段历程中必然存在一个充满思想冲突与文化意蕴的历史性转换,林纾从翻译小说与中西文化对比中积累的经验与领悟丰富了他观照中国古文论的视域,使他的散文创作展露新气象,成就了中国古典散文最后的辉煌。林纾"不仅是中国古典散文(古文)和文言小说的终结者,在更深刻的文化内涵上,他成为传统文学的终结者和新文学的启蒙者。由此,他和他的作品凝固成新旧文学交替的临界态"②。

---

① 关爱和.五四之后新文学家对桐城派的再认识[J].中州学刊,1998(1):75-80.
② 吴微."小说笔法":林纾古文与"林译小说"的共振与转换[J].明清小说研究.2002(3):111-118.

第三章　林纾古文文体论

　　文体研究是文学研究的关键环节,被中国人视为瑰宝的唐诗、宋词、元曲、明清小说,作为时代文学最高成就的代表,以文体的身份永载史册。古代文人非常重视文学的体制问题,"欲学文章,必先辨门类,门者,其纲也,类者,其目也"①,"尝谓陶者尚型,冶者尚范,方者尚矩,圆者尚规,文章之有体也,此陶冶之型范,而方圆之规范也"②,"夫才童学文,宜正体制"③,为文要讲究文体,正如烧铸铁器需有模型,取方画圆需有规矩一样,区别文体,明确体制甚至应从孩童抓起。的确,在中国古典文学批评领域,文体论历来发达,人们分门别类,阐释体制、渊源、风格,提示各类写作的准则,选录各家各体作品,目的之一即传承学源,为后学者提供轨范,也因此保存了古典文学关于体类、性质、流变的诸多资料,对后代的文学研究工作具有相当重要的意义。

　　林纾的《文微·通则》开篇即言"文须有体裁,有眼光,有根柢"④,他对文体研究有强烈的自觉意识,《春觉斋论文》有《流别论》一章,分门别类探讨古文文体问题。随后又在姚鼐《古文辞类纂》的基础上选编《选评〈古文辞类纂〉》。作为中国传统文化传承的最后殿军、中国最后的古文大家,林纾的文体研究承继《文心雕龙》文体论的范畴与架构,又综合姚鼐《古文辞类纂》在分类和评点上的优势,对古代文体分类、源流、功能、语体、风格、创作规则、名家名作评析等中国古典文体论基本范畴进行综合、梳理、辨析与更新。林纾的《选评〈古文辞类纂〉》与《春觉斋论文·流别论》的文体阐释及其选编的标准范围,具体反映了他的文体观念和文学批评思想,在其文论作品中别具特色。林纾的古文

---

①　姚永朴.文学研究法[M].合肥:黄山出版社,1989:28.
②　顾而行.刻《文体明辨》序[C]//徐师曾.文体明辨序说.罗根泽校点.北京:北京人民出版社,1998:75.
③　刘勰.文心雕龙[M].王运熙,周锋译注.上海:上海古籍出版社,2010:203.
④　林纾.文微·通则.

文体论不仅是对中国古代文体论的继承与综合,更有对近代文体发展变化的捕捉。文体论是林纾文学思想的基石,他的文学史论、古文艺术论、鉴赏评点论皆以此为基础,我们探讨林纾的文论精华理应由此入手。

第一节　林纾古文文体论的取源

从词源上说,"文体"一词并非古文论术语,乃是近代以后受西方文论影响形成的新名词,人们多认为它译自英文的"style"。"style"一词在西文中义有多端,根据不同的话语体系与论证需要可产生多种译名——"文体""语体"或"风格",涵盖文类特征、结构特征、时代文风、体裁或作品之语言特色、审美风格等复杂内容,称指不同时内涵稍有差异。在古代汉语中,"文体"一词比较少用,古代文论术语中接近"文体"的词主要有"体""体制""体势""体性"。论文称"体"乃是古文论常用的拟人手法,沈君烈《文体》说"文之有体,即犹人之有体也",意在借人体的复杂构成来比喻文章内涵的丰富性。《辞海》对"文体"一词的解释是:

> 文章的风格。钟嵘《诗品》卷中(陶潜诗)"文体省静,殆无长语"。又"观休文(沈约)众制,五言最优,详其文体,察其余论,固知宪章鲍明远也"。
>
> 也叫"语体"。为适应不同的交际需要而形成的语文体式。有几种不同的分类,一般分为公文文体、政体文体、科学文体、文艺文体等。

文体包含风格与功能的双重内涵。从古代文论作品看,历代文论家赋予"文体"这个概念各自的理解与诠释,它可以指体裁样式,可以指题材内容,也可以指表现手法、结构形式、艺术风格特征,等等。

"体"在古文论的基本内涵指文章体裁、样式。曹丕《典论·论文》"夫人善于自见,而文非一体,鲜能备善,是以各以所长,相轻所短"[1],萧统《文选·序》"凡次文之体,各以汇聚;诗赋体既不一;又以类分;类分之中,各以时代相次"[2]。此处的"体"相当于今天文学的类型或文类,诗词曲赋属于不同的文体

---

[1] 曹丕.典论·论文[C]//中国历代文论选.郭绍虞主编.上海:上海古籍出版社,2001:158.

[2] 萧统.文选·序[C]//中国历代文论选.郭绍虞主编.上海:上海古籍出版社,2001:330.

分类,各有规范与制约,以各异的形式特征与话语系统承担不同的言说功能。中国古代文论中所说的"体"大都离不开"类型"或"文类"的意思。明代吴讷的《文章辨体序说》和徐师曾《文体明辨序说》两书所谓的"体",其基本内涵也是指文章的体裁。不过,当"体"被称为"体制""体性""体势"时,内涵就复杂多了。嵇康所谓"然八音之器,歌舞之象,历世才士,并为之赋颂,其体制风流,莫不相袭"①,此处的"体制"既指向文章外在之格局、体裁、辞采,又内含文章之风貌、形貌、蕴味等丰富内容。刘勰《文心雕龙》云"夫才童学文,宜正体制,必以情志为神明,事义为骨髓,辞采为肤肌,宫商以声气"②,意味着"体制"是由"情志""事义""辞采""宫商"等因素组成的复杂整体。其中,"情志"和"事义"偏于文体的内在情感因素,"辞采"和"宫商"偏于文体的外在结构因素。每一类文体在流变过程中都会逐渐形成独有的审美风格或规范,这已为古代文家的共识。刘勰《文心雕龙·体性》云"若总其归涂,则数穷八体:一曰典雅,二曰远奥,三曰精约,四曰显附,五曰繁缛,六曰壮丽,七曰新奇,八曰轻靡"③,这里的"八体"即文章的八种风格。曹丕《典论·论文》:"夫文本同而末异:盖奏议宜雅,书论宜理,铭诔尚实,诗赋欲丽,此四科不同,故能之者偏也;唯通才能备其体"④。这里的"体"同样超越文类的体裁区别,涉及比较复杂的文体功能、语体、审美风格诸问题。为了区别作为体裁之"体"与更为复杂的风格之"体",刘勰往往称"体貌"为"势",正如他在《定势》中描述说:"夫情致异区,文变殊术,莫不因情之体,即体成势也。势者,乘利而为制也。如机发矢直,涧曲湍回,自然之趣也。圆者规体,其势也自转;方者矩形,其势也自安,文章体势,如斯而已。"⑤不同的文章具有不同的"势","势"的形成关乎"情致","情致"大抵相当于个人化的情感导向与话语模式,可理解为写作当时的情绪,也可理解为作者行文一贯的个性风格。宋姜夔说:"守法度曰诗,载始末曰引,体如行书曰行,放情曰歌,兼之曰歌行,悲如蛩螀曰吟,通乎俚俗曰谣,委曲尽情曰曲。"⑥这里,行文规则、表达内容、述情方式、情感导向、话语模式的差别都指向文体的差别。我们平时所谓"建安体""正始体""黄初体""齐梁体""初唐体""盛唐

---

① 嵇康.琴赋·序[M]//嵇康集.郭绍虞主编.北京:人民文学出版社,1962:83.

②③⑤ 刘勰.文心雕龙[M].王运熙,周锋译注.上海:上海古籍出版社,2010:203,136,148.

④ 曹丕.典论·论文[C]//中国历代文论选.郭绍虞主编.上海:上海古籍出版社,2001:158.

⑥ 姜夔.白石道人诗说[C]//历代诗话.何文焕辑.北京:中华书局,1981:681.

体"是指某个时代或某段历史时期整体的文学风貌;所谓"陶(渊明)体""元(稹)白(居易)体""柳(宗元)体"指向个人创作的独特格调,一个优秀的作家还可能有"多副笔墨";再如今人所谓"鲁迅杂感体""语丝体""冰心体""周作人小品体""杨朔体""余秋雨体",更是包含体裁、思想内容、文章结构、遣词造句、审美风格等多层次内涵。

童庆炳在《文体与文体的创造》一书中这样界定"文体":

> 文体是指一定话语秩序所形成的文本体式,它折射出作家、批评家独特的精神结构、体验方式、思维方式和其他社会历史、文化精神。①

他认为文体的表层是作品的语言秩序、语言体式,里层则负载社会的文化精神和作家、批评家的个体人格内涵。郭英德的《中国古代文体学论稿》认为:

> 文体的基本结构应由体制、语体、体式、体性四个层次构成。体制是指外在的形状、面貌、构架,语体指文体的语言系统、语言修辞和语言风格,体式指文体的表现方式,体性指文体的表现对象和审美精神。②

作者将文体理解为一个多层次的整体系统,指出,"中国古代文学批评家对文体的体制、语体、体式、体性四个层次的构成、特征和功能等方面,都做了深入的考察和精到的论析"③,只是由于中国古代的文体论史料散见于别集、笔记、书信、诗话、词话,或是各种类书、选本与史书之中,像《文心雕龙》那样对文体有宏阔深广的理解,形成体系的专著并不多见。林纾生在古代文学的末世,他对文体的认识和他的文体研究必然深受传统文体论的影响,其中挚虞的《文章流别论》、刘勰的《文心雕龙》和姚鼐《古文辞类纂》影响至深。

一、挚虞《文章流别论》的影响

挚虞的文体观念主要体现在他那几部为人称道的作品中:《文章流别集》《文章流别志》《文章流别论》《文章志》。《晋书·挚虞传》载:"虞撰《文章志》四卷,注解《三辅决录》,又撰古文章。类聚区分为三十卷,名曰《流别集》,各为之论,辞理惬当,为世所重。"④《隋书·经籍志》云:"总集者,以建安以后,辞赋转繁,众家之集,日以滋广。晋代挚虞,苦览者之劳倦,于是采摘孔翠,芟剪繁芜,

---

① 童庆炳.文体与文体的创造[M].昆明:云南人民出版社,1994:1.
②③ 郭英德.中国古代文体学论稿·前言[M]//中国古代文体学论稿.北京:北京大学出版社,2005:2.
④ 房玄龄等.晋书(卷3781)[M].长春:吉林人民出版社,1995:839.

自诗赋下,各为条贯,合而编之,谓为《流别》。"①原文都已散佚,只有若干片段见于后人的书注中。对于挚虞几部作品创作的目的与功用,有学者进行文献考证与厘清:

> 挚虞撰《文章流别集》这一文学总集的同时或之后,另撰有《文章流别志》及《文章流别论》,其中《文章流别志》是《文章流别集》一书的目录,而《文章流别论》则是专门对《文章流别集》各种文章体裁的性质、渊源及演变进行论述,探讨源流,辨析名义,品评优劣。②

《文章志》则是志人之书,是总集所涉作者的小传。这几部作品内容构成挚虞文体研究的主要框架。邓国光在专著《挚虞研究》中论挚虞文体论体系:

> 《流别集》之论乃为诠文,体犹叙引,今所存遗文,有总论文章者,有论诗赋各体者,有叙一篇事者。《晋书》本传既云挚虞"各为之论",其非一篇明矣。是上举三类,乃冠诸《流别集》各部之叙引也。其论文章者,事涉全体,乃《流别集》之总叙也;其论文体者,尚叙一体,为所辑各体文章之序论也;其述一篇事者,不及其余,乃系于篇下之解题也。以叙引之义例,庶复原其书之大体矣。③

挚虞《文章流别论》可谓中国最早关于评析文体的专论,这种包含总论、叙引、各体序论、选文、题解的文体论结构在古典文学文体论发展史上具有开创性意义,对南朝以后的文论著述有重大影响。明代张溥在《汉魏六朝百三家集·挚太常集·题辞》中说:"《流别》旷论,穷神尽理,刘勰《雕龙》,钟嵘《诗品》,缘此起议,评论日多矣。"④我们从刘勰《文心雕龙·序志》中所讲的"原始以表末,释名以章义,选文以定篇,敷理以举统"⑤的著述纲领可以看出它们之间的脉络关联。编选总集也因此成为历代文学研究的重要传统,"通过选本来表现选家的文学思想、品评标准和审美趣味,是中国文学批评的一个重要特征,也是一个重要传统。这一传统最早是由晋代挚虞开其端,而后为李充等人所继承、发展的"⑥。后代文人在编选文章总集时,一般会对文体进行分门别类并解释说明,如明代的《文章辨体》《文体明辨》,清代的《古文辞类纂》《经史百家杂

---

① 经籍志.四[C]// 钦定隋书·第13册·卷34~35.复旦大学图书馆藏本,123.
② 唐明元.挚虞《文章志》《文章流别志》考辨[J].图书馆理论与实践,2010(2):65-66.
③ 邓国光.挚虞研究[M].香港:学衡出版社,1990:183.
④ 张溥.挚太常集[M]//汉魏六朝百三家集题辞注.北京:人民文学出版社,1963:114.
⑤ 刘勰.文心雕龙[M].王运熙,周锋译注.上海:上海古籍出版社,2010:148.
⑥ 归青,曹旭.中国诗学史·魏晋南北朝卷[M].厦门:鹭江出版社,2002:97.

钞》,编者简明扼要地界定了每种文体,在此基础上,选文定篇,形成相对稳定的文体辨析体系。今人罗根泽、于北山效仿"挚虞的抽出《流别志论》另行"的方式,将吴讷《文体明辨》与徐师曾《文体明辨》"两书的序说校点付印"①,可见其影响深远。

《文章流别论》的主体是考释文体的流变,其散佚文字涉及的文体有诗、颂、赋、七、铭、箴、诔、哀辞、哀策、对问、碑铭、图谶等,但实际远不止。邓国光综合其他历史文献考辨,《文章流别论》所涉文体可达 41 种之多。关于"流别"一词,《说文》曰"辰,水之衺流别也",段玉裁认为"流别者,一水岐分之谓,流别,其势必衺行"。"流别"是一个事物的分支与发展,用现在的话说即历史的演变。不过挚虞之后,"流别"一词在文体论中似乎并不常用,林纾沿用此词,将文体论称为"流别论",也可见挚虞《文章流别论》对他的影响,以下举一例。

林纾释"哀辞"沿用《文章流别论》的"哀辞者,诔之流也",挚虞将"诔""哀策""哀辞"分类而论,论"哀辞"原文为:

> 哀辞者,诔之流也。崔瑗、苏顺、马融、张叔为之,率以施于童殇夭折不以寿终者。建安中,文帝、临淄侯各失稚子,命徐幹、刘桢等为之哀辞,哀辞之体,缘以叹息之辞。②

林纾亦引刘勰语,《文心雕龙·哀吊》曰:"赋宪之谥,短折曰哀。哀者,悲实依心,故曰哀也。以辞遣哀,盖下流之悼,故不在黄发,必施夭昏。"③林纾《春觉斋论文·流别》将"诔"与"碑"合为一类,"哀辞"为一类。其论"哀辞":

> 然诔之为体,选言录行,传体而颂文,荣始而哀终,王侯将相皆可诔也,然未闻有以哀辞施之王侯将相者。故刘勰曰:"不在黄发,必施夭昏。"建安中,文帝与临淄侯各失稚子,命徐幹、刘桢各为哀词。潘岳集中有金鹿、泽兰哀辞。金鹿,岳之幼子,又为任子咸妻作孤女泽兰哀辞。由此观之,哀辞之为体,施之夭昏,决矣。④

因应用对象的不同,"诔"与"哀辞"的区分一目了然。吴讷《文章辨体》以"诔辞、哀辞"为一类目:

---

① 罗根泽,于北山.校点前言[C]//吴讷,徐师曾.文章辨体序说,文体明辨序说.北京:人民文学出版社,1962:序 1.
② 邓国光.挚虞研究[M].香港:学衡出版社,1990:189.
③ 刘勰.文心雕龙[M].王运熙,周锋译注.上海:上海古籍出版社,2010:54.
④ 林纾.春觉斋论文.流别论.

厥后韩退之之于欧阳詹,柳子厚之于吕温,则或曰诔辞,或曰哀辞,而名不同。迨宋南丰、东坡诸老所作,则总谓之哀辞焉。大抵诔则多叙世业,故今率仿魏晋,以四言为句;哀辞则寓伤悼之情,而有长短句及楚体不同,作者不可不知。①

吴讷主要以所述内容不同区分"诔辞""哀辞",以"多叙世业"为"诔",以"寓伤悼之情"为"哀辞",指明因所述有别,二者在语体表达方式上也有相应区别。不过,他说"厥后韩退之之于欧阳詹,柳子厚之于吕温,则或曰诔辞,或曰哀辞"就显得漫无去取。如果阐释文体的流别,只有陈列而不能考核原委、分辨去取,一篇文章,"诔辞""哀辞"两体皆可,习者如何适从? 韩愈集中有两篇哀文,一是《哀独孤申叔文》,二是《欧阳生哀辞》,林纾论《欧阳生哀辞》:"词中既哀詹矣,又哀其父母,见詹之死,尚有父母悲梗于上,所以可哀也。"②曾巩《元丰类稿》中有《王君俞哀词》,"王宫殿中丞,然卒时始二十六……,正以君俞有老母在,且孝而不昌其年,此所在可哀也",这也正是"哀辞"这个文体在历史发展过程中发生的流变。刘勰《文心雕龙》说"哀辞""降及后汉,汝阳主亡,崔瑗哀辞,如变前式"③,即"哀辞"的应用范畴主要有两类:一是对夭殇者的哀悼,二是对暴亡者的哀悼,前者是本义,后者则是流变。至于柳宗元作《故衡州刺史东平吕君诔》,吕温任病逝衡州刺史任上,年仅四十岁,照例用"哀辞"不应用"诔",但吴讷含糊带过,今人更不知原委。姚鼐《古文辞类纂》论"哀祭类者,诗有颂,风有《黄鸟》、《二子乘舟》,皆其原也。楚人之辞至工,后世惟退之、介甫而已"④,他未说明具体范围和对象,从所选篇目看,凡祭悼亡者的都属于此类。林纾批评归震川《御史中丞李公哀辞》"矧李位至中丞,年非夭札,乃不顾体裁而哀之,过矣"。林纾以挚虞《文章流别论》和刘勰《文心雕龙》为"前人法律",对"诔辞"与"哀辞"从诉诸对象、内容功能、审美风格及创作法分辨廓清,更强调内容是否符合义理,感情抒发是否真挚。

二、刘勰《文心雕龙》的影响

刘勰《文心雕龙》是另一部对林纾文体论思想影响至深的典籍。关于中国古典文体学发展,历来有这么一种说法,即萌生于先秦,发展于两汉,盛行于六

---

① 吴讷.文章辨体序说[M].于北山校点.北京:人民文学出版社,1962:53-54.
② 林纾.春觉斋论文·流别论.
③ 刘勰.文心雕龙[M].王运熙,周锋译注.上海:上海古籍出版社,2010:54.
④ 姚鼐.古文辞类纂[M].上海:上海古籍出版社,1998:18.

朝,繁衍于宋明,论定于晚清。"《文心雕龙》,广义说,全书都可以称之为我国古典的文体论"①,《文心雕龙》主要体系是"原始以表末,释名以章义,选文以定篇,敷理以举统"②,厘清各文体的概念内涵,考察各文体的源流与演变,联系历代文章写作的具体实践,总结各体文章的写作经验和艺术规律,由此形成周全、庞大、有条理的文体研究系统,推动了中国古代文体论的发展。

《文心雕龙》所论之文范围比较宽泛,品类很多,文学性的诗歌、辞赋和富有文采的各类骈体文是其讲述的重点,但并不排斥谱、籍、簿、录、占、式、律、令、法、符、契、券等应用文体,虽然它们被视为"艺文之末品"。《文心雕龙》中的文体分类,出现在20篇文体论篇名上的包括诗、乐府、赋、颂、赞、祝、盟、铭、箴、诔、碑、哀、吊、杂文、谐、讔、史、传、诸子、论、说、诏、策、檄、移、封禅、章、表、奏、启、议、对、书、记,共34种不同的文体。另外,每类篇名之下还包含更小的或相似的文体类型,如"诏策"下有誓、诰、令等,"杂文"下有对问、七、连珠等,所涉文体总共有79种。一些文体因为没有优秀的作品且缺乏影响,刘勰未进行细致区分与评述。1916年出版的《春觉斋论文》是20世纪初林纾在京师大学堂的讲义,其中《流别论》一章共分体15类:骚、赋、颂赞、铭箴、诔碑、哀辞、传状、论说、诏策、檄移、章表、书说、赠序、杂记、序跋。两者对比可知,《流别论》参照了《文心雕龙》的类目顺序,只是对一些细碎的文类进行归整,如"箴铭"类含颂、碑、铭、箴等,"哀祭"类含哀、吊、诔等,"章表"类含章、表、奏、启、议等类,这样类目上显得更加清晰有条理。林纾训释文体之名,主要采用训诂的方式,这与刘勰《文心雕龙》的影响密不可分。林纾训释文体通常采用"某者,某也"的形式,如论"赋"体"赋者,铺也";论"诔"体"诔者,累也";论"碑"体"碑者,埤也";论"论说"体"论者,伦也";论"章表"体"章者,明也""表者,标也"。有时也用"某之为言某也"这种名式,如论"史传"体"传之为言,转也";论"赞"体"赞之为言,明也";在林纾的《春觉斋论文·流别论》中,与《文心雕龙》分类相似的几种文体,如赋、颂赞、铭箴、诔碑、哀辞、传状、论说、诏策、檄移、章表等基本使用或仿照刘勰的释名,颇多引用其文中语。《文心雕龙》虽然是古代文体分类时不可僭越的标范,然而其文字古奥艰深,不利于初学者学习。因此,林纾在其基础之上简取大要,对相似的文体进行归整,并着意对相似文体内涵、外形的阐发以作为区别文体的标志,还通过对创作法的归结以有效地引导习作者。

---

① 徐复观.《文心雕龙》的文体论[M]//中国文学精神.上海:上海书店,2004:456.
② 刘勰.文心雕龙[M]//王运熙,周锋译注.上海:上海古籍出版社,2010:148.

林纾《春觉斋论文》整体上继承刘勰《文心雕龙》的结构体系。关于刘勰《文心雕龙》的体系层次,历来研究界有不同的看法,但各家所涉及的层次要素不外乎以下几种:一,文之枢纽(总论);二,论文叙笔(文体论、作品论);三,剖情析采(创作论、技巧论、文学批评等)。台湾学者徐复观在他的《〈古文辞类纂〉文体论》中对古代文体概念进行了较为系统的阐释,他指出《文心雕龙》中的"体"有三个方面的内容——体裁、体要和体貌。《文心雕龙》虽对后世文学影响深刻,然从文体研究的状况看,刘勰建立的这种丰富的"文体"概念与研究体制并未得到有效的繁衍与发展。相反,这个原本意蕴丰富的概念,在唐代"古文运动"以后受到简单化的理解,文学批评更是常以文类为文体,偏离了中国文学将人与文学相连的优良传统,导致文学精神、气韵等内在因素的缺失。林纾的《春觉斋论文》由《述旨》《流别论》《应知八则》《论文十六忌》《论字四法》五个部分组成,《述旨》即是总论,《流别论》是文体论,《应知八则》《论文十六忌》《论字四法》是艺术论、创作论、技法论,他的《选评〈古文辞类纂〉》及大量的古文选评本是作家作品论与文学批评论的重要组成部分。林纾论文体流别、评品作家作品非常重视"剖情析采",讲究"意境""气势""风趣""情韵""神味",正是对刘勰开创的这种优良传统的继承和发扬。

刘勰的《文心雕龙》有总结魏晋南北朝以前文体论的功劳,刘勰之后文体日益丰富,到了明清时期,中国古典文体的发展已经趋于成熟,却未出现如《文心雕龙》般体大虑周的文体论著。林纾生于中国古典文学演变的最后时期,其文体研究继承《文心雕龙》文体论的范畴与架构,结合魏晋后文体的发展,对古代文体分类、源流、功能、语体、风格、创作规则、名家名作评析等中国古典文体论基本范畴进行综合、梳理、辨析与更新,其文体论是对刘勰之后文体论的总结与提升。

三、姚鼐《古文辞类纂》的影响

明清时期,古代文体分类学渐趋成熟,出现了一批带有总结性特征的研究著作。明代吴讷《文章辨体》和徐师曾《文体明辨》以追本溯源为基础,总结了各文体的体制特征与具体作法,是具有代表性的两部作品。就文体分类方面而言,吴讷《文章辨体》全书共50卷,分体59类,每类之前各有序题。此59类为:古歌谣辞、古赋、乐府(郊庙歌辞、恺乐歌辞、横吹曲辞、燕飨歌辞、琴曲歌辞、相和歌辞、清商曲辞)、古诗(四言、五言、七言、歌行)、谕告、玺书、批答、诏、册、制、诰、制策、表、露布、论谏、奏疏、议、弹文、檄书、记、序、论、说、解、辨、原、戒、题跋、杂著、箴、铭、颂、赞、七体、问对、传、行状、谥法、谥议、碑、墓碑、墓碣、墓表、墓志、墓记、埋铭、诔辞、哀辞、祭文、连珠、判、律赋、律诗、排律、绝句、联句诗、杂体诗、近代词曲。①

徐师曾《文体明辨》在吴讷《文章辨体》的基础上修订而成,"大抵以同郡吴文格公讷所纂《文章辨体》为主而损益之"②。分类上更为繁复,扩大至一百二十七体③:古歌谣辞(歌、谣、讴、诵、诗、辞、谚)、四言古诗、楚辞、赋、乐府、五言古诗、七言古诗、杂言古诗、近体歌行、近体律诗、排律诗、绝句诗、六言诗、和韵诗、联句诗、集句诗、命、谕告、诏、敕(敕榜)、玺书、制、诰、册、批答、御札、赦文(德音文)、铁券文、谕祭文、国书、誓、令、教、上书、章、表(笏记)、笺、奏疏(奏、奏疏、奏对、奏启、奏状、奏札、封事、弹事)、盟(誓)、符、檄、露布、公移、判、书记(书、奏记、启、简、状、疏)、约、策问、策、论、说、原、议、辩、解、释、问答、序(序略)、小序、引、题跋(题、跋、书、读)、文、杂著、七、书、连珠、义、说书、箴、规、戒、铭、颂、赞、评、碑文、碑阴文、记、志、纪事、题名、字说(字说、字序、字解、字辞、祝辞、名说、名序、女子名字说)、行状、述、墓志铭、墓碑文、墓碣文、墓表(墓表、阡表、殡表、灵表)谥议、传、哀辞、诔、祭文、吊文、祝文、虾辞、杂句诗、杂言诗、杂体诗、杂韵诗、杂数诗、杂名诗、离合诗(口字咏、藏头诗)、诙谐诗、诗余、玉牒文、符命、表本、口宣、宣答、致辞、祝辞、贴子词、上梁文(宝瓶文说、上牌文)、乐语、右语、道场榜、道场疏、表、青词(密词)、募缘疏、法堂疏。文体分类上求全求善的追求在清代愈演愈烈,导致许多文体分类越来越细微,总集选本的规模也越来越宏大。如清吴曾祺《涵芬楼古文今钞》分十三类二百零二目,张相《古今文综》分六部四百余体,此外不一一例举。文体搜罗的全面当然有助于人们了解文体发展的状况,具有重要的文献史料价值。然而如此繁杂琐屑,也给后人的学习和研究带来麻烦,无怪乎《四库全书总目提要》感慨:"千条万绪,无复体例可求,所谓治丝而棼者欤。"④这种流弊后世当然有所觉察,因此改变明代以来文体分类过于琐细的弊端,使得文体分类更加得当、清晰便于传播学习也成为清代文体分类学的另一种倾向,姚鼐选编《古文辞类纂》就是在这样的背景下。

乾隆四十四年(1779年),姚鼐主持扬州梅花书院,他有感于士子学习古

---

① 吴讷.文章辨体序说[M].于北山校点.北京:人民文学出版社,1962:3-5.
② 徐师曾.文体明辨序说[M].罗根泽校点.北京:人民文学出版社,1962:77.
③ 关于《评论本明辨》的文体分类数目,徐师曾自称一百二十七体。参以不同版本考辨,应该是一百二十一体。
④ 纪昀等.四库全书总目[M].北京:中华书局,1981:1740.

文没有一部系统的古文选本,编选了七十五卷本的《古文辞类纂》。桐城派一直有关注选本的传统,姚鼐编选《古文辞类纂》之前,方苞编选过《古文约选》,他提倡"义法":"义即《易》之所谓'言有物'也,法即《易》之所谓'言有序'也,义以为经而法纬之,然后为成体之文。"①这一说法表明他对文章体制、风格、创作法的理解。在科举取士的时代,读书人学好古文对于提高写作时文的水平有重大意义,也因此,桐城派的古文选本一般被用作教材。方苞《古文约选》共选录两汉及唐宋大家作品三百六十二篇,其中韩愈、欧阳修选文最多,方苞解释说:"学者能切究于此,而以求《左》《史》《公》《穀》《语》《策》之义法,则触类而通,用为制举之文,敷陈论、策,绰有余裕矣。"②姚鼐区分名实,根据名同实异及名异实同的文体名称将古文文体分为十三类,按源流变化、实际功能,把相近的文体分在同一类,类之下不再有细目,这种分类的简化改变了明代以来文体分类过于琐细的弊端,变得精当而且切于实际,是古文分类学的一大进步,姚鼐的《古文辞类纂》,从编选标准及范围看,最能体现桐城派的古文理论。刘声木在《桐城文学渊源考》中评姚鼐《古文辞类纂》说:"所选《古文辞类纂》七十四卷,超然远识,古雅有法,奄出历代选本之上,为六经以后第一书,尤为海内所传诵。世之欲学文者不由是而进之,譬由行荆棘而弃康庄,欲至国都不可得也。"③钱基博著有《〈古文辞类纂〉解题及其读法》一书,高度评价姚选《古文辞类纂》,其言曰:"至分类必溯其原而不为杜撰,选辞务择其雅而不为鉤棘;苍斯文于简编,诏来者以涂辙,近儒章炳麟曰:'文足达旨,远于鄙倍,可也,有物有则,雅驯近古,是亦足矣。'"④

姚鼐的《古文辞类纂》,因其文体分类及选评极富特色,流传后倍受追捧,从乾隆末年之后,士子习读古文均以此本作为基本教科书,在知识分子中影响深远。后世续作、选评和评注者甚多,如黎庶昌编纂《续古文辞类纂》(二十八卷)、王先谦编纂《续古文辞类纂》(三十四卷),主要收录姚鼐《古文辞类纂》之后的古文作家作品。此外还有蒋瑞藻《新古文辞类纂》(六十卷)、周学熙《〈古文辞类纂〉约选》、王文濡《评校音注续〈古文辞类纂〉》(八册)、沈伯经《〈古文辞类纂〉评注》(七十四卷)等,可见姚选对清代知识分子的影响。1923年,上海

---

① 方苞.又书《货殖传后》[C]// 桐城派文论选.贾文昭编.北京:中华书局,2008:37.
② 方苞.古文约选序例[C]//桐城派文论选.贾文昭编.北京:中华书局,2008:50.
③ 刘声木.桐城派渊源考撰述考[M].合肥:黄山书社,1989:157.
④ 钱子泉.《古文辞类纂》解题及其读法[M].上海:中山书局,1929:1.

广益书局刊行《评点笺注〈古文辞类纂〉》①,广泛搜集古代以及清代方苞、刘大櫆、姚鼐、梅曾亮、张裕钊、吴汝纶等人对入选文章的圈点和评语并加以简注。

若把姚鼐《古文辞类纂》作为一本综合性的教学用书,缺陷很明显,如八大家选文的比例过重,明清只选归、方、刘,不免有门户偏见之嫌等,正如钱基博所谓:"余以为姚纂之病在取径太狭,既不如曾钞(曾国藩《经史百家杂钞》)之博涉经子;而择言偏洁,又不如李钞(李光洛《骈体文钞》)之足有才藻;规模未宏,自是所短。"②不过,林纾对姚鼐《古文辞类纂》的体制与篇幅是相当满意的,他说:

> 若专编源流正别,溯源于周秦汉唐,宋元明清,虽备极详赡,亦但似观剧,不得其曲谱,按节而调以宫商,究竟何益?故先取前辈选本,采其尤佳者,加以详细之评语。然精粹之选本,实无如桐城姚先生之《古文辞类纂》。《类纂》一书,吾友赵尧生称之为"姚氏学",似不屑于姚选。吾则谓总集固属网罗放佚,删汰繁芜者,试问李昉、扈蒙、徐铉等奉敕所编《文苑英华》一千卷,能家有其书否?即有之,能自鉴别,揭取其菁华否……③

林纾对姚选进一步择优删汰,也是为了普及与传播,他希望通过让青年们"知马、班"来挽救古文没落的命运。他的《选评〈古文辞类纂〉》虽然在体例上继承了姚选的先例,但对于文体的阐释(包括《流别论》)又与姚选有所差别。姚鼐《古文辞类纂》对每一类文体都做了简明扼要的说明,涉及文体的渊源、发展、演变状况等,固然可视为他的文章体裁论,但修辞、艺术风格、创作技法等内涵却均未触及,对"文体"的理解也有简单化之嫌。

---

① 徐斯异、阚家祺、郑家祚、胡惠生等人编撰。
② 钱子泉.《古文辞类纂》解题及其读法[M].上海:中山书局,1929:1.
③ 林纾.选评《古文辞类纂》·序.

第二节　林纾的文体观

林纾《流别论》对古代文体的分析相当细致深广,涵盖分类、源流、功能、语体、风格、创作规则、名家名作评析等诸多内容。林纾的《选评〈古文辞类纂〉》每类前有一小序,内容与《流别论》相差不多,但其每篇选文皆有独具特色的品读,这些品读有助于读者对文体的理解、鉴赏、写作。

一、分类释名

林纾对前人的文体分类成果进行删汰与归整。姚鼐的《古文辞类纂》所选文章除散体文外,还包括辞赋,故称"古文辞",全书七十五卷,以文体类编,故称"类纂",分为论辨、序跋、奏议、书说、赠序、诏令、传状、碑志、笔记、箴铭、颂赞、辞赋、哀祭共十三类。林纾在选评姚鼐《古文辞类纂》时沿用了姚氏的分类法,在姚鼐《古文辞类纂》体例的基础上,将"碑志""赞颂"并入"箴铭"类,分文体十一类:论说、序跋、章表、书说、赠序、诏策、传状、箴铭、杂记、辞赋、哀祭,这项工作大概在1918年到1921年间完成。

刘勰论"铭"曰"铭实表器",古人在观器上刻字以彰德业或作警戒,由刻处的不同分器物铭、山川铭和碑铭。在"铭箴"中,林纾增"墓志铭"一类,举韩昌黎七字体墓铭为例。刘勰《文心雕龙·史传》主涉各代历史著作,后世的章学诚以《礼记》之传经为"传",又以专记人物为"传",专叙事迹为"记"。林纾认为章学诚论"传""深明史体":

> 《史传篇》曰:"观夫左氏辍事,附经间出,于文为约,而氏族难明。及史迁各传,人始区详而易觉,述者宗焉。"此专言史传之传。实则,"传"之为言"转"也,转受经旨,以授于后。章实齐《文史通义》曰:"经礼二戴之记,各传其说,附经而行,虽谓之传可也。其后支分派别,至于近代,始以录人物者区为之传,叙事迹者区为之记。"又曰:"后世专门学衰,集体日盛。叙人述事,各有散篇;亦取传记为名,附于古人传记专家之义。"盖专指文人为人作家传,及寄托讽刺,谐谑游戏,如王承福、宋清、毛颖之类是也①。

可见,"史传"的名称或略有更易,但其实质是记人物之言行事迹。林纾的《春

---

① 林纾.春觉斋论文·流别论.

觉斋论文·流别论》主要以《史记》篇章为例分析史传作品。刘勰的《文心雕龙》给予《春秋左氏传》《史记》《汉书》等史籍很高的评价,他虽然把这些史籍当作文学的体裁,却主要是从史学角度衡量其价值。与刘勰不同,林纾更关注《史记》的叙事技巧和艺术效果等文学性因素,所选"状传",如韩愈之《圬者王承福传》《毛颖传》及柳宗元之《宋清传》,与《史记》诸文显然文旨不同。《圬者王承福》虽具"传"体,实为寓言,以泥瓦匠之言谈寄托讽刺之意,《毛颖传》《宋清传》皆以虚构人物来寄寓讽刺警戒之意。相对于传统史传题材,林纾的界定无疑是一种题材范围的开拓。

此外,林纾所论赠序类、杂记类、序跋类乃魏晋之后发展成熟的文类,故其主要引用姚鼐释名。姚鼐释"序跋":"序跋类者,昔前贤作《易》,孔子为作《系辞》《说卦》《文言》《序封》《杂封》之传,以推论本原,广大其义。《诗》《书》皆有序,而《仪礼》篇后有记,皆儒者所为。其余诸子,或自序其意,或弟子作之,《庄子·天下篇》《荀子》末篇皆是也。"①相较而言,林纾对"序跋"的释名界定更详细明晰:

> 序古书,序府县志,序诗文集,序政书,序奏议、族谱、年谱,序人唱和之诗,都归序之一门;辩某子,读其书,书某文后,及传后论,题某人卷后,则归跋之一门。②

林纾的分体具体细致,具有实践性,对于后学者有更强的指导意义。

林纾梳理了各文体的渊源流变,文体有其渊源,必有其流变,人们若能加以历史考察,对于厘清分体文学史意义重大。林纾释文体时一般会追本溯源,推本经史之言。林纾论"颂"体推源于《诗经》,论"箴"体推源于夏商二箴,在溯源之后,又详细分析其流变轨迹,以便后学者按图索引。

> 箴者,攻疾防患,喻鍼石也。《夏箴》已亡,一见于《逸周书》。《商箴》则见于《吕氏春秋·名类篇》。《周箴》则见于《左氏傳》魏绛告晋侯之言。所足以留为世范者,唯一《虞箴》。③

林纾释"箴"的这段话本于刘勰之《文心雕龙·铭箴》,其曰:"箴者,针也,所以攻疾防患,喻针石也。斯文之兴,盛于三代。夏商二箴,余句颇存。及周之辛甲,百官箴阙,唯《虞箴》一篇,体义备焉。"④无疑,林纾释"箴"虽承袭自《文心雕龙》,但不落窠臼,又对其语焉不详处加以重点解说。

---

① 姚鼐.古文辞类纂[M].上海:上海古籍出版社,1998:3.
②③ 林纾.春觉斋论文·流别论.
④ 刘勰.文心雕龙[M].王运熙,周锋译注.上海:上海古籍出版社,2010:48.

林纾论"颂"可作"颂"史观,论"赞"可作"赞"史观。他既推崇宗庙中的正歌,含意纯正美好用以歌功颂德、祭天告神的颂辞、赞词,而对那些民间的寄寓个人情怀的颂、写草本鸟兽虫鱼含意赞美或贬抑的赞,林纾也多所褒扬,把它们看成正体合理的演变:

　　　　《商颂》、《鲁颂》,用之以告神明;若《原田》、《裘鞼》,一出诸野夫之口,一用为刺讥之辞。至训"颂"为"诵",此颂之变体也。三闾《橘颂》,则覃及细物,又为寓怀之作,非颂之正体。于是子云、孟坚,用之以美赵充国、窦融,已移以颂显人,晋而上之颂天子矣。此颂之源流也。益赞禹,伊陟赞巫咸,刘勰谓之"扬言以明事,嗟叹以助辞",此赞体之初立者也。迁、固二书,始诧赞以为褒贬。而郭景纯注《雅》,虽植物亦有赞焉;景纯之赞植物,由诸灵均之颂橘,均为变体。①

在对文体的追本溯源中,林纾着意梳理了它们的发展变化和在不同时代及社会环境下的特征。如论"赋"体:

　　　　赋者,铺也;铺采摛文,体物写志也。一立赋为体,一达赋之旨。为旨无他,不本于讽谕,则出之无谓;为体无他,不出于颂扬,则行之亦弗庄。然其发源之处,实沿《三百篇》而来;至《楚辞》出,局势声响,始洪大而激楚。故有以《骚》为体者,亦有以对偶排比为体者,虽极于雕画,苟不定以旨趣,均不足以传播于艺林,驰骋于文圃。

　　　　彦和称当时英杰,但有十家(荀况、宋玉、枚乘、相如、贾谊、王褒、孟坚、平子、子云、延寿也),太冲诸人不与焉。鄙意谓足与《两都》抗席者,良为平子之《两京》……

　　　　齐、梁多小赋,固有是病,然丽词雅义,亦不可尽没。至于子山《哀江南赋》,则不名为赋,当视之为亡国大夫之血泪。六朝以降,小品逾多。宋人以赋取士,破题竟有定格,如"蛇不难斩,君宜灼知"之类,几成笑柄。先朝馆赋,格律较严,然多以诗句命题,以水济水,声响皆劣。今日科举一变,乃并此区区者亦绝响矣。②

从"赋"体的起源一直梳理到20世纪初的"绝响"。林纾释"诏策"体更是遍举名篇佳作,不仅举汉文帝诏书、东汉明帝诏书、魏文帝诏书,更是仔细比较了唐太宗、武后的诏敕,宋建隆登极赦诏,隆裕太后《告天下诏》,建炎复位赦诏及金人诏书等等,形象具体地说明了"诏策"一体的沿革。

　　　　魏文以篡窃之资,御位七年,其中诏书,首崇大圣,且不令奏事太后,

①② 林纾.春觉斋论文·流别论.

后族之家,不当辅政之任,辞义伟然。晋武席父祖之阴,得位一如魏文,然素赡文采,诏敕所出雅正,当于政要。东晋明帝为年未抵三十,而遗诏冲抑,江表为之感动。斯皆中书有人,故能发言动众至此。至于六朝,则纯以藻绩胜矣。齐文宣凶顽逾于桀、纣,而《禁止浮华》一诏,亦辩畅可人意。"①

对于诏策,历来有不少评论,刘勰《文心雕龙·诏策》曰"观文景以前,诏体浮杂;武帝崇儒,选言弘奥"②,这是说文景以前的诏书浮浅杂芜,而盛赞汉武帝的诏书措词弘美深奥。姚鼐《古文辞类纂》论"诏书","汉至文景,意与辞俱美矣,后世无以逮之。光武以降,人主虽有善意,而辞意何其衰薄也"③,认为汉初诏书辞意俱美,而汉武帝之后就辞意衰薄了。林纾也认为"文体言之,汉诏最为渊雅","汉文之诏尤为动人",不过,又说"东汉明帝所降诏书,不及文帝精恳,然祖义褒德,雅善说辞,亦佳笔也",还说"有唐诏墨,高逾山丘,独太宗为美","陆宣公当制,诏书所至,虽骄将悍卒,皆为流涕,孰谓官中文字不足以感人邪"④。另外,关于诏策的语体问题,徐师曾说:"古之诏词,皆用散文,故能深厚尔雅,感动乎人;六朝而下,文尚偶俪,而诏亦用之,然非独用于诏也。后代渐复古文,而专以四六施诸诏、诰、制、敕、表、笺、简启等类,则失之矣。"⑤按林纾的观点,诏书无论是用散行文字还是用骈体文字,只要"持以中正之心,出以诚挚之笔"就能感动天下,他特别指出宋人四六文诏书"风趣"的特点:"宋人制诰,初无散行文字,而四六之中,往往流出趣语。东坡当制,黔吕吉甫,天下传诵其文,不知当时风气所趋,不如是亦不中于程式。"⑥诏文的风格当然会随着时代风文的转变而更新,不过,明太祖出身行伍,子孙多不讲究文采,他在《嘉靖王杀杨忠愍手敕》竟有"这厮""且交镇抚司好生打着"这样的粗鄙口语,"真是伧荒说话,非诏书矣"⑦。

在叙述文体流变时,林纾常引前人之语,如论"骚"引《文心雕龙》"酌奇而不失其真,玩华而不坠其实";论"檄移"引"必事昭而理辨,气盛而辞断";论"杂记"引姚鼐《古文辞类纂》"杂记类者,亦碑文之属。碑主于称颂功德;记则所纪大小事殊,取义各异",意旨基本不出前人范畴。但是,文体在唐宋及之后的"流变"是林纾更为关注与擅长的领域,作为《流别论》补充的《选评〈古文辞类

---

① ④ ⑦　林纾.春觉斋论文·流别论.
② 　刘勰.文心雕龙[C]//周振甫.《文心雕龙》今译.北京:中华书局,1986:181.
③ 　姚鼐.古文辞类纂[M].上海:上海古籍出版社,1998:9-10.
⑤ 　徐师曾.文体明辨序说[M].罗根泽校点.北京:人民文学出版社,1962:112.

纂〉》,其选文以唐宋明清名家为主。

林纾对文体流变的叙述特别关注时代的因素,在叙"与书"体中他述及清代社会的思想禁锢对文体发展的影响:

> 清初大老,崇尚朴学,则以与书一门,为辨析学问之用,洒洒千言,多半考订为多;文家沿用其体,凡意所不宣者,恒于与书中倾吐之,读者几以名辈与书一门,为寻检遗忘之具,较之汉、唐规律,颇有同异。①

林纾的分类观体现了文学由古典向现代发展的过渡期特征。林纾虽然推崇《文心雕龙》,但它的七十九种分类在《流别论》中许多并未被提及,主要因为时过境迁,大多数的古代文体在文学的代际变迁中湮没了。从《春觉斋论文·流别论》分体十五类到《选评〈古文辞类纂〉》分体十一类的变化来看,"骚""赋"并入"辞赋"类,"颂""诔碑"并入"铭箴","檄移"并入"诏策"类。某些文类(如"奏议""箴铭""哀祭"等)的篇目在林纾《选评〈古文辞类纂〉》中被大量删减,这说明作者不再视传统文人所看重的文体为独尊。林纾的《流别论》对"哀祭"文体条分缕析,细述"哀""诔""吊"三类的区分与特征,但这类作品,他在《选评〈古文辞类纂〉》中仅选文三篇(姚选《古文辞类纂》有五十篇之多),也可见作为文论家的他对文体历史演进的认识与理性判断。从《春觉斋论文·流别论》到《选评〈古文辞类纂〉》成书的这十多年是中国历史上社会文化思潮激荡的一个时代,林纾常常被称为文化上的保守主义者,但他对传统文学的执守并非固若金汤。余英时在论一代学人与学术时曾说,事实上,20世纪中国思想史上几乎找不到一个严格意义上的"保守主义者",因为没有人建立一种理论——主张保守中国传统不变并拒绝一切西方的影响。在林纾写作的时代,那些带有浓郁封建色彩的古老文类已经不再被需要,或者因为迂腐矫情而被他摒弃:

> 近代文家往往代人作寿序。寿序一体,于古无之。顾亭林深恶此种文字。《望溪集》中亦但有数篇。盛者唯有归震川,然多短篇。盖寿言与生传及神道墓铭有别,大抵朋友交期,祝其长寿;或偶举一二事,足以为寿征者,衍而成文而已。震川文中多本此意。乃时作无可搬演,则尽举其人之身世出处,体似生传,又似神道,必极长而止。故寿文一体,惜抱但录震川,归入赠序一门,不入序跋。仆论赠送序中,遗却此体,故补论于此。实则此等文字,酬应为多,语之不必精切,徒增纷纭,苟可以已,即不必作。②

林纾的古文文体分类观念及其文学思想顺应时代而发生变迁,如现代散文的叙事、抒情、议论以语言表达方式分体的倾向在林纾的释名中已初见端

---

①② 林纾.春觉斋论文·流别论.

倪,林纾论"论说":

> 论之为体,包括尔广。议政,议战,议刑,可以抒己所见,陈其得失利病,虽名为议,实论体也。释经文,辨家法,争同异,虽名为传注之体,亦在在可出以议论。至于正史传后,原有赞评之格,述赞非论,仍寓褒贬,既名为评,亦正取其评论得失,仍论体也,不过名称略异而已。且唐、宋人之赠序送序中语,何者非论,特语稍敛抑。而文集诗集之序,虽近记事,而一涉诗文利弊,议论复因而发。欧公至于记山水厅壁之文,亦在在加以凭吊,凭吊古昔,何能无言,有言即论。故曰,论之为体广也。①

林纾认为,凡是文中发表了议论,无论其原先属于何种文体——传、序跋、赠序、杂记——都可以认为是"论说"。同样,"杂记"的题材有勘灾、濬渠、筑塘、修祠宇、纪楼台、记书画、记古器物、记山水、记学、记游宴觞咏,甚至记那些为正统所不屑的琐细奇骇之事:

> 所谓全用碑文体者,则祠庙厅壁、楼台之类;记事而不刻石,则山水游记之类。然勘灾,濬渠,筑塘,修祠宇,纪楼台,当为一类;记书画,记古器物,又别为一类;记山水,又别为一类;记琐细奇赅之事,不能入正传者,其名为"书某事",又别为一类;学记则为说理之文,不当归入厅壁;至游宴觞咏之事,又别为一类。综名为记,为体例实非一。②

林纾曾创作大量记载细琐内容的笔记类作品,关注市井生活、人生百态,其志其趣与高居庙堂的文学家截然有别。林纾以是否"议论"为"论说"体标准,以记叙"杂事"为"杂记",实已经超越古代文体主要以功能对象分类的范畴,与现代散文的分类(议论、叙事、抒情)相似。如果我们只是简单地通过细枝末节的比较来证明林纾对古代文体论的综合和对现代文体流变的捕捉也许暗合了某些西方文体理论,这并不符合作者原意,也没有意义。我们应该考虑文学精神的传承与演变,在20世纪初中国古典文学的现代转型期,林纾通过对前人著述的整理、辨析、补充,自觉创立了比较完善和系统的古代文体分类学,同时顺应中国文学演进的历程,初显现代文体分类的端倪,这是其作为古文家的可贵处。

二、选文定篇

近代国学家钱基博于《〈古文辞类纂〉解题及其读法》一书中高度评价姚选

---

① 林纾.春觉斋论文·流别论.
② 林纾.选评《古文辞类纂》·杂记类.

《古文辞类纂》,充分肯定林纾治文,认为他远甚于吴汝纶、马通伯,可与桐城先祖姚鼐相媲美!他说林纾:"依桐城之末光,清季之言文章者宗焉!顾其文气矜为隆,殆甚吴氏;匪马氏之体气闲适,上追姚氏者可比!"①林纾非常推崇姚鼐的古文选本《古文辞类纂》,但因此集篇幅繁重,不宜初学,便在此基础上"慎选其尤,加以详评",共选文187篇,编成《选评〈古文辞类纂〉》,篇幅比较适中。最重要的是,187篇选文后皆有详尽评析:"每篇之上,所点醒处,均古人之脉络筋节;或断或续,或伏或应,一经指示,读者豁然。斯善矣!"②这种从细处点评的方式对初学者了解各体文章的写作与鉴赏大有裨益,文学史上名家荟萃,各色文集汗毛充栋,有志于古文者尚且难以博览无余,更何况那些入门者、初学者,适当的篇幅在出版业不甚发达的时代更有助于传播流通。

笔者曾经比较两选集篇目,对于姚选篇目,林纾删节较多地集中于奏议、哀祭二类,箴铭类选文删减的数目也很可观。不过,箴铭与赠序两类在林选中还是占不小比例,毕竟它们一向是古文家看重并擅长的文类。但是我们更应该看到林纾对论说体与杂记体的重视,特别是杂记体,林选中有二十九篇之多,位列第三,远居于奏议、诏策、辞赋、章表之前,显然林纾已经隐隐意识到这两类文体(叙事与议论散文)在当时社会生活的适用性。一个时代在文学变革最表层的反映必然是文体的变化。从选文的情况看,《古文辞类纂》收文七百余篇,主体的两汉、八家文。两汉文130篇,八家文509篇,共计639篇,约占全书的百分之七十。唐宋文中,韩文130篇,欧文65篇,数量上也是最多的。林纾《选评〈古文辞类纂〉》所选的187篇古文中,唐以后的选文占153篇,约占比百分之八十。在唐宋八大家中,韩、柳、欧三家占绝对优势:韩文60篇、欧文22篇、柳文15篇。林纾选文以唐宋八大家为主,固然从学源上有失偏颇,且明清两朝只选归、方两家,也有门户偏见之嫌。不过,桐城派论文崇唐宋,方苞《古文约选》中韩文和欧文分别为71和59篇,亦是最多。刘大櫆在《唐宋八家文选》之上又有《精选八家文钞》,都是当时受欢迎的古文选本。

桐城派是清代文坛规模最大、活动时间最长、影响最深远的文学流派,其理论主张与文学活动反映了清代学术研究的基调与文化风尚的变迁。姚鼐提出以"义理、考证、文章"作为论文纲领,表现了对当时文坛汉宋学纷争的调和以及寻求古文发展的努力,但三者之间并不是并列关系。王先谦在《续〈古文辞类纂〉序》中评说:"惜抱自守孤劳,以义理、考据、词章三者不可一阙,义理为

---

① 钱子泉.《古文辞类纂》解题及其读法[M].上海:中山书局.1929:22.
② 林纾.选评《古文辞类纂》·序.

干,而后文有所附,考据有所归。故其文源流兼赅,粹然一出于醇雅。"①文章始终是姚鼐文学批评思想的重心,这个特点鲜明地体现在《古文辞类纂》的选文偏向与评点中。桐城派对《左传》《史记》和唐宋古文家的写作手法有细致的总结,学好古文有利于科考,现实功利性的需求使桐城派拥有数量众多的跟随者。

林纾《选评〈古文辞类纂〉》的选文以唐宋八大家为主,这主要归因于他对古文艺术风格与审美特征的重视,在这一点上,林纾比姚鼐更甚。在林纾的选文中,奏议、诏令一类的文章较少,这一类文章在写作上讲究固定程式,较少兼备艺术性,即便如此,林纾选取"诏策"类文章时仍旧以"出以诚挚之笔""以动天下"为重,入选的文章皆"深婉有情""词意醇美"。《祭鳄鱼文》倾诉的对象虽是动物,但文章文质兼美,气势雄直,"以忠君爱民一段诚款,激成一篇好文字"②。再如哀祭多溢美之辞,且有铺排郡望,藻饰官阶,歌功颂德的惯用模式,林纾仅选文三篇,然而这三篇无一不是美文。《祭河南张员外文》"文叙交谊,行气如虹""语必已出,陆离变幻,实哀祭文中未曾有"③;《欧阳生哀辞》"虽家常语,匪不刻挚"④;《祭范颍州文》"用字造语,皆奇创动人"⑤。

林选与姚选最大的不同在于,林纾不仅在《流别论》中结合文体论品评名家名篇,而且林选187篇选文皆能结合文体的特征从遣词造句、创作技法、艺术风格上对作家作品进行经典评品,可谓煞费苦心,这一点上,林纾的《春觉斋论文》远胜于吴讷的《文章辨体序说》与徐师曾的《文体明辨序说》。刘勰《文心雕龙》中亦有选文分析,大多一语中的,点到为止,林纾则篇篇有所述。如论"诔"体,刘勰认为潘岳"巧于叙悲"而曹植"体实繁缓",林纾在《流别论》中则清晰地展示了断言潘岳"巧于叙悲"而曹植"体实繁缓"的缘由,并在对前人的补正中坚持己见。

  刘勰盛推潘岳巧于叙悲。愚按《黄门集》所登哀诔之作,颇赡于他集:其诔武帝,文甚典重,读"如何寝疾,背世登遐;迁幸梓宫,孤我邦家"四语,恋恩之情,溢言表矣;其诔杨荆州曰:"余以顽蔽,覆露重阴。仰追先考,执友之心;俯感知己,识达之深。承讳忉怛,涕泪沾襟。岂忘载奔,忧病是

---

① 王先谦.续《古文辞类纂》•序[M].上海:世界书局,1937:序 1.
② 林纾.选评《古文辞类纂》•祭鳄鱼文.
③ 林纾.选评《古文辞类纂》•祭河南张员外文.
④ 林纾.选评《古文辞类纂》•欧阳生哀辞.
⑤ 林纾.选评《古文辞类纂》•祭范颍州文.

沈。在疾不省,于亡不临。举声增恸,哀有余音。"自叙交谊,不期沈痛。凡诔体,入己之事实,当缘情而抒哀。陈思王之诔文帝,数语以外,即自陈己事,斯失体矣。黄门以深情为人述哀,自能动听,且无此病。其诔马敦文,尤悲愤有余音,且琢句奇丽;其叙马生掘堑破氏之潜隧曰:"锸未见锋,火以起焰。薰尸满窟,培穴以敛。"其述马生庚死曰:"慨慨马生,郎朗高致。发愤图圄,没而犹眠。"生气凛然。其诔杨仲武曰:"痛矣杨子,与世长乖。朝济洛川,夕次山隈。归鸟颉颃,行云徘徊。临穴永诀,抚榇尽哀。"则夹叙风物,触目成悲;所谓叙悲之巧,或在此乎。要之,六朝有韵之文,自有不可漫灭处,不能以唐、宋大家之轨范绳之。六朝去古未远,犹之故家中落,子弟未至于悬鹑粝食,与语富贵享用之事,固能了了也。①

林纾选文评析旨在介绍各文体之创作要则,各体文章对功能、语体、结构与风格皆有不同的要求,自然形成各异的创作手法。林纾的《流别论》论及各体文章创作要则主要通过选文评点的方式来展现,根据文体之不同和相应的例文或指出创作要点,或反面言及不当之处及各种避忌。林纾论"传状"体时述及刘勰深明史体,纪传以忠实为贵。然而,传说纷纭、资料繁多难辨真假,综合史料、融会事理、巧妙安排乃是"传状"的写作关键。林纾以《史记·樊、郦、滕、灌传》为例盛赞司马迁"能于复中见单,令眉目皎然,不至于淆乱",并归结曰:"四人皆从高帝,虽有分功之事,而序事能各判其人,此谓因事设权者也。"②所以传记写作的关键在于求实,行文叙事简洁明了,对纷纭驳杂的史料驾驭得法:"凡局势之前后,宜有部署,有前后错叙,而眼目转清,有平铺直叙,而文势反窒,则熟取《史》、《汉》读之,自得制局之法。"③通过选文评析,林纾归纳了"传"体主要的创作技法,这样的例子在每一类文体介绍中都存在,在此不再一一赘言。

此外,林纾的《春觉斋论文》中有《论文十六忌》《用笔八则》《用字四法》,充分论述古文的创作法。桐城派主张因声求气、遇粗求精,正是通过这些可以触摸到的章法、句法、字法求取古文深奥精密处,在这个基础上,他们认为诸子散文难以师法。林纾选评庄子、孟子,把骚、赋、颂三类列为《流别论》之首,也可见他对于诸子散文与骈体文的认可,他在《庄子浅议》中使用了名为"破碎读之"的品评法,"庄子一书,本不能以文绳之……今当破碎读之,于每段中观其挺出不测之笔。熟极而偶类之,则迥不由人也"④。当然,对"法"的强调一方

---

① ② ③ 林纾.春觉斋论文·流别论.
④ 林纾.庄子浅议·序[M].台北:广文书局有限公司.1978:序1.

面可以增强教学上的可操作性,另一方面对"法"的依赖也可能使文章丧失灵动。鲁迅曾有一篇文章叫《选本》,分析选本利弊,认为选本虽然是各家精华的汇粹,但各有侧重,不免沾上选者自己的见解,"读者的读选本,自以为是由此得了古人文笔的精华的,殊不知却被选者缩小了眼界"①。但从古文的传授教学来说,要让求学生短短的几年时间内对古典文学有一个大概的了解,就不得不借助选本来完成。古往今来,各式选本的利弊往往同时并在,难以周全。林纾说"观文字,如观天下奇山水,虽雄深与平远者不同,学者原宜周阅,庶几辨其得失之所在,以便去取。选家固无所偏向,在读者躬自领会耳",选文只是提供了窥视文学的一个视角,它的真正用意还在于抛砖引玉。

三、语体修辞

语体是文体内涵的重要层面,"语言是文学艺术的材料。我们可以说,每一件文学作品都只是一种特定语言中文字语汇的选择"②。童庆炳在《文体与文体的创造》一书中认为:"文体是一定的话语秩序所形成的文本体式,它折射出作家、批评家独特的精神结构、体验方式、思维方式和其他社会历史、文化精神。""从表层看,文体是作品的语言秩序、语言体式。从里层看,文体负载着社会的文化精神和作家、批评家的个体人格内涵"③,童庆炳由此指出,体裁、语体和风格是"文体"概念中三个互相既联系又区别的范畴。在长期的历史发展过程中,每一种文体都形成了相当稳定的独具特色的语体形式,有现代学者归结:

> 一般来说。语体是一个作家特有的对语符的选择和编码方式,它既是指作家的用字、遣词、造句,也包括文本语言在形、言、义等方面的构造原则和特点。此外还涉及作品的语调、语感、语境以及标点符号的使用,等等。可以说,语体文体是文体最为重要和最基本的要素,它真正属于个体的文体,具有浮雕性、可感性和不可重复性。④

曹丕在《典论·论文》中所谓"夫文本同而末异,盖奏议宜雅,书论宜理,铭诔尚

---

① 鲁迅.集外集 集外集拾遗[M]//鲁迅选集:第七卷.北京:文史出版社,2002:78.
② 韦勒克,沃伦.文学理论[M].刘象愚等译.北京:三联书店,1984:186.
③ 童庆炳.文体与文体的创造[M].昆明:云南人民出版社,1994:1.
④ 陈剑晖.文体的内涵、层次与现代转型[J].福建论坛,2010(10):108-114.

实,诗赋欲丽"①,奏议、书论、铭诔、诗赋这几种文体既具有文章的共性,又因为功用的不同具有各自不可重复的特性,文体最重要的表征正是文体个性化的言语表达方式、习惯或规则和呈现出来的状态:"宜雅""宜理""尚实""欲丽",奏议需要雅致的文辞,书论需要长于说理的文辞,铭诔需要朴实的述情,诗赋需要修辞优美。林纾在《流别论》陈述每种文体独具特色的语体形态,写道:

  记山水类文,至难写处,则布辞愈当简凝。辞简凝而又色浓、调高、象显,斯为美矣。②

  墓志不能为破空议论,铭须拼字。③

在文体的写作中,选词造句需谨慎,句法、拼字、谐声、押韵上均须讲究,这样才能达到预期的效果。如"赋"的主要功能是"讽喻"与"颂扬",其文辞必有"铺采",即林纾所谓"丽词雅义",但若为"铺采"追逐华丽以至自炫的程度,则会流于浮滥,有失庄洁。"诔"体"四言实通用之礼","颂"体通常采用有变化的散句,加上古雅文字,可以突显文体的灵动,而碑版文字讲究造语纯古、结音坚謇,赋色雅朴,最好不用长句而用短句,且不用虚字,方能"句句落纸,始见凝重"。

  言辞的选择与句式的使用如此重要,因为它直接关系文体呈现出的外在风貌,哪怕一个大类下的相似文体亦各有千秋。"颂""赞"皆嘉言音美、以古雅纯正为贵,"颂"为舞歌声容之文辞,"赞"为歌功颂德之作。然以"颂"而言,态度诚敬谨慎,虽如铭文,却异于铭文之劝诫,敷写似赋而不入华侈之区;赞体则起因于对人事之奖励、赞叹,故文字以简短为贵,切忌冗长,以简约的语言求情意深长之境:

  颂赞之词,非泽于子书,精于小学者,万不能佳。二体均结言于四字之句,不能自镇则近伉;不能自敛则近纤;累句相同,不自变换,则近沓;前后隔阂,不相照应,则近寒;过艰恶涩,过险恶怪,过深恶晦,过易恶俚。必运以散文之枢轴,就中变化,文既古雅,体不板滞;自非发源于范经,则选词不韵,赋色于子书,则取材不精;下字必严,撰言必巧,近之矣④。

  赞体不能过长,意长而语约,必务括本人之生平而已,与颂略异⑤。

---

 ① 曹丕.典论·论文[C]//中国历代文论选.郭绍虞主编.上海:上海古籍出版社,2001:158.
 ②③ 林纾.文微·明体.
 ④⑤ 林纾.春觉斋论文·流别论.

林纾认为"精于小学者"方能写好"颂赞"二体,这说明他很注重文体的修辞。姚鼐论文主"神理气味""格律声色",世人往往以"神理气味"为精,以"声色格律"为末,林纾认为文章的结构大局、神气韵味固然重要,然字句的修辞也不可小觑,他对用语用字之法,颇有心得,撰有《用字四法》一章,分析了换字法、拼字法、矣字用法、也字用法不同的利弊。

  不知者以仆为较字嚼句,令人走入魔道,此等罪孽,仆所不任。盖古文原有此种拼字之法,即韩、柳亦然。盖局势气脉者,文之大段也;缔章绘句,原属小技,然亦不可不知。大处既已用心,此等末节,亦不能不垂意及之。①

  须知有用一语助之辞,足使全神灵活者,消息极微,读者隅反可也。②
林纾在《拼字法》中提到两种方法,一是词的拼字法,"盖用寻常经眼之字,一经拼集,便生异观",如"花柳"与"昏暝"皆常用词,但一拼为"柳昏花暝",便别有一番愁情。至于古文的拼字法,则"不能一着纤佻",应"拼集庄雅之字,亦足生色",他认为"古文之拼字,与填词之拼字,法同而字异,词眼纤艳,古文则雅练而庄严耳"。

  林纾以班兰台《封燕然山铭》为例说明语体修辞的重要性,此文用楚辞"某某某某兮某某某"的八字体,声沉而韵哑。而韩昌黎省去"兮"字,用七字体,使"声尤沈而哑"。这种七字体很难把握,不善用者往往流入"七古"。"七古"在近体中被称为"古体",虽然如此,一施于铭词中,依然显得轻佻。林纾认为最好的方法是每句中用顿笔,"令拗,令謇,令涩",其效果是"虽兼此三者,而读之仍能圆到"③。如韩愈为朝散大夫尚书库郎中郑弘作墓铭有"再鸣以文进途开,佐三府治藹厥迹"一句,林纾分析:"'再鸣以文',是一顿,谓进士书判拔萃出身者;'进涂'之下用一'辟'字,此狡狯用法也。'佐三府治',又一顿;'藹厥迹'句以'藹'字代'懋'字,至新颖。"④这篇文章,句句用七字,每句皆用顿笔,在林纾看来获得"不期沈而自沈,不期哑而自哑"的效果。文字间的组合节奏不仅在诗歌作品中得到强调,也适用于散文,不同的文体通过不同的文字结合方式产生不同的声音效果,以展示它们的风格特征并实现现实功能。姚鼐《与

---

① 林纾.春觉斋论文·用字四法·拼字法.
② 林纾.春觉斋论文·用字四法·也字用法.
③ 林纾.春觉斋论文·流别论.
④ 林纾.选评《古文辞类纂》·箴铭类.

陈硕士》曰:"诗古文各要从声音征入,不知声音,总为门外汉耳!"①世人往往以神理气味为精,以声色格律为末,实则内在的、根本的因素只可意会而难以言传,外在的、粗显的形式才更易捕捉,对于初学者更是如此。林纾自述自己常于不适意时,闭户读书,家人虽不知诗中之意,然亦颇肃然为之动容,因此行文不宜无声调格律。

当然,语体的修辞只是表达思想内容的手段,如果内容空洞无物,纵使雅言丽词,也只是空有架式而已,林纾曾讽刺:

> 窃谓章表即今之奏议,古谓"章以谢恩,奏以按劾,表以陈情,议以执异"。今之体裁,唯申贺谢恩,则仍用表式;其余奏议,通曰奏折。古之奏议取直,今之奏议取密。直者,任气撼忠,以所言达其所蕴;凡德不聪,金壬在侧,乱萌政弊,一施匡正,一加弹劾,不能以格式拘,亦不必以忌讳避。至于密之为言,则粉饰补救,俾无罅隙之谓;偶举一事,上虑枢臣之斥驳,下防部议之作梗;故必再四详慎,宜质言者则出以吞吐,故作商量,且实行者则道其艰难,曲求体谅,语语加以骑墙,篇篇符乎部式:此安得有佳章表,如彦和所谓"雅义以扇其风,清文以驰其丽"者?②

古代章表的"直",旨在要求以恳切之情直述心曲,陈述精要而不简略,说理明畅而不肤浅。今天的"奏议"却一味地在语言表达上下工夫,该质直者,却故作吞吐,该实行者,却述其艰难,如此吞吐不明、模棱两可,已经丧失文体修辞的本意。归根结底,语体是否精炼得当,不能不涉及作者自身的品德素养与文学积淀,非"镕经铸史""不足以动天下",只有"根柢至厚"方能"言皆成理"。林纾认为序跋类中,书序最难工:

> 人不能奄有众长,以书求序者,各有专家之学……惟既名为文家,又不能拒人之请。故宜平时窥涉博览,运以精思,凡求序之书,尤必加以详阅,果能得其精处,出数语中其要害,则求者亦必厌心而去。③

"书序"最难,何以言之?因为作者必须对所序之书与所序之人了解透彻,方能把握其中精华,言语切中要旨。但人之所学,各有所专,难以面面俱到。只有平日博涉经史、沉潜日久,方能洞察深刻,于求序之书详加研阅,才能定其去取,出以要言。若所识不深,流于空疏,只能隔靴搔痒,言不及义。在流变的过程中,各文体可能形成一脉相承的语体特征,故而林纾强调,若有"法程"在心,

---

① 姚鼐.姚惜抱尺牍[M].上海:上海新文化社,1935:45.
② 林纾.春觉斋论文·流别论.
③ 林纾.选评《古文辞类纂》·序跋类.

"会心者自能深造之也"。语体修辞虽是文体的外在因素,却是表达神气情韵必不可少的先决条件,否则,大多数习者只能雾里看花,水中望月,可望而不可即。

四、文体风格

特殊的话语形式总是反映特定的审美对象,蕴含特定的精神境界,只是,对这种境界的阐释各家皆有不同。戴名世以"神气"论文,刘大櫆把"神韵"作为最高审美境界,姚鼐则称之"神理气味"。林纾对古文审美特征的理解要比前辈更细腻深入些,其《春觉斋论文·应知八则》中标举"意境""气势""风趣""情韵""神味"等范畴,界定阐释其具体内涵。对创作者来说,它们是自我内心情感与外在语言相契合时生成的和谐效果;对读者来说,它们指向合宜的、能够引起心灵共鸣的审美感受。

刘勰《文心雕龙·定势》曰:"夫情致异区,文变殊术,莫不因情立体,即体成势也。势者,乘利而为制也。如机发矢直,涧曲湍回,自然之趣也。圆者规体,其势也自转;方者矩形,其势也自安:文章体势,如斯而已。"①也就是说,任何一种文体都是某种功能的产物,具有一定的审美需求,形成特定的审美风格,表现不同的审美精神,所以章表奏议不得含糊其辞,符册檄移不得空谈风月,寄托体文不能"喧宾夺主",墓志铭不能为破空议论。林纾论"碑志"一体云:

> 大抵碑版文字,造语必纯古,结响必坚骞,赋色必雅朴,往往宜长句者,必节为短句,不多用虚字,则句句落纸,始见凝重。②

碑志之文,叙事讲究完备扼要,联缀情采讲究典雅质朴。刘勰认为"其序则传,其文则铭",序为散文,铭为韵文,语句节缩,虚字少用,以温纯古雅之语,力求简要,不可繁缛,方有凝敛之气,这就是碑志一体应有的风格特征。若是作者一味逞气使才,"以纵横之才气入碑版文字,终患少温纯古穆之气","才驱气驾,纵横开合,纪律惟意"③固能显现作者的恣意才华,却不是处处皆宜。碑版类文字造语纯古,结响坚骞,赋色雅朴,其风格以"凝"为要,若以才气驰骋于中,过犹不及,终患少温纯古穆之气。再如林纾论"序跋"体:

> 综言之,序贵精实,跋贵严洁,去其赘言,出以至理,要在平日沉酣于经史,折衷以圣贤之言,则吐词无不名贵也。④

---

① 刘勰.文心雕龙[M].王运熙,周锋译注.上海:上海古籍出版社,2010:148.
②③④ 林纾.春觉斋论文·流别论.

林纾论序跋体沿用姚鼐的文体分类,姚鼐曰:

> 序跋者,昔前圣作《易》,孔子为作《系辞》、《说卦》、《文言》、《序卦》、《杂卦》之传,以推论本原,广大其义。《诗》、《书》皆有序,而《仪礼》篇后有记,皆儒者所为。其余诸子,或自序其意,或弟子作之,《庄子·天下篇》、《荀子》末篇皆是也。①

序跋类,今日而言是序在书前,而跋在书后,先秦两汉则序或在前,或在后,如《史记》,一般来说,序详而跋简,主要起补充的作用。徐师曾说:

> 凡经传子史诗文图书之类,前有序引,后有后序,可谓尽矣。其后览者,或因人之请求,或因感而有得,则复撰词以缀于末简,而是谓之题跋。②

因其旨在考古证今,释疑订谬,褒善贬恶,立法垂成,故以简劲为主。林纾认为"跋"的风格贵在"严洁",并以为"金石之跋最难,必考据精实,方可下笔;其下如古书古画,亦必考其收藏之家,详其流派所出",以严谨的态度对待,以严洁的文字行文,内容切实,语言简括。跋与序有所不同,"序"的特点在于"精实",林纾认为书序最难,因为要有"知人论事"之能,于人当多所知悉,为书当详加研阅,方能出语精要,合于实情。

林纾认为赋体出于颂扬,体宜庄重,颂体"敷写似赋""敬慎如铭",体尤温醇,"章以造阙,风矩应明","表以致禁,骨采宜耀","铭兼褒赞,故体贵弘润",墓志铭声沉韵哑,檄移气盛辞断,都是对文体风格的不同要求。文体风格并非固定不变的,在发展中必有变迁,如诏策一体:汉武帝诏"选言弘奥",汉文帝诏"精恳",汉魏文诏"辞义伟然",东晋明帝遗诏"冲抑动人",宋人制诏则能于四六之中"流出趣语"。

风格的特点关乎作家的个性气质,如果把林纾所谓"韵"认同于文章的审美风格的话,"情"就是人的品质因素。这种思想与中国古代文论重"文如其人""文品即人品"的观念一脉相承。《文心雕龙》被认为是中国古典文论中风格论的成熟标志,其《体性》篇分风格为八类——典雅、远奥、精约、显附、繁缛、壮丽、新奇、轻靡。此处,"体"指体貌,"性"则指情性、才性。刘勰特别强调作家的个人因素与作品风格之间的密切关系。"各师其心,其异如面",各人按照自己的本性来写作,作品的风格就像各人的面貌一样彼此不同。姚鼐论文分阳刚与阴柔,皆与作者的生命气质相关,如果主体拥有崇高的道德修养和充沛

---

① 姚鼐.古文辞类纂[M].上海:上海古籍出版社,1998:3.
② 徐师曾.文体明辨序说[M].北京:人民文学出版社,1998:136.

的情感状态,外化为作品的审美特征,就是雄浑阔大。林纾亦以"崇义履忠之文"为"禀然阳刚",以"叙哀述情之文"为"粹然阴柔",以"深沈善思、精于鉴别之文"为"近于阴柔"。

既然作家的生命气质关系着文章的风格特征,作家内在情感体验如何转化为合体的审美风格呢——"情者发之于性,韵者流之于辞"①,作者的个人气质、内心情感通过适宜的言辞(句法、谐声、押韵)恰当地表达出作品独有的韵味。每一种文体中,言与情的搭配都有约定俗成的规范,形成鲜明的风格特点。对于"情",林纾首先强调其真实性"无情乃无文""有是心血,始是至言""韵非故作悠扬语也,情赡于中,发为音吐,读者不觉其绵亘有余悲焉,其则所谓韵也"②。有至性真情,始有悲音余韵。刘勰论"檄"曰"植义扬辞,务在刚健",林纾解释道"愚谓本无义愤,何由能刚?不衷公道,奚得称健③"?文本尚简洁精炼,然屈原《离骚》为什么言辞复沓,而人不觉其沓?那是因为其情本于衷,虽言之又言,却分明让人感觉其心中至诚至切,故人不以为冗复。后世庸手为之,只道其回环曲折之笔,而无真情实感,引吭假悲,只能令人生厌。林纾认为,哪怕是素朴细琐的生活细节,家常絮语,只要是真情流露,也会使作品充满情韵,他评说欧阳修《泷冈阡表》与归震川《项脊轩记》"琐琐屑屑,均家常之语,乃至百读不厌"④。其次,恰当地处理情绪有利于形成合体风格。林纾论"章表"盛赞后汉的左雄、胡广、孔融、诸葛亮、曹植等人之作,称其"体赡律调、辞清志显"。内容丰赡而声律谐调、文辞清丽而情志明显,这都兼及内容(情感)与外在形式的和谐。林纾认为韩昌黎《元和圣德诗》有失体之嫌,颂体本应"敷写似赋,敬慎如铭",而昌黎目睹俘囚伏幸,心蕴忠愤之气,振笔直书,"不期伤雅"。"激愤"的心绪应该在沉淀之后方适宜于写作"颂"这样的文体,否则就少了此体应有的"敬慎"之风。过于苛求文体风格的统一,显现林纾文论呆板的一面,但他治文以崇韩为关键,却能保持己见,不管这种批评是否得体,都不失其"真"。

虽然林纾执守的古文历经几千年历史变迁,在20世纪初已显出老朽之相,然而林纾却并非不通时变的顽固之徒。他深知在文风颓堕的当下,已鲜有志存高远的古文与古文家了。此时,《流别论》在不自觉中成为他忧时抒愤的载体,他不断地嘲笑今之文血气全无,今之章表"粉饰补救",先朝馆赋"声响皆

---

① 林纾.春觉斋论文·应知八则·情韵.
②③ 林纾.春觉斋论文·流别论.
④ 林纾.春觉斋论文·述旨.

劣",晚近文人集中充斥"无德可称而亦称之"的"神道""阡表""墓志"之文章……林纾特别推崇唐宋大家韩愈及其作品,时常赞许其有不平之气,正如他论"哀辞"中所说:"盖屈原之怀忠而死,不得志于世者,往往托为同心。"[1]他能如此理解韩愈,显然与他的生存环境和人生体验有关系。论"赋"体中有一段似乎无关论文主旨的话:"虽然,当此风雅销沉之后,吾辈措大,无益于国,然能存此国粹,为斯文一线之延,则文章、经济,虽分二途,即守此一途,于世亦无所梗。是在好古之君子加之意耳!"[2]自19世纪末以来,林纾所寄望能够强国富民的社会变革一再失败,打击了他热忱的心。尤其是辛亥革命失败后,外侮当前、内战频仍、民不聊生的世态更让他陷入绝望境地。当激进的社会革命暴风骤雨般来临时,这位耽于以往失败经历的古稀老人显然是落伍,他自知"无益于国",在"于世亦无梗"的心理安慰下,坚守他对古文的诚笃,以求"为斯文一线之延"。

[1][2] 林纾.春觉斋论文·流别论.

第四章　林纾古文艺术论

张俊才认为"林纾不愧为传统古文艺术理论的集大成者"[①]，林薇说："林纾标举'意境''气势''情韵''神味'，甚至'风趣'。显然林纾对于散文的美感特征要重视得多。强调得多"[②]。林纾对古文艺术审美的探讨主要集中于《春觉斋论文》，《应知八则》一章探讨中国古典美学中的意境、识度、气势、声调、筋脉、风趣、情韵、神味等基本范畴，对概念一一进行剖析，细诉其构因、演变、具体表现、创作技巧及代表作品。其中，"意境""识度"是古文艺术的审美内容，它们属于古文义法所谓"言有物"的范畴；"气势""声调""筋脉"是古文艺术的表现形式，属于古文义法"言有序"的范畴；"风趣""情韵""神味"是古文艺术的审美追求，可以说是在"有物""有序"的基础上升华为"有味"的审美范畴。林纾从"文之母"的"意境"论及"行文之止境"的"神味"，标举古文艺术的八项要求，又在《论文十六忌》中指陈古文必须规避的十六种弊端，从正反两面论证和建构自己的古文艺术论。林纾的古文艺术论内容丰富、体系完整，至今仍不乏可资借鉴之处。周振甫早在20世纪40年代就说："琴南对于古代的文章，寝馈既深，很能窥见文心的秘奥……故他的文章论，很有独标新解，不依附前人的。倘使他不去做无谓的争辩，只就他在抉发文心这方面的成绩看，那他于并世的学者，亦未肯稍让的。"[③]

[①] 张俊才.林纾评传[M].北京:中华书局,2007:207.
[②] 林薇.百年沉浮——林纾研究述评[M].天津:天津教育出版社,1990:337.
[③] 周振甫.林纾的文章论[M]//古代文论二十三讲.重庆:重庆大学出版社,2010:207.

第一节　林纾论古文的意境

"意境"是中国传统美学与文艺学的重要范畴,具有丰厚的内涵。从"意境"的发展史看,清代是意境论的总结期,代表学说有王夫之的情景论与王国维的境界论。王夫之试图从情、景关系论的角度对意境的各个层面不断生成的性质进行解说,他认为"情"与"景"是不可分割的范畴,它们互相交融、紧密相连:"情景名为二,而实不可离。神于诗者,妙合无限。巧者则有情中景、景中情"[①]。意境理论到王国维发展到高峰,他从物我关系阐述意境的内涵,推意境为中国古典美学的最高范畴。他认为:"文学之事,其内足以摅己,而外足以感人者,意与境二者而已。上焉者,意与境浑,其次或以境胜,或以意胜。苟缺其一,不足以言文学。原夫文学之所以有意境者,以其能观也。出于观我者,意余于境。而出于观物者,境多于意。然非物无以见我,而观我之时,又自有我在。故二者常互相错综,能有所偏重,而不能有所偏废也。文学之工不工,亦视其意境之有无,与其深浅而已。"[②]他将境界分为"大小",分为"造境""写境""有我之境""无我之境""诗人之境""常人之境"等多种类别,从各个角度加以比较研究。"王国维的境界理论,达到中国古典文艺学、美学意境论探索的新高度,标志着中国古典意境论的完成"[③]。

林纾的意境论与王国维的境界说出现的时间相仿,王国维的《人间词话》于1908年连载于《国粹学报》,林纾的《春觉生论文》于1913年6—9月在《平报》上连载,其内容与后来出版的《春觉斋论文》(1916年都门印书局出版)相一致,只是顺序略有调整。据资料记载,林纾辛亥革命之前在京师大学堂文科讲授古文辞,《春觉斋论文》据说是这段时期的讲义。我们不难断定,王国维的"境界论"与林纾的"意境论"基本是同一时期的作品。林纾在"五四"期间为桐城派护法,被冠冕为"桐城谬种",其论意境所侧重的古文又为《新青年》所摒弃,因此长期不受重视。当人们重新关注林纾时,又多为他的翻译小说和中西文

---

① 王夫之.夕堂永日绪论内编[M]//姜斋诗话笺注.戴鸿森笺注.北京:人民文学出版社,1981:72.

② 王国维.人间词乙稿序[C]// 人间词话,人间词注评.陈鸿祥编著.南京:江苏古籍出版社,2002:431.

③ 胡经之.中国古典文艺学[M].北京:光明日报出版社,2006:373.

论比较所吸引,少有人注意到他的古文及理论。其实,林纾的意境理论既有对传统意境论的继承与拓展,又有长期以来对古文创作与艺术审美经验的总结,还渗入他在中西文化比较中的艺术领悟,颇有一些独到的见解,应该在中国意境论的总结期占有一席之地。

周振甫曾比较林纾与王国维意境论的异同:

> 王静安《人间词话》,论词标举境界,谓"有境界则自成高格,自有名句。而境非独谓景物也,喜怒哀乐,亦人心中之一境界;故能写真景物真感情者谓之有境界,否则谓之无境界"。这是静安的创见。可是琴南的论文,却和境界说相似,提出意境说……以意境为文之母,也和静安的论相合,不过讲意境而欲求进于道,这便和静安的见解不同了。静安以境界为止境,是言志派。琴南讲意境而求合道,是载道派,这是两者根本的差异点。①

林纾讲意境,固然"以高洁诚谨为上","须先把灵府中淘涤干净,泽之于诗书,本之于仁义,深之于阅历,驯习久久,则意境自然远去俗氛,成独造之理解"②,的确带有"合道"的正统思想,但并非以"载道"阐释意境。他把诗书、仁义、阅历视为立意造境的前提和基础,"有此三者为之立意,则境界焉有不佳者"③,注重的是素养胸襟等主体因素在意境创造中的主导作用。林纾以意境论文,补救王国维意境说忽视古文之不足。林纾认为"意境者,文之母也,一切奇正之格,皆出于是间"④,强调的是意境的本原意义、生成功能和主导作用,与王国维把意境视为艺术最高境界是有区别的。倒是林纾把"神味"推举为"文之能事毕""行文之止境",与王国维的"词以境界为最上,有境界则自成高格,自有名句"相仿佛,可说视"神味"为文境的至高境界。林纾更关注意境的构成要素和生成过程,对心与意、意与理、意与境、意境与识度、意境与局势、意境与体制等问题做出了切中古文肯綮的阐发。

一、"心""意""境":意境创造的过程

林纾认为意境是古文艺术的根本性、决定性因素,带有本原意义和生成功能。他说:

> 意境,文之母也。一切奇正之格,皆出于是间。不讲意境,是自塞其

---

① 周振甫.林琴南的文章论[M]//古代文论二十三讲.重庆:重庆大学出版社,2010:208.

②③④ 林纾.春觉斋论文·应知八则·意境.

途,终身无进道之日矣。①

他把意境界定为"文之母"、艺术的基因和本原,既主宰文章的"一切奇正之格",又主导创作的路径和进展。也就是说,文章的各种表现形态和发展成熟都源于"意境",取决于"立意"与"造境","试问若无意者,安能造境? 不能造境,安有体制到恰好地位"②? 他又说,"一篇有一篇之局势,意境即寓局势之中",主张"后文采而先意境",把意境置于体制、局势、文采诸要素之上,视其为行文的先决条件和第一要素。那么,意境是如何形成的呢?

  文章唯能立意,方能造境。境者,意中之境也……意者,心之所造;境者,又意之所造也。③

意境是唐代才形成的复合概念,"意""象""境"都是它的单体概念,意境的内涵是其中任何一个单体概念无法取代的。《周易·系辞》曰"书不尽言,言不尽意",庄子则说"言者所以得意,得意而忘言"④,人类复杂的思想感情很难用语言文字清晰完美地呈现出来,人表达出来的语言和人真正领会到的思想之间存在永恒的差距,那么,如何最大可能地解决这个矛盾呢? 《周易·系辞》说"圣人立象以尽意",既然内心的思想复杂而难以完整呈现,不妨借助"象"这个中介物来完成思想的传递,"象"可以是有形的,也可以是无形的,它包括语言、文字、线条、色彩、动作、旋律等诸多因素。王弼认为,"言生于象,故可寻言以观象;象生于意,故可寻象以观意。意以象尽,象以言著",也就是说,语言是从生动的形象而来,所以通过语言可以捕捉形象;形象又从意义中产生,所以通过形象可以体味到深蕴其中的意义,意义借助形象才能表达,形象借助语言才能生动鲜明,语言、形象、意义,在具体的文学作品中表现为相辅相成的关系。

林纾论意境,超越语言意象的层面而抓住心、意、境三个基本要素,透视意境创造过程。他认为"心"是先决条件,是立意造境的根源。"意者,心之所造",由"心"生"意","意"由"心"造,作者的心灵决定着作品的立意和境界。所以,他进而强调修身养性的重要,注重诗书、仁义、阅历三者的"驯习",旨在淘涤灵府,达到"心胸朗澈"的境地。唯有这样,才能像庖丁解牛那样,"游心于造化,故能不触于肯綮",对事物有"独造之理解",形成文章的"意"和"理"。他认为"意"和"理"是为文的主旨、造境的灵魂。"文章唯能立意,方能造境""境者意中之境也""境者,又意之所造也""无意无理,文中安得有境界"⑤,这些说法都强调意、理在意境创造中的主导和决定作用,既传承了"文以意为主""以理

---

①②③⑤ 林纾.春觉斋论文·应知八则·意境.
④ 庄子.庄子·外物[C]// 庄子注疏.郭象注,成玄英疏.北京:中华书局,2011:493.

为主""意在笔先""以意役法"的古文传统,又把立意与造境有机地联系起来,把古文家的主理说、义理说导向意境说。他所说的"意"和"理",不仅指文章的主题思想,还指向作者人格修养、学识经验形成的眼光和见识,作者对人情事理的深切理解和整体把握,相当于《应知八则》专门论述的"识度"。他引述苏东坡之语"天下之事,散在经史中,不可徒使;必得一物以摄之,然后始为己用。所谓一物者,意是也",认为"此语虽深实浅。不言析理于经史中,但言使事于经史中,顾能加以议论,则为镕裁,但取其事实,便成糟粕。且所谓摄之以意者,亦主驱驾而言,不为探本之论"①。"意"不只用来统摄素材,驱遣文辞而已,他的探本之论是:"须知意境中有海阔天空气象,有清风明月胸襟。须讲究在未临文之先,心胸朗澈,名理充备,偶一着想,文字自出正宗;不是每构一文,立时即虚构一境。"②也就是说,"意境"是"心胸朗澈,名理充备"的结晶,是客体"气象"与主体"胸襟"相辅相成的产物,是主客观遇合的"意中之境",是决定每篇"局势"和"体制""一切奇正之格"的"文之母",绝不是无意无理之境,有意矫揉之境,临时虚构之境。林纾揭示心、意、境三要素的内在联系和化合机制,在意境生成上堪称"探本之论"。

二、识度:意境的炼造

林纾论意境,讲立意,重义理,"凡无意之文,即是无理。无意无理,文中安得有境界"③。紧接着他讲"识度",进一步论述思想见识与意境创造的关系。他认为"世有汗牛充栋之文,令人阅不终篇,即行舍置,正是无识度,规以无精神,所以不能行远而传后"④,把"识度"作为评判文章成败优劣、能否行远传世的重要标准,突出强调"识度"的重要作用。

林纾的"识度"说,源于曾国藩《古文四象》的"太阴识度"说。他认为曾国藩之说"用意深微",只能"自浅率言之",做出自己的阐释,"识者,审择至精之谓;度者,范围不越之谓","识者,见远而晰其大凡,于至中正处立之论说,而事势所极,咸莫能外","有远识,有闳度,虽闲闲出之,而世局已一瞭无余"⑤。识度既是审择至精的远见卓识,又是范围不越的中正论说,是"远识"与"闳度"的统一,"创见"与"正言"的统一,简言之,指思想见识的深广和正确。林纾对刘勰的"正言所以立辩,体要所以成辞"深表理解,以为"知此者,作文章乃无死句,论文亦得神解",他解释说:"何谓正言?本圣人之言,所以抗万辩也。何谓

---

①②③ 林纾.春觉斋论文·应知八则·意境.
④⑤ 林纾.春觉斋论文·应知八则·识度.

体要？衷圣人之言,所以铸伟辞也。"①这表明他论文坚守"原道""征圣""宗经"的正统立场,强调思想的纯正。但他在《述旨》中又非议理学家的语录体,"论道之书质,质则或绌于采;析理之言微,微则坐困于思",认为"古之文章家,本尽备各体,不必各体中皆寓以理学之言"②,而赞同刘勰"精理为文,秀气成采"的主张,他阐发说"大率析理精,则言匪不正;因言之正,施以词采,秀气自生"③,这就扩充了"正言"的内涵,把析理、正言、词采有机地统一起来了。

林纾论"识度",涉及"推事之识""论事之识"和"叙事之识"。他举唐代陆贽的奏疏为"推事之识"的代表,"陆宣公疏中语,不惟深中德宗之病,而后来恢复事,皆一一不出料量之中,则识胜也"④,又引宋代谢叠山之说"作史评,须设吾以身生其人之时,居其人之位,遇其人之事,当如何处置,必有一段万世不可磨灭之语"⑤,认为这种设身处地而得出的"万世不可磨灭之语"就是"论事之识"。他进而提出"'识度'二字,不特专为论事而言""叙事亦自有识"的独到见解:

> 凡人于人不留意处大有过人之处,而为之传者恒忽略不道,或亦闲闲叙过,此便失文中一大关键。试观《史记》中列传,一入手便将全盘打算:有宜重言者,有宜简言者,有宜繁言者,经所位置,靡不井井。此惟知得传中人之利病,但前后提掣,出之以轻重,而其人生平,尽为所摄,无复遁隐之迹。此非有定识高识,乌能烛照而不遗?⑥

林纾所说的"叙事之识",以《史记》《左传》为典范,既要有知人论世的史识、定识和高识,又要有全盘打算的审择、调度和经营,才能见常人所未见,传常人所难传,于细微处见精神,挫万物于笔端。例如,他盛赞《左传》:

> 左氏书亦编年体也,而眼光特巨,且有大本领,每写一事已,乃再及于其它,都能随时埋根,使前后相照应,然又与纪事本末只将每事先后贯穿者不同。
>
> 左氏之文至善者,犹狮子之筋皮骨肉,各有作用,盖无一闲笔也。其气充,其理密,而又善于调度,故无闲笔。⑦

关键就在于审择调度,融会贯通,有"识度",有"本领",有"眼光",故而取舍得当,评论中肯,铺排纪事,井然有序,结构布局,浑然一体。林纾阐释明代袁峡所说的"识难乎通融"的"通融"二字,"通者,通于世故也;融者,不曾拘执也。

---

①②③　林纾.春觉斋论文•述旨.
④⑤⑥　林纾.春觉斋论文•应知八则•识度.
⑦　林纾.文微•汉魏文平.

一拘便无宏远之识,一执便成委巷小家子之识"①,就是要超越成见偏见,透过现象看到本质,见多识广,高瞻远瞩,才称得上"通融"之识。以"通融"的定识、高识、远识为制高点,才能"烛照而不遗",对行文布局进行"全盘打算",抵达"气充""理密"而又"善于调度""无一闲笔"的境界。

林纾还论及"识度"的修炼,认为:

> 欲察其识度,舍读书明理外,无入手工夫。若泛滥杂家,取其巧思,醉其丽句,则与"识度"二字愈隔愈远矣。②

这和他"泽之以诗书,本之于仁义,深之以阅历"的意境养成说一脉相承,说明立意与炼识的取径一致,归指都在于提高意境的思想内涵。他认为:"读经可潴来源,读史可广识见,然后参以今世之阅历,而求其会通。如此为文,则有根柢,而不迂固。"③他认同魏禧的说法:"学古人,必知古人之病,而力湔涤之。不然,吾自有其病,而又益以古人之病,则天下之病皆萃于吾之一身。"林纾主张要"博涉诸家,定其去取",绝不能"癖于所嗜,使知识昏瞽",在"似知非知,似解非解"之际,"正须一番炉火工夫",才能炼出识度。古人常把"识见"二字相联,所谓"识贵高,见贵广","识高"有赖于"见广","见广"有利于"识高"。苏东坡曾说"当博观而约收,如富人之筑大第,储其材用,既足而后成之,然后为得也",以亲身体会总结出一条创作规律:"别来十年学不厌,读破万卷诗愈美。"④"识"虽然与人天赋的学习能力相关,但后天的学习培养更为重要:"凡操千曲而后晓声,观千剑而后识器。"⑤林纾引韩愈《答李翊书》为例,其曰:"无望其速成,无诱于势利,养其根而俟其实,加其膏而希其光。根之茂者其实遂,膏之沃者其光晔。"⑥可见,器识学养是创作优秀文学作品不可缺少的内在因素。

三、意境的创作要则

意境是古文艺术的基本形态,是所有成功作品必须具备的要素。林纾论意境,不仅讲立意造境,讲审择炼识,还标举"意境当以高洁诚谨为上"的审美

---

① ② 林纾.春觉斋论文·应知八则·识度.
③ 林纾.文微·籀诵.
④ 苏轼.答张嘉父书[C]//郭预衡,侯光复编.中国古代十大散文家精品全集.大连:大连出版社,1998:280.
⑤ 刘勰.文心雕龙[C]//周振甫.《文心雕龙》今译.北京:中华书局,1986:438.
⑥ 韩愈.答李翊书[C]//林纾.选评《古文辞类纂》.杭州:浙江古籍出版社,1986:151.

理想。他认为：

> 意境当以高洁诚谨为上着，凡学养深醇之人，思虑必屏却一切胶辖渣滓，先无俗念填委胸次，吐属安有鄙倍之语？须知不鄙倍于言，正由其不鄙倍于心。①

对于"高洁诚谨"的意境，他既要求心胸朗澈，名理充备，思想纯正，有识度，无俗念，又要求意象鲜明，规模相称，立言得体，自然协调，有条理，不工巧，简言之是"高洁"与"诚谨"的有机统一。他取譬说："譬诸画家，欲状一清风高节之人，则茅舍枳篱，在在咸有道气；若加之以豚栅鸡栖，便不成为高人之居处。讲意境者由此着想，安得流于凡下？"② 由此可见，其意境的审美标准是思与境、意与象、形与神的完美结合。

林纾对理想意境的论述并不具体，却在《论文十六忌》中阐发为文的贵忌，提出忌直率、忌剽袭、忌庸絮、忌虚枵、忌险怪、忌凡猥、忌肤博、忌轻儇、忌偏执、忌狂谬、忌陈腐、忌涂饰、忌繁碎、忌糅杂、忌牵拘、忌熟烂等十六种忌讳。其实，"十六忌"反过来也可以说是"十六求"，作者从正反两个方面入手来归结作文之法："忌直率"即求深厚；"忌剽袭"即求创造；"忌庸絮"即求简洁；"忌虚枵"即求质朴；"忌险怪"即求平妥；"忌凡猥"即求庄重；"忌肤博"即求精深；"忌轻儇"即求严洁；"忌偏执"即求中正；"忌狂谬"即求宗道；"忌陈腐"即求精淳；"忌涂饰"即求清淡；"忌繁碎"即求扼要；"忌糅杂"即求纯净；"忌牵拘"即求自然；"忌熟烂"即求新意③。这是林纾审美主张的具体化表现，涉及古文艺术的诸多问题。他试图阐明文章的成败优劣，不但提出审美的要求，还针砭作文常犯的弊病，且推其病源，进一步阐明救治的方法。

(一)忌虚求实

林纾主张"文当求实""忌虚枵"。虚枵指的是文章内容贫乏、空洞无物。他评述清初汪琬、侯方域、魏禧三家散文：

> 汪钝翁《与曹木欣第二书》论文字必求圣贤之道，达于日用事为，而根柢于修己治身。钝翁之意，似文当求实，不当狃才气之偏，逞聪明之臆，是也。然钝翁之为人，激烈好訾人，而文字颇沈实有道气，无虚枵之病。当时称国初三家：雪苑近剽，叔子近肆；极剽之流弊，必虚而无主，极肆之流弊，或枵而过张。或云：以"虚枵"加侯、魏二子，不无太过。然不善学二子

---

①② 林纾.春觉斋论文·应知八则·意境.
③ 张俊才.林纾评传[M].北京：中华书局.2007:208.

者，往往身蹈此失，不必指定二子也。①

在清初三大家中，汪琬最得林纾赞识，认为"尧峰于三家中，颇极醇正""嗣得尧峰集读之，赏其澹宕中，时时流露经术之气"②。侯方域为文以才气奔放见长，纵横恣肆，"一气磅礴"，但早期作品也有功力不足、流于华藻之嫌。魏禧为文以议论自负，"凌厉雄杰""摹画淋漓"，林纾评"雪苑近剽，叔子近肆"当然只是一家之言，毕竟他们还有自己的特色。然而不善学者，则徒得其表，自然陷于"虚枵"之病中。林纾论苏东坡天才高妙，加以学有所本，故缀文属篇，文成法立，非能以规矩准绳范限之也，然而因其聪明过人，文章亦有不贴实处，"吾生平不嗜读苏东坡文，以其为文往往不能极意经营，然善随自救弊，则由东坡天才聪敏。无其天才者，不可学也"③。后人没有东坡的聪敏，却极力摹仿其高言振俗，其结果是"未有不出于虚枵者"。

不脚踏实地积理求学的人，自逞聪明，入手为文不着实际，往往坠入"险怪""偏执""狂谬"之病：

> 凡脚踏实地之人，为文有过于朴质者，万万不至于虚枵……唯靠实说，方有条理；一自作聪明，则文字架空，极兴会处均是虚词，极高骞处皆成枵响。④

> 大抵有本之言必不险，有用之言必不怪。险怪一道，即孟子所谓"揠苗助长"之功，虽可震炫一时，万万不足耐人寻味⑤。

> 偏，非特见也；蔽于近而无睹，故敢为自信之言。执，非的解也；守一隅而弗迁，转据为坚确之说。此皆学问不纯，私见过深，又用自矜炫，流弊往往至此⑥。

才士多狂，狂则近谬，弊在苦古人范围之密，义法之严，知不能逾越而出，始纵情为放言高论，以自矜炫。无识者往往为其所动，以为不落古人窠白，是有志者之言。究竟足以留贻为人师法者，狂谬者胜耶？传耶？或合范围有义法者胜耶？传耶？彼狂谬之人，必聪明绝等，笔墨之间有一种光气，足以夺人，故能擅胜于一时。若才庸而志高，亦窃效而为之，谬且

---

① ④ 林纾.春觉斋论文·论文十六忌·忌虚枵.
② 林纾.汪尧峰集选·序[C]//汪尧峰集选.林纾选评.上海：商务印书馆，1924：序1.
③ 林纾.文微·唐宋元明清文平.
⑤ 林纾.春觉斋论文·论文十六忌·忌险怪.
⑥ 林纾.春觉斋论文·论文十六忌·忌偏执.

加甚。①

刘大櫆有"文贵奇"一说,其实是追求文学创作的独特性。林纾忌险怪,忌偏执,忌狂谬,并不是否定创作者的才气和独创,他也欣赏"奇",说:"凡能奇者,有一种颠扑不破之道理,以曲笔描画而出,见以为奇,实则至正;若反常道而敢出以凶逆之语,直是狂谬,不是能奇。"②林纾提出的治弊之策是:

> 取义于经,取材于史,多读儒先之书,留心天下之事,文字所出,自有不可磨灭之光气。③

> 欲去虚枵之病,必读书明理,准以儒先之道;不得实际,不敢为附会之词,亦不至有浮夸之失……欲去虚枵之病,亦无他妙巧;根柢于经,参以前言往行,然后一一运以古文之法,虽不经意中亦复自成片段。④

为文者必先读书明理方能言之有物,韩愈所谓"根之茂者其实遂,膏之沃者其光晔"就是这个道理,学养深醇,据理其中,自然文从字顺,行文时运以古文之法度,在不经意间即成佳作。然而,林纾过于追求道理的中正、技法的合度,在某种程度上遮蔽了视野,他排斥李贽和公安派的风格,就有偏执之嫌。

(二)忌繁求简

"文贵简"是中国文论的传统命题,"简"与"繁"不是简单地指所描写事件的长短或文辞的长短。刘大櫆《论文偶记》中有"文贵简"一说:"凡文笔老则简,意真则简,辞切则简,理当则简,味淡则简,气蕴则简,品贵则简,神远而含藏不尽则简,故简为文章尽境。"⑤他对"简"的要求由文辞扩大到"笔老""意真""理当"等方面,把"简"作为文章的至高境界。《文心雕龙·熔裁》曰:"规范本体谓之熔,剪截浮词谓之裁。裁则芜秽不生,熔则纲领昭畅。"⑥这里的"熔裁"指删除文章多余成分,而非指文章写得简短,文章的繁简是由内容决定的。林纾论文章"忌庸絮""忌肤博""忌繁碎"也是为了追求最合适内容表达的文章体式,其中涉及文章的立题命意、题材选择、结构安排等诸多内容。

林纾首先提出"理直辞切",不知熔裁的人,为文往往为填满卷帙,而一再申说,容易误入庸絮之病:

> 庸者,凡猥之谓;絮者,拖沓之谓。须知欧、曾之文,心平气和,有类于

---

① ② 林纾.春觉斋论文·论文十六忌·忌狂谬.
③ 林纾.春觉斋论文·论文十六忌·忌糅杂.
④ 林纾.春觉斋论文·论文十六忌·忌虚枵.
⑤ 刘大櫆.论文偶记[M].北京:人民文学出版社,1998:8.
⑥ 刘勰.文心雕龙[C]//周振甫.《文心雕龙》今译.北京:中华书局,1986:294.

> 庸,实则非庸。敛其圭角,不使槎枒于外;蓄理在中,耐人寻味。盖几经烹炼,几经洗伐,始得此不可移易之言,不矜怪异之语。乍读之似庸,味之既久,又觉其不如是说,便不成文理……真庸絮者,由于不学理,不厚积,言之易尽,不能不取常用之言足成篇幅。盖读时不悟古文绕笔复笔之诀,以为非至再补义,文理便不圆足。须知有法以驾驭之,则灵转圆通,宜节处便节,宜繁处即繁。若不省用笔之法,故丁宁反覆,申明己说,此未有不流于絮者。①

作者由于不积学理而学识浅陋,下笔自然言不及义,不得不用空洞之言拼凑篇幅,滥竽充数;再则,创作者不沉潜用心于文章笔法,繁省不得要领,反复申说,流于庸言絮语,如此之文,何有美感可言？所以积学明理、通达人情,方能"语衷于道,虽庸,正也;情绵于中,虽絮,密也"。"古人为文,于精神专注处着眼,于随笔顺带处亦着眼,故洗伐严净,自无庸絮之病。若不讲行文之法及文之意境,则先无去取之能,即有先辈之名言,古书之辞义,亦何从使之道达得出？"②

其次,"精意以立干",这是要求为文者要先立意,而后依意立脉行文,即林纾所谓"文章要立脉,使意常在笔先"。

> 凡初阅文字,得一沉博绝丽之篇什,浩浩乎若倾筐倒箧而出,则未有不咋舌失色者。然当寻源竟委,观其来脉,审其筋节,辨其骨干,然后始赏其波澜。盖无来脉、筋节、骨干,但觉处处填塞,所撼典故若蔽天而来,此不名为"博",但名为"肤",不足重也。③

为文下笔之前需先有立意,再根据立意搭配材料、剪裁文辞,文气自然顺畅。若只是杂陈材料,只在用词用事上堆砌雕琢,而不按文脉撷取,即便材料再丰富,也只能收到杂乱无章的效果。所以为文必须"精意以立干",否则文章"实亡而虚具其表":"肤博之病,如胖夫委顿,血肉消蚀于内,而皮革尚宽廓,若牛之垂胡,此实亡而虚具其表耳。"④林纾比喻说:"别人好处,采撼可也;必靠定人家言语,自己漫无主见;犹之集万钱于膝下,不能觅绳以贯,使尽气力,万不能提挈得起;但觉左支右吾,间有说到处,一转却又不是,虽多亦奚以为？"⑤

最后,"博收约取"。初学者往往恃多炫博,对材料不懂得取舍,以至于文章冗繁失检,琐碎失当。林纾认为:"为文者本宜多读书,亦万不能恃有多书,即可纵笔为文。匠氏储梧槚而不备斤削,则梧槚纵美,亦断不能成器。采伐渔

---

① 林纾.春觉斋论文·论文十六忌·忌虚枵.
② 林纾.春觉斋论文·论文十六忌·忌庸絮.
③⑤ 林纾.春觉斋论文·论文十六忌·忌肤博.

猎,纵多又奚为者?"①为文欲求善,必须在博学的基础上掌握"采伐渔猎"的本领,文章失之熔裁犹如梧槚不经斤削,材料必须经过剪裁,然后用于行文。"'博'非坏字,惟能约取,始不疑其为博;若舍内饰外,则皆谓之肤博"②,林纾说道:

> 凡为人作家传,作志铭,既非世之有名将相及乎儒宗硕学;子孙编辑事略,又非文人之笔,其叙述安得不流于繁碎?执笔者不加审择,因其繁词碎义,一一撷拾简端,是吾文随之而繁,随之而碎矣。③

文辞所以繁碎是因为创作者对于材料不知审择,以多为博,以繁为贵,因而深陷"繁碎"之病。"繁碎"即为文体之累,林纾提出为文忌繁碎而务求篇章之统整,因而主张"文贵完",以避免繁碎之病:

> 宋濂论文有八害,一曰"碎害完"。完者,首尾有起讫,笋接有法度,叙述有去取,言词有分寸,成为整片文字,斯亦可以谓完矣。若贪多务得,即为文体之累。魏叔子曰:"文可详复,不可烦碎。"愚按:要言不遗漏者谓之详,行文用绕笔者谓之复;详而求明,方不伤烦,复而取神,亦不病碎。魏善伯称大家文,"细碎处有片段,险厄处有安顿",所谓"片段"者,即宋学士所谓"完"也。④

文章欲"求完",就需要在立意、布局、字句上有所讲究。为文者掌握文章的虚实详略,做到取舍有度,一方面不至于贪多务得,"为文体之累",另一方面也可使文章统合完整,给人以圆融完美的艺术享受。

林纾所主张的"忌虚求实""忌繁求简"等为文要则,其实是"高洁诚谨"的审美要求的具体化。林纾对古文创作提出的这些原则要求,尽管禁忌甚多,戒律甚严,但把神秘莫测的艺术境界具体化为切实可求的为文法则,有利于我们对古文意境的深入了解。

---

①② 林纾.春觉斋论文·述旨.
③④ 林纾.春觉斋论文·论文十六忌·忌繁碎.

第二节　林纾论古文的审美形态

所有成功作品都是一种有意味的形式,作品的形式要素是其内在意蕴的表现。方苞把"义"解释为"有物",即作品内容;把"法"解释为"有序",即外在形式。林纾在《应知八则》中论述的"气势""声调""筋脉"就类似于这种"有序"的形式因素。姚鼐提出"神理气味、格律声色"说,"神理气味"是作品的审美意蕴,"格律声色"是作品的艺术形式,包括结构、声律、辞藻等基本要素。对于文学作品来说,声调的抑扬顿挫犹如音乐的节奏,是作者内在情感高低起伏最淋漓尽致的表现,整饬、错落、谐调的结构能给人以筋脉贯穿、血气丰满的美感。在林纾看来,作品的形式因素非但必不可少,甚至具有独立的审美价值。

一、气势:"敛气而蓄势"

林纾论文,传承"以气为主""气盛言宜"的"文气"论,而注重行文"气势"的探讨。他讲"气势",力主"敛气而蓄势":

> 文之雄健,全在气势。气不王,则读者固索然;势不蓄,则读之亦易尽。故深于文者,必敛气而蓄势。①

清沈宗骞在《芥舟学画编》中分析了"气"与"势"的关系:"气以成势,势以御气,势可见而气不可见,故欲得势,必先培养其气。气能流畅,则势自合拍。气与势原是一孔所出,洒然出之,有自在流行之致,回旋往复之宜。"②"气"是创作主体不可见的精神气质,是作品内在的生命气息;"势"是可以捉摸的外在形态,是"气"在具体作品中形成的节奏旋律和章法笔调;"势"以"气"为基础,又表现为对"气"的驾驭。北齐颜之推曰:"凡为文章,犹人乘骐骥,虽有逸气,当以衔勒制之,勿使流乱轨躅,放意填坑岸也。"③作文章犹如骑马,对它加以约束控制,可以扬长而避短,趋利而远害。相反,如果一路宣泄,至于气力衰竭,就无气势可言了。林纾的"敛气而蓄势",就是对"气势"的驾驭,它在"气势"的营造中起着至关重要的作用。

林纾认为气势的营造讲究要在临文构思之先:

---

① 林纾.春觉斋论文·应知八则·气势.
② 沈宗骞.芥舟学画编[M].北京:人民美术出版社,1959:86.
③ 颜之推.颜氏家训[M].呼和浩特:内蒙古人民文学出版社,2006:110.

> 然二者(气、势)皆须讲究于未临文之先,若下笔呻吟,于欲尽处力为控勒,于宜伸处故作停留,不惟流为矫伪,而且易致拗晦。苏明允《上欧阳内翰书》称昌黎之文"如长江大河,浑浩流转,鱼鳖蛟龙,万怪惶惑,而抑遏蔽掩,不使自露"。此真知所谓气势,亦真知昌黎之文能敛气而蓄势者矣……所云"抑遏蔽掩",是文成后读者见其抑遏蔽掩,不是昌黎下笔时始思作此抑遏蔽掩,以狡狯骇众也。①

韩愈为文控制得法,使文章展示出如长江大河浑浩流转的气势,"抑遏蔽掩",读有余韵,耐人寻味。林纾又说:

> 凡理足而神王,法精而明澈,一篇到手,已全盘打算,空际具有结构矣,则宜吐宜茹,宜伸宜缩,于心了了,下笔自有主张。②

"宜吐宜茹""宜伸宜缩"是对"气"的控制,收放自如、张弛有度,文章自有"气势","所谓势者,则有留必纵,有停必顶"③。方东树主张:

> 气势之说,如所云"笔所未到气已吞""高屋建瓴""悬河泻海",此苏氏所擅场。但嫌太尽,一往无余,故当济以顿挫之法。顿挫之说,如所云"有往必收,无垂不缩""将军欲以巧服人,盘马弯弓惜不发",此唯杜、韩最绝,太史公之文如此,六经、周、秦皆如此。④

方东树所谓"顿挫"与前面提到的"吐茹""伸缩"皆是文章的张弛之道,这说明古文节奏的控制是大家普遍关注的问题。林纾认为控制文章的节奏要善用顿笔和绕笔,文章当刚柔相济、浓淡相间、有起有伏、有张有弛。只有如此,才能获有长短错落的节奏之美,如其所言:

> 凡读大家之文,不但学其行气,须学其行气时有止息处。由之,走长道者,惜马力,惜仆力,惜自己之脚力,必少驻道左,进糇加秣,然后人马之力皆复。文之用顿笔,即所以息养其行气之力也。⑤

名家为文,重视行气,而行气则要有止息。正如走长道,路有千里之遥,日夜奔驰之余,必须间有息养以恢复体力。林纾认为:"顿处必须言外有意,笔外有神,才算活着;若言下截然,无甚意味,便成柴立,不是顿笔。"⑥文章停顿处,即行气的止息处,在语意将尽未尽时,一笔顿住,使文势悬崖勒马,在气势驰骤之后小作顿挫,将带来"言外有意,笔外有神"的美学效果。顿笔一般在文章分段

---

①② 林纾.春觉斋论文·应知八则·气势.
③ 林纾.文微·明体.
④ 方东树.昭昧詹言[M].汪绍楹点校.北京:人民文学出版社,2006:24.
⑤⑥ 林纾.春觉斋论文·用笔八则·用顿笔.

处或篇末使用,用以分段止息或篇末总结,实际上起承上启下、布控全局的作用,顿处闲闲着笔,掩卷之后,会使读者感觉意味深长。

另外,在文章的起伏之间,使用绕笔能够增加波澜,使文势曲折多姿、跌宕起伏、意趣横生。

> 为文不知用旋绕之笔,则文势不曲,绕笔似复,实则非复。复者,重言以声明之谓。绕笔则于本意中抉深一层,乍观但复述已过之言,乃不知实有抽换之笔,明明前半意旨,然已别开生面矣。①

用"绕笔"并不是指一再地述说某事,而是在紧扣主题的前提下,使用曲折的笔法,层层推进,把事理说透,引导读者思考,进而领会文章意旨。绕笔所营构的回环往复的效果,看似文意的重复,其实文意早已抽换翻新而"别开生面"。

因此,林纾论气势,贵雄直而忌直率,《论文十六忌》开篇即是《忌直率》:

> 文字本贵雄直,亦贵直率,鄙言以直率为忌,似易生人攻讦。不知鄙所谓"直",盖放而不蓄之谓;所谓"率",盖粗而无检之谓。元遗山曰:"文章要有曲折,不可作直头布袋。"吕东莱评晁无咎文粗率。似"直率"二字,前人已发其病。而初学入手,狃于前辈"阳刚"之说,一鼓作气,极诸所有,尽情倾泻而出;骤读之,似有气势,不知气不内积,杂收糟粕,用为家珍,拉杂牵扯,蝉联而下,外虽峥嵘,而内无主意,无主意便无剪裁,此即成直率之病。②

为文者对于文章表情达意的方式往往有不同的看法,前人论文不乏以直率为美,刘大櫆说文贵"浑""浩""雄","雄"就是刚健有力、豪迈奔放的艺术美感。刘熙载在《艺概》中云:"太史公文,韩得其雄,欧得其逸。雄者善用直捷,故发端便见出奇;逸者善用纡徐,故引绪乃觇入妙。"③姚鼐举"阴阳刚柔"之说,阳刚之美的特点就是刚健有力、雄伟壮阔。从这段话看,林纾避忌的是"直率"之直,而非"雄直"之直,他认为文贵"雄直"而忌"直率"。林纾解释"直率"之"直"为"放而不蓄",初学者往往对"雄直"并不真正了解,而以"直率"为"雄直",不懂得敛气蓄势,而是一鼓作气、尽情倾泻,这样的文字看起来似有气势,但其实内涵空虚,没有底气,实是行文之忌。"雄直"的关键在于"势壮而能息",林纾赞赏韩愈的古文尤能"敛气蓄势",举韩愈《答尉迟生书》为例,此文中,因为作者不满于一时之有司,故借答尉迟生以发挥,全文前一段多用四字句,紧凑有

---

① 林纾.春觉斋论文·用笔八则·用绕笔.
② 林纾.春觉斋论文·论文十六忌·忌直率.
③ 刘熙载.艺概[M].上海:上海古籍出版社,1978:13.

力,一气呵成,后一段多用反问句,气势凌厉,步步逼进,然而处处有埋伏,处处有玄机。林纾评曰:"用笔伸缩,极为自然……自命任道之意,毅然见之辞色。文于雄直中却有转折之笔,是昌黎长技。"① 故而,古文创作要在笔法上用心研究,只有笔法运用巧妙,才能在伸缩吐纳间显现文章的气势美,如果一味宣泄,必然气竭力衰、文势索然。林纾论道:

> 《丽泽文说》曰"鼓气以势壮为美。势不可以不息,不息则流宕而忘返。"又曰"不难于曲,而难于直",此何谓也?息者,停蓄也。不深究昌黎之文者,亦谓气盖一世。然昌黎之气直也,而用心则曲,关锁埋伏处尤曲,即所谓"势壮而能息"者,能息亦由于善养。马之千里者,初上道时,与凡马无异;一涉长途,而凡马汗渍脉偾,神骏则行所无事。何者?气壮而调良,娴于步伐耳。②

为了规避"直率"的弊病,追求文章"雄直"的气势,行文应当讲究"敛气蓄势""势壮而能息",才能达到气势雄直的审美效果。韩愈的诗文是雄直之风格的典型代表,气势虽直,用心则曲,行文笔法变化多端,波澜起伏。

林纾探究气势之本原,强调说:"惟理足者神始王,法精者明始澈;文中虽未见气势,胸中已具有气势矣。"③ 把"理足""神王""法精""明澈"作为气势的来源,视为"敛气蓄势"的内功,涉及"养气"问题,"胸中已具气势"才是行文起伏变幻、伸缩自如的决定因素。

二、声调:"天下之最足动人者"

中国文字的特点之一就是语音有高低平仄的节奏起伏,因此,利用声调的变化与配合形成音律的抑扬顿挫之美,以表达内心深沉的情感,这是中国文学特有的审美特点。林纾曾记载自己的经历:

> 《变风》《变雅》之凄厉,鄙人每于不适意时,闭户读之;家人虽不知诗中之意,然亦颇肃然为之动容。④

"变风""变雅"是《风》《雅》中西周王朝衰落时期的作品,其中"正""变"的划分,不以时间为界,而是以"政教得失"来分,"变风""变雅"所反映的"变"是时代动荡不安、社会混乱无序的反映与折射,即"王道衰,礼义废,政教失,国异政,家

---

① 林纾.选评《古文辞类纂》·答尉迟生书.
② 林纾.春觉斋论文·论文十六忌·忌直率.
③ 林纾.春觉斋论文·应知八则·气势.
④ 林纾.春觉斋论文·应知八则·声调.

殊俗",这与林纾眼中的近代社会何其相似。林纾迷恋"变风""变雅"可能是基于他对于诗歌内涵的深刻认同,其家人不知诗中的内容,却能够因为抑扬顿挫的音节起伏而感知深蕴其间的情愫,这说明"声调"在文学艺术中具有相对的独立性。

林纾认为"时文之弊,始讲声调,不知古文中亦不能无声调"①,"时文"在唐代主要指当时通常使用的骈文和科举考试采用的律赋,与"古文"相对。明清时期所谓"时文"指八股文,八股文亦讲究声律,周作人曾说八股文是"一种比六朝的骈文还要圆熟的散文诗,令人有观止之叹","八股文里含有重量的音乐分子"②。唐代古文运动中,古文是针对骈文提出的概念,声调的平仄与声律的规律多用于韵文与诗词,对于散文的声韵,人们关注得要少一些。那么,古文是不是可以不讲韵律呢?李东阳在《沧州诗集·序》中说"诗之体与文异,故有长于记述,矮于吟讽,终其身而不能变者⋯⋯盖其所谓有异于文者,以其有声律讽咏,能使人反复讽咏,以畅达情思,感发志气,取类于鸟兽草木之微,而有益于名教政事之大"③,他认为声律是实现抒情目的的重要手段,诗歌在反复朗读吟唱中表现主体情感,但声律对于用来记述事实的古文是没有意义的,这种观念在当时颇具代表性。

刘勰《文心雕龙》有《声律》一节,认为声律是文章的构成要素,其曰,"古之佩玉,左宫右徵,以节其步,声不失序。音以律文,其可忘哉""标情务远,比音则近;吹律胸臆,调钟唇吻。声得盐梅,响滑榆槿。割弃支离,宫商难隐"④。文章使用音律可以调节气韵,驾驭文辞,就像古人在身上佩玉器用来调节步伐节奏一样。抒写情思务求深远,配合音律便较贴切,文章中的音律,好比烹调里的盐梅与榆槿,起到调味和滑润的作用。韩愈对于文气与文辞的关系,曾有"气盛宜言"一说,认为语言声音的高下与语句的长短疾徐是文章气势的形式表现,为文于内须蓄气势,于外要修文辞音律。桐城派提出"因声求气",阐述声、气的关系,认为一篇成功的散文,立意与构思固然非常重要,但声音节奏也是必不可少的,读者可以通过吟诵时对声音、节奏、字句的揣摩领悟作者的精神意气。所以,林纾强调说"古来名家之作,无不讲声调""盖天下之最足感人者,声也"。

---

① 林纾.春觉斋论文·应知八则·声调.
② 周作人.谈八股文[M]//看云集.石家庄:河北教育出版社,2002:77-78.
③ 李东阳.李东阳集[M].长沙:岳麓书社,1985:72.
④ 刘勰.文心雕龙[C]//周振甫.《文心雕龙》今译.北京:中华书局,1986:305-306.

为了说明韵律与情感表达的关系,林纾举例:

> 试问易水之送荆轲,闻变徵之声,士何为泣?及为羽声,士又何为怒?本知荆轲之必死,一触徵声,自然生感;本恶暴秦无道,一触羽声,自然生怒耳。①

音律之节奏如天有四时变化,月有阴晴圆缺,乃是自然的本性。人的声音来自血性情感,人心感物,情绪亦随节奏抑扬,形之于文,自然声韵动人。人的情感有喜怒哀乐的不同,所谓徵声生感、羽声生怒,不同的情感发出的声韵各有不同。《礼记·乐记》说:"音之所由生也,其本在人心之感于物也。是故其哀心感者,其声噍以杀;其乐心感者,其声啴以缓;其喜心感者,其声发以散;其怒心感者,其声粗以厉;其敬心感者,其声直以廉;其爱心感者,其声和以柔。六者非性也,感于物而后动。"②因而人的情感流露在声调音响中,循声可以得情,得神,得气。林纾以《史记·刺客列传》为例,细加分析:

> 政姐闻政死时,以妇人哭爱弟,其悲凉固不待言。然试问从何入手?而曰:"其是吾弟欤!""其"字为一顿,"是吾弟"一顿,"欤"字是指实而不必立决之辞。继之以"嗟乎"二字,实矣。"严仲子知吾弟"五字,直声满天地矣。呼严仲子者,姐弟同感严仲子也。"知吾弟",吾弟断不能不为之死;但说一"知"字,便将聂政之死,全力吸入"知"字之内。故其下无他言,但书"立起如韩之市"。故善为声调者,用字不多,至复耐人吟讽。③

作者根据所要表达内容与情感的需要,动用富于变化的短句,加以错综运用,使得句子节奏分明,情溢言表,致人读之产生悲凉之情。林纾认为那些善于调遣节奏的作者,在谋篇布局上多下功夫,虽然用字不多,却能使作品神气毕现,有耐人寻味的余韵。

桐城历来很重视古文声调音节的美感,刘大櫆提出从"音节字句"中求"神气":

> 神气者,文之最精处也;音节者,文之稍粗处也;字句者,文之最粗处也;然论文而至于字句,则文之能事尽矣。盖音节者,神气之迹也;字句者,音节之矩也。神气不可见,于音节见之;音节无可准,以字句准之。④

玄虚缥缈的"神气"可以通过吟咏诵读时于声音、节奏、字句中去体味和探求。

---

① ③ 林纾.春觉斋论文·应知八则·声调.
② 杨天宇.礼记注译[M].上海:上海古籍出版社,2004:468.
④ 刘大櫆.论文偶记[M].北京:人民文学出版社,1998:6.

刘勰说"离章合句,调有缓急,随变适会,莫见定准"①,由于作者思想情感的高涨低落、曲折迂回,声调随之调配,产生抑扬顿挫的节奏感。从抒情的角度来说,声律之美扮演着中介角色,它和抒情的内在要素("志""意""情"等)一样,对作品最终形成完整的艺术美起重要作用。林纾对屈原的《离骚》推崇备至,《离骚》是有韵之文的典范,柳宗元正因为学骚,所以文意韵悠长。"柳州之学骚,当与宋玉抗席,幽思苦语,悠悠然若傍瘴花密菁而飞,每读之几不知在何境也……有韵之文,亦治文者不可不讲,发源于屈宋,取范于柳州,斯得矣"②。《离骚》的艺术魅力源于作者炽烈的真情,"骚之为辞至悲","情挚声哀","盖有是心血,始是至言",林纾认为《离骚》的词和音节虽反复,读之却不觉得冗复,而是益感其诚恳,"情本于衷,虽言之又言,而人感其诚恳,故不以为冗复"③,"试观《离骚》中句句重复,而愈重复愈见其悲凉,正因其情性之厚,所以至此"④。

古文初学者可以通过吟诵古文,掌握文中语句音节的伸缩吞吐、疾徐高低,以体会作者的神气情韵。姚鼐在《〈古文辞类纂〉·序目》中总结说:

  凡文之体类十三,而所以为文者八:曰神、理、气、味、格、律、声、色。神、理、气、味者,文之精也;格、律、声、色者,文之粗也。然苟舍其粗,则精者亦胡以寓焉?学者之于古人,必始而遇其粗,中而遇其精,终则御其精者而遗其粗者。⑤

姚鼐的这个论断,一方面比较全面地揭示了中国古代文学的表现形态,一方面也反映了形式在中国古代文人心目中的地位——"格、律、声、色者,文之粗也"。世人常常以本与精为重,而忽略末的、粗的环节,殊不知内在的、根本的因素往往只可意会而难以言传,外在的、粗显的形式才易于捕捉,初学者只有通过对外在声色的反复诵读、揣摩才能求得内在的神气韵味。"诗、古文各要从声音证入,不知声音,总为门外汉耳"⑥,在"神理气味"的前提下,充分强调文学形式自身的美感,这就是"因声求气"的精妙所在。古文的创作者要注意情调与自然音节的协调,形成伸缩自如、缓急有致的节奏之美;古文的学习者

---

① 刘勰.文心雕龙[C]//周振甫.《文心雕龙》今译.北京:中华书局,1986:309.
② 林纾.韩柳文研究法[M].上海:商务印书馆,1914:32.
③ 林纾.选评《古文辞类纂》·抽思.
④ 林纾.春觉斋论文·应知八则·声调.
⑤ 姚鼐.古文辞类纂[M].上海:上海古籍出版社,1998:19.
⑥ 姚鼐.惜抱先生尺牍[C]//桐城派文论选.贾文昭编.北京:中华书局,2008:133.

当取名家之文,朗读日久,在声调间感悟汪洋充沛的情感,在节奏中触摸高低起伏的气势。

林纾评点文章非常留意声调的运用,如其评《左传·秦三师袭郑》:

> 文字须讲声响,此篇声响高极矣……文中出色之人,但写蹇叔。秦叔将出,君臣咸求吉利之语。叔乃哭送,事已大奇。不知有此一哭,而文之声响,即由是而高,抗声呼曰"孟子",其下即曰:"吾见师之出而不见其入也。""孟子"亦小顿,其中有千言万语,碍著秦君说不出,碍著孟子之少年盛气,亦说不出。但曰"孟子"两字,如绘出老年人气结声嘶,包蕴许多眼泪。"吾"字亦宜作一小顿,才见得老人若断若续之口吻,以下便冲口吐出不吉之语。写蹇叔愤激,遂至口不择言,顾蹇叔之声响即高,苟秦伯以悠泛之词答之,便不成文体。"尔何知"三字,声亦高骞……今试将秦伯之言,作高声拖延一诵,亦至悲抗,至于蹇叔复告其子,遥想二陵曰:"其南陵夏后皋之墓也;其北陵文王之所避风雨也。"音节直带楚声……文末以四字结句曰"秦师遂东","东"字亦响极……文字之结响,令人心醉神驰,舍左马二氏,无出其右者。①

一般人多是从历史借鉴的角度读此文:蹇叔深谋远虑,忠君忧国,倔强敢谏;秦穆公则利令智昏,刚愎自用。左氏以对比法写二人,越写国君的刚愎自用,就越能突出蹇叔的公忠谋国。然而,林纾专从声调音节来分析品评文章,实是特殊。蹇叔哭师,由于劝阻不成,便藉情感之宣泄以指明利害,声调高骞,楚声的悲凉浸透在字里行间,尤其是最末一句"秦师遂东","遂"字寓褒贬,"东"之亮音节。整篇文章读起来波澜起伏、抑扬顿挫,富有情致。后来者学习声调,却不能简单模仿前人对音节的运用。

> 后来学者,文即不逮,遇复不同。虽仿楚志,读之不可动人……柳州诸赋,摹楚声,亲骚体,为唐文巨擘……引用纷杂,然音节甚高,赋色甚古,说理之文,却能以声容动重,亦云难矣。②

柳宗文为文以自我的生命体验为基础,发之于声,形之于文,自有动人之声调,"实则,讲声调者,断不能取古人之声调揣摩而摹仿之;在乎情性厚,道理足,书味深,凡近忠孝文字,偶尔纵笔,自有一种高骞之声调"③。声调参差,根本的原因是内在情感的起伏,即便是说理之赋,若是有激而作,自然也会有味之弥

---

① 林纾.左传撷华[M].上海:商务印书馆,1921:20.
② 林纾.韩柳文研究法[M].上海:商务印书馆,1914:35.
③ 林纾.春觉斋论文·应知八则·声调.

长的声调显现。善用者利用声律节奏达到对情感的捕捉与描绘,善学者利用声律的吟诵领悟作品的情韵神思,声律是古文创作与欣赏中的重要因素,这也许就是"声调"作为古文审美形式的意义之所在吧。

三、筋脉:"最灵动,亦最绵远"

林纾说"行文之道,亦不能不重筋脉",这里的"筋脉"指文章的章法结构。刘勰说:"启行之辞,逆萌中篇之意,绝笔之言,追媵前句之旨,故能外文绮交,内义脉注,跗萼相衔,首尾一体。"① 再华丽的辞采,都必须靠内在脉络的贯注,首尾呼应,才能达到华实兼备的审美效果。宋吴沆在《环溪诗话》中说:"诗有肌肤,有血脉,有骨骼,有精神,无肌肤则不全,无血脉则不过,无骨骼则不健,无精神则不美。四者备,然后成诗,则不待识者而知其美矣。"② 关于"筋脉",中国古代文论有过"筋骨""血脉""气脉""意脉""义脉""语脉"等不同名称。林纾以"筋脉"论古文,力图通过谋篇布局的巧妙安排,达到文章筋脉贯注、浑然一体的审美效果。

林纾论"筋脉"借鉴书画理论。"筋脉"原是一个书画概念,"筋"指线条紧敛、浑劲内含的状貌;"脉"指线条丰润活脱的状貌。王羲之在《题卫夫人笔阵图后》说:"欲书者,先干研墨,凝神静思,预想字形大小、偃仰、平直、振动,令筋脉相连,意在笔前,然后作字。"筋脉中循行之血乃水墨,水墨调和,运用恰当,才能使线条产生丰润而活脱的状貌,构成生动活泼的生命之体。唐荆浩《笔记法》曰:"凡笔有四势:谓筋、肉、骨、气。笔绝而不断谓之筋,起伏成实谓之肉,生死刚正谓之骨,迹画不败谓之气。故知墨大质者失其体,色微者败正气,筋死者无肉,迹断者无筋,苟媚者无骨。"③ 方东树的《昭昧詹言》也曾以"筋脉"论画:

> 譬名手作画,无不交代。蹊径道路明白者,然既要清楚交代,又不许挨顺平铺直叙,骏塞冗絮缓弱。汉魏人大抵皆草蛇灰线,神化不测,不令人见。苟寻绎而通之,无不血脉贯注生气,天成如铸,不容分毫移动。昔人譬之无缝天衣,又曰"美人细意熨贴平,裁缝灭尽针线迹",此非解读《六经》及秦、汉人文法,不能悟入。④

---

① 刘勰.文心雕龙[C]//周振甫.《文心雕龙》今译.北京:中华书局,1986:310.
② 吴沆.环溪诗话[M].陈新点校.北京:中华书局,1988:130.
③ 荆浩.笔记法[C]//俞剑华编.中国画论类编.北京:人民美术出版社,1957:606.
④ 方东树.昭昧詹言[M].汪绍楹点校.北京:人民文学出版社,2006:30.

文之筋脉有如名家作画，其画蹊径道路，总是若隐若现，不能令人一眼望尽，观者需全神贯注，方能分辨清楚。正如蛇行蜿蜒，身上总是有条灰线隐约可见，脉络贯注的方法亦变化多端，然而总有线索可寻。方东树又进一步解释道"大约诗文以气脉为上，气所以行也，脉缩章法而隐焉者也。章法形骸也，脉所以细束形骸者也。章法在外可见，脉不可见"①，这正是林纾所谓筋脉的"不连之连"：

  《皇矣》之诗曰"度其鲜原"，《释山》云"小山别大山，鲜"，别者，不相连也。鄙意不相连者，正其脉连也。水之沮洳，行于地者，其来也必有源。山之绵亘，初若断为平地，然其起伏若宾主之朝揖，正所谓不连之连。故堪舆之家，恒别山脉之所自来，正不能以山之断处，遽指为脉断也。行文之道，亦不能不重筋脉②。

《诗经·大雅·文王之什·皇矣》曰："我泉我池，度其鲜原，居岐之阳，在渭之将。""鲜原"乃谓高山平原。《尔雅·释山》云"鲜"为"小山别大山"，即谓大山与小山分别不相联属。林纾认为"不相联"只是表面所见，其内则是筋脉贯注。善于风水堪舆的人往往能辨别山脉的由来往处，不因为山势表象的不相联而指为脉断，"大山别小山"，其脉络正如隐于地表之下的水源绵延不绝。所以林纾论山水画"远取势近取质"：

  所谓远取势近取质者，山水之空形也。南中道行，见山势起伏，如波委云凑，重叠而来。然其来也必有脉，其没也非为云雾所掩，即极远为目力所不接，尺幅之中，决不能描之使尽，故取势宜讲。取势者，能起脉能收脉也。且于收脉时，尚当留其有余不尽之意。入诸渺冥，使人远瞭，若有余恋，方谓之能取势。③

山水画的远山近景搭配巧妙，浑然一体，脉络能起能收，似隐似显，方能留有余韵。古文创作也是这样，占有丰富的材料对于创作文章固然重要，然而学会巧妙的组合之法，使各自独立的材料成为有序的、相互联系和相互作用的有机整体，才是判断文之优劣的所在。如果各个部分支离破碎、东鳞西爪，文章还有什么整体可言，自然也难以寻觅美感。

"章法在外可见，脉不可见"，既然筋脉隐而不现，可见的章法就是我们追

---

  ① 方东树.昭昧詹言[M].汪绍楹点校.北京：人民文学出版社，2006：30.
  ② 林纾.春觉斋论文·应知八则·筋脉.
  ③ 林纾.春觉斋论画[M]//林纾诗文选.李家骥，李茂肃，薛祥生整理.北京：商务印书馆，1993：15.

求"筋脉"的有效途径。林纾举魏叔子论文法"曰伏,曰应,曰断,曰续",伏、应、断、续就是章法笔法的运用。林纾在《春觉斋论文·用笔八则》中对古人写作的制局法有意进行归纳与梳理,分述起笔、伏笔、顿笔、顶笔、插笔、省笔、绕笔、收笔等八种笔法的运用与特点,这些笔法的运用对营造文章筋脉贯通的审美形态大有助益。在文章的布局安排中,写作者首先要特别留心"照应"的技巧。林纾说:"天下好文章,不是好手能凭空虚构而出,一一本之天然,经好手一安顿,便觉前后都有照应。"①文章的照应体现了作者统筹材料、安排结构的能力,关系文章整体布局的妥当和表情达意的顺畅,只有承接得当,文章才能浑然一体。林纾对于文章的起笔和收笔非常重视,他说:

> 领脉不宜过远,远则入题时煞费周章;着手不宜太突,突则转旋处殊无余地。用考据起,虽头绪纷烦,须一眼注到本位,方有着落;用架空起,虽宽泛无着,须旋转趋到结穴,方能警醒。②

> 为人重晚节,行文看结穴。文气文势,趋到结穴,往往敝懈。其敝也非有意,其懈也非无力,以为前路经营,费几许大力,区区收束,不过令人知其终局而已,或已有敝懈之气所中者。即读者亦不甚注意,大抵注意多在中坚,于精神团结处击节称赏,过后尚有余思;及看到末路,以为事已前提,此特言其究竟,因而不复留意③。

由于文章的体裁、内容、写作要求的不同及其创作者的个性差异,文章开头的技法各有不同,并没有固定的成规。总的来说,开头不宜牵扯太远,也不宜过于突兀,要为后面的行文做好铺垫,同时,若能讲究创新变化,就不至于读来令人兴味索然。一般来说,文章起笔的重要性众人皆知,而结尾却常常为人忽略,林纾恰恰认为"乃不知古人用心,正能于人不留意处偏自留意。故大家之文,于文之去路,不惟能发异光,而且长留余味"④。写作如做人,起笔精彩而结尾无力就像晚节不保一样令人悲叹。文章的结尾只有收束有力,才能收到"首尾周密,表里一体"的审美效果,使文章寄托深意,具有情味。

林纾评"筋脉"主要是以史传作品为例,他认为左氏、太史公、昌黎都是善用筋脉的能手:

> 大家唯太史公,筋脉最灵动,亦最绵远……《大宛传》入手即曰"大宛之迹,见自张骞"。以张骞为总脉,则奉使诸国,遂可以联贯而下;其文曰"骞身所至者,大宛、大月氏、大夏、康居,而传闻其旁大国王六,具为天子

---

① 林纾.左传撷华[M].上海:商务印书馆,1921:13.
②③④ 林纾.春觉斋论文·用笔八则·用起笔.

> 言之曰",有此一笔,则以下诸国,均出诸张骞口述,又何必别标而另传?然张骞中道殒谢,而大宛全传之脉似乎断矣,至此忽疾接入"神马当从西北来",故其下云:"天子好宛马,使者相望于道。"则直舍去张骞,又以宛马为脉。其下则处处言马,仍可将文势蝉联而下……能以不属之情迹汇为钜篇,能以一贯之事迹判为数传,能以回光返照叙人之功劳,能以牵合附会写己之牢骚,似有无穷神灵赴其笔端,实则筋脉灵动,故伏应断续,曲尽其妙。①

司马迁写重大事件,往往能够写出事件发生的渊源、波澜、归宿,波澜部分尤重笔墨,曲曲折折,含而不露,似断实连,极尽变化之能事。一般人读《史记·大宛传》皆将月支、乌孙诸国分别标以国名,自为一传,这实在是一种误解。林纾赏识归有光读《史记》:"此无他,震川盖知史公此传,纯以脉胜,故合而为一无碍也。脉者,周身无所不贯者也。"②这正是方东树《昭昧詹言》所谓"词不接而意接",林纾所谓"不连之连"的妙处。

故而,筋脉妙在"有意无意中",吕祖谦论文,谓有形者纲目,无形者血脉,文章脉络线索重在隐晦、严忌外露,那么,在创作中如何表现呢?

> 伏处不必即应,断处亦不必即续,此要诀也。一篇之文,使人知扼要吃紧在于何处,当于起手时,在有意无意中,闲闲着他一笔,使人不觉。故大家之文,扼要吃紧处,人人知之;而闲闲伏笔处,或不之知,即应处不必紧随伏处,续处不必紧随断处也。③

凡大家文,普通人看到的多是那些众人皆知的关键处,精彩的倒是那些用伏笔闲闲带过的地方,只是大多数人无所觉察罢了。林纾认为"断"与"续"的关系直接关系文章的审美效果。大家为文,于扼要处起笔时不张扬,闲闲带过,不露痕迹,于伏处暗暗相扣压,方能引人入胜。

埋设伏笔是谋篇布局的重要手段,"文章当使伏流在内,一线到底,此甚紧要"④,这是林纾论古文创作着墨的重点之一。伏笔是为后文的发展顺理成章所作的暗示或铺垫,其作用"在于能使后出现的人或事显得合情合理、顺理成章,同时又能增强作品的内部联系,使作品血脉一贯"⑤。林纾说"行文有伏笔,犹行军之设覆,顾行军设覆,敌苟知兵者,必巧避不犯我之覆中;若行文之

---

①②③　林纾.春觉斋论文·应知八则·筋脉.
④　林纾.文微·通则.
⑤　黄晓红.伏笔、突转和照应在悬念中的运用及其效果[J].理论与创作,2005(2):16-18.

伏笔,则备后来之必应者也"①,伏笔的关键在于"藏","明眼者需解得一个'藏'字诀,欲注射彼处,先在此处着眼,以备接应"②。"藏"就是指在读者不经意处,将文章筋脉作草蛇灰线状,脉络不在求显,而在于让读者不断琢磨。林纾认为把握好"藏"字诀,"即可悟行文不能无伏笔,亦惟善伏者始得后来之显豁"③。以"藏"设伏的关键在于"阳断而阴联":

  盖一脉阴引而下,不必在在求显,东云出鳞,西云露爪,使人扪捉,亦足见文心之幻……所以能照管者,正以未说到彼,而此间先已埋伏,到兴会淋漓时回眸顾盼,则以上之伏脉皆见矣④。

文章要靠巧妙的笔法来承接,伏笔的运用可以制造悬念,带来引人入胜的审美效果。伏笔的关键在于"藏",如果文意直白,毫无回旋余地,文章就平淡无奇;而一味地追求技法,隐晦生涩,又走向技巧的反面,使文章索然无味。伏笔的精妙处在于让读者读起来如闲笔,而看似不经意的闲笔正是作者独具匠心之所在。

  林纾说"大家唯太史公文,筋脉最灵动,亦最绵远","灵动"来自作者对笔法的巧妙运用,筋脉的灵动带来古文审美感受上"绵远"的艺术效果,"远"即是古文含蓄蕴藉、言有尽而意无穷之审美境界的特征之一。"筋脉"是古文艺术形态中不容易把捉的因素,林纾以史传作品详述其来龙去脉,使得"绵远"这种难以捉摸的审美内蕴有了现实的依据,从古文审美创作的角度来说,还是很有意义的。

第三节 林纾论古文的审美追求

  在中国古典美学体系中,几乎所有的欣赏问题都是围绕以"味"为核心的一系列概念和命题展开,"'味'即是从艺术欣赏角度阐释意境这一审美理想的范畴,是意境审美理想在艺术欣赏环节的具体表现形态"⑤。以"味"为核心展开的一系列概念,如韵味、兴味、兴趣、神韵,它们构成意境理论的丰富内涵。林纾以意境作为古文艺术审美的母体,他说"意境,文之母也""文字有义法,有

---

  ①②③④ 林纾.春觉斋论文·用笔八则·用伏笔.
  ⑤ 吴中杰.中国古代审美文化论:第二卷[M].上海:上海古籍出版社,2003:397.

意境,推其所至,始得神、韵与味。神也,韵也,味也,古文之止境也"①。"神""韵""味"是古文艺术欣赏的不同范畴,由于体裁、题材、立意、创作手法和作家个人的精神气质、素养性情的差别,不同的艺术作品往往拥有各异的风格。林纾以风趣、情韵、神味辅助意境说,是对中国古典意境理论的深化与开拓。

一、"风趣":庄中寓谐

"趣"是人生主体在一定情境中自然获得的美感体验,它可以是快意于心的人生情味,可以是异乎寻常的审美兴奋,也可以是自娱自乐的精神乐趣。从南北朝到唐宋明清,"趣"的理论不断发展,衍生出"情趣""兴趣""机趣""生趣""奇趣""灵趣""理趣""风趣""别趣""雅趣""拙趣""异趣""意趣""真趣"等诸多概念,形成众多各具特色的见解学说,"风趣"是其中的一种。最早使用"风趣"一词的大概是南北朝时期的沈约,"周中书风趣高奇,志托夷远"。刘勰将"风趣"一词引入论文,其曰"风趣刚柔,宁或改其气"②,联系上下文看,此"风趣"大意指文章的风格趣味。但一直到唐代,诗歌批评中较多地沿用"风"而少用"趣",把"风"与"力""骨""神"等审美术语相连。"风趣"作为理论批评术语,到明清才流行起来。袁枚《随园诗话》引杨诚斋论"风趣"道:"从来天分低拙之人,好谈格调,而不解风趣。何也?格调是空架子,有腔口易描,风趣专写性灵,非天才不办。"③杨万里认为人们对"风趣"的觉悟程度与个人天分紧密相连,"风趣"是人类智性的产物,是人类智慧的艺术化、审美化的表现。王士禛在《师友诗传续录》中提出:"《竹枝》咏风土,琐细诙谐皆可入。大抵以风趣为主,与绝句迥别。"林纾再提"风趣"时,它已经不是一个新鲜话题,但"风趣"这个美学概念在林纾笔下却有了更为细致深入的辨析和阐发。

林纾认为"凡文之有风趣者,不专主滑稽言也"④,可见,林纾所论"风趣"不仅限于滑稽一端。《史记·滑稽列传》说"滑稽"指"擅隐语""善为言笑""滑稽多辩"。《史记·索引》中说:"滑,乱也,稽,同也。以言辩捷之人言非若是,说是若非,言能乱异同也。"司马迁《史记·滑稽列传》所刻画的滑稽人物,如优孟、东方朔、淳于髡,都是地位低下的倡优,但他们能够为国家和百姓的利益伏

---

① 林纾.桐城派古文说[C]//林纾诗文选.李家骥,李茂肃,薛祥生整理.北京:商务印书馆,1993:84.
② 刘勰.文心雕龙·体性[C]//周振甫.《文心雕龙》今译.北京:中华书局,1986:257.
③ 袁枚.随园诗话[M].北京:昆仑出版社,2001:4.
④ 林纾.春觉斋论文·应知八则·风趣.

义执言,在谈笑间灵活巧妙地对统治者进行讽刺,因此,"滑稽"是一种讽谏的艺术。林纾认为东方朔的《答客难》、扬雄的《解嘲》、班固的《答宾戏》都表现出高超的讽谏艺术,可以奉为滑稽文章的圭臬。

"风趣"是比"滑稽"更高层次的审美追求,林纾谈"风趣"常以史传作品为例。史传不同于一般的作品,古人所谓"清议所冤,万古无复反案",所以行文要严谨、调度要有方。林纾曾讽刺王船山史论有"偏执"之嫌,因其"骂人到快意处,倒将正史之文撤去,寻觅笔记中诡谬之言,力入古人之罪"①,这分明有失史传作品的庄重公允。但"庄重"并不代表就是无趣,把握得当,就能"于极庄重之中,有时风趣间出",不经意间,以看似轻松的文字化解严肃的事件。林纾认为"《汉书》叙事,较《史记》稍见繁细,然其风趣之妙,悉本天然"②,从中寻味各种"风趣之妙"。其论《汉书·陈万年传》:

> 万年尝病,召其子咸教戒于床下。"语至夜半,咸睡,头触屏风。万年大怒,欲杖之,曰:'乃公教戒汝,汝反睡,不听吾言,何也?'咸叩头谢曰:'具晓所言,大要教咸谄耳。'"乍读之,似万年有义方之训,咸为不率之子,乃于"教"下著一"谄"字,吾思病榻中人亦将哑然失笑,矧在读者。此盖以一字成趣者也。③

其论《丙吉传》:

> 吉驭吏嗜酒数逋荡,尝从吉出,醉呕丞相车上。西曹主吏白欲斥之。吉曰:"以醉饱之失去士,使此人复何所容?西曹但忍之。此不过汙丞相车茵耳。"闲闲说来,思之皆有意致。④

文中,一句"此不过汙丞相车茵耳"的轻松趣语,将此难堪之事自然带过,看似闲闲而出,不着痕迹,关系的却是士去士留的决定,"此等风趣,在于微渺间,非味之不能出也"⑤。其论《盖宽饶传》:

> 许伯自酌曰:"盖君后至。"宽饶曰:"无多酌我,我乃酒狂。"丞相魏侯笑曰:"次公醒而狂,何必酒也?"⑥

丞相本有意箴诫宽饶,恰接其言,顺势将规劝之言道出:"次公醒而狂,何必酒也?"此话似笑语,然不见轻佻之讥讽,其规劝之意不觉已至,又不扫对方颜面,可谓善于箴规也,这是"箴规中之寓风趣者也"。另外,林纾评《王尊传》于严冷中见风趣,《朱博传》于嘲谑中见风趣,《陈迁传》于戏语中见风趣,它们在一深一浅、一庄一谐的审美差距中形成充满智性的审美感受。陆时雍云"深则情,

---

① 林纾.春觉斋论文·论文十六忌·忌偏执.
②③④⑤⑥ 林纾.春觉斋论文·应知八则·风趣.

浅则趣",其实,深浅情趣于文都很重要,关键在于如何使它们相得益彰,深浅俱佳,才天然可爱。文家以天真凝练的文字,借以旁敲侧击的艺术情态,以趣兴情,以情动人,既达到作者所要言说的目的,又动人耳目,令人在审美的愉悦中获得领悟。

班固于《汉书》中时有奇趣之语,在林纾看来,这是一种大家气度,他曾说:"班孟坚之文,有如故家子弟,而又多财,衣冠整齐,步履大方。"①班固之文,有如故家子弟,句句不脱纨绔习气,时出趣语,然语气堂皇,能在堂皇语中寓风趣是这一类人(文)的特色所在。林纾很欣赏这一类型的文字,"见地高,精神完,于文字境界中绰然有余,故能在不经意中涉笔成趣"②。林纾亦说《左传》行文有若"故家子弟":

> 愚按此章文字,甚类故家之子弟,先畴垂尽,一旦忽将其家藏周鼎商彝,一一陈诸厅事,偏召倡优杂技,与之考究古器之由来。语虽堂皇,却句句不脱纨绔习气。而门客中滑稽之士,则亦句句侧媚,庄中寓谐,纯是绵里之针,而听者瞢然无觉,直待后来说到钟鸣漏尽,家产荡然,流离无归,始失声而哭,然亦卒不撤其故家之架子……写深人与浅人论事,步步皆得趣味。③

再如林纾论韩愈古文"不失身份""语似温婉,按之却至倔强""文(《答冯宿书》)之外象,是一篇悔过之书,其实昌黎身份,不曾分毫贬损"④。林纾评韩愈《送温处士赴河阳军序》云:

> 送石文,庄而姝,若再为庄论,絮絮作警戒语,便成老生常谈矣。故一变而为滑稽,谑而不虐,在在皆寓风趣。一起便突兀。"无留良"及"无马",皆为"空"字作注脚。接上东都为士大夫之冀北,风趣横生,森耸已极。由温生补出石生,明示此为第二篇文字,一笔与前篇不犯,盖前以庄,后以趣也。⑤

风趣作为对于艺术作品的审美感受,表现在人们对艺术作品欣赏领悟的过程中。韩愈此文妙在行文布局上从容不迫,起笔出人意料,本写送行之事,却不以送行开始,偏从伯乐与马上着墨,然后用一连串的设问,在戏谑中,将对温造

---

① 林纾.文微·汉魏文评.
② 林纾.春觉斋论文·应知八则·风趣.
③ 林纾.左传撷华[M].上海:商务印书馆,1921:36.
④ 林纾.韩柳文研究法[M].上海:商务印书馆,1914:10.
⑤ 林纾.选评《古文辞类纂》·送温处士赴河阳军序.

的尊敬与赞扬巧妙表达出来,文章生动活泼,读来饶有风趣,富有余味。

　　林纾对于"风趣"的理论贡献之一,在于他把作品的艺术风格与创作主体的精神气质联系在一起,认为"风趣"在深层意蕴上实是感情深致、识见高远、人格健全的产物。大家学养深醇、识见卓越、精神完足,所以驾驭文字随心顺手,虽然无意为文,犹能妙趣横生、风神毕现。袁枚评苏轼诗"风趣多,情韵少,晚年坎坷,亦其证也"①,他理解的"风趣",其内涵大致与"情韵"相对。苏轼晚年遭遇坎坷,内心弥漫着深厚的忧患意识,表现为曾经沧海难为水、欲说还休的老成之态,其作品也更多地表现出老者智性老成的美感,"风趣"就是这种智性艺术化、审美化的表现。钱锺书在《谈艺录》中说,"天下有两种人,斯分两种诗。唐诗多以丰神情韵擅长,宋诗多以筋骨思理见胜""在一集之内、一生之中,少年才气发扬,遂为唐体,晚节思虑深沉,乃染宋调"②。"风趣"是人生饱经风霜之后智慧的、超然精神境界的艺术表现,它受创作者见地、学识、阅历的影响。所以风趣之妙不易学,亦不能强求,"'风趣'二字,当因题而施,又当见诸无心者为佳。若在在求有风趣,便走入轻儇一路"③。

　　"趣"从艺术的根本精神上说,是自然之道的体现。天真自然是艺术趣味的基础,吴梅认为风趣在于栩栩如生的描写中:"至于趣之一事,最难形容。无论花前月下密约幽会之曲,不可带道学气;即如谈忠说孝,或摹写节烈之事,所作曲白,亦不可走入呆板一路,要使人须眉如生,而又风趣悠然,方是出色当行之作。"④袁宏道所说"夫趣得之自然者深,得之学问者浅",强调的也是趣的自然性。清人张问陶《论诗十二绝句》有"天籁自鸣天趣足,好诗不过近人情",认为与生活自然切近的文章容易引人感发,使人读来有趣味。林纾经常论风趣,"风趣者,见文字之天真","然风趣之妙,悉本天然",风趣在于无心者的"自然""天真"的情态中,文学作品若能刻画人情世态的本真自然模样,就可以达到风趣的艺术效果了。《史记·窦太后传》是林纾经常举例的典范,他认为司马迁叙窦太后与其弟相见,"侍御左右皆伏地泣,助皇后悲哀",逼真传神地描摹出当时的情景。

　　　　悲哀宁能助耶?然舍却"助"字,又似无字可以替换。苟令窦皇后见

---

① 袁枚.钱竹初诗序[C]//近代中国史料丛刊续辑 778:小苍山房文集·卷二十八.台北:文海出版社,1981:9.
② 钱锺书.谈艺录·第五卷[M].北京:三联书店,2001:3-6.
③ 林纾.春觉斋论文·应知八则·风趣.
④ 吴梅:顾曲麈谈[C]// 中国近代文论类编.贾文昭编.合肥:黄山书社,1991:176.

之,思及"助"字之妙,亦且破涕为笑。求风趣者,能从此处着眼,方得真相。①

司马迁深知用字之妙,一个不起眼的"助"字惟妙惟肖地再现了当时的景象,初看以为待御为窦太后的悲情所感染,皆伏地而泣,足见窦太后之情真意切,再仔细一思量,窦太后重权在握,侍御奴颜献媚,此种情态真是可怜亦可笑。这段描写言语简洁毫无夸张虚饰,风趣毕现,读者在字里行间似乎隐约可见作者极其微妙的情感,久久难以忘怀。

总的来说,"风趣"与"滑稽"的美学形态不同,"滑稽"的风格一般表现为"寓庄于谐",虽然表现的是极庄重严肃的道理,使用的却是夸张的形式,如"善为言笑""滑稽多辩","风趣"却不同:

> 朔上书陈农战强国之计,意指放荡,终身不见用,因著论设客难,用位卑以自慰谕……通篇主意,言隐志晦,满腹牢骚,不肯直捷说出。语似安分,然言外皆含讽刺。如子云《解嘲》、韩愈《进学解》类,皆本此意。②

林纾认为,扬雄的《解嘲》与韩愈的《进学解》具有共同的美学特征,那就是"语似安分,然言外皆含讽刺",这就是风趣"庄中寓谐"的审美效果,其讽刺内涵极隐晦,行文"极庄重","风趣者……于极庄重之中,有时风趣间出"③,天真文字与庄重语调在艺术形态上是不和谐的,但庄重的形式与可笑可叹的内容之间的矛盾形成艺术的张力、想象的空间,它们是孕育"风趣"的丰厚土壤。林纾论古文,"古文者……义理明于心,用文词以润泽之,令读者有一种严重森肃之气,深按之又弥有意味,抑之不尽,而绎之无穷,斯名传作"④,"趣味"可能就是这样一种"严重森肃"的格调中所暗含的"弥有意味,抑之不尽,而绎之无穷"的审美感受。

二、"情韵":深情远韵

"艺术的意境是心中之意和心中之境独特形态的结合,在意与境的和谐统一中产生了一种独特的东西,古典文艺学、美学称之为'韵味'。"⑤"韵"的概念产生得很早,它最早指声律、音韵,秦汉有"非声不言韵"之说,后来人们舍声而言韵。六朝时,人们开始以"风韵""韵度""神韵"来品评人物,指人物溢于形表

---

①③ 林纾.春觉斋论文·应知八则·风趣.
② 林纾.选评《古文辞类纂》·答客难.
④ 林纾.春觉斋论文·论文十六忌·忌轻儇.
⑤ 胡经之.中国古典文艺学[M].北京:光明日报出版社,2006:384.

的个性、情调与风度。人们逐渐摆脱对于声韵、格律这些语音层面因素的依赖,进入文学精神与审美艺术的层面,这表现在"韵"用来表示由意蕴与美感的"余意"所造成的特殊审美效果。宋代的范温在《潜溪诗眼·论韵》中认为"凡事既尽其美,必有其韵。韵苟不胜,亦亡其美",这意味着"韵"即是极致之美的产物,是人们最高的审美理想。明清时期,"韵"在艺术审美中越发受到推崇,陆时雍于《诗镜总论》中说:"有韵则生,无韵则死。有韵则雅,无韵则俗,有韵则响,无韵则沈。有韵则远,无韵则局。"①清代的王士标举"神韵"说,"神韵"是兴会时的审美境界,它空灵缥缈、不留痕迹,是"生气"与"味外之味"的统一。在王士祯那里,"神韵"被发挥成内涵极为丰富的理论,对清代诗坛产生深刻影响。林纾则提倡以"情韵"论文:

> 《玉篇》"声音和曰韵",《正韵》"风度也"。然必有性情,然后始有风度;脱性情暴烈严激,出语多含肃杀之气,欲求其情韵之绵远,难矣。谭格谓李于鳞才高而量不大,所乏者深情远韵。愚谓惟其资地高,记诵博,似行文非涂饰不为工,非诘屈不为古,俾读者索然,则所谓情韵者又胡从出?须知情者发之于性,韵者流之于辞,然亦不能率焉挥洒,情韵遂见。②

林纾对"情韵"的诠释说明:其一,"情"本于"性","情"是写作者本真情感的流露;"韵"是情感借助文字表现出的审美形态,作者的个人气质、内心情感通过适宜的语言形式表达出来,形成文学作品的深情远韵。其二,"情"与"韵"本于自然,于自然自在中蕴深情,于简洁平淡中显精巧,方能达到深情远韵的审美境界。

当然,王士祯所谓"神韵"与林纾所谓"情韵"是两个不同的概念,翁方纲认为"神韵者,非风致情韵之谓也"③。在"神韵"之说中,"韵"是事实上的核心,"神"是附着于对"韵"的体味、追求之上的。林纾的"情韵"之说中,"情"占据中心位置,"情韵"的关键在于有情而有韵,情是内在的决定因素,文辞是外在的表现形式,想要作品有余音余味,最根本的因素是真情实性。林纾论:

> 有是情,即有是韵④。

> 凡情之深者,流韵始远⑤。

---

① 陆时雍.诗镜总论[M]//中国古典文艺学丛编:二.胡经之主编.北京:北京大学出版社,2001:155.
②④⑤ 林纾.春觉斋论文·应知八则·情韵.
③ 翁方纲.神韵[C]//清代文论选.王运熙主编.北京:人民文学出版社,1999:597.

> 文章为性情之华,无论诗、古文辞,皆须有性情①。
>
> 无情,乃无文②。
>
> 为文必使文中有质,质中有文。文即手腕,质即心情。手腕所到,性情随之,则文章自有可贵③。
>
> 凡文人之有性情者,以文学感人,真有不能不动者④。

不单是散文,一切文学作品都是内在生命力的体现,所谓"情动于中,而形于外"。强调"情"的作用,对于林纾这样一个论文讲究"获理适道"的文人来说并不容易,况且他能够把"情"视为文家所必备的主观元素,表明创作主体论已经成了他文学思想的一部分。

林纾更进一步把"情"还原到日常生活中,提出,平凡普通的人与人之间的情感也值得珍重,只要是真情流露,哪怕是素朴烦琐的生活细节、家常絮语也会使作品充满情韵。其评韩愈《送李正字序》:

> 通篇是家常语,而情文最绵丽……因叙李生所以不能留侍之故,入情入理,悲凉世局,俯仰身世,语语从性情中流出,至文也。⑤

在这一点上,林纾论"情"无疑更具有现代性意义。林纾评说欧阳修之《泷冈阡表》和归震川之《项脊轩记》:"琐琐屑屑,均家常之语,乃至百读不厌。"⑥林纾尤其赞赏《史记·外戚列传》中叙窦太后被选入宫前在车马齐集之地,于仓促间乞水为稚弟洗脸,求食给稚弟喂饭的细节,认为"足生人惋怆"。

林纾所谓"深情远韵""流韵欲其远","韵"以"远"作为自己的审美特征,中国审美艺术从钟嵘《诗品》的"味"之说开始,正是强调对这种超越实体的、微妙而又持久的美感的捕捉与领悟。历代文家中,林纾认为欧阳修之文可以称得上深情远韵,有含蓄不尽之韵味。究其原因,"欧文之多神韵,盖得一追字决。追者,追怀前事也"⑦。欧阳修虽然山水游记不如柳宗元,其箴铭类文章却颇有特色,大概在这种以追忆见长的文体中,他能"抚今追昔,俯仰沈吟,有令人涵泳不能自已者"⑧,文章因此饱含深情,流韵悠长。林纾认为本于性情,出之肺腑,文章自有文法:

---

① ② 林纾.文微·通则.
③ 林纾.文微·造作.
④ 林纾.选评《古文辞类纂》·项脊轩记.
⑤ 林纾.韩柳文研究法[M].上海:商务印书馆,1914:19.本文中,凡引文出于此书者,皆标识篇名.
⑥ 林纾.春觉斋论文·述旨.
⑦ ⑧ 林纾.选评《古文辞类纂》·河南府司录张君墓表.

> 凡大家之文,自性情中流出者,不用文法剪裁,而自然成为文法;以手腕随性情而行,所以特立千古,如此篇是也。①

当然,"随性情而行"并不是不讲文法的逞才使气、率性而为,要于无心中用心,看似随心自如实则用心良苦:

> 凡情之深者,流韵始远,然必沈吟往复久之,始发为文。若但企其风度之凝远,情态之缠绵,指为信笔而来,即成情韵,此宁知欧文哉?善乎,明顾元庆之言曰:"欧阳文忠晚年常日窜定平生所为文,用思甚苦,夫人胥氏止之曰:'何自苦如此?当畏先生嗔邪?'公笑曰:'不畏先生嗔,却怕后生笑。'"观此,则欧文之情韵,决非轻易措笔,明矣。②

欧阳修身为古文名家,为文沈吟反复,积累日久,方得文之情韵。后来者不能理解先人的良苦用心,思之不深,率笔为文,自然难以达到"深情远韵"的审美效果。林纾认为情固是真情流露,但不可以是"飘风急雨"式的感情宣泄,《丹铅总录》以"如飘风急雨之骤至"来形容欧阳修之文的"清音幽韵",林纾认为此言过矣:"夫飘风急雨,岂能谓之韵?或且见欧公山水厅壁诸记,多怀古伤今之作,动作哀音,遂以飘风急雨目之,过矣。"情之深者,流韵始远,沈吟往复久之,乃为文章,若是飘风急雨、率性而为,恐怕难以达到"深情远韵"的审美境界。

林纾认为性情的生发,必须本于自然,而后流于言辞,才有无尽之韵味产生,是以求情韵之美者,必先端正性情,情性不正,则其言亦不正。

> 世之论文者恒以风神推六一,殆即服其情韵之美。顾不治性情,但执笔求六一仿佛,茅鹿门即坐此病。纪文达讥鹿门刻意摹六一,喜跌宕激射。所谓激射者,语所不尽,而眼光先到之谓。六一文中凭吊古人,隐刺今事,往往有之。然必再三苦虑,磨剔吐弃,始铸此伟词;若临文时故为含蓄吞咽,则已先失自然之致矣,何名情韵?③

情韵不是临文时的刻意造作可成,必先于平日陶冶性情,一题入手,情韵方于字里行间中流露。庸手为文,不先求情性之真,但求执笔似"六一",此无异于缘木求鱼,终无情韵可得。所以,性情是大家为文不可或缺的修养。林纾曾以"气韵"论画,"气主清,韵主高,故文人下笔,必有一种清气高韵"④,"高"不正是文人的学问、修养、胸次吗?林纾对《汉书》中的情韵也深表赞许,所谓"相如

---

① 林纾.选评《古文辞类纂》·泷冈阡表.
②③ 林纾.春觉斋论文·应知八则·情韵.
④ 林纾.春觉斋论画[M]//林纾诗文选.李家骥,李茂肃,薛祥生整理.北京:商务印书馆,1993:15.

巧为形似之言,班固长于情理之说"。班固善用"矣"字,"矣"字含蓄无穷之思,这在林纾的《用字四法·矣字用法》中有详细介绍,他更举《汉书·贡禹》为例,证明班固之善用"情韵":

> 天子报禹曰:"朕以生有伯夷之廉,史鱼之直,守经据古,不阿当世,孳孳于民,俗之所寡,故亲近生,几参国政。今未得久闻生之奇论也,而云欲退,岂意有所恨欤?将在位者与生殊乎?往者尝令金敞语生,欲及生时禄生之子,既已谕矣。今复云子少。夫以王命辩护,生家虽百子何以加?传曰:'亡怀土,何必思故乡?'生其强饭慎疾以自辅!"①

虽为制诏之语,然而因其情深意挚,"宛转温裕,若慰若勉",于简短之数行文字中回环反复,参差离合,给人以含蓄不尽、挹之无穷的绵远情韵。林纾评情韵,但举屈原、诸葛亮、韩愈、柳宗元、归有光等人,因其人性情端正涵养高深,其文真情流露,故富有情韵。如:

> 性情为里,辞华为表。韩文杜诗,所以独绝千古者,盖由其性情端厚也。②

> 《离骚》《怀沙》之文,其辞义无甚差别,然语语皆自性情流露,有变化,有条理,精切异常,屈子真能爱国者③。

> 并不著意为文,而语语感自血性中流出。精忠之言,看似轻描淡写,而一种勤恳之意,溢诸言外。④

从林纾的评点中可以看出,"情韵"是他品鉴古文的重要标准,出之真情性,始成千古至文。文章是性情的表现,只有性情端正醇厚,言辞才韵致动人。

> 盖述情欲其显,显当不邻于率;流韵欲其远,远又不至于枵。有是情,即有是韵。体会之,知其恳挚处发乎心本,绵远处纯以自然,此才名为真情韵。⑤

> 性情端,斯出辞气重厚,自无握浊鄙贱之态⑥。

以真情发之于文,自然流韵绵远,不至于空虚乏味,若无真情,则文章万无动人之理。是以"身之不修而欲修其词,心之不和而欲和其声,是犹击缶而求合乎宫商,折苇而冀同乎有虞之箫韶也"⑦。文章能够辞气流畅、韵致动人,全在于

---

① ⑤ 林纾.春觉斋论文·应知八则·情韵.
② ③ 林纾.文微·杂评.
④ 林纾.选评《古文辞类纂》·出师表.
⑥ 林纾.文微·通则.
⑦ 宋濂语,林纾在《春觉斋论文·应知八则·情韵》中以之为证言。

作家的真情实意与其醇厚的人生修养,林纾说"古人之文,多足匡性情而长道德",多读书,多阅历,有仁义之心,性情端正,下笔为文,情韵自显。若是平日不陶冶性情,不修性情之正,只在笔法上生硬模仿古人,只能得其形而非其神,这无异于缘木求鱼,离艺术境界越来越远。

总的来说,"情韵"是林纾论古文审美艺术的重要标准,在"诗缘情""文载道"的传统文学观念中,他强调古文创作中情感的重要性,更贴近文学的本质。"情"是文的关键,情深方能韵长,然而情韵的"悠长"又必须借助修辞与笔法方得以表现,言辞与技巧上的斟酌有利于情韵的润泽。清末民初是中国传统文学向现代文学蜕变的转折时期,古文在文学中的主导地位渐为小说所取代,抒情文学为叙事文学所取代。在这样一个转变时期,林纾提倡"情韵"之说,强调情感在文学创作中特殊而重要的作用,是对文学规律与发展的正确认识,他在古典文艺学、美学的现代化进程中写下光彩的一笔。

三、"神味":"言止而意不尽"

"神""味"都是中国古典文艺学、美学常用的概念,然而"神味"一词在清代之前不常用,晋裴启《语林·东晋人》曰:"刘承胤少有淹雅之度。王、庾、温公皆素与周旋。闻其至,共载看之。刘倚被囊,了不与王公言,神味亦不相酬。俄顷宾退,王、庾甚怪此,意未能解。"①这里的"神味"还只是指神色情味。清代以后,"神味"才逐渐作为审美批评的常用概念出现于诗话、词话中。清陈廷焯以"神味"论词:"白石《少年游》戏平甫词矣,'随郎滋味'四字似不经心,而别有姿态,盖全以神味胜,不在字句之间寻痕迹也。"②至于近代,况周颐《蕙风词话》道:"初学作词,只能道第一义,后渐深入。意不晦,语不琢,始称合作。至不求深而自深,信手拈来,令人神味俱厚。"③其中"神味"指的是风神韵味的醇厚。以上所言及"神味"均是论人论诗论词,以"神味"论古文,林纾是先行者。

林纾把意境作为原发性的艺术本源,把"神味"推为艺术至境,"论文而及于神味,文之能事毕矣","神味者,论行文之止境也"④。他解释说:

神者,精神贯彻处永无漫灭之谓;味者,事理精确处耐人咀嚼之谓。晋张茂先曰:"读之者尽而有余,久而更新。"宋吕本中曰:"东坡云:'意尽

---

① 裴启.语林[M].周楞珈辑注.北京:文化艺术出版社,1988:89.
② 陈廷焯.白雨斋词话[M].北京:人民文学出版社,1983:210.
③ 况周颐.蕙风词话[M].郑州:中州古籍出版社,2003:6.
④ 林纾.春觉斋论文·应知八则·神味.

> 而言止者,天下之至言也。'然言止而意不尽,尤为极至。"张、吕二公所言,知味之言也。使言尽意尽,掩卷之后,毫无余思,奚名为味?①

"神味"是一种无法捉摸、无以言表的美感,永无漫灭的精神气质与事理精确的判断议论是作品中最耐人寻味的地方。作为主体生命气质象征的"神"贯彻于艺术作品中,呈现汪洋恣肆、永无漫灭的精神状态,创作者对人情事理的精确表达,留给读者言有尽意无穷的思索,这样才能称得上"神味"。若是言止意尽,掩卷之后毫无余思,就没有神味可言。如何达到"言止而意不尽"的境界呢?

> 《丽泽文说》曰"藏锋不露,读之有滋味",似"味"字却在藏锋之中,然则,临文兜勒,故说一半,留其一半,在渺冥惝恍之中,令人摸索,直同猜谜,亦可名为味乎?则但言藏锋,亦不是知味之言。谭格谓:"古人从里面涵养而得,今人从外面掇拾而得。"里面涵养者,是积万事万理,撷其精华,每成一篇,皆万古不可磨灭之作,此陈绎曾所谓精于事理之文,假笔札以著之者耳。"辞约而旨丰,事近而喻远",斯云得矣。②

也就是说,藏锋之说并非知味之言,只有涵养深醇,精于事理,才有可能写照传神,耐人寻味。林纾分析韩昌黎《与李翊书》:

> "无望其速成,无诱于势利,养其根而俟其实,加其膏而希其光。根之茂者其实遂,膏之沃者其光烨。仁义之人,其言蔼如也",此数语得所以求神味之真相矣。然昌黎言虽如此,实未尝一蹴即至。观以下书辞,历无数辛苦,始归本乎仁义之途,诗书之源,乃克副乎前所言者。吾辈浅人,遽言神味,宁非轻率?③

韩愈为文,归本仁义,取法乎上,并非一蹴即至,而是由深醇涵养使然。林纾在《选评〈古文辞类纂〉》中对韩愈的这句话进行了更深入的阐释:

> 望速成,则气促而功候浅;诱势利,则心歧而思虑杂。养根者,治本也;俟实者,待其自然也;加膏者,日进无疆也;希光者,必有得当之一日也。至实遂光晔,则功候圆满矣。而仍归本仁义者,本道而为言也。④

道德的涵养,不是一日可以速成的,必须日进其德,积累日久,才能功德圆满。如果能饱读诗书,行仁义之途,吐属为文,自然神味自见。后来者不先积累品行学养,而一味拾掇辞藻,则难以达到"神味"的境界。

---

① ② 林纾.春觉斋论文·应知八则·神味.
③ 林纾.韩柳文研究法·韩文研究法.
④ 林纾.选评《古文辞类纂》·答李翊书.

林纾以"神味"作为古文审美的至境,始终将它落实在"道理"之上。"味者,不悖于道理,不怫于人情,言皆有用之言,又皆可行之实"①。如果我们对"道理"不做死板的理解,不把它扣定在程朱理学的封建思想上,那么,"道理"也可以说是文章的思想之美,思想性、精神美正是一切文学艺术传世的重要因素。通观林纾的文论作品,"理"几乎是古文的灵魂,他断言:

> 读书多,则闻见博,无委巷小家子之言;析理精,则立言得体,尤无饰智惊愚之语;至于以文明道,则位置逾高,可以俯瞰万有。②

> 但观有道理之人说话,闲闲数语不为简,连篇累牍不为烦,若使不善言者述之,便觉棘耳。③

> 大凡文章须静理远神,理不说尽,而有含蓄,谓之静理。④

> 序贵精实,跋贵严洁,去其赘言,出以至理,要在平日沉酣于经史,折衷以圣贤之言,则吐词无不名贵也。⑤

> 纯从道理上讲究,加以身体力行,自然增出阅历。以道理之言,参以阅历,不必章绩句饰,自有一种天然耐人寻味处。⑥

王夫之是林纾非常欣赏的一位史学家,其评《诗经》"辞之辑矣,民之洽矣。辞之怿矣,民之莫矣"道:

> "辑"云者,合集事理之终始,序次应违之本末,无有偏伸,无有偏屈,详析而得其要归也。如是,则物无不以类辨,事无不以绪成,而智愚贤不肖之情,皆沁入而相感,故曰"民之洽"也。"怿"云者,推于其心之所以然,极于其事之所必至,宛转以赴其曲,开朗以启其迷,虽锢蔽之已深,而善入其中则自悦,虽危言以相戒,而令其易改则自从。如是,君与臣不相抗,智与愚不相拒,意消气静,乐受以无疑,故曰"民之莫"也。如是者无他道焉,辞不以意兴,意不以气激,尽其心以达人之心,诚而已矣。

林纾深表同感,赞曰:

> 船山此言,盖为宣公之奏议及制诰发也。当时兴元、奉天所下制勒,虽骄将悍卒,读者莫不流涕,则文辞动人之功,岂特言味? 不过味者,不悖于道理,不怫于人情,言皆有用之言,又皆可行之实。船山先生释"洽"也用一"沁"字,释"莫"也用一"受"字。沁者何? 沁人心脾也;非有味其言,

---

① ⑥ 林纾.春觉斋论文·应知八则·神味.
② ③ 林纾.春觉斋论文·论文十六忌·忌凡猥.
④ 林纾.文微·通则.
⑤ 林纾.春觉斋论文·流别论.

胡能沁？受者何？受而服膺也；非有味其言，胡甘受？《六经》《语》《孟》之言，匪不有味，亦以融汇万理万事，衷之以道，故亘万世不能轻易其一字。自古以来，无论是"文以载道""文以明道"还是"文以贯道"，文学作品都无法摆脱对"道"的追求，评价作家的思想与作品价值，关键要分清"道"的内涵和"道"之外的追求。林纾以神味论文，将文学的艺术论与功用论并举，其古文理论的重心由理性内涵转向审美意蕴。文章之所以能发挥明道的作用，在于其说理议事能入情入理，从而沁人心脾，这种打动人的力量就是"味"。

综言之，林纾的古文艺术论是对中国古典文艺理论的总结与发展。中国古代文论发展到清末，衰落是不可避免的趋势，然而新旧蜕变的近代社会又给予它新生的契机。林纾的古文艺术论固然很大程度上保留有传统文论的特点，处于维护传统立场和艰难转折的两难境地中，他仍不愧为意境论的集大成者与终结者。他对中国古典意境论的诸种经典范畴进行的深入探讨，使原本零散的意境理论形成一套各部分紧密相连的理论系统，其中包括意境的内涵、意境的构成、意境的创造、意境的欣赏等有机成分。他还善于把意境理论与创作实践相结合，使虚无缥缈的美学境界有所依托，使研习古文者有迹可循。林纾亦强调作家的人生修养，强调创作主体的情感识度在意境创作中的积极作用，强调在意境创造中形式美的重要性，这无疑都带有进步的意义。但他深受旧学浸染，晚年生活比较闭塞，其艺术理论不可避免地受到视野的局限，比如对于"仁义""道理"的执着追求，对创作法则的重视，对那些个性张扬的历史人物的不满，对一些新生的事物的不理解，都反映了其文艺思想守旧落后的一面。瑕不掩瑜，林纾对中国古典艺术理论的集成与终结为我们延续了传统文学的流脉，其更新与拓展又为我们奠定了眺望新文化的阶石。

第五章　林纾古文批评论

我国古代很早就有选本的编纂与评点，选本是文学传播的重要方式，人们学习文学往往从选本开始。清代的社会经济和文化都比较繁荣，清人所编选本众多，古文的编纂与评点从清初以来始终呈现繁盛景象。桐城派一直热衷于古文选评，从戴名世、方苞、刘大櫆、姚鼐、梅曾亮到曾国藩都有古文选本。林纾的古文选本很多，本书附录中有专门介绍。文学选本不仅是选评者文学倾向、文体观念、批评思想的生动体现，也是时代政治、思想、文化、学术、文学乃至教育、商业、出版、印刷等各个方面状况的反映，在文学史与文学批评方面都具有重要的价值与意义。我们参考时代背景、社会文化、学术思想、文学创作、文学思潮等因素，从编纂过程、选录作家、作品评点、刊刻流传等多个角度研究林纾的古文选本，希望能更加全面地了解林纾的古文理论。

第一节　林纾古文选评概况

从根源上说，科举应试是明清两代古文评选兴盛最重要的推动力，自明代实行八股取士以来，科举成为读书人唯一的出路。古文选本主要为指导时文（八股文）的写作服务，其评点涉及文章的结构布局、章法技巧等，旨在教人如何写作。明代著名的古文选本，如茅坤所编《唐宋八大家文钞》，《四库全书总目》认为它之所以能够"一二百年以来，家弦户诵"，乃在于其"为举业而设"。方苞的《古文约选》也是为当时的国子监学生编选的教科书，认为："学者能切究于此，而以求《左》《史》《公》《毂》《语》《策》之义法，则触类而通，用为制举之文，敷陈论、策，绰有余裕矣。"[①]明清两代的古文名家大都是时文高手，桐城派的方苞、姚鼐是科举考试的赢家，他们虽然主学唐宋古文，但推崇雅驯，重视法

---

① 方苞.古文约选序例[C]//桐城派文论选.贾文昭编.北京：中华书局，2008：50.

度却与时文有关。桐城派何以绵延二百多年,拥有众多弟子,在清朝独占统治地位呢? 其中一个重要的原因就是,学习桐城派的文章法有利于科举考试,容易取得功名。"高明者并不推崇桐城文章;没有关系,桐城文章的实用性,使它拥有广大的读者"①,学好了桐城文章,在科举考试中就有可能胜人一等,无怪乎桐城派能成为清朝的第一大文派。

一、选评古文的主要目的

林纾生活的中国近代社会,文学赖以生存的外部空间发生翻天覆地的变化,中外文化的交汇撞击加剧了中国社会内部的冲突,使中国近代的文化发展显著加速。1906年起,清政府废除了科举考试,不再通过八股取士。林纾最早的古文选本(《中学国文读本》十卷本)出版于1908年,可以说,林纾绝大部分的古文选评工作与科举考试已无关系。林纾选文的主要目的是用作教材,通过选评为古文初学者提供路径,以求在有限的范围内保留中国传统古文与古道的一线血脉。"辛亥革命"的失败导致一批激进的中国知识分子走上摒弃传统、"全盘西化"的道路,转向学习西方近代文化、科学或知识技能,而致力于古文创作与研究的人越来越少,古文传承的文化语境变得异常艰难与复杂。1913年,姚叔节与魏晋文派不合,辞去京师大学堂教职,南归桐城故里,林纾叹道:"然则讲古学者之既稀,而二三良友复不得常集,而究论之意,斯文绝续之交,亦有数存乎?"②林纾连探讨古文的最后"二三良友"都不复得,可知当时古文已经趋于末运。这个时候,林纾加快了古文整理与宣传的步伐。1917年,他组织古文讲习会,主要讲解《左传》《庄子》及汉魏唐宋古文,后出版选评本《左传撷华》和《庄子浅说》。1918—1921年,林纾出版十卷本《选评〈古文辞类纂〉》,《选评名家文集》(十五册)则是他生命最后几年呕心沥血的结晶,古文的选评渗透着林纾传承传统文化血脉的良苦用心。1922年,梁启超还主张中学教授国文用文言读本不用白话小说,他说:"中学作文,文言白话都可;至于教授国文,我主张仍教文言文。因为文言文有几千年的历史,有许多很好的文字,教的人很容易选得。白话文还没有试验的十分完好,《水浒》《红楼》固然是好的;但要整部的看,拆下来便不成片段。"③

---

① 陈平原.从文人之文到学者之文[M].北京:三联书店,2004:227.
② 林纾.畏庐续集·送姚叔节归桐城序.
③ 陈平原.触摸历史与进入五四[M].北京:北京大学出版社,2010:334.

古文选本大多具有教材的性质,从一般的私塾、书院到最高学府国子监,都把古文选本作为学习教材,古文选家不少做过私塾或书院的教师,如《古文观止》的编选者吴楚才,《古文眉诠》的编者浦起龙等等。选家中地位较高者如姚鼐,他的《古文辞类纂》编纂于扬州的梅花书院,也是教学活动的产物。林纾的《中学国文读本》也主要用作中学的国文教材。林纾是古文名家,深知创作得失,故而能结合自己的创作实践提示文章的创作法,1916年出版的《浅深递进国文读本》在这方面更具有典型意义。林纾的选评文集,几乎每篇皆有点评,针对主题思想、结构布局、表现手法、遣词造句、艺术特征的细腻分析构成其文学批评的重要特色。

林纾对于古文的执守,当然也还有对旧伦理、旧秩序的留恋。唐代的"古文运动"不仅张扬古文,还致力于恢复古道。其实,无论是古文家的"文以明道"还是道学家的"文从道出",都揭示了"古文"与"古道"之间的伴生关系。清王朝定程朱理学于一尊,尊孔崇儒是其基本的文化政策,清朝不但有"御选"如康熙的《古文渊鉴》、乾隆的《唐宋文醇》,其他文集如理学名臣张伯行的《唐宋八大家文钞》,均以教化人心,阐扬理学思想为目的。林纾非常重视思想道德的教化工作,1907年,林纾出版《吕近溪先生小儿语述义》。明代吕近溪编《小儿语》主要是有感于儿童的"欢呼戏笑之间,莫非义理身心之学,一儿习之,可为诸儿流布。童时习之,可为终身体认",林纾用浅近的文字结合时代局势逐句诠释《小儿语》,旨在教化训蒙。林纾深受儒家思想的影响,他在诗中(《留别听讲诸子》)曾写到"学非孔孟均邪说,语近韩欧始国文",他希望通过古文的传承葆有为世代文人尊崇的古道。古文是林纾倾一生之力耕耘的事业,也是中国几千年传统文化的精粹所在,更重要的是,面对着来势汹汹的新文化新思想,文学所承载的古道(那些被新青年所唾弃的传统道德)正是林纾心中疗救当下乱世的良方。

二、选评古文的主要方式

评点是古代文学批评的重要形式或方法,形式各异,如总评、段评、旁批、夹注、眉批,主要根据评点写作位置的不同加以区分,置于页眉之上的称为"眉批";置于行间的称为"夹批""行间批";置于篇末的称为"总评"或"总批"。评的内容则比较随意,主要根据评点者的个人喜好,有的侧重于文意梳理,有的侧重于主观感悟,有的侧重于文章艺术,有的侧重于创作技法,还有的侧重于思想阐释,内容博杂丰富,但大多数散文评点者对于文章艺术与技巧方面的内容都比较重视。评点的另外一种主要形态是"圈点",较之"批","圈点"的形态

更丰富,有些使用不同的颜色。林云铭在《古文析义》中较为详细地介绍古文圈点的主要情况:

> 是编凡遇主脑结穴处,旁加重圈;坦伏照应窥却处,旁加黑圈〇;精彩发挥及点衬处,旁加密点;神理所注,奇正相生,字句工妙,笔墨变化处,旁加密圈〇〇〇〇〇;段落住歇处,下加截断——以便省览。是编小注内有逐句解释,之下或遇段落应总解者,恐致相泥,必加一小圈别之。或每句解毕,另有评语,亦加一小圈别之。①

林纾很关注古人评点的方式,他在《春觉斋论文》中谈道:

> 章实斋著《文史通义》,可云解得文中甘苦矣;然亦患主张太过,且往往自乱其例。其讥归震川用五色笔评《史记》也,甚其辞曰:"若者为全篇结构,若者为逐段精彩,若者为意度波澜,若者为精神气魄,以例分类,便于拳服揣摩,号为古文秘传"云云。意实不以为可。愚则谓震川之评《史记》,用联环处,其妙尚易见(即原本丹朱笔)。若每句用三角形加于其旁者(原本黄笔),始为震川之用心处,亦为《史记》文法之宜研究处;且其连三角形者,或提醒文之命脉,或点清文之筋节;至于单句之上用单三角形者,尤震川独得之秘诀。②

从林纾对先人圈点古文的评析可见,圈点形态的应用与评点人对文章的理解有密切关系,每个人都有自己的圈点方式,后人根据自己对文章的理解来猜测前人圈点的用意,其结论自然大相径庭。

林纾评点古文兼用"批"与"圈","批"中有眉批、夹批、总批等不同形式。《选评〈古文辞类纂〉》主要用总批,《左传撷华》兼用眉批与总批,《庄子浅议》兼有总批与夹批。总批主要是对文章总体思想特色、创作技巧与风格特征的评点鉴赏,眉批与夹批主要是对字词的注释与释义。林纾《韩柳文研究法》虽然没有选文,但该书先对韩、柳两家之文进行单篇简介(按文体分类),而后进行综论,也可算是评点。我们以林纾点评柳宗元《封建论》为例:

> 然而封建之始,郡邑居半,时则有叛国而无叛郡。秦制之得,亦以明矣。继汉而帝者,虽百代可知也。唐兴,制州邑,立守宰,此其所以为宜也。然犹桀猾时起,虐害方域者,失不在于州而在于兵,时则有叛将而无

---

① 孟伟.清人编选前代古文选本与批评研究[D].上海:复旦大学,2007:4.
② 林纾.春觉斋论文·述旨.

叛州。州县之设,固不可革也。①

林纾圈点的基本用途是断句,精华处则逐字加圈。林纾对柳宗元《封建论》甚是推崇,他说:"《封建》一论,为古今至文。直与《过秦》抗席。"三个"叛"字在文中是关键,分别是"有叛人无叛吏""有叛国无叛郡""有叛将无叛州"三段,这些林纾在文中都加了密圈点。再如评柳宗元《至小丘西小石潭记》:

  全石以为底,近岸,卷石底以出,为坻,为屿,为嵁,为岩。青树翠蔓,蒙络摇缀,参差披拂。

  潭中鱼可百许头,皆若空游无所依。日光下澈,影布石上,怡然不动;俶尔远逝,往来翕忽,似与游者相乐。②

文中加密圈点皆是文章最精华处。对于文中的写景文字,林纾尤为欣赏,他说柳宗元此文"文不过百字,直是一小幅赵千里得意之青绿山水也"③。柳宗元以先闻其声的写法展示小石潭,以鱼写潭,则潭水之清澈可以想见;以鱼写人,则人羡鱼乐之情溢于言表。作者状形,传神,布影,设色,笔墨经济,手法高超,确是写景小品中的极致之作。林纾自叹不如,"写静中物态皆跃跃欲动,其叙潭鱼翕忽及水日映发,余在花坞中瞥见此状,特写不出耳"④,"此等写景之文,即王维之以画入诗,亦不能肖。潭鱼受日不动,景状绝类花坞之藕香桥,桥下即清潭,游鱼百数聚日影中,见人弗逝,一举手,则争窜入潭际幽兰花下。所谓'往来翕忽,与游者相乐',真体物到极神化处矣"⑤。

三、选评古文的价值意义

  林纾选评文章很注意对文章历史背景、思想内容的阐释,对历史背景的阐发有助于读者了解作家作品,这也是古代古文选家所热衷的话题。林纾所阐发的思想内容带着鲜明的时代烙印,不乏局限性,因此对于它们的理解有必要参照时代背景与文学风尚。林纾虽然一生不入仕途,但本质上他是一个有强烈济世精神的知识分子,喜欢对历史事件、历史人物发表看法。另外,中国古代文学批评"知人论世"的传统对其影响很深,他希望通过对文章历史背景与思想内容的阐释,促进读者对文章的理解与学习。当然,林纾的古文选评依然无法摆脱"文以载道""代圣人立言"等文学价值观念的影响。古代大多数的古文批评对于文章思想性的阐释,都以儒道为宗旨。林纾古文选本的评语中,对

---

①②④ 林纾.柳河东集[M].上海:商务印书馆,1924:9,83.
③⑤ 林纾.选评《古文辞类纂》·至小丘西小石潭记.

文章思想性的阐释往往占据重要位置。举例来说,韩愈的《原道》是其发表政治看法的文章,历来古文选家也多借此发表自己对封建制的看法,林纾的《选评〈古文辞类纂〉》对此文的评点亦是长篇大论。再如林纾论晁错《论守边备塞书》"晁错之言,非王道也。所谋特就利害中较量,不过比秦为胜。秦以刻薄驭下,用民不知所以利之,错反其道,亦但以利要而已,非有深仁厚泽,洽成边者之心也"①,也力求教人以正道。

林纾特别推崇秦汉、唐宋古文,他认为秦汉与唐宋八大家文章都是古文的典范,十分注意向他们学习,其品评后世文章也往往重在指示创作渊源与作家风格的关系。林纾在《选评〈古文辞类纂〉》中评曾巩《寄欧阳舍人书》"此书起伏伸缩,全学昌黎,妙在欲即仍离,将吐故茹"②;评曾巩《拟岘台记》"此篇文气极张,较平日曾文颇不相类。体近李华、杜枚,绝不近柳州。子固之《道山亭记》,颇有柳州风骨,盖稍能凝敛,而融以古泽之笔"③;评归有光《二子字说》"老泉字其二子曰轼,曰辙,后皆应其言。子瞻之运命,固不及子由佳也。熙甫此作,较老泉为逊。然念其亡妻而及其子,情愫较绵远可味。要在中间自述念妻,亦冀其子之念母,寻常语其中含有无穷悲梗之言,淡淡写来,而深情若揭,此是震川长处"④。对文章写作技巧的总结也是林纾古文评点的主要内容,林纾在《左传撷华》中评价《偪阳之役》:"人果能留心读此文,便知步步照应之法。尤知文字中写生之妙。伐偪阳,封向戌,是荀偃士匄少年喜事处。荀罃知其不可,而向戌亦未尝面辞,一留下文二子请班师之伏脉,一留下文向戌不肯之伏脉……"⑤评韩愈《答李翊书》:"此书如剥蕉干,剥进一重,更有一重,把公一生工夫,和盘托出。逐层均有斟酌,亦均有分两,未尝一语凌越也。"⑥林纾有丰富的创作实践,对于文章的写作技巧的总结可谓用心良苦,具有自己的风格特色,他的评点对于读者理解文章、学习写作具有启发与点拨的作用。

除了技法的总结外,林纾还注意探讨文章的审美风格,其评韩愈《曹成王碑》:"须知文之能奇,偏用常用之字,能出人意表,百思莫到,法在泽古深,而济以烹炼之力,始能石破天惊。若漫无根柢,一味求奇,则举鼎绝脰矣。果精读

---

① 林纾.选评《古文辞类纂》·论守边备塞书.
② 林纾.选评《古文辞类纂》·寄欧阳舍人书.
③ 林纾.选评《古文辞类纂》·道山亭记.
④ 林纾.选评《古文辞类纂》·二子字说.
⑤ 林纾.左传撷华[M].上海:商务印书馆,1921:36.
⑥ 林纾.选评《古文辞类纂》·答李翊书.

此文,便知造句之法。知之当以意会,如步步效颦,转不能奇,反而为丑,亦不可不防。"①因为对所选文章有较为深刻的理解,所以评语颇能切中要害。精当的分析也揭示了评选者的品鉴水平,正如《选评古文辞类纂》的点校者慕容真在《前言》中所说:"作为一名深知古文甘苦的古文家,林纾的选评,确是有眼光,有见地的(当然不免带有桐城派的框框);其所评常能要言不烦,搔到痒处,有助于提高读者对于古文的鉴赏水平,对于借鉴写作技巧,也不无裨益。但是林纾也像桐城派的先辈一样,未免过分注意文章的形式技巧一面,其评文的形式主义倾向也较为明显。"②

古文选本的评点包含文学批评的意味,林纾对所选古文的评点,每篇少则数言,多则千言,这些评点是其文学思想的重要体现。古代文学传统中,选本批评一直都是文学批评的重要组成部分,古文选本的选篇、序言、凡例、评点都渗透着选家的文学思想与文论主张。方苞的《古文约选·序例》是其古文理论的集中阐释,梅曾亮的《古文词略》、曾国藩的《经史百家杂钞》都各自提出文学主张,在文学批评方面有重要意义。林纾为选评文章撰写的序言、凡例和文章评点都是其文论的组成部分。林纾论文重技巧,以"血性"论文,对于描写人情的文章有特殊的偏好,喜欢叙悲的风格倾向,这些理论特点都突出体现在他的评文中。我们对于林纾古文理论的研究若能结合其选本,将获得更为全面、深入的理解。

第二节　林纾的韩柳文研究

林纾的韩柳文研究成果主要见于《韩柳文研究法》一书,据朱羲冑《林畏庐先生学行谱记》记载:"是书于民国三年十月,初由商务馆印行,上卷论韩退之文,下卷论柳子厚文。"全书共分两大部分,第一部分为韩文研究,论及韩愈文章60多篇,第二部分为柳文研究,论及柳宗元文章70多篇,按体裁分类解析,详略兼备;1908年初版的《中学国文读本》第六、七卷为唐文,共选文87篇,其中韩文29篇,柳文23篇;1916年初版的《浅深递进国文读本》选入柳文6篇;1918年初版《〈古文辞类纂〉选评》共选文187篇,其中韩文60篇,柳文16篇;1924年初版的《柳河东集》共选文85篇,其所属十五册本"林氏选评名家文

---

① 林纾.选评《古文辞类纂》·曹成王碑.
② 林纾.选评《古文辞类纂》·答李翊书.

集"系列无韩愈文集;1925年初版的《文微》中有"唐宋元明清文评"评及韩柳文;林纾的《春觉斋论文》以及文论作品、古文作品及书信资料中对韩柳文也多有评述。

林纾论古文崇唐宋,正如钱基博在《现代中国文学史》所云"大抵崇魏晋者,以太炎为大师,而取唐宋,则推林纾为宗盟云"①。林纾《韩柳文研究法》一书专就韩愈、柳宗元文章做评点解析,一再重申韩柳文作为文宗的价值地位,对韩柳文章的思想内涵、结构布局、艺术特色、笔法字法作细致解读。马其昶认为《韩柳文研究法》一书是林纾"倾囷竭廪"之作:"世之小夫,有一得则秘以自矜,而先生独举其平生辛苦以获有者,倾囷竭廪,唯恐其言之不尽,后生得此,其知所津逮矣。"②林纾把韩柳文章视为习古文者的圭臬,把几十年研读所获倾囊相授,希望为后来者指点迷津。

林纾进京后,先后在金台书院、五城学堂任教,授修身、国文等课程;1903年,在教学之余他还担任京师大学堂译书局"笔述"一职;1906年,被李家驹（京师大学堂校长）聘为预科和师范馆的经学教员;1909年兼职高等实业学堂、闽学堂。1910—1913年,由于京师大学堂分科,改教大学经文科,林纾辞去京师大堂讲席。林纾这几年间先后出版的《修身讲义》《中学国文读本》《韩柳文研究法》《春觉斋论文》都与他的这段教学经历息息相关。《韩柳文研究法》一书以"研究法"命名,"研究法"这一名可能来自当时京师大学堂的课程名。姚永朴于1914年出版的《文学研究法》一书即是他任教习时讲授"文学研究法"课程所用的教材,可谓名新实旧,是一本关于文章写作理论的专著,在体例上以《文心雕龙》为参照。林纾的《韩柳文研究法》与之类似,它虽不是现代意义上的学科研究方法论,但这种提法在当时还较为新颖,显示出跟随时代潮流的进步意义。更何况,为了论证"韩柳并举"的文学观,林纾在批评方法上颇费心机,具有一定的文学批评方法策略意识。对于林纾而言,《韩柳文研究法》中"法",更大意义上是"义法"之"法"、"法度"之"法",此书是"评论韩愈、柳宗元文章的立意用笔之妙,总结韩、柳文章的写作'法度'和技巧"③的著作,属于古代文章创作论范畴。《韩柳文研究法》打破了自唐以来韩柳文批评多限于书话、文选、评点的散乱局面,是一部专以韩柳文为研究对象的论著,此书1914年10月由商务印书馆初版,1915年4月即出第三版,一年内三次再版,在当

---

① 钱基博.现代中国文学史[M].上海:上海书店出版社,2004:124.
② 马其昶.韩柳文研究法·序[C]//林纾.韩柳文研究法.上海:商务印书馆,1914:1.
③ 杨福生.姚永朴文学研究法述论[J].北京大学学报:哲社版,1998(5):85.

时颇有影响。

一、"韩柳并举"的文学批评法

《韩柳文研究法》中韩文研究与柳文研究被分别放置在前后两个部分,就形式上看有截然之分,行文过程,韩柳比较是始终贯穿的基础线索,这在前人的韩柳文研究中是比较少见的。因韩文研究置于第一部分,故韩柳比较多出现于柳文研究部分,这也符合教授与阅读理解的逻辑——授者先深入解读韩文,以此为基础,在柳文解读中进行二者比对,如果反之而行,未解柳文而先在韩文研究中进行韩柳对比,岂不是造空中楼阁?王宜瑗评此书:"每以韩柳同类之相比较,评判优劣,更品味各自特色,在整体评价上则不予轩轾,并为古文大家。"[①]"韩柳并举"是林纾韩柳文批评的基本理念。韩愈、柳宗元都是唐代"古文运动"的倡导者,主张"文道合一",推尊儒学,在文学形式上反对骈体文,提倡散体文。但二人在文学史上的地位,从唐代以来多有变迁,大体同当时的思想背景与文学风尚紧密相关。《韩柳文研究法》一书所用的批判方法可以用"韩柳并重,各论所长"来概括,既有二者的比较,又突出各自的特色,这是该书在逻辑上的优势。

首先,强调韩愈作为文统的文学史地位。青年时期林纾博览群书、涉猎颇广,中年后主张精研,"至于韩柳欧三氏之文,楮叶汗渍近四十年矣"[②],"韩氏之文,不佞读之,二十有五年"[③],林纾把以《史记》《汉书》和以韩柳文为代表的唐宋古文奉为中国传统文学的桂冠,"说其义,玩其辞,醰醰乎其有味也"[④]。林纾认为"自唐、虞下,至马、杨雄二氏,为昌黎最服膺者"[⑤],多次强调韩愈对秦汉文学传统的继承,认为这也是今人学习古文的重要取源:"能自《史记》《汉书》《左传》《礼记》《诗经》中求根柢,再以八家法度学周、秦及其他经文,乃有把握。"[⑥]有学者这样认为:

> 作为中唐时期韩愈古文与《史记》的关系,应置入唐宋文与秦汉文的关系中来看。兼主唐宋派大抵认为唐宋以前,文法并非粗疏,而是相当严

---

① 王水照.历代文话[M].上海:复旦大学出版社,2008:6439.
② 林纾.畏庐续集·答徐敏书.
③ 林纾.韩柳文研究法·序[M]//韩柳文研究法.上海:商务印书馆,1914:序1.
④ 马其昶.韩柳文研究法·序[M]//林纾.韩柳文研究法.上海:商务印书馆,1914:序1.
⑤ 林纾.选评《古文辞类纂》·送孟东野序.
⑥ 林纾.文微·籀诵.

密,只不过往往隐晦不明;唐宋文能接续秦汉文统,且其文法是可以循迹的。故而一方面他们更专注于揭明隐晦,一方面也在二者间寻找联系,以证明古文文统的延续性以及作文由唐宋文学起的应然性。韩文被视为唐宋古文之祖,《史记》则是秦汉文中得《六经》之传的佼佼者,韩文成为上窥《史记》以达《六经》之境的必经之途。①

对于明清时期的文人来说,秦汉甚远而唐宋乃近,以韩愈为首的唐宋派更宜作为他们学习古文的捷径。历代关于韩愈与秦汉文学关系的言论很多,只是大部分显得抽象、零星。林纾评说韩"纯学《汉书》"②,"似北魏人手笔"③,"模范全出《尚书》"④,在韩文点评中多角度地进行二者的对比,从师法承变、整体风格到单篇创作,包括结构技巧、用字用词以及风格气骨的鉴赏等等。

  《张中丞传后叙》,盖仿史公传后论体。⑤

  此篇(《送李愿归盘谷序》)⑥昌黎全摹《史记·卫将军列传》。⑦

  此文(《毛颖传》)全学太史……传后论一仿史公,述颖之宗派,无一不肖史公。⑧

  《进学》一解,本于东方《客难》、扬雄《解嘲》。⑨

  文(《送郑尚书序》)之严重宏丽似《汉书》。⑩

林纾认为韩愈崇秦汉却独具风格,形成自己的"大家风度":

  文无句不肖《汉书》,《汉书》中叙细琐猥鄙之事,皆雅驯古穆。昌黎写一媒媪绐人,如何着笔? 乃以森肃之笔出之,令读者不知其细琐猥鄙,真善学《汉书》。⑪

  此文(《平淮西碑》)摹《尚书》,人人知之。然有《尚书》之光色声响,而落其窠臼,此所以成为昌黎。⑫

---

① 陈慧.明代兼主唐宋派的韩愈古文与《史记》之比较批评[J].深圳大学学报,2011(1):107-111.

②⑩ 林纾.选评《古文辞类纂》·送郑尚书序.

③④⑤ 林纾.韩柳文研究法·韩文研究法.

⑥ 以下引文中,括号内的篇名皆为笔者所加.

⑦ 林纾.选评《古文辞类纂》·送李愿归盘谷序.

⑧ 林纾.选评《古文辞类纂》·毛颖传.

⑪ 林纾.选评《古文辞类纂》·试大理评事王君墓志铭.

⑫ 林纾.选评《古文辞类纂》·平淮西碑.

文(《毛颖传》)近《史记》,然终是昌黎真面,不曾片语依傍《史记》。①

昌黎文如《史记》,心中要如何立说,笔辞均随赴之,断不肯丝毫放松,其体物工夫,最为擅场。②

林纾把韩愈的学源推自以史汉为代表的先秦两汉散文,更进一步明确他作为文统的重要地位。显然,论证韩愈的文统地位要比论证柳宗元更易于为人接受,一旦确立韩愈的正统,那剩下的工作就是证实韩柳文旗鼓相当,"韩柳并举"的命题就自然成立,前者以一抵百,后者以一抵一,这是林纾《韩柳文研究法》明智的批评策略。

其次,舍末求本,力主柳宗元的并尊地位。林纾在柳文研究部分开篇即言:

似柳州者,为昌黎配飨之人,虽尊与韩并,初未有发明其文章之妙者;至方望溪,颇有丑诋之词。不佞于友人马通伯处见望溪手定柳州读本,往往有红勒者,因叹人生嗜好之殊,如元微之之右杜而左李……且柳州死于贬所,年仅四十七,凡诸所见,均蛮荒僻处之事物,而能振拔于文坛,独有千古,谓得非人杰哉!③

林纾把柳宗元置于可与韩愈"配飨"的地位,认为韩柳在世时就处于并尊地位。众所周知,韩愈一生严守华夷之辨,力排佛老,柳宗元则不然,他"自幼好佛,求其道积三十年"。尽管两人观念上存在如此差异,然而韩愈为柳宗元所作《祭柳子厚文》与《柳子厚墓志铭》等文,"但叙子厚之长,不揭子厚之短"④,对柳宗元的人品、才学与业绩给予极高的评价,可见韩愈对柳宗元的器重。林纾论:

然少陵生前推服谪仙,不遗余力,即昌黎之于柳州,《祭文》《庙碑》《墓志》,咸无贬词,当时昌黎目中,亦仅有一柳州,翱、湜辈均以弟子目之,未尝屈居柳州于翱、湜之列。⑤

在这一点上,林纾评柳宗元与韩评有异曲同工之处,对柳的崇佛和泥于旧说等问题或避而不谈或一笔带过。如:

集中六、七两卷,均和尚碑。不佞昧于禅理,不能尽解,故特阙而不论⑥。

柳州集中,有序隐遁道儒释一门,制词命意,固有工者,然终不如昌黎

---

① 林纾.韩柳文研究法・韩文研究法.
② 林纾.文微・唐宋元明清文评.
③⑤⑥ 林纾.韩柳文研究法・柳文研究法.
④ 林纾.选评《古文辞类纂》・柳子厚墓志铭.

之变化。且释氏之文逾半,从略可也。①

《天问》多泥当时旧说,语虽奇古,而设问之词,多可笑。如天有八柱,月死复生,天圆地方等等,皆新学未发明时语气,可不必讲。②

虽如此舍末求本,但不失为客观实在的评述。林纾多次论及韩柳二人的交谊,他在评韩文《柳州罗池庙碑》中说"昌黎一生服柳州,爱柳州"③,他力图从这一角度证实,韩柳作为同时期的文坛盟友,韩本人亦把柳置为"配飨"之位,"昌黎之文,虽装度犹引以为怪,矧在余人。千秋知己,惟一柳州"④,"西汉之文,柳州平日之所从事也。柳州处唐之中叶,舍昌黎外,莫与抗者"⑤。林纾说柳宗元是韩愈的"千秋知己",确是把他推向与韩愈同尊的地位。他认为柳宗元也同样崇敬韩愈:"《毛颖传》为千古奇文,《旧史》讥之,而柳子厚则倾服至于不可思议。"⑥二人甚至互相师法,为文有相似之处:

子厚《零陵郡复儒学记》,盖学韩也。

此文(韩愈《柳州罗池庙碑》)幽峭颇近柳州,如"天幸惠仁侯,若不化服,我则非人",此三语纯乎柳州矣。柳州劲峭,每于短句见长技,用字为人人意中所有,用意乃为人人笔下所无。昌黎则长短皆宜,自"民业有经"起,"出相弟长,入相慈孝",纯用四言,积叠而下,文气未尝喘促,此亦昌黎平日所长。⑦

(《柳州罗池庙碑》)辞亦全摹子厚,子厚集中骚体,直追宋玉,昌黎此辞,似亦不弱。⑧

林纾极力推崇柳宗元可"配飨"韩愈:

昌黎每有佳制,柳州必有一篇与之抵敌。⑨

昌黎《碑》适是学《尚书》,子厚《雅》适是学《大雅》,两臻极地。⑩

柳州《段太尉逸事状》,与昌黎《张中丞传后叙》,均洋洋有生气,亦皆良史之才也。⑪

柳州集中,此种文字固不少。铭词亦古宕,可以比肩昌黎。⑫

不佞恒谓柳州精于小学,熟于《文选》。用字稍新特,未尝近纤;选材至恢富,未尝近滥。丽而能古,博而能精。至吞言咽理,变化离合,固逊昌黎;然而生峭壁立,棱棱然使人生慄,亦断不类于樊绍述之奇诡也。⑬

《石林诗话》谓柳州诸赋,更不蹈袭屈宋一句,似与昌黎皆在严忌、王

---

①②④⑤⑥⑨⑩⑪⑫ 林纾.韩柳文研究法·柳文研究法.
③ 林纾.选评《古文辞类纂》·柳州罗池庙碑.
⑦⑧ 林纾.韩柳文研究法·韩文研究法.

褒以上。真知言哉！赋学自词苑瀹败，遂寡问津；然有韵之文，亦治文者不可不讲。发源于屈、宋，取范于柳州，斯得矣。①

桐城派对柳宗元一向颇有微词，陈衍评说："桐城人号称能文者，皆扬韩抑柳，望溪訾之最甚，惜抱则微词。"方望溪在《游雁荡记》中曾诋毁柳宗元游记内容琐碎而无聊，方苞也曾说"余以古文义法，绳班史柳文，尚多瑕疵"②。林纾与桐城派的文学思想多有交集，又与桐城派末代文家交好，但这并不影响他对柳宗元的评价。在这一点上，章士钊对林纾能冲破桐城派规约的远见卓识颇为认可：

> 观彼所辑《韩柳文研究法》，虽韩、柳平列，不外老生常谈，特对柳文观点，究与桐城老派异趣……畏庐突破此点，论柳振拔文坛，独有千古，柳所有苦腴癯清之文，韩亦追不上，此乃加桐城家一大棒喝。③

当然，近代之后对韩柳高下的评判，与社会文化风尚的变迁，特别是新文学的日渐兴起，息息相关。与林纾同时代的章士钊撰《柳文指要》力拔柳宗元，陈衍更是贬韩派的典型代表，林纾在《韩柳文研究》中力证韩柳并列于唐宋文学之首，对柳宗元的山水游记给予高度赞赏，也是对这种文学思潮的回应。

二、分类释文，强调韩柳各有胜处。

林纾在《韩柳文研究》开篇先是廓清历史上文家对韩柳的不当评论。李汉是韩愈弟子，文风雄奇，为人刚烈，后人认为他的文风与韩愈有相似处，其评韩文认为"摧陷廓清之功，比于武事，可谓雄伟不常者矣"④，林纾对此表示"心疑其说之过"，认为那些过度赞誉之辞未必名副其实，他们对韩文的具体解读也显得隔靴搔痒，不着要点："既而泛滥于杂家，不惟于义法有所未娴，而且韩文之所不屑者，则烦絮而道之；韩文之所致意者，则简略而过之。有时故作兴会，而韩之布阵不如是也；有时谬为拗曲，而韩之结构不如是也。"⑤秦观是宋朝名士，其《韩愈论》对韩愈倍为尊崇："钩《列》《庄》之微，挟苏张之辩，摭班马之实，猎屈宋之英，本之以《诗》《书》，折之以孔氏，此成体之文，韩愈之所作

---

① 林纾.韩柳文研究法·柳文研究法.
② 方苞.光禄卿吕公墓志铭[M]//方望溪全集：卷十.杭州：浙江古籍出版社,1991：138.
③ 章士钊.柳文指要[M].上海：文汇出版社,2000：519-520.
④⑤ 林纾.韩柳文研究法·韩文研究法.

是也。"①林纾论道：

> 淮海文字，亦饶有风概，顾终不能成为大家。其论韩文，谓能钩庄、列，挟苏、张，摭迁、固，猎屈、宋，折之以孔氏。其论去李汉远矣。韩文之摭迁、固，容或有之，至钩庄、列，挟苏、张，可决其必无。昌黎学术极正，辟老矣，胡至乎钩庄、列？且方以正道匡俗，又焉肯拾苏、张之余唾？淮海见其离奇变化，谬指为庄、列，纵横引伸，谬指为苏、张。讵知昌黎信道笃，读书多，析理精，行之以海涵地负之才，施之以英华秾郁之色，运之以神枢鬼藏之秘；淮海目为所眩，妄引诸人以实之，又乌知昌黎哉？②

从林纾与秦观品评韩文的差别也可见他们在文道观上的分野。秦观把杜甫与韩愈并举，称其为"集诗文之大成者欤"，认为"盖前之作者多矣，而莫有备于愈；后之作者亦多矣，而无以加于愈"，故曰"总而论之，未有如韩愈者也"，这里不免有偷梁换柱、暗度陈仓的嫌疑，实际上他把韩文取源（也即古文范畴）扩及经（《诗》、《书》、孔氏）史（司马迁、班固）子（列御寇、庄子）集（屈原、宋玉）等，跳出韩愈古文派以儒家经典为传道载道之本的篱樊，自然不能为林纾所认同，张俊才在《林纾评传中》分析：

> 林纾把传统的经书和古文视为"古今文章"之"归宿"，实际上正是要把"述道"的经书和"载道"的古文视为文学的正宗。林纾一生对古文崇奉有加，最根本的原因不外以下两点：其一，古文积累了丰富的写作经验，值得借鉴；其二，古文的思想符合圣贤之道，值得继承。③

秦观的观点可以作为崇文尊韩的典型。其实林纾对宋代程、朱等道学家的文章一向不以为然，认为其文"质过于文"，"深于文者，遂不目之以文，但目之以道，道可喻于心，不能常宣之于口，故无传耳"④。在这个基础上，他认为文与道的结合在韩愈处呈现出至臻完美的状态，可以作为古文的典范，因此，他对韩愈的论说文非常重视，韩愈的道学思想主要通过论说文阐发，如著名的《五原篇》，对抽象概念的阐释，体例严谨、逻辑性强且文质兼备：

> 昌黎于《原道》一篇，疏浚如导壅，发明如烛暗，理足于中，造语复衷之法律，俾学者循其涂轨而进，即可因文以见道。⑤

> 昌黎《论佛骨》一表，为天下之至文。⑥

> 论道之文，本易流于陈腐，看他磊落说来，坚定精确，辩驳处无激烈之

---

① 秦观.韩愈论[C]//林纾.林氏选评名家文集：淮海集.上海：商务印书馆，1924：43.
②④⑤⑥ 林纾.韩柳文研究法·韩文研究法.
③ 张俊才.林纾评传[M].北京：中华书局.2007：43.

词,自信中含冲和之气,语显然以道统自命,骨重神寒,欧、曾不能及也。⑤

古今这只笔,惟昌黎把持得住,故无物、无景、无情,不可状也。昌黎精力过人,其于文也,无所不能。①

同时,林纾认为赠送序是昌黎绝技,"赠序一门,昌黎极其变化,柳州不能逮也","欧、王二家,王得其骨,欧得其神。归震川亦可谓能变化矣,然安能如昌黎之飞行绝迹邪"②?因此他对韩愈的赠序选文最多,解析细致,评价至高。他在《选评〈古文辞类纂〉·赠序类》中引姚鼐言曰"唐初赠人,始以序名,作者亦众。至于昌黎,乃得古人之意,其文冠绝前后作者",并感叹"呜呼!先生之知昌黎深矣"③,林纾认为韩愈论说中最难者莫如《送浮屠文畅师序》及《送廖道士序》。林纾相关评论如下:

夫文章至于子昂、太白,尚何可议,不过唐世一有昌黎,以吞言咽理之文,施之赠送序中,觉唐初诸贤对之,一皆无色。韩集赠送之序,美不胜收。④

昌黎文字,不作则已,作则万万不肯自相剽袭故套,令人认出雷同痕迹。因事设权,与史公同异曲。⑤

古文中论道者,最难着笔。过于质朴,则近语录;过于微渺,则近《庄》《列》,且多辞费,不能该简。此篇论道之源流,归于统一,以孟子为宗。宋儒之眼光定力,不能过也。⑥

《韩柳文研究法》评价韩柳文采用分文类解析的方式,类序与他的《选评〈古文辞类纂〉》有所不同:评韩文按论说文、序跋、杂记、书、赠序、祭文、箴铭、传状、辞赋、章表;评柳文按雅诗、赋、论说、箴铭、设喻之文、托讽之文、寓言、序、记、书信、祭文。其中,林纾评点柳文类序与他选评名家文集之《柳河东集》大体相似,只是篇目略有不同。林纾《选评〈古文辞类纂〉》中韩柳选文数目相差较大:韩文60篇,柳文16篇;但林纾评点《柳河东集》共选文85篇,也算是补充。从这几册选评本选文分类的情况综合来看,韩柳选文各有侧重:韩文重论说、赠序、箴铭,而柳文重赋、设喻托讽文、游记,扬长避短,彰显各自的特色

---

① 林纾.文微·唐宋元明清文平.
② 林纾.韩柳文研究法·韩文研究法.
③ 林纾.选评《古文辞类纂》·赠序类.
④ 林纾.韩柳文研究法·柳文研究法.
⑤ 林纾.选评《古文辞类纂》·送杨少尹序.
⑥ 林纾.选评《古文辞类纂》·送王秀才含序.

优势。林纾的"韩柳并举"是各有侧重的,对于韩文取道胜(或说文道兼备),对于柳文则取文胜,极力推崇:"柳州诸赋,摹楚声,亲骚体,为唐文巨擘。"①山水游记是柳宗元的长项,林纾对此更是不吝褒扬之词:

> 山水诸记,穷桂海之殊相,直前无古人,后无来者。昌黎偶记山水,亦不能与之追逐。古人避短推长,昌黎于此,固让柳州出一头地矣。②

> 集中诸文皆佳,而山水记尤为精绝。虽大同小异,然各有经营。韩公犹望而却步,何论其他。③

> 《黄溪》一记,为柳州集中第一得意之笔。虽合荆关董巨四大家,不能描而肖也。④

> 柳州之文,名贵处肖《文心雕龙》,而实非其类。奇崛处似《离骚》,而亦弗与同,终不知其何自也。⑤

注重古文的文学性因素一向是林纾文学评点的重点,他甚至说:"学派自学派,文派自文派……鄙人论文,不是论学,略之可也。"韩柳都是"古文运动"的发起者,对文道的看法有共同点,且互相推崇甚至摹仿,在文学风格有相似处。但更重要的是,韩柳二人政治境遇、文化思想的差异必然使文学作品带上不同的风格特征,这种不同是差异,是独特个性,而非"优劣"。

三、分析韩柳文承变关系

林纾在评点韩柳文时,非常注意梳理韩柳文承上启下的渊源关系,韩柳文作为唐宋古的最高成就,对后世文人有着不可超越的典范意义:

> 穆参军修为宋文开山鼻祖,一力宗昌黎、柳州,取径之正,信古之笃,用心之精。⑥

> 舍滕王阁外之风光,述观察新来之政绩,与修阁之缘起,力与王勃之序、王绪之赋相避,自是行文得法处。后此,欧阳永叔为史中辉记岘山亭,尹师鲁为燕公亦记岘山亭,苏子美为李然明记照水堂,苏子瞻为黎希声记远景楼,其辞虽异,大意略同。⑦

> 此体为欧公所学,因有《王铁枪画象记》。⑧

> 侯雪苑《郭老仆传》,完全抄之。⑨

---

①②③④⑧ 林纾.韩柳文研究法·柳文研究法.
⑤ 林纾.文微·通则.
⑥⑦ 林纾.韩柳文研究法·韩文研究法.
⑨ 林纾.选评《古文辞类纂》·试大理评事王君墓铭.

林纾论文虽然有重道的一面,但他并不是一个迂腐的道学家,而是一个情感丰富并有开阔视野的近代文人,珍爱那些传承自古文的中国文学之艺术精神,其论韩愈并未把他的文学成就置于其儒学贡献之下,"韩柳并举"的批评观念本身就是向古文艺术性的倾斜。林纾在阐发韩柳文之于后世文学的影响时,把着眼点更多地放在后世文学精神、创作技巧与审美风格的传承上。

> 《张中丞传后叙》,盖仿史公传后论体,采遗事以补传中所不足也,如背诵《汉书》,记城中卒伍姓名,起旋慰同斩者之涕泣,事近繁碎。然为传后补遗之体,则可,引为《张巡传》中正事,则事更有大于此者。李翰书正坐太繁,极为欧阳文忠所讥。然退之此文,历落有致,夹叙夹议。欧阳公述王铁枪事,殆脱胎于此。①

韩愈的学术思想、散文理论以及文学作品对当时和后代文学产生深远影响,但各人在吸收学习的过程中,表现不一样:

> 古文论文讲究"法"与"变","正"与"奇"。所谓"法"或"正",是指从前人写作实践中总结出来的基本写作经验、基本写作规律(表现方法和技巧);所谓"变"或"奇",是指对前人经验的活用以及在继承基础上的创新。写作的最佳境界就是,既能"博采众长","转益多师",使前人的写作经验、技巧为我所用,又能在运用中有所发展,有所创造。"②

在唐宋名家中,林纾有时将韩愈与欧阳修并列,"唐宋以来文,惟韩、欧两家为善"③,"文章法度之正,惟韩氏与欧阳"。当然,欧阳修的学养淳厚,"欧阳文,学昌黎之风韵,刘更生之调度,而参以《汉书》之步骤"④。林纾认为欧阳修学韩却不一味拟古,即能博采众长,又能扬长避短有所创新,形成自己的风格:

> 《昌黎集》中,墓铭最多。铭词之古寒,后人学之辄踬,盖无其骨力华色,追逐而摹仿之,不惟音吐不类,亦不能遽蹑而止。故永叔铭词,宁以温纯之词行之,未敢一语袭昌黎者,是永叔长处。⑤

苏洵在自己的文章中鲜有赞人处,对韩愈却不惜笔墨地表示赞赏:"韩子之文,如长江大河,浑浩流转,鱼鼋蛟龙,万怪惶惑,而抑遏蔽掩,不使自露,而人自见其渊然之光,苍然之色,亦自畏避,不敢迫视。"⑥然而,能识韩愈者未必是能学韩愈者,韩愈能名列唐宋八大家之首,自有其高明处:

---

① ⑤ 林纾.韩柳文研究法・韩文研究法.
② 蔺羡璧等.文章学[M].天津:南开大学出版社,1985:178-179.
③ ④ 林纾.文微・唐宋元明清文平.
⑥ 苏洵.上欧阳内翰第一书[M]//苏洵散文精选.上海:东方出版中心,1998:236.

苏明允称韩文能抑绝蔽掩,不使自露,不俟久乃觉之。蔽掩,昌黎之长技也。不善学者,往往因蔽而晦,累掩而涩。此弊不惟樊宗师,即皇甫持正亦恒蹈之。所难者,能于蔽掩中有渊然之光,苍然之色,所以成为昌黎耳。虽然,明允能识昌黎为蔽掩,而明允之文固非蔽掩者也。

不善学习者,如樊宗师,如皇甫湜。樊宗师为文刻意求奇,自创奇径,文多艰涩怪僻,把古文运动"力去陈言"的求新精神推向极端;皇甫湜师从韩愈,但强化韩文奇崛的一面,其结果都是"因蔽而晦,累掩而涩"。因此,在学韩柳的后人中,就有了优劣之别:

学古人不必完全摹拟,须自善避其所不能。欧阳师法昌黎,神似而形不同,以能有所避也。半山神微肖于昌黎,而形貌亦类似,遂不免拖泥带水。①

《进学解》则所谓"沈浸浓郁,含英咀华"者,真是一篇汉人文字。李华有其气,然微枵;萧颖士有其韵,然微脆。②

欧阳文学韩,而能淡永,故外枯中膏,桐城诸文学欧阳而仅得其淡,故气息柔弱。③

然马畅亦庸庸者,殊无可述,文却翻新出奇,一变常格,以沈吟感慨之笔出之。此决竟为欧公所得,往往变化而袭之,不见痕迹,真善于学韩。④

盖唐人之文,均无昌黎安顿穿插结束之妙;以铺叙为能,以肤庸为下在……万万不能探出昌黎妙处。裴度且然,元、白尤不足道。⑤

韩柳之文,有的容易作为学习范本,"昌黎生平好弄神通,独于'五原'篇,沈实朴老,使学者有涂轨可寻"⑥,"《画记》极生峭,却最易学"⑦。有的则是天才独运,如韩文《送孟东野序》,林纾评说:"昌黎以后,学者孔多,均属数见不鲜。学古人当取契神髓,不惟袭其风貌。如此等体,仿效至难,置之不学可也。"⑧

为何在韩柳文传承过程中,有人学韩柳"神似形不同",有人却"拖泥带水""气息柔弱"?这其中一定有一些宝贵的创作规律值得后人揭示和学习。在明清的韩柳文研究者中,林纾以选篇的数量众多、评析的具体入微、分析的综合系统而居于前列。为了古文的延续与传承,他高度重视韩柳文的创作技巧,在

---

① ③ 林纾.文微·唐宋元明清文平.
② ⑥ ⑦ ⑧ 林纾.韩柳文研究法·韩文研究法.
④ 林纾.选评《古文辞类纂》·殿中少监马君墓志铭.
⑤ 林纾.选评《古文辞类纂》·平淮西碑.

梳理韩柳文在后世的承变中,归纳出韩柳文创作学习的技法规律,希望世人从中悟出"无数法门"。

四、阐发韩柳文创作技法

在古文传承的问题上,创作技法的学习至关重要,被视为古文经典的韩柳文为后人提供了不可替代的创作典范,因此,归结与阐发韩柳文的创作技法显得异常重要,这也是林纾古文评点的优势,他先前创作的《论文十六忌》《用笔八则》《用字四法》涉及古文创作的诸多问题,是对中国古典散文创作技法的总结。

林纾认为韩愈的谋篇布局最讲究,一篇有一篇结构,他在韩文研究中论"与书"一体时评说:

> 与书一体,汉人多求详尽,如司马迁之《报任少卿》、李陵之《答苏武》是也。六朝人则简贵,不多说话;前清考订家,则务极穿穴,几于生平所知所能,尽于书中发溢,亦由与书体宽,匪不消纳,尽可惟意所向。独昌黎与人书则因人而变其词,有陈乞者,有抒愤骂世而吞咽者,有自明气节者,有讲道论德者,有解释文字、为人导师者。一篇之成,必有一篇之结构,未尝有信手挥洒之文字。①

韩愈文章可以作为后学者学习的典范,"熟读不已,可悟无数法门"②,因此对它的归结阐发显得意义重大。对于韩柳文行文制局、穿插变化、关合照应的结构技巧,林纾使用的中心概念是"机轴","愚尝谓验人文字之有意境与机轴,当先读其赠送序"③,林纾以"意境"为"文之母",更多地指向散文的审美性因素,而"机轴"更倾向于散文创作技法性因素。"机轴"有时也称"机杼",如评韩愈《答胡生书》:"笔力备极伸缩,力量最大,奇巧百出。且吞咽无穷血泪于胸臆中,机杼都非唐宋大家所有。"④为了更形象地说明个中滋味,他在评韩愈《送廖道士序》中还使用了一个新颖贴切的比喻——"泰西机器":

> 此文制局甚险,似泰西机器,悬数千万斤之巨椎于梁间,以铁绳作辘轳,可以疾上疾下,置表于质上,骤下其椎,椎及表面玻璃而止,分毫无损也。文自"五岳于中州"起,至"千寻之名材,不能独当也"止,二百余言,作一气下。想廖道士读到"不能独当"句,必谓己足以当之。此千万斤之铁椎,已近玻璃表面矣。"意必有""吾未见"六字,即轻轻将椎勒住,于表面无损分毫。然又防他扫兴,即复兜住,言"无乃迷惑溺没于老佛之学,而不

---

①②③④ 林纾.韩柳文研究法·韩文研究法.

出?"似于廖师身上,仍留一线生机。其下率性还他好处,说"岂所谓魁奇而迷溺",又将巨椎收高放下,弄得廖师笑啼间作,几谓得隽即在言下。忽言"廖师善知人,若不在其身,必在其所与游",此一掷真有万里之远,把以上浓至兴会话头,尽化作蜃楼海市,与廖师一毫无涉。①

真是举重若轻、欲擒故纵,可见其文心之"狡狯",林纾不止一次地赞叹:"文不过一问一答,而啼笑横生,庄谐间作,文心之狡狯,叹观止矣。"②此"狡狯"当然与人品无涉,"昌黎一生忠鲠,而为文乃狡狯如是,令人莫测"③,"狡狯"指的是韩愈文章结构布局的"遏抑蔽掩之妙":"大抵昌黎之文,遇平易之题,偏生出无数丘壑,随步换形,引人入胜,又往往使人不测。"④他评说《唐故江西观察使韦公墓志铭》一文道:

> 政绩多可纪,则序言不能不详。此文每录一事,必有小收束,学《史记》也。序文体近列传,本人事实过繁,乞文者不愿遗落,则一一须还他好处。若无驾驭斩截之法,便近散漫平芜……若入庸手,便成一泥水匠之账簿矣。故古于文者,往往因难见巧,转俗为雅。⑤

柳文之章法结构亦不逊色,"《寄京兆许孟容书》,词语至哀痛,而段落又至分明。逐层皆有停顿,虽不如昌黎之穿插变幻,到吃紧处,偏放松,及正面时,转逆写,然亦自成为柳州气格"⑥,"文之蓄缩停纵,将收故纵,弄种种神通,使读者不可方物"⑦。

不过,结构往往讲究临文之先的"胸有成竹":

> 吾思昌黎下笔之先,必唾弃无数不应言与言之似是而非者,则神志已空定如山岳,然后随其所出,移步换形,只在此山之中,而幽窈曲折,使入者迷惘;而按之实理,又在在具有主脑,用正眼藏,施其神通以怖人,人又安从识者。
>
> 大类管夫人画竹石,丛竹在前,一石独历落而远。此序事之前后际,部署大有工夫。末段述其还乡以后,追想前尘。此秘归震川最为得之。⑧

为揭示此中之"狡狯之神通"⑨,林纾分析韩柳文时使用了丰富形象的比喻,归纳种种机巧之法,很有见地,略归纳如下:

"回光反照"法:"且为人请托而成文,原不宜面指其短,但于空中射影,使

---

① ② ③ ④ ⑤ ⑧ 林纾.韩柳文研究法·韩文研究法.
⑥ 林纾.韩柳文研究法·柳文研究法.
⑦ 林纾.选评《古文辞类纂》·寄京兆许孟容书.
⑨ 林纾.选评《古文辞类纂》·书说类.

之回光反照。善于言者,固有此法也。"①

"剥蕉干"法:"此书如剥蕉干,剥进一重,更有一重,把公一生工夫,和盘托出。逐层均有斟酌,亦均有分两,未尝一语凌越也。"②

"倒卷珠帘"法:"用连环滚笔,倒卷珠帘而上,处处进埋伏,处处照管,一副精神,真不知从何处得来也!"③

"前后倒置"法:"文前后倒置言之,使读者不测,文心之变幻极矣。"④

林纾不仅分析韩柳文独特的制局技巧,也非常留意其用字造句法。其评韩文《送齐皞下第序》:"篇法、字法、笔法,如神龙变化,东云出鳞,西云露爪,不可方物。读之不已,则心思一缕,亦将随昌黎笔端旋绕曲折,造于幽眇之地矣。"⑤字法和篇法、笔法一样,在古文创作中亦起到重要作用。林纾在评韩柳文中,往往于每篇中精炼出一二关键字词,把它作为全篇文眼:

> 此篇(韩文《送孟东野序》)为昌黎集中之创格,举天地人物,尽以"鸣"字括之,至孔子之徒亦指为善鸣,则真有胆力矣。文无他妙巧,但以气行,然须其处,笋接处,更得关头,则读此便大有把握。⑥

> 昌黎《送东野序》,用无数"鸣"字,全属驾空,无所傅泊,能自圆其说,到底不懈,此自具一种神力,为浅人所不能学。⑦

林纾认为"用字造句,固是昌黎长技"⑧,韩愈的文章在遣词用字上各有特色:《祭河南张员外文》"曲折详尽,造语尤奇丽"⑨;《南海庙碑》"然文中选言琢句,真耐人寻味"⑩。柳文亦是如此:《解祟赋》"意极平衍,然造句之奇丽,选声之悲亢,直逼宋玉矣"⑬;《说车》"然造句峭劲,须学其用字练字法";《哀溺文》"文至明显,句至奇崛"⑮,"柳州每于一篇言之中,必有一句最有力量、最透辟者镇之"⑯。

林纾在《春觉斋论文》中撰有《用字四法》一章,论及"换字法""拼字法""矣字用法""也字用法"。对于韩柳,他不仅赏识他们用字造词的高妙,亦细致分析他们对字法的具体运用:

---

① ⑪ ⑫ ⑬ ⑭ ⑮ ⑯　林纾.韩柳文研究法·柳文研究法.
②　林纾.选评《古文辞类纂》·答李翊书.
③　林纾.选评《古文辞类纂》·送齐皞下第序.
④　林纾.选评《古文辞类纂》·唐朝散大夫赠司勋员外郎孔君墓志铭.
⑤　林纾.韩柳文研究法·韩文研究法.
⑥　林纾.选评《古文辞类纂》·送孟东野序.
⑦　林纾.选评《古文辞类纂》·愚溪诗序.
⑧ ⑨ ⑩　林纾.韩柳文研究法·韩文研究法.

文(柳宗《零陵复乳穴记》)无他长，专在用字造句，"徒吾役而不吾货也"，"货"字是代"酬"字；"是以病而始焉"，"病"字是代"苦"字；"先赖而后力"，"赖"字是代"利"字；"冰雪之所储"，"储"字是代"积"字；"豺虎之所庐"，"庐"字是代"窟"字。以上纯用换字法。①

文(韩愈《司徒兼侍中中书令赠太尉许国公神道碑铭》)末复最其父子勋劳，作一总结，起记皆有精神。铭词在在尤寓用字之法。如"汴兵王猎"，猎，狂犬也。"众乃一愒"，愒，息也。"桑谷奋张"，"奋"字是暴长意。"为帝督奸"，"督"字是监察意。"雄唱雌和"是拼字法。"嚬呻睨眴"是代字法。此在读时玩索，自有神会②。

林纾评韩文《田弘正先庙碑铭》"选字既纯，色尤古泽"③，"古"是他常常用以评介文章字词句法技巧的关键词，如评韩文"惟其具绝伟之气力，又泽以极古之文词"④；评柳文"短质悍劲，语语入古"⑤，"丽而能古，博而能精"，"语语皆含古穆之气，读之令人气肃"⑥。这里的"古"有"古雅"之意，但一味冷僻深奥却未必能古色古香："大凡通行文字，可以用熟字；如碑版、传略及有韵之文，势不能不用古雅之字。所谓古雅者，非冷僻之谓；字为人人所能识，为义则殊，字为人人所习用，安置顿异，此在读古文时会心而已。"⑦日常用语若能用得恰到好处，也能出朽见奇，如韩文《唐故江西观察使韦公墓志铭》"皆琐琐屑屑者，然无句不古……若入庸手，便成一泥水匠之账簿矣。故古于文者，往往因难见巧，转俗为雅。"⑧所以，林纾说："不佞常语人，大家文每用一二常用之字，亦往往为俗手百思不到。由其入古甚深，又精通于小学，故下字见其不凡。若小家子以冷僻字代去熟字，自以为古，实则去古远矣。"⑨不过，字法句法的学习在文心之后，林纾评韩文《画记》："文心之妙，能举不相偶之事……学文者当从此处着眼，方有把握，若但学其字法句法，殊皮毛耳，胡曰善学。"⑩

五、对韩柳文独特艺术风格的高扬

林纾对唐宋文的评价是很复杂的，他在《文微·唐宋元明清文平第八》中这样评论，"唐宋以来文章，惟韩、欧两家为善。韩善变化，欧阳内变而外平妥"，"韩、欧犹佛家正法眼，三苏为神通"，"文章法度之正，惟韩氏与欧

---

①④⑤⑥ 林纾.韩柳文研究法·柳文研究法.
②③⑧⑩ 林纾.韩柳文研究法·韩文研究法.
⑦⑨ 林纾.春觉斋论文·用字四法·换字法.

阳"①,就"法"而言,似乎他对欧阳修的评价在柳宗元之上。在《韩柳研究法》中,林纾认为柳宗元"配飨"韩愈,即他看重柳宗元在古文创作中取得的艺术成就:"柳州之学骚,当与宋玉抗席。幽思苦语,悠悠然若傍瘴花密箐而飞。每读之,几不知身在何境也。"②他论韩文,"昌黎所长在浓淡疏密相间,错而成文,骨力仍是散文。以自得之神髓,略施丹铅,风采遂焕然于外","行之以海涵地负之才,施之以英华秾郁之色,运之以神枢鬼藏之秘"③。如此的文字表述虽然抽象,却也不难看出其中差别:韩柳二人的文章因个性差异而呈现出不同的气象,韩愈是正统思想的代表,在论说文中常常扮演"圣人"的代言者,力主"气盛则言之短长与声之高下者皆宜"④,论道说理理直气壮、行文肆意驰骋,"文字稍纵"⑤,"语语牢骚,即语语占身分,是昌黎长技"⑥;柳宗元对圣人之"道"缺乏如韩愈式的热烈崇拜,而多独立思辨,其文峻洁峭拔又清秀逼人。

林纾论韩文"道理切实、文字明豁",此"道"既有孔孟之道的内涵,其"切实"二字又连接了建立在知识积累基础上的对人事的通达以及情感的真实。林纾论文多次表示对理学家之文的不满:"理学家自谓能知圣人,而多不能文章;文章家能为恢富华赡之言,而又不能真知孔子。"⑦所以他认为韩愈《送李正字序》"通是家常语,而情文最绵丽,由机轴妙也……悲凉世局,俯仰身世,语语从性情中流出,至文也"⑧,又说《祭十二郎文》"只用家常语,节节追维,皆足痛哭"⑨。虽然是家常用语,但本真性情、深切事理,自然具有动人的力量。林纾评柳宗元《祭弟宗直文》"语语从至情中流出,无一矫伪",让他想起自己的亡弟,不禁老泪纵横:

> 不肖于亡弟炳耀之丧,曾至台湾野寺中,抚其旅榇而恸,白骨皑皑,不知谁氏之枢,棺破而骨见,即濒弟棺之左右,此时真舍死以外无善途,读子厚文,回思四十二年前事,不期老泪为之涔涔然⑩。

作为来自底层社会的知识分子,林纾对人生的苦难挫折有切身体验,认为文学是自我寄托的方式,对叙悲的文字情有独钟。他认为韩愈集中多不平语,"一副牢骚肚皮"⑪,"至《与冯宿书》,亦非论文,仍是牢骚"⑫,"此等冷嘲隐刺,是昌黎长技"⑬。评《与孟东野书》,"昌黎怀才不遇,间有人叩以文章,则昌黎报书,

---

① 林纾.文微·唐宋元明清文评第八.
②⑦⑩ 林纾.韩柳文研究法·柳文研究法.
③⑤⑥⑧⑨⑪⑫ 林纾.韩柳文研究法·韩文研究法.
④ 韩愈.答李翊书//林纾.选评《古文辞类纂》.
⑬ 韩愈.答尉迟生书[C]//林纾.选评《古文辞类纂》.

其语必与仕进相关系","悲东野之道不行,即悲己之道不行。寄道字于东野身上,因东野而自悲,分外尤见亲密"①。韩愈《柳子厚墓志铭》对柳宗元屡遭贬谪、卒死穷裔的境遇扼腕痛息,认为此种人生际遇恰恰成就柳宗元:"然子厚斥不久,穷不极,虽有出于人,其文学辞章,必不能自力,以致必传于后,如今无疑也。"②

林纾论柳文多"哀鸣""哀鸣极矣"③,"发其无尽之牢骚,泄其一腔之悲愤,楚声满纸,读之肃然"④,"(《祭吕衡州文》)末幅将衡州死后精灵,荡入空中摹绘,音长而韵哀,是谪宦伤逝之情怀,文人不平之骚怨"⑤。长期的贬谪生活使柳宗元的文章充满冷峭清郁的悲情美,其《解祟赋》"意极平衍,然造句之奇丽,选声之悲亢,直逼宋玉矣"⑥。林纾认为柳宗元是"极善为韵语者"⑦,韩愈则"真能以楚声古韵为文章者","此篇(《答胡直均书》)声调之高亢,得自《楚辞》;随句为转,得自《庄子》;真能以楚声古韵为文章者"⑧。文章为散为韵则与作者情感的控制有关,林纾评昌黎《祭嫂氏郑夫人文》,"文不假雕饰,而备极沈痛,然尚能为韵语。至《祭十二郎文》,至病彻心,不能为辞,则变调为散体,饱述其哀,只用家常语,节节追维,皆足痛哭"⑨。文章的某些内容因为韵语的渲染,可以更自然地过渡,如评韩愈《平淮西碑》:"碑文亦曲折尽致,李师道遣客刺裴度、武元衡事,乃于文中补叙,极为得法。盖前半方为谟诰文字,若插叙刺客,转觉不庄。但于韵语中渲染,瞥然而过,较近自然。"⑩林纾论文注重声调的美感,主张"多读以领取其声韵",如论韩文《郓州溪堂诗序》"而风度之凝远,气体之严重,声调之激越,直可作碑版文字读之。诗亦全用散文驱驾之法,较《元和圣德诗》火色稍减,虽以荆公之拗折,学之亦不能至,宜多读以领取其声韵"⑪,论《祭河南张员外文》"用字造句,固是昌黎长技,然综叙张曙生平,及与己交际,伸缩繁简,读之井井然。繁处极意抒写,简处用缩笔,读之不已,可悟韵语长篇之法"⑫。

柳宗元的山水游记一直有如画的美誉,林纾撰写过《画论》,是清末民初颇有名气的山水画家,对柳文的这一特色更是心领神会。其分析柳文山水记着重从诗情画理入手,"《小石潭记》则水石合写,一种幽僻冷艳之状,颇似浙西花

---

① ⑩ ⑪ ⑫ ⑬　林纾.韩柳文研究法·韩文研究法.
② 　韩愈.柳子厚墓志铭[C]//林纾.选评《古文辞类纂》.
③ 　林纾.选评《古文辞类纂》·赠张童子序.
④ ⑤ ⑥ ⑦　林纾.韩柳文研究法·柳文研究法.
⑧ 　林纾.选评《古文辞类纂》·答胡直均书.

坞之藕香桥……一小小题目,至于穷形尽相,物无遁情,体物直到精微地步矣"①,"体物到极神化处矣"②。林纾认为山水游记大致可分为两类:一类如欧阳修,"欧公体物之工不及柳,故遁为咏叹追思之言,亦自饶风韵"③;一类如柳宗元,"柳州则札硬砦,打死仗,山水中有此状便写此状,如画工绘事,必曲尽物态然后已"④。柳宗元的山水游记正是靠着其对山水形貌的逼真描绘达到如同观画的效果,"惟曲写潭状,煞费无数力量,非柳州不复能道"⑤,"此篇(《袁家渴记》)写风动草木,描神赋色,非身历其境,不能见其工"⑥,"是篇(《序饮》)前半摹写物状,跃跃如生。一筹之微,又能为之穷形尽想而出之,真写生妙手也"⑦。柳宗元的山水游记不仅有画理更有诗情,林纾说"文有诗境,是柳州本色"⑧。林纾在《选评〈古文辞类纂〉》中评《至小丘西小石潭记》:"此等写景之文,即以王维之以画入诗,亦不能肖……文不过百余字,直是一幅赵千里得意之青绿山水也。"⑨又评《袁家渴记》:"于水石容态之外,兼写草木,每一篇必有一篇中之主人翁,不能谓其漫记山水也……综之此等文字,须含一股静气,又须十分画理,再著以一段诗情。"⑩不过,柳宗元的山水游记多是贬谪期间所作,所记山水也渗透着他郁积的情绪:"此等托物而感遇,侯雪苑、魏叔子皆摹仿之矣。以山水之状态,会诸耳目心神,自是悟道有得之言。究之名心未净,终以遭遇为言。"⑪

---

① ⑤ ⑧　林纾.韩柳文研究法·柳文研究法.
② ⑨　林纾.选评《古文辞类纂》·至小丘西小石潭记.
③ ④　林纾.选评《古文辞类纂》·游黄溪记.
⑥　林纾.选评《古文辞类纂》·袁家渴记.
⑦　林纾.选评《古文辞类纂》·序饮.
⑩　林纾.选评《古文辞类纂》·袁家渴记.
⑪　林纾.选评《古文辞类纂》·钴鉧潭西小丘记.

第三节　林纾的《庄子》研究

林纾庄子点评的主要成果是《庄子浅说》一书，自序曰"因积三年之力，自己未讫，辛酉成内篇《浅说》四卷"①，"辛酉"为1921年，自序写于1922年。1917年始，林纾在北京组织文学讲习会，讲解《左传》《庄子》及汉魏唐宋古文，此书大致由此而来。1923年，《庄子浅说》由商务印书馆发行出版，1925年再版，台湾广文书局与华正书局分别于1978年、1985年据此版影印成书。此外，《左孟庄骚精华录》《浅深递进国文读本》两书中亦有《庄子》节选点评文，《左孟庄骚精华录》于1913年由商务印书馆发行出版，到1925年已经印行九版，在当时还颇受欢迎。"五四"新文化运动期间，林纾的守旧言行以及文学史对他的重重误读，导致人们对他晚年的文学活动、创作与学术研究，多意识形态的粗暴批判而少学术理性的评价。林纾的庄子研究虽长期不受关注，但有理由在清末民初的庄子评点学中占有一席之地。

一、林纾《庄子》研究的背景与渊源

据有关资料粗略统计，自西汉淮南王撰《庄子略要》至民国时期，共有治庄专著700余种，现存于世的仍有近400种。清代是庄子研究的成熟期，在前人研究的基础上出现一批颇有份量的庄子研究成果，如林云铭的《庄子因》、吴世尚的《庄子解》、宣颖的《南华经解》、胡文英的《庄子独见》、刘凤苞的《南华雪心编》。作为传统的学者，他们的研究一般不离文献的整理与文字的考证。桐城派作为学界大佬，在庄子之学的接受与传播中功不可没，"桐城三祖"刘大櫆撰有《庄子评点》、姚鼐撰有《庄子章义》，从方苞的"主神说"、刘大櫆的"贵神说"、姚鼐的"神理气味、格律声色"再到林纾的"意境、神味、情韵"，无不渗透着老庄思想的影响。曾国藩对《庄子》推崇有加，"偶思古文、古诗最可学者，占八句云：《诗》之节，《书》之括，孟之烈，韩之越，马之咽，庄之跌，陶之洁，杜之拙。将终日三复，冀有万一之合"②。在曾国藩看来，庄子的文才得之天赋，其跌荡诙诡、恣肆不拘，为常人所难企及，但还是勉励自己认真学习，以期有所长进。

---

①　林纾.庄子浅说·序[M].台北:广文书局有限公司,1978:序1.以下引文凡出于此书者,皆只引篇目与页码。

②　吴家凡.曾国藩点评历史人物[M].北京:海潮出版社,2003:50.

清末桐城派的解庄之书除了林纾《庄子浅说》，主要有郭庆潘《庄子集释》、吴汝纶《庄子点勘》、马其昶《庄子故》。郭庆潘《庄子集释》将自西晋以来名家治庄精华汇纂成集，为近百年治庄学者器重，影响甚广。吴汝纶《庄子点勘》引用众家批语，考证训释翔实充分，亦有独到见解。吴汝纶去世后，其弟子马其昶、姚永概、姚永朴与林纾结为"道义之友"，在世纪之交古文日渐式微的年代，他们都被尊为桐城派古文的代表人物。马其昶《庄子故》成书早于林纾的《左孟庄骚精华录》与《庄子浅说》，同为桐城派治庄"殿军"之作。前者的优势在于"博采众注，自有炉铸"①，襄括古今注庄名家达一百三十余，且尤重桐城诸家的注庄名言，包括方以智、钱澄之、刘大櫆、姚鼐、方正瑷、方潜、郭嵩焘、曾国藩、吴汝纶、郭庆藩、姚永朴、姚永概，其中刘大櫆评点庄子之书已佚失，姚永朴、姚永概治庄颇有心得但未成集，均借此书得以流传。马其昶非常推重林纾，曾称他有过于吴汝沦者，但林纾显然无意于成就一部庄学的集大成之作。

清末民初正处中国古典文学向现代文学转型的涅槃期，此时老庄之学倍受关注，新旧两代知识分子都希望从中寻找并建立新型的理论与信念。魏源把庄子的"无为"解释为并非无所作为，而是主动得时，采取察顺得时、休养生息的政策。钱大昕曾有"《老子》五千言，救世之书也"②的断语。王先谦在晚清之际撰成的《庄子集解》也不以之为出世之书，而说庄子"意犹存乎救世"。谭嗣同则借庄子以阐释"自由""民主"的现代学说，他诠释庄子"在宥天下"说："'在宥'盖'自由'之转音……人人能自由，是必为无国之民。无国则畛域化，战争息，猜忌绝，权谋弃，彼我亡，平等出。"③随着国人的开眼看世界，越来越多有识之士走出国门，了解甚至亲身体验了西方社会的思想文化与政治制度，他们以西方的文化理念来观照中国传统的庄子之学，这成为庄子研究现代化变革的路向之一。章太炎在流亡日本期间为留日的青年学生讲解《庄子》，先后撰成《庄子解故》与《齐物论释》等论著，他试图糅合中国传统思想和西方哲学思想来研究庄子，以寻求其中合理的、积极的因素为现实社会服务；严复评点《老子》与《庄子》，其译著中大量引用老庄的言论，他主要是把西方思想与老庄思想结合，以宣传进化论与民主自由的思想。梁启超于 1920 年冬在清华学校做课外讲演，其中讲到《庄子》，"这是梁启超为人的痛苦灵魂构筑的安静的

---

① 胡远濬.庄子诠诂[M].合肥：黄山书社，1996：10.
② 钱大昕.老子新解·序[M]//潜研堂文集.卷二十五.南京：江苏古籍出版社，1997：400.
③ 谭嗣同.仁学[M].沈阳：辽宁人民出版社，1994：111.

栖息之所,以解决'一战'后的西方乃至人类的'精神饥荒'问题"①。19世纪末20世纪初的这段时间,是庄学研究历史上很特殊的时期,不仅旧式知识分子们关注庄子,新式知识分子也关注庄子,如新文化运动的三位主将胡适、鲁迅、郭沫若也是这一时期庄子研究的主力军。这些被贯以新旧不等、各色身份的学者专家从不同的立场和视角来诠释与运用老庄之学,庄子似乎成为他们寻找与建立理论与信念的一块富饶的资源地。胡适打出"整理国故"的口号,对传统文化中的"老鬼"进行清理,庄子列居其中,主要批判庄子人生哲学中的教人信命,认为它使人懒惰、守旧,是毒害国民的罪魁祸首,同时肯定庄子"万物皆种"的进化论思想和怀疑主义精神。鲁迅于1926年在厦门大学讲授中国文学史课程,编写《汉文学史纲要》作为讲义,其中有《老庄》一章,对庄子人生观所蕴涵的滑头、懒惰思想痛恨不已,对庄子散淡自由、追求个性的思想颇为欣赏,更陶醉于其汪洋辟阖的文辞。相比之下,郭沫若和闻一多则更着意于挖掘庄子的文艺思想,郭沫若从文艺创作的角度出发,重新阐释庄子泛神、"无我""法天贵真"的精神,从中提炼有益于创作的理论养分。闻一多于1929年年底发表论文《庄子》,结合庄子的生存境况对《庄子》阐述文学特征,他认为《庄子》是真正的文学作品,自己的文学创作受庄子的影响。

　　作为曾是维新党的老派知识分子,林纾用他从翻译西方小说中领悟到的西学精神来烛照中国古典文学以及中国传统的人生社会,但这不是他与庄子相会的因缘。林纾对庄子的推崇源自于他病患中对生死考验的真切体悟:"余二十一岁时,病咯血,失眠六夕,且殆。忽忆及南华'恶知乎死者不悔其始之蕲生乎'。因自笑曰'今日之病,予为丽姬入晋时矣',竟废书而酣寝。医至,诊脉,大异曰:'愈矣!'余曰:'南华之力也'。"②二十多岁时的林纾在福州有"狂生"之名,他刻苦力学,行侠好义才,名噪里党,却因贫病交加屡陷困境,故而世态炎凉人情浅薄。在一个与死神搏斗的无眠之晚,他竟得到"南华之力"而重获新生!这个令人目瞪口呆的情节颇像他自己撰写的笔记小说中的一个篇章。从林纾其他自述资料看③,此事不可确信。笔者认为,林纾所谓"南华之

---

① 李昱.梁启超晚年《庄子》研究的思想特色[J].北京师范大学学报,2008(5):68-75.
② 林纾.庄子浅说·序.
③ 林纾自少年起得咯血病,"余自二十至三十,此十年中,月或呕血斗余"(《畏庐三集·石颠山人传》),"积十年,大小十余病,病必以血。医言:肺痿矣,不可治"(《畏庐三集·述险》)。林纾的咯血之病前前后后时好时坏持续了十多年,到近三十岁时,病情终得缓解。

力也"其实是指濒临死亡的经历使他内心深处与《庄子》产生强烈共鸣,获得超脱生死的感悟。林纾对《庄子》的研读持续一生,他在《答徐敏书》中写到:"仆四十五以内匪书不观,已而八年读《汉书》,八年读《史记》,近年则专读《左氏传》及《庄子》,至于韩柳欧三氏之文,楮叶汗渍近四十年矣。"①林纾在京师大学堂任教时就讲授过《庄子》,"中国之文敝久矣,余惧其长久而澌灭也,欲自奋有以广古人之传,因聚其同志,立社于京师,讲左、史、南华、汉魏、唐宋之文"②,"仆承乏大学文科讲席,犹兢兢然日取左、国、庄、骚、史、汉八家之文,条分缕析,与同学言之,明知其不适于用,然亦所以存国故耳"③。林纾的《左孟庄骚精华录》售卖时,商务印书馆如此介绍:"左孟庄骚,为吾国中古时代文学大家,左孟开纪述议论之词源,庄骚为心理寓言之文字,闳肆瑰丽,为治古文者所宜诵习,惟全书繁富,词意过高,不适学者之用。今林君琴南集其精华,都为二册,馨其数十年之心得,逐篇加以诠释批语,以资引导,诚为近今国文法程之善本。"④《庄子》和《左传》与《孟子》都是他"力延古文于一线"所要传承的经典。

对前人的研究,林纾在《庄子浅说·序》中提及郭象、王元泽、吕吉甫三家,他在注释庄子的过程中经常引用郭注原文并进行理解分析,对于王元泽、吕吉甫亦是"深韪其论",这些都成为研究林纾庄学思想的重要参照系。郭象是魏晋时代重要的玄学家,一些学者认为他改造性地诠释了《庄子》,用儒家的重世事精神替代道家的崇玄虚。吕吉甫,名惠卿,嘉佑年间与王安石议论"经义",熙宁年间初与王雱监修《三经新义》,他的《庄子注》与王雱的《南华真经新传》是同一时期作品。王元泽,名雱,是北宋著名政治家、思想家、文学家王安石的长子,其经术之学得其父真传,著有《老子注》和《南华真经新传》等。林纾认为"元泽之为人,固不足论,然于《南华》一书,可谓得其真际矣"⑤,故"深韪其言",遵循了他对内外篇关系的认识。林纾早前(1913年)由商务印书馆出版的《左孟庄骚精华录》选评《庄子》12篇(内篇7篇,外篇5篇,节选)——《逍遥游·惠子论大瓠》《齐物论·啮缺问王倪》《养生主·疱丁解牛》《德充符·兀者申屠嘉》《大宗师·子祀子舆子犁子来四人为友》《应帝王·壶子走神巫季咸》《马蹄》《天地·汉阴丈人》《秋水·公孙龙》《达生·子列子问关尹子》《山木·

---

① 林纾.畏庐续集·答徐敏书.
② 林纾.畏庐三集·送魏君注东出使比利时序.
③ 林纾.畏庐续集·文科大辞典序.
④ 林纾.中学国文读本·宋文[M].上海:商务印书馆,1915:封底.
⑤ 林纾.庄子浅说·序.

市南宜僚》《知北游》。《庄子浅说》保留内篇七篇,每篇均有题记与附识并逐段分析。1916年由商务印书馆出版的《浅深递进国文读本》选入的五篇《庄子》节选文有四篇来自外篇、杂篇,作为小学阶段的古文初学者的入门捷径。《左孟庄骚精华录》于1913年出版,笔者持有的版本为1925年第11版本;《庄子浅说》1923年出版,1925年再版,台湾广文书局与华正书局分别于1978年、1985年据此版影印成书,可见,林纾的《庄子》点评还是颇受欢迎的。

《庄子浅说》训字释词常提及《左传》《尔雅》《山海经》《楚辞》《说文》《字林》,他常常征引前人的庄学成果,析理释义并无明显桐城派治庄传统的偏好。林纾《庄子浅说》七篇题解均引自郭象注庄,在逐段逐句的解析中大量引用,不时用"是也""微妙至十分矣""能极矣"等表示推崇肯定,而后用"愚按""纾按"等形式加注己见,或先阐发己见再用郭注断定,有时他的解疏与郭象注句夹杂相间。林纾注庄还常提及郑玄、司马彪、向秀、简文帝、崔譔等人的成果,但不一味遵从,对于各家矛盾的解释,他往往能品评高下。他对于考据派动辄千言的旁征博引颇有微词,认为如果为文"无篇不加考据",其结果必然是"如求馔于厨人,充腹即已,谓能使人久久留其余味于胸中耶"①?但林纾也常引用王念孙、俞樾等人的训注,既有辨误也有称赞肯定。此外,林纾的表述文字中随处可见他对成玄英疏、郭象注的《庄子注疏》和郭庆潘《庄子集释》中某些内容的引用,但未作特别注明。总之,林纾《庄子》评点的大部分内容以疏通文意为主,表现出简洁的行文风格。

林纾的庄学评点一扫明末清初以来庄学研究重音韵训诂、引征释义的陈旧气息,他的评点除了点醒《庄子》之文的章法结构外,还提出《庄子》之文"不能以文绳之",应"破碎读之",从文章精微细节处入手,关注庄子寓言的奇幻色彩,重视语言艺术的表现力,强调行文的情绪节奏等,其评点明显带有古文艺术品评的个性化特征,融入真切而丰富的生命体验和传统知识分子在国家民族变革与新旧文化交替期的个人思考。林纾的文化思想与文学观念曾受维新运动的鼓动融入新质,甚至在新文化运动中受到触动而有所调适,但此时传统文学日薄西山,旧有知识体系的束缚和"老新党"的胸襟视野都不足以让他结缘于一次真正的现代转型,他只是沿着自己的轨道慢慢地走向学术生涯的终点。然而,鲜活的生命体验、人性的发现、丰富的个性评述,这些特征在新文学的第一代作家如鲁迅、郭沫若、闻一多处得到更为充分的张扬与膨胀,林纾的庄子评点在古典庄学的现代性转换中具有启示性意义,这是它重要的价值

---

① 林纾.春觉斋论文·述旨.

之一。

二、林纾对《庄子》散文章法结构的把握

桐城派的古文选，如方苞的《古文约选》、姚鼐的《古文辞类纂》，皆不录诸子文，因"周末诸子，精深宏博，汉、唐、宋文家皆取精焉。但其著书指事类情，汪洋恣肆，不可绳以篇法"[①]，即诸子散文行文自由、变化多端，难以规约概括，无法作为习作者摹仿学习的样本。林纾在《浅深递进国文读本》选入庄文五篇，把《庄子》作为古文初学者的入门捷径。林纾评点《庄子》着意对其主旨精华、层次大意、关键字眼的疏通和点拨以阐释文章的章法结构，对上下文的来龙去脉、埋伏照应、承上启下处尤为重视，使《庄子》的行文显现出较为清晰的脉络。

《逍遥游》因其行文诡谲变幻、莫测难解，常被认为是《庄子》中最具魅力的文章。对于它的篇章分析，陆西星认为其络如"草蛇纩线""藕断丝连"，林云铭则说它"篇中忽而叙事、忽而引证、忽而譬喻、忽而议论"。这些看法突显出庄子文章的魅力，但过于抽象，缺乏篇章结构的详细分析作为佐证。对于《逍遥游》，林纾逐句品读，细解文脉：

> "谐之言曰"至"去以六月息也"句下，忽曰"野马也，尘埃也，生物之以息相次也"。骤见似奇，然不根"扶摇"二字而来，安得有此？"天之苍苍，其正色邪"至"亦若是则已矣"又似拉杂，然不有"上九万里"句，又安得有此？此正自九万里之上而下视也。本是按脉切理，偏不走恒蹊，故为奇幻之笔以骇目，读者固不必为之震炫也[②]。

林纾认为《逍遥游》开篇写北溟之鱼化而为鸟飞向南溟，但紧接着却不对这个故事进行进一步描绘，而是转入对《齐谐》所记故事的叙述上，这样就形成错落。忽然又说"野马""尘埃"，让人捉摸不清，其实根于前文"扶摇"二字，又写"天之苍苍"等句，看似拉杂，实则隐脉相联，颇具匠心。

林纾品评文章历来重"筋脉"："不知文章之道，凡长篇巨制，苟得一贯串精意，即无虑委散。《大宛传》固极绵褫，然前半用博望候为之引线，随处均着一张骞，则随处均联络；至半道张骞卒，则直接入汗血马。可见汉之通大宛诸国，

[①] 方苞.古文约选序例[C]//桐城派文论选.贾文昭编.北京：中华书局，2008：50.
[②] 林纾.庄子浅说·逍遥游.

一意专在马;而绵褫之局,又用马以联络矣。"①"文章之道"并不容易让人察觉,它有时是文章叙述逻辑的"隐线""伏脉",其关键就在于"不连之连","一脉阴引而下,不必在在求显,东云出鳞,西云露爪,亦足见文心之幻"②,他论道:

> 文之精微入细处,雅有渊然之道味,妙在用刻峭之笔,却归入于浑穆,骤读之若相属,若不相属,实则天然之机轴,不能以作文之法求之,能熟读之,亦正不离乎古文之法③。

《庄子》之文,表面上看,"东鳞西爪"奇幻骇目难以捉摸,实际却处处埋有伏笔,纵横交错筋脉连贯,"文前后照应,兴致甚高,渲染亦极清丽"④,"文之断续起伏处,亦一一本之天然"⑤。林纾评《逍遥游》"惠子论大瓠"段,认为"大"字是贯穿其通篇的主脉:

> 通篇用一"大"字作起结,以篇首有"鲲之大,不知其几千里也",故惠子一发问,即曰"魏王贻我大瓠之种……呺然大也",此当而抹杀庄子,言之无当,庄子矢口,立破他"拙于用大"。以下"洴澼絖事",皆能用大之实证。"大败越人……虑为大樽",均写"大"字之真然力量。伶牙俐口,便捷轻利,末句尤绰约有仙气⑥。

林纾评《德充符》"无趾语老聃曰"段,认为"名"是其线索:

> 愚按此节专重一"名"字。夫犯患而至于兀,无名也。一拘名称,则兀立形;不拘名称,则德始冥。老子忘名者也,所谓死生为一条者。死且不知,何有于兀,是非且齐一,何有于犯患。无趾以孔子之问礼为华藻,一涉华藻,即为近名。故并讥其问礼之来,失礼意矣。⑦

林纾评《养生主》"疱丁解牛"段,认为"刀"是其隐线:

> 以上所言,皆技之精纯,均得刀之用,却未尝一语及刀。于是忽发一声,轻良庖而诋族庖,自矜其刀,且自鸣以十九年不更,以下始叙所以用刀之妙。一刀之用,入手时写人不写刀,口述时言技不言刀,继乃自神其刀,

---

① 林纾.斐洲烟水愁城录·序[C]//哈葛德.斐洲烟水愁城录.曾宗巩口译,林纾笔译.上海:商务印书馆,1914:序2.
② 林纾.春觉斋论文·应知八则·筋脉.
③ 林纾.左孟庄骚精华录·齿缺问王倪.上海:商务印书馆,1925:13.以下引文凡出于《左孟庄骚精华录》者,只标识篇目。
④ 林纾.左孟庄骚精华录·市南宜僚.
⑤ 林纾.左孟庄骚精华录·知北游.
⑥ 林纾.左孟庄骚精华录·惠子论大瓠.
⑦ 林纾.庄子浅说·德充符.

而伐其能,节节皆归自然,善刀与养生对针为喻,不收到"善刀"二字,亦出不得养生。①

他对每节间的行文线索以及各节来龙去脉进行细分缕析:

下文两用及至圣人句,即与伯乐对照而设,皆不满意之词……中间忽插入工匠与马,是古文回环照顾法。②

吾方知庄子亦未尝无意于天下,特治天下之道,尚玄同、不尚形迹耳,文前后照应。③

鲲鹏事前文已见,此引《列子》以再证,郑重殷勤,以诚其义者也……故重申鹏鹢之事,前为《齐谐》,后为《列子》,非复沓也。用一"故"字,是仍前之语,"夫"字是生后之词。④

他因此赞曰,"唯南华有此能力","文节节有条理,均合古文之义法"⑤,"前后一贯,起伏自然,是一篇有法程之文字"⑥。

对于《庄子》独特的结构艺术,林纾同时提出"不能以文绳之":"庄子一书,本不能以文绳之,犹淮南金楼二子,前半多言理,后乃引事佐证。若律以文法,则千篇一律矣。"⑦若是从叙述的模式上说,《庄子》类于《淮南子》与《金楼子》二书,此二书皆是通过记录奇物异类、鬼神灵怪来阐明哲理,即"前半多言理,后乃引事佐证",可谓"千篇一律"。林纾在《逍遥游》的附记中提出"今当破碎读之,于每段中观其挺出不测之笔",因为"其中每段,皆有营构之功",而不测之笔往往蕴于细节精微处。林纾精读《庄子》:"每得一篇,必味之弥月,久之,微洞其玄同冥极之旨。"⑧其评《逍遥游》"惠子论大瓠"段:"此节割截内篇之《逍遥游》,另作一小篇,然亦自成文法,所谓大阵中之小围阵也。"⑨评《人间世》:"此章宗旨定,虽分数段,皆归一致,可划而读之,其中每段皆有营构之功。"⑩评《德充符》:"闉跂支离无脉一节,用短接之笔,其中逐句变化,读之精熟悉,不惟得练字,亦解制局法。"⑪评《天地篇》"汉阴丈人"段:"文屡起波澜,

---

① ⑤ 林纾.左孟庄骚精华录·疱丁解牛.
② ⑥ 林纾.左孟庄骚精华录·马蹄.
③ 林纾.左孟庄骚精华录·市南宜僚.
④ ⑦ 林纾.庄子浅说·逍遥游.
⑧ 林纾.庄子浅说·序.
⑨ 林纾.左孟庄骚精华录·惠子论大瓠.
⑩ 林纾.庄子浅说·养生主.
⑪ 林纾.庄子浅说·德充符.

不肯直接说破,此等境界,大足引人入胜。"①因为每段皆有营构之功,只有逐段分析、精细品读,才能观察到其运笔之妙。林纾说:"命脉之所在,曰枢纽。文中有此,虽千波百折,必能自成条理。"②世人只看到"千波百折"就惊骇于"奇幻之笔"而"为之震炫也"③,其实若按脉切理,就能于草蛇灰线、蛛丝马迹中寻到要害处。在这个意义上,《庄子》是合于义法的,它"不能以文绳之"的"无法"正是《庄子》之法。

三、林纾对《庄子》散文艺术性的捕捉

对于《庄子》整体的风格特征,林纾最经常使用"奇""幻"来形容,"设喻甚奇"④,"大冶跃金之喻,真奇想天开,意原平平,而造语奇诡,令人挢舌"⑤,"设想之奇,无可伦比,非庄生,安得有此仙笔"⑥,"似从天外飞来之笔"⑦,"冰雪言其净,处子喻其未为物伤,此旨喻尧之盛德,窈冥玄妙"⑧。林纾评点《庄子》未对外篇、杂篇辨伪,也未具体阐释他对内外篇关系的看法。历来《庄子》的研究者普遍重内篇轻外篇,他倒认为外篇"文之说理精深处,不如内篇,然错综离合,设喻明显,较内篇为易读"⑨,显然他已经意识到庄文修辞艺术的奇特之处。

《庄子》一书大量使用虚构的寓言故事,司马迁论庄子"著书十余万言,大抵率寓言"⑩,历代庄学大家对此也不乏褒扬之辞,林希逸叹曰:"不知此老何处得许多好譬喻!自《庄子》而下,为文字者,无非窃其机关,这一部书天地间如何少得!"⑪《齐物论》开篇即是寓言,利用寓言引入正题,再层层论证,最后用两个寓言收束全文。《养生主》开篇点明主旨后,以厨工分解牛体比喻人之养生。林纾还留意到而"喻"与"喻"之间微妙的层际关系,《逍遥游》开篇即杜撰了一个寓言故事,而后极尽描写鹏之能事,"言鹏而曰水击,又似证实为鲲之

---

① 林纾.左孟庄骚精华录·汉阴丈人.
② 林纾.文微·通则.
③⑧ 林纾.庄子浅说·逍遥游.
④ 林纾.左孟庄骚精华录·兀者申徒嘉.
⑤ 林纾.左孟庄骚精华录·子祀子与子犁子来四人为友.
⑥ 林纾.庄子浅说·应帝王.
⑦ 林纾.庄子浅说·齐物论.
⑨ 林纾.左孟庄骚精华录·马蹄.
⑩ 司马迁.史记·老庄申韩列传[M].哈尔滨:黑龙江人民出版社,2004:289.
⑪ 林希逸著.《庄子鬳斋口义》校注[M].周启成校注.北京:中华书局,1997:274.

所化者",接着又引《齐谐》之证,"以上是庄子之所设喻,顾无证不足以实其言,遂引《齐谐》之书,以验所言之非妄"①,而后又出现"水积不厚""风积不厚"两喻,"水积不厚与风积不厚同,水不积则无以负大舟,风不积则无以奋大翼,此两喻。一为陪客,一为主人,言风积始以足负翼"②,林纾用"陪客主人"一语生动刻画了二者之间的主从关系。

寓言是庄子思想的特殊的外在形式,寓言故事的使用增加了庄文的诡异色彩。"庄周梦蝶"是庄子最著名的寓言:

> 惟其不知有周,所以不知有死。则凡人之当生而系生者,必当死而恋死,此大误也……人惟不为生死所域,唯其志之适,为蝴蝶适其志,则舍蝴蝶外皆梦也。"由其分定,非无分也",愚按上"分"字宜作去声,分量之分也。下"分"字读如字,犹言生有分在,死亦分也,非不分生死,惟分定,不以生死为欣戚,则生死齐矣。物化者,物理之变化也。以上所述,均物化之理。郭注谓时不暂停,而今不遂存。故昨日之梦,于今化矣,死生之变,岂异于此,何必劳心于其间哉。

庄周梦见自己变为蝴蝶,翩翩其舞,自由自在,甚至不知道自己原来是庄周。"物化"即人与物浑然一体,这就达到逍遥自由境界的"至人"之境。林纾解释"庄周梦蝶",其重点并不仅是"物化",而是人之"思"。他是这样推理的:"如果庄周梦见自己是蝴蝶时,能够随心所欲、自由自在且能感受到真切的自我,那么蝴蝶就是他最真实的存在,除蝴蝶外的其他都是梦境而已。庄周清醒之时,如果也能够清醒意识到自我的存在,那么这一时刻的'庄周'也是真实的,正如除了这一刻之外的'蝴蝶'一样,这其中的关键就是是否具有自我的意识(也就是'思')、能否得到身心的舒展。"法国哲学家笛卡尔曾提出"我思故我在"的哲学命题,海德格尔认为感悟与领会是我们与存在者之间的纽带,只有在我们的感悟与领会之中,存在者才在场,存在者才"在"。庄周无论是庄周还是蝴蝶,只要他能感受到自由的精魂,那么这种状态就是"我"的真实的存在了,所以也就超越"我"与物、生与死的区别而达到存在的逍遥境界。林纾叹道:"以梦觉喻生死,仍是忘生死意,不知从何处得此奇僻之喻,令人扪索不得,但有点头钦服。"③

《庄子》之奇在奇法、奇思、奇句,庄子善于从平庸中出奇,其《大宗师》节选文《子祀、子舆、子犁、子来四人为友》"写两人病,是两种写法,中多奇句,似不

---

① ② 林纾.庄子浅说·逍遥游.
③ 林纾.庄子浅说·齐物论.

能学。不知抱定一理,从理中生出奇思,即成奇句",有奇思方有奇句。林纾认为庄子说理贵在从浅中入深,"文无他妙巧,由浅几深,扁鹊之传,盖即脱胎于此"①,"说理之文,能深能浅,中间设喻一段,尤有风趣"②。这些奇思妙想、奇句妙笔共同营造了奇幻的艺术境界。林纾标举"奇",并不是单一意义上的"奇",它还具有"幻"的特征,如果说"奇"尚可以从字法句法文法上分析的话,那么"幻"就无疑展示了更丰富、更加不可捉摸的审美内涵。"幻"原本是佛教用语,指幻相、幻境等虚幻不实的状态。林纾赞赏《逍遥游》"结句之飘渺"③,《齐物论》"以指喻指之非指,以马喻马之非马,几无人能道得出,急接入天地一指也,万物一马也,奇句欲破鬼胆矣"④,还将"奇""幻"连在一起评价《庄子》,"本是按脉切理,偏不走恒蹊,故为奇幻之笔以骇目⑤,既指庄子行文的变化莫测,又指庄文给人既如梦幻般不切实又蕴藉深厚得耐人寻味的感觉,这种感觉也许就是《庄子》的艺术渲染。

《庄子》散文在艺术上具有美感,因为它是作者情感意绪的真切表达,情绪的高低起伏隐现使《庄子》行文充满音乐般的节奏感:

> 子綦之论天籁,用叠笔,如洪涛巨浪,一泻而下,末以"乐出虚、蒸成菌"六字煞住……行文到急促处,而能萧闲。惟南华有此能力。试观"有物""有封""有是非"句下,翻腾驳辩,势急声促。忽曰"有成与亏,昭氏之鼓琴也。无成与亏,昭氏之不鼓琴也",似从天外飞来之笔,浅人如何能学。⑦

《庄子》行文中常有节奏的跳跃,写到极精彩处突然收住,收住后又极萧闲从容,它们往往不能按常理来理解,林纾形容它们为"天外飞来之笔",可见庄子笔法的灵活多变及其特殊的艺术魅力。林纾说:

> 南华之文,每于极凄厉处,音渐幽咽,几于沉沉无声矣。必有蹶起之笔,响发于空际,如"人之生也,固若是芒乎。其我独芒,而人亦有不芒者乎",自起自落,行所无事,此等句法,最宜著意。⑥

中国文字的特点之一就是语音有高低平仄的节奏起伏,桐城派提出"因声求气",认为一篇成功的散文,立意与构思固然非常重要,但声音节奏也是必不可少的,读者可以通过吟诵时对声音、节奏、字句的揣摩领悟作者的精神意气。林纾认为"时文之弊,始讲声调,不知古文中亦不能无声调","古来名家之作,

---

① 林纾.左孟庄骚精华录·壶子走神巫季咸.
② 林纾.左孟庄骚精华录·子列子问关尹子.
③ 林纾.庄子浅说·逍遥游.
④⑤⑥ 林纾.庄子浅议·齐物论.

无不讲声调","盖天下之最足感人者,声也"①。因而人的情感流露在声调音响中,循声可以得情、得神、得气。林纾曾记载自己这样的经历:

> 《变风》《变雅》之凄厉,鄙人每于不适意时,闭户读之;家人虽不知诗中之意,然亦颇肃然为之动容。③

林纾之迷恋"变风变雅"可能是基于他对诗歌内涵的深刻认同,其家人不知诗中的内容,却能因为诗歌抑扬顿挫的音节起伏而感染深蕴其间的情愫,这说明"声调"在文学艺术中具有相对的独立性。林纾认为那些善于调遣节奏的作者,大都在谋篇布局上多下工夫,虽然用字不多,却能使作品神气毕现,有耐人寻味的余韵。庄子的行文能将缓急、起伏、轻重、松紧等相反相承的因素巧妙结合,从而使文章张弛有度,音韵和谐,意境非凡。

林纾以艺术的心来欣赏庄子,他陶醉于庄子行文的波澜变化,在评点庄子的过程中将自己的艺术感受用节奏美妙、音韵和谐的语言表达出来。林纾品评所用的文字是典型的文言白话转化期的"近代文言",这种以晓畅文意为基本目的的注解较之郭注文字要浅显易懂,且音韵和谐、自然流畅,可以清晰地感受到写作者的精彩文思。

四、林纾《庄子》评点的生死之思

林纾在《庄子浅说·序》中杜撰了一个颇耐人寻味的故事:

> 光绪庚子春,余访高愧室于嘉兴,院广人稀,余独宿深堂之后,夜静微雨,院中有履屐声十数,橐橐往来。余启户言曰:"是橐橐者,其居停主人乎!顾吾生日短,为鬼日长,犹之学校诸生,君先毕其业,而吾业亦终毕,均同类,胡不入户相见?"鬼声寂然,呜呼!庄生且枕骷髅而卧,是区区者,固不足以动余也。余既得读庄之效,乃不阐扬其书,使轻死生如余者读之,负南华矣②。

"光绪庚子年"即 1900 年,八国联军血洗京城,清政府议和投降,林纾的好友伯弗兄弟以身殉难,士人命运岌岌可危。林纾以"人鬼之别"喻"生死之别",令人感喟不已。此时,他为林旭的伤悲惊恐还未消散,国家危难激起的满腔义愤又逼迫他翻译出《黑奴吁天录》这样带有强烈政治色彩的小说。面对亡国灭种的危机,庄子勘破生死的人生观确实给他带来刚烈的大无畏精神,使他能够超越个人的福祸得失升华到为国为民的强烈社会责任感。后人皆知林纾的守

---

① ③ 林纾.春觉斋论文·应知八则·声调.
② 林纾.庄子浅议·序.

旧落后,哪知这位胡适口中"当日的维新党"曾经多么慷慨大义地斥退死的威胁,彼时名列"维新党"的他破旧之心不可谓不坚,立新之意不可谓不诚。同时,谈狐说鬼、语灵志怪以评论时事、倾吐不平是林纾的一贯作风,这些都从侧面论证了庄子对林纾文学创作与人生态度的影响。

死亡是人类永远无法摆脱的宿命,人无论怎样珍爱自己的生命,无论用何种方式演绎自己的生命,都无一例外地要走向同一个目的地——死亡,因而死亡与如何面对死亡是任何人都无法回避的现实。庄子主张对死亡保持豁达与超越的态度,他视"生死为昼夜",不必为生者悦,不为死者哀,他面对妻亡"箕踞鼓盆而歌"。郭象论逍遥主张"适性逍遥","物任期以偏概全,事称其能,各当其份,逍遥一也",虽然林纾对郭象"适性逍遥"亦有所阐发,但落足点是支道林的逍遥论,其关键词是"自足""无欲""无所待","凡有欲者,咸不能逍遥,名为逍遥,皆无欲而自足者也"①,并认为"不能到于无所待,而悠然自行地步,犹未极逍遥之趣"②。令林纾倍受启发的"恶知乎死者不悔其始之蕲生乎"一语出自于《庄子·齐物论》,林纾论道:

> 于是引丽姬以证之,姬之在封人家,自谓为生也,其视晋国,犹死乡也,及"与王同筐床、食刍豢",则视其死乡,乐于生全之日矣。然则人之怖死,实未知死后之如何,安知不如姬之入晋,此又何必恶耶。由此推之,安知乎死者不悔蕲生之非。③

人们不知死后如何,那么又何必畏惧呢?在庄子看来,要消除纠缠于心的对死亡的恐惧,最好的办法就是让自己从内心认可生死之等同。1922 年,林纾七十岁,他又一次处在濒临死亡的关口:"今年六月后,病瘘,不得前后溲,在医院中,读自注之南华,倏然卧以待死,一无所恋。"④这一次,他以"卧以待死,一无所恋"之心读《庄子》,此景此情让人感喟不已。林纾意识到"齐万物""等生死"不是庄子的最终目标,"能作达观,则死生无系"⑤,若能以超然的情操、豁达的胸襟、达观的态度来接受死亡的现实,反而能使自己身体、心灵都从世俗的纷争中超脱出来,让生命保持最佳的生存状态。

此情境中,"生死"这个古老的老庄命题也关涉更复杂的社会内涵。庄子"以生死喻是非",由于是非难定而引起的人事纷争,恐怕人人皆知个中滋味。以他为代表的这一代知识分子终在中国文化与政治的代际交替中扮演悲剧性

---

①③⑤ 林纾.庄子浅说·齐物论.
② 林纾.庄子浅议·逍遥游.
④ 林纾.庄子浅说·序.

的角色——曾经的维新党成为新青年眼中需要彻底打倒才能跨越的"妖孽""谬种"。林纾论：

> 三子者，实恃其所长，好之不已，自务其能，以表异于物，明者，明示众人，使其同我之所好，此正欲强人以不齐而使之齐。然而非彼所能明，吾竟欲强而明之，犹公孙龙用坚白之说，眩惑世人，有言而无理，已之操术终至于昧然，乃昭文之子，仍不悟其术，乃欲终文之绪，亦卒不成。

这不禁让我们想到使他身陷其中的那场论争。林纾借在《公言报》上发表《致蔡鹤卿书》一文公开致函蔡元培，阐述自己对北大和新文化运动的意见。文章中，他即提及"彼庄周之书，最诋孔子者也"，又说《人间世》一篇又盛推孔子，所谓人间世者，不能离人而立之谓，其托颜回，托叶公子高之问难孔子，指陈以接人处众之道，则庄周亦未尝不近人情，而忤孔子。乃世士不能博辩，为千载以上之庄周，竟咆勃为千载以下之桓魋，一何其可笑也"，把问难孔子解释为对孔子的尊敬。古文是中国传统文化精髓的重要载体，是中国文化的根源，林纾心中明了古文在近代以来末落的命运不可挽回，但他认为无论文学如何革新，都不应该摒弃古文而全盘西化。新文化运动的文白之争中，新青年们不惜编造"双簧戏"在文坛上营造轰动效应，林纾又何尝不想心平气和地同新青年们探究学理，但招来的只是嘲讽与围剿，这几年间，种种挫败的经历以及徘徊于其间的痛苦煎熬使林纾旧病复发，健康每况愈下，他叹曰"吾辈已老，不能为正其非；悠悠百年，自有能辩之者"①，他退回自己的"春觉斋"。

在《岁暮闲居，颇有所悟，拉杂书之，不成诗也》组诗中，林纾自谓"涉旬不出户，邻右笑老懒……据案读蒙庄，清风张胃脘，见独或未至，朝彻已在眼。陶潜颇畏死，悟道一何晚，生生乃不生，所坐在烦懑。不撄胡得宁，万扰奚我绾。微笑踞藤榻，腊梅开欲满"，"世乱得早死，此亦关福德，极力自排遣，转眼复悲瑟，恍然思庄生，特觉岂无术，但能念旦宅，或抵寥天一"②，对现实的失望与身逢乱世、年老体弱的无助感使他将自己深深地潜入在庄子的精神世界里。他的学生曾鸿昌云："先生为人，好文章，重节操，不汲汲于富贵，不戚戚于贫贱。先生深于庄叟之学，其教余也，亦时以《南华经》讲说，谓庄叟至人也，文奇道幻，无出其右者，故先生之不慕荣利，薄视富贵，不为外物所诱，而自处于逍遥

---

① 林纾.论古文白话之相消长[J].文艺丛报.1919(1):1-8.
② 林纾.岁暮闲居,颇有所悟,拉杂书之,不成诗也[C]// 林纾.畏庐诗存.上海:上海书店,1989:4-5.

之域,深得庄叟游心于淡,合气于漠之指。"①与林纾同时代的严复、梁启超、胡适等人,也多半借助庄子来阐发自己的政治理念与哲学思想,而对于林纾,庄子更多的是乱世中慰籍心灵的精神资源。在林纾生命的最后几年,属于他的时代已经过去了,他一生经历坎坷,饱受战乱、纷争、病患的折磨,多次生命垂危之际想到《庄子》。因为这种真实的生命体验,他的《庄子浅说》摒弃功利主义的理论取法,避免了思想图解与政治说教的无趣,而葆有对庄子散文精神主体关注、审美气质的追求以及人生哲学的思考,使他笔下庄子也更接近文学的本质。

---

① 朱羲冑.贞文先生学行记[M].上海:上海书店,1991:36.

第六章　林纾古文论的拓展研究

璀璨辉煌的传统文化纵然使人眷恋,但置身于近代社会的林纾却不能不清醒地意识到中西社会现实与文化传统的巨大差异,面对外部的强劲冲击与中国社会越来越明显的内在矛盾,他对中国固有文化的葆有与更新充满忧虑。林纾在《洪罕女郎传》跋语中写道:"予颇自恨不知西文,恃朋友口述,而于西人文章妙处,尤不能曲绘其状。故于讲舍中敦喻诸生,极力策勉其恣肆于西学,以彼新理,助我行文,则异日学界中,定更有光明之一日。"① 林纾译介西方小说是希望国人通过阅读他的小说了解先进的西方世界,拓展视野,学习新知,变革社会,最终使国家和民族走上富强之路,他还相信从西方文化中汲取的养分将会使古老的中国文学焕发新彩。

清末民初是中国文学由传统向现代转型的关键时期,"晚清之得称现代,毕竟由于作者读者对'新'及'变'的追求与了解,不再能于单一的、本土的文化传承中解决"②,中国近代文学从内容到形式都展现出迥然不同于传统文学观念的新的姿态与面貌,这些改变很大意义上来自于翻译小说对他的影响。林纾的第一本翻译小说《巴黎茶花女遗事》于1899年在福州刻印出版,被认为是中国翻译文学的真正序幕。他随后翻译的《黑奴吁天录》《迦茵小传》《撒克逊劫后英雄略》《美洲童子万里寻亲记》《块肉余生述》等小说每每引起销售热潮,"林译小说"也成为商务印书馆最成功的系列小说,给中国社会带来冲击性的影响。"他的译介者林纾或许当时并没有真正意识到自己所从事的工作对中国文学将来的走向所起到的重大影响,但正是他为中国文学所引进的世界格局,使得晚清及以后几代的中国文人努力改变中国文学的状况,获得一个新的

---

① 林纾.洪罕女郎传·跋语[C]//哈葛德.洪罕女郎传.魏易口译,林纾笔译.上海:商务印书馆,1913:136.

② 王德威.想象中国的方法:历史·小说·叙事[M].北京:三联书店,1998:7.

参照系,并最终决定将自身汇入这一现代世界文学的洪流之中"①。

第一节 林纾与中国现代文学

清末民初文学在近二三十年成为学界研究的热点,特别是"文学现代性"理念的注入为这个领域带来新视野和强烈的重构期待,林纾是被裹挟在这段历史中的不可或缺的重要人物,频频地被放置于"现代性"的视野之下,如杨联芬《林纾与中国文学现代性的发生》②、郝岚《"林译小说"与中国文学的现代性》③、韩洪举《林译小说对中国文学语言演变的贡献》④、王桂妹《新文苑与旧战场——中国文学现代转型与林纾及其古文的历史性退场》⑤、均探讨林纾对中国文学现代转型的重要作用,它们不同程度地启发了笔者对这个问题的思考。"林译小说"不可磨灭的历史功绩在于,它第一次引进与数千年旧传统如此迥然不同的新的文学模式、文学观念,尽管它不可避免地带有旧文化的痕迹,然而毕竟让人们经受了欧风美雨的洗礼。童庆炳在审视20世纪中国文学理论现代性转型的时候,曾梳理出"现代性"的四个标志和维度,即"文学观念的转变""文体观念的转变""批判观念的勃兴""文论话语的转变"。其中"文学观念的转变"是衡量"现代性"的重要标准。林纾是古文家,能够摒弃古文家历来轻视小说的偏见而潜心于翻译小说,就已经表现出他本身有着较为进步的文学观念。有人说,林纾的翻译好像是一层好吃又好看的"糖衣片",病入膏肓的中国人在接受"糖衣片"的同时也在不自觉中服下催生新思想新精神的良药⑥,其用古文翻译的西洋小说和其中西文学比较研究对中国传统文学的变革起到关键性作用。近代中国人正是通过林纾的翻译与比较,才打开眼界,"逐渐地把西洋文学的优点和中国文学的传统经验结合起来,打破了旧小说的框架,这不论在内容或形式上,对于中国文学的发展,都起到促进作用"⑦,我

---

① 郝岚."林译小说"与中国文学的现代性[J].广州大学学报,2006(12):71-74.
② 杨联芬.林纾与中国文学现代性的发生[J].中国现代文学研究丛刊,2002(4).
③ 郝岚."林译小说"与中国文学的现代性[J].广州大学学报,2006(12).
④ 韩洪举.林译小说对中国文学语言演变的贡献[J].明清小说研究,2005(4).
⑤ 王桂妹.新文苑与旧战场——中国文学现代转型与林纾及其古文的历史性退场[J].文艺争鸣,2013(7).
⑥ 张祝祥,刘杰辉.从《巴黎茶花女遗事》看林纾的译笔[J].戏剧文学,2007(3):101-103.
⑦ 孔立.林纾和林译小说[M].北京:中华书局,1962:31.

们从以下几个方面梳理林纾与中国现代文学的关联。

一、文学社会价值的发现

"戊戌变法"前后,维新派发起一场具有革新意义的文学改良运动,希望通过文学界的改革达到"新民"的目的,维新派认为启蒙普通民众最有效最便捷的方式是小说。1897年,严复、夏曾佑在《国闻报》上发表《本馆附印说部缘起》一文,论述了小说开化民智的作用:

> 本馆同志,知其若此,且闻欧、美、东瀛,其开化之时,往往得小说之助,是以不惮辛勤,广为采辑,附纸分送。或译诸大瀛之外,或扶其孤本之微。文章事实,万有不同,不能预拟。而本原之地,宗旨所存,则在乎使民开化。自以为亦愚公之一畚,精卫之一石也。
>
> 抑又闻之:有人身所作之史,有人心所构之史,而今日人心之营构,即为他日人身之所作。则小说者,又为正史之根矣。①

以小说救国的文学功利观念源于西方,在清末民初的中国被有意放大和拔高了,梁启超将在中国文学传统中一直被视为"小道""末技"的小说提高到从未有过的高度:

> 彼美、英、德、法、奥、意、日本各国政界之日进,则政治小说,为功最高焉。英名士某君曰"小说为国民之魂",岂不然哉!岂不然哉!今特采外国各儒所撰述,而有关切于今日中国时局者次第译之。爱国之士咸庶贤焉。②

小说成了"度世之不二法门","今日欲改良群治必自小说界革命始,欲新民必自新小说始""欲新一国之民,不可不先新一国之小说"③。梁启超认为中国落后的渊薮是旧小说,旧小说中的"状元宰相之思想""佳人才子之思想""江湖盗贼之思想"千百年来侵蚀蒙蔽着国民,阻碍了中国社会的进步和国家的发展。这种认识虽然有失偏颇,但他把那些有志于革新的知识分子推上追赶世界的轨道。夸张的言论有时更宜鼓动人心,受此感染的知识分子高举"小说为文学之最上乘"的大旗,积极投身于小说创作和翻译实践,在清末民初掀起一股小说著译的高潮。

---

① 严复,夏曾佑.《国闻报》馆附印说部缘起[C]//严复研究资料.牛仰山,孙鸿霓编.福州:海峡文艺出版社,1990:118.
② 梁启超.译印政治小说序[M]//饮冰室合集:1.北京:中华书局,1989:34.
③ 梁启超.论小说与群治之关系[M]//饮冰室合集:10.北京:中华书局,1989:7.

林纾在闽期间与福建马尾船政学堂的洋教席、留洋生来往密切,对西方文化有一定了解。1897年出版的《闽中新乐府》即是他有感于西方用歌诀启蒙儿童的教育法而创作的启蒙歌谣,用语通俗,不避鄙俗。林纾自小受传统思想教育,"文心载道""修齐治平"在他心中是金科玉律,只可惜六上春官皆不遇。"余老矣,无智无勇,而又无学,不能肆力复我国仇,日苞其爱国之泪,告之学生;又不已,则肆其日力,以译小说"①,人到中年依然是一介书生的林纾选择了与自己能力相匹配的担当,这是个人和时代的合流。

林纾在选择西洋小说的译本上是有倾向性的,他希望通过外国小说以警醒国民,拯救日益凋敝的国家。他在《译林·序》中分析,"吾谓欲开民智,必立学堂;学堂功缓,不如立会演说;演说又不易举,终之唯有译书"②,"冀以救吾种人之哀慼,而自励于勇敢而己"③,达到富国强民的目的。在他看来,小说无疑是最好的载体。因此,他十分注意选取侵略题材的作品和"西产英雄之外传"以激励国人的爱国激情和奋斗精神。他由《黑奴吁天录》感慨中华民族亡国灭种的危机:

  因之黄人受虐,或加甚于黑人。而国力既弱,为使者复馁慑,不敢与争。又无通人记载其事,余无从知之。而可据为前谶者,独《黑奴吁天录》耳……其中累述黑奴惨状,非巧于叙悲,亦就其原书所著录者,触黄种之将亡,因而愈生其悲怀耳。④

林纾希望通过文字翻译,引导国人寻找救国强国之路,他说:

  吾书虽俚浅,亦足为振作志气、爱国保种之一助。海内有识君子,或不斥为过当之言乎?⑤

  盖愿世士图雪国耻,一如孝子汤麦司之图报亲仇者,则吾中国人为有志矣!⑥

---

① 林纾.雾中人·序[C]//哈葛德.雾中人.曾宗巩口译,林纾笔译.上海:商务印书馆.
② 林纾.译林·序[J]//清议报,1900(69):16.
③ 林纾.埃司兰情侠传·序[C]//晚清文学丛钞:小说戏曲研究卷.阿英编.北京:中华书局,1960:205.
④ 林纾.黑奴吁天录·序[C]//斯托夫人.黑奴吁天录.魏易口译,林纾笔译.上海:商务印书馆,1920:序1.
⑤ 林纾.黑奴吁天录·跋[C]//斯托夫人.黑奴吁天录.魏易口译,林纾笔译.上海:商务印书馆,1920:跋1.
⑥ 林纾.英孝子火山报仇录·序[C]//哈葛德.英孝子火山报仇录.魏易口译,林纾笔译.上海:商务印书馆,1914:序1.

林纾对西方近代小说面向现实,揭露弊端,促进社会改良的优点很是赞赏,他认为英国之所以能国富兵强在于有狄更斯这样的文学家,他们透过社会的表象揭陈时弊,使当政者改革从善,从而推动社会的繁荣发展。林纾在《贼史·序》中谈道,"英伦在此百年之前,庶政之窳,直无异于中国,特水师强耳。迭更司极力抉摘下等社会之积弊,作为小说,俾政府知而改之……非得迭更司描画其状态,人又乌知其中尚有贼窟耶","所恨无迭更司其人,能举社会中积弊,著为小说,用告当事,或庶几也"①。林纾希望中国也能有这样的作家"效吴道子之写地狱变相,社会之受益,宁有穷耶"②,"欧人志在维新,非新不学,即区区小说之微,亦必从新世界中着想,斥去陈旧之言。若吾辈酸腐,嗜古如命,终身又安知有新理耶"③。林纾的这些翻译小说在社会上引起巨大的反响,1904年,在日本的鲁迅阅读了《黑奴吁天录》,在给友人的信中说:"穷日读之,竟毕……曼思故国,来日方长,载悲黑奴前车如是,弥曾感喟。"④一位署名"灵石"的读者"且读且泣,且泣且读,穷三鼓不能成寐":

> 我读《吁天录》,以哭黑人之泪哭我黄人,以黑人已往之境哭我黄人之现在,我欲黄人家家置一《吁天录》。我愿读《吁天录》者,人人发儿女之悲啼,洒英雄之热泪。我愿书场、茶肆、演小说以谋生者,亦奉此《吁天录》,竭其平生之长,以摹绘其酸楚之情状,残酷之手段,以唤醒我国民⑤。

不能不说的是,"小说界革命"之所以能在短短的两三年间获得巨大成功,靠的不是梁启超式的鼓吹与那些现在看来差强人意的政治小说,而是林纾这样的译者用自己的翻译实践有力地支撑起小说界革命的理论大旗。林纾翻译小说所用的浅近文言(时人称为"古文")为人们顺利地接受先前被视为小道的小说和从未接触过的西方文学提供了合适的中介物,人们把"林译小说"视为古文,形成一股阅读热潮。

林纾的《巴黎茶花女遗事》在福州初版之后,先后有素隐书屋本、玉情瑶怨馆红印本和黑印本、文明书局本、广智书局《小说集新》第一种本、商务印书馆

---

①② 林纾.贼史·序[C]//迭更斯.贼史.魏易口译,林纾笔译.上海:商务印书馆,1915:序1,序2.
③ 林纾.斐洲烟水愁城录·序[C]// 哈葛德.斐洲烟水愁城录.曾宗巩口译,林纾笔译.上海:商务印书馆,1914:序2-3.
④ 鲁迅.致蒋抑卮[M]//鲁迅手稿全集:第1册.北京:文物出版社,1978:3.
⑤ 灵石.读《黑奴吁天录》[C]//晚清文学丛钞:小说戏曲研究卷.阿英编.北京:中华书局,1960:282.

本以及其他通行本①。阿英说:"小说在中国文学和社会地位的提高,'林译小说',最先是小仲马这一部名著译本,起了很大的作用。"②杨联芬认为:"在晚清小说由边缘向主流过渡的这个时期,一般士大夫对小说的兴趣及小说观念的改变,其实与这个时期盛极一时的林译小说关系非常大。"③鸦片战争之后,一些知识分子普遍认识到西方国家在坚船利炮、声光化电方面的优越性,也认可西方先进的政治和法律制度,然而他们对于西方文学却知之甚少,更不用提对西洋小说的认识和理解了。王韬《漫游随录》云:"英国以天文、地理、电学、火学、气学、光学、化学、重学为实学,弗尚诗赋词章。"④王闿运甚至说:"外国小说一箱看完,无所取处,尚不及黄淳耀看《残唐》也。"⑤对于国人的盲目自大,林纾曾大声疾呼:小说应成为儿童及民众认识世界的工具,西方文学中的先进思想应引起国人的注意,"委巷子弟为腐窥学究所遏抑,恒颟顸终其身,而清俊者转不得力于学究,而得力于小说。故西人小说,即奇恣荒渺,其中非寓以哲理,即参以阅历,无苟然之作"⑥。他希望国人通过广泛阅读西方文学来增长见识,摆脱迂腐,拯救民族:"今日黄人之势岌岌矣!告我同胞,当力趣于学,庶可化其奴质。不尔,皆奴而驴耳。"⑦在那个闭塞的时代,"林译小说"和它引导下的西方小说翻译热潮无疑促使中国近代文学积极向异域寻求新的艺术精神与滋养,为中国文学的现代变革迈出第一步。事实上,从梁启超倡导"小说界革命"到"林译小说"的盛行,小说很快超越传统诗文,成为现代文学毋庸置疑的中心。

二、"新旧文学交替的临界态"

"林译小说"刚刚开始风行时,就有了一种后来流传甚广、影响深远的说法——林纾"用古文译书"。陈子展说:"他们(指严复与林纾)所以在这三十年来古文界占重要的地位,乃在他们能用古文译书,把古文应用的范围推广,替

---

① ② 阿英.关于《巴黎茶花女遗事》[J].世界文学,1963(10):114,112.
③ 杨联芬.林纾与中国文学现代性的发生[J].中国现代文学研究丛刊.2002(4):4.
④ 王韬.漫游随录[M].长沙:岳麓出版社,1985:116.
⑤ 钱锺书.林纾的翻译[M].北京:商务印书馆,1981:47.
⑥ 林纾.红礁画桨录·译余剩语[C]//哈葛德.红礁画桨录.魏易口译,林纾笔译.上海:商务印书馆,1914:6.
⑦ 林纾.伊索寓言·识语[C]//晚清文学丛钞:小说戏曲研究卷.阿英编.北京:中华书局,1960:202.

古文开辟一个新世界,替古文争得最后的光荣。"①后来,钱锺书在《林纾的翻译》一文中对此进行更正,他认为林纾用以译书的不是"古文",而是"他心目中认为较通俗、较随便、富于弹性的文言"。笔者以为,哪怕这种说法本身不够严谨,它能被那么多人认可接受,即使是误读,这种误读本身也存在着合理性因素。清末民初之时,国人对于西方文化还知之甚少,长期受以文言为主要书写形式的中国传统文化浸染的人们对于前所未闻的文学新样式还未形成整体的理性的判断与理解,故而林纾"用古文译书"这样的误读很容易产生。陈平原曾在《二十世纪中国小说史》一书中分析过这个现象:"这里头有个关键的问题,时人是把译作当作著作品评,所谓'译笔',实是'文笔'。也就是说,论者所评乃译者的文字修养,而不是翻译能力。"②清末的读者们更是把翻译文学当著作来阅读,林纾用文言文翻译小说,人们便认为他的译品是古文。正如近代小说家徐念慈所论:"林琴南先生,今世小说界之泰斗也。问何以崇拜之者众?则以遣词缀句,胎息史汉,其笔墨古朴顽艳,足占文学界一席而无愧色。"③

我们举《巴黎茶花女遗事》中的一段文字为例,那是由亚猛第一人称自述其与马克、配唐三人野游时所见景色:

> 车行一点半始至,憩一村店。店据小岗,而门下临苍碧小畦,中间以秾花。左望长桥横亘,直出林表;右望则苍山如屏,葱翠欲滴。山下长河一道,直驶桥外,水平无波,莹洁作玉色。背望则斜阳反迫,村舍红瓦,鳞鳞咸闪异光。远望而巴黎城郭……余此时视马克,已非莺花中人,以为至贞至洁一好女子。且将其已往之事,洒为微烟轻尘,销匿无迹,过此丽情,均折叠为云片,弥积弥厚,须令化为五彩缥天,余心始悦。于是三人乃沿水而行,至一处,见小楼两楹,矗然水际,楼阴入水,作幽碧之色,铁阑一道,阑内细草如毡,楼外杂树蒙密,老翠交檐,景物闲苣可玩,苍藤蔓生,沿阶及壁。④

这段的描写渲染了"我"与马克之间的柔情密情,既不乏古文的含蓄蕴藉之美,写景述情又流畅自然,如此文字,难怪陈子展说林纾"替古文延长了二三十年

---

① 陈子展.中国近代文学之变迁,最近三十年中国文学史[M].上海:上海古籍出版社,2000:196.
② 陈平原.二十世纪中国小说史[M].北京:北京大学出版社,1989:34.
③ 徐念慈(觉我).余之小说观[J].小说林,1908.10:9.
④ 小仲马.巴黎茶花女遗事[M].王寿昌口译,林纾笔译.上海:商务印书馆,1981:46.

的运命"①,胡适也不得不"平心而论":

> 林纾用古文做翻译小说的试验,总算是很有成绩的了。古文不曾做过长篇的小说,林纾居然用古文译了一百多种长篇小说,还使许多学他的人也用古文译了许多长篇小说;古文里很少滑稽的风味,林纾居然用古文译了欧文与迭更司的作品;古文不长于写情,林纾居然用古文译了《茶花女》与《迦茵小传》等书。古文的应用,自司马迁以来,从没有这种大的成绩。②

林纾用古文翻译小说,笔者认为,这与其说是古文在近代社会的"勉强应用"(胡适语),不如说是传统文学在走向现代化过程中必不可少的自我调适和衔接。关于现代语言产生的问题,我们从文学史得到的认识是,两千多年来,中国文学是言文分离的,这种状态一直到五四白话文运动才得到彻底转变,确立了"言文一致"的中国新文学。为此,袁进在《中国文学的近代变革》一文中提出如下观点:

> 一种语言的转换需要整个社会的响应与支持,这是需要时间的! 因为语言是整个社会交流的工具,它不大可能只由少数人在短短几年时间内支配决定。如果按照五四新文学家的叙述,五四新文学靠着这么一点作家振臂一呼,办了这么一点杂志,在短短的几年内,就能够转变中国的语言,恐怕从国际语言史上说来,也是令人震惊的现象……值得人们去进一步深究③。

19世纪末20世纪初,林纾、严复这样的"古文"家用他们的翻译作品向国人呈现崭新的西方世界,而这个世界从来没有如此大规模地出现在中国传统的文字表达中,也就是说中国文字并没有表达异域世界的成熟经验。林纾用以翻译西洋小说的文言是经过调适的浅近文言,受小说话语风格的影响而呈现出欧化倾向。我们也可以看到,"文言"与"白话","雅"与"俗"之间并不是完全对立的关系,可以互相渗透与融合。"林译小说"在中国近代文字演进的过程中起到衔接作用。

---

① 陈子展.中国近代文学之变迁,最近三十年中国文学史[M].上海:上海古籍出版社,2000:186.
② 胡适.五十年来中国之文学[C]//胡适文存:二集.合肥:黄山书社,1996:197.
③ 袁进.中国文学的近代变革[M].桂林:广西师范大学出版社,2014:75.

林纾的《巴黎茶花女遗事》被称为"欧洲文学名著输入中国的第一部"①，对晚清与近代小说产生深远影响，是影响中国近代史的经典译作，这个评价绝非空穴来风。王佐良在谈到《巴黎茶花女遗事》时说，这部作品"向中国读书界透露了两样新事物：西洋男女的情感生活（包括西洋式的门第观念）和西洋小说技巧"②。所谓"西洋小说技巧"主要针对小说的第一人称叙述和日记体以及大团圆结局的打破等而言。中国传统小说的叙述一般是全知全能式的，叙述者可以自由地穿梭在不同的时空与场景中，自由地剖析人物心理。进入现代社会以后，这种全知叙事形态遭到现代读者的厌弃，人们开始探索新的叙述方式与视角，于是出现限制性人物叙事。林纾的《巴黎茶花女遗事》是以第一人称叙述的，最后一部分茶花女的叙述还是日记体，从这两点来说，林纾的这部译作对近代小说的发展可谓影响深远。据郝岚介绍，"在小说中插入日记或全以日记体结构小说，在辛亥前只有邱炜蒌在评述《巴黎茶花女遗事》时注意到，辛亥以后才有徐枕亚的《玉梨魂》《雪鸿泪史》，周瘦鹃的《花开花落》，包笑天的《飞来之日记》，吴绮缘的《冷红日记》等仿作，而且这些作品大都已有明确的艺术追求"③。当然，这一时期对于西洋小说技巧一般停留于模仿层面，还缺乏对美学内涵的思考，所以有人说林纾以史迁笔法比附西方小说的叙事法，其实是一种误读。但不管怎么说，林纾确实开了风气，他的《巴黎茶花女遗事》有意无意间推动了国内这一类小说的创作与接受。小说限制性视角的出现标志着作品中的个人主体性意识的增强，这通常被称为中国文学现代性的标志之一。

然而，对于一般的读者来说，他们不需要在阅读中借鉴外来笔法学习创作，因此，技巧性不可能是"林译小说"流行的主要原因。对于市民阶层的审美趣味，林纾也有比较清醒的认识："小说一道，不著以美人，则索然如啖蜡。"④然而，《巴黎茶花女遗事》中的爱情与中国传统小说的爱情不太一样。中国传统的爱情题材作品一般都是状元及第、洞房花烛的大团圆结局，《巴黎茶花女遗事》中有情人难成眷属的悲剧性结局无疑打破了传统爱情故事的叙事框架。

---

① 施蛰存.导言[C]//中国近代文学大系：翻译文学集一.上海：上海书店，1990：4.原作者注："在此之前，有过西方传教士译述的文学作品。例如《伊索寓言》，在1840年已有中文译本，书名为《意拾蒙引》，但都作为教义宣传品，而不认为文学。"
② 王佐良.翻译：思考与试笔[M].北京：外语教学与研究出版社，1989：20.
③ 郝岚."林译小说"与中国文学现代性[J].广州大学学报，2006(12)：74.
④ 林纾.英孝子火山报仇录·译余剩语[C]//哈葛德.英孝子火山报仇录.魏易口译，林纾笔译.上海：商务印书馆，1914：序3.

"译本问世之后,对我国文学界大有冲击,使传统的才子佳人式爱情小说迅速被淘汰"①,"中国的文艺作家们觉悟到才子佳人式的旧小说已不能表现时代精神,在《巴黎茶花女遗事》直接或间接的影响或摹仿之下,写出不少新意义、新结构的爱情小说"②。更重要的是,林纾在转述这个缠绵悱恻的爱情故事的同时,传递了来自西方世界的精神观念——自由平等、对爱的奉献、浪漫主义精神以及个人对爱情幸福的追求权利,此内容比起中国传统的"洞房花烛夜,金榜题名时"的才子佳人小说来,更能激荡青年的心。吴微认为"由他的'林译小说'而引进的个性解放、人格独立、男女平等等观念与传统文学的'文以载道'背道而驰,引发了文学界'开眼看世界'的态势,影响了整整一代人"③。

"林译小说"对中国近代小说文体的丰富和健全起到重要的推动作用。林纾在短短的二十五年(从1899年发表第一部翻译小说《巴黎茶花女遗事》到1924年去世)间,一共翻译了二百多种西洋小说,且文类繁多。商务出版社出版"林译小说"时为其进行简单的分类,如政治小说(《蟹莲郡主传》《残蝉曳声录》)、历史小说(《玉楼花劫后编》)、冒险小说(《斐洲烟水愁城录》)、哀情小说(《鱼海泪波》)、侦探小说(《罗刹雌风》)、社会小说(《脂粉议员》)、军事小说(《十字军英雄记》)、言情小说(《双雄较剑录》《薄倖郎》)、讽世小说(《洄中花》《魔侠传》)、笔记小说(《哀吹录》)、国民小说(《撒克逊劫后英雄略》)、义侠小说(《大侠红蘩露传》)、家庭小说(《不如归》)、社会小说(《块肉余生述》《孝女耐儿传》)、神怪小说(《三千年艳尸记》)、伦理小说(《鹰梯小豪杰》《美洲童子万里寻亲记》)、实业小说(《爱国二童子传》),还有如《滑稽外史》等写实主义小说,其中有不少文体是中国传统小说所没有的或尚未独立分离出来的。种类丰富的"林译小说"为刚刚萌生的中国近现代翻译小说与创作小说提供了一套较为成功的模式与范本,为中国近现代小说文体的繁荣开辟了一条可行性的道路。

小说在中国文化传统中一直难登大雅之堂,林纾用古文译书,让这些戴着"古文"皇冠的小说一下子成为社会的宠儿,大有取代古文正宗的趋势。林纾公开发表的第一部翻译小说《巴黎茶花女遗事》出版后,"一时洛阳纸贵,风行海内外""不胫走万本",可见小说受认可与欢迎的程度。近代以来,伴随着西学浪潮和文学经世思想的兴起,古文从思想到内容都发生变化。胡适在《五十

---

① 施蛰存.题解[C]//中国近代文学大系:翻译文学集.上海:上海书店,1990:139.
② 施蛰存.导言[C]//中国近代文学大系:翻译文学集.上海:上海书店,1990:4.
③ 吴微."小说笔法":林纾古文与"林译小说"的共振与转换[J].中国现代文学研究丛刊,2002(4):29-38.

年来中国之文学》中指出,"古文学的末期,受了时势的逼迫,也不能不翻个新花样了",但"只可算是痨病将死的人的'回光返照',仍旧救不了古文的衰亡"①。林纾用古文译书虽然挽救不了古文衰亡的命运,却起到很好的转化作用,林纾"不仅是中国古典散文(古文)和文言小说的终结者,在更深刻的文化内涵上,他成为传统文学的终结者和新文学的启蒙者。由此,他和他的作品凝固成新旧文学交替的临界态"②。

三、现实主义原则的确立

在序跋作品中,林纾不仅对狄更斯等现实主义作家的现实主义手法大加称赏,而且在中西文化的比较视野下提倡对我国传统的现实主义创作进行革新,提出"惟叙家常平淡之事""专为下等社会写照""刻画市井卑污龌龊之事"等理论主张,这正是现实主义文学创作的重要因素。

林纾在他的自创小说《洪嫣篁》跋语中说:

> 惟迭更司先生,于布帛粟米中述情,而情中有文,语语自肺腑中流出,读者几以为确有其事。余少更患难,于人情洞之了了,又心折迭更司先生之文思,故所撰小说,亦附人情而生。或得新近之人言,或忆诸童时之旧闻,每于月夕灯前,坐而索之,得即命笔,不期成篇。词或臆造,然终不远于人情,较诸《齐谐》志怪,或少胜乎?

"于布帛粟米中述情"就是要求小说要切近社会与人生,探索人性人情,达到生活真实与艺术审美的高度统一——"情中有文"。它不仅是对于传统的审美价值和文学观念的否定,更是宣扬新的艺术追求。在"文以载道"的价值观念中,小民百姓的世俗生活与情感都是卑微渺小而不足为"道"的。这不能不影响到中国传统小说的理论与创作。林纾提出的"于布帛粟米中述情",体现了人的意识的觉醒,把文学描写的目光由忠臣、孝子、节妇和理想化、诗化的才子佳人回归到原来长期被文学家所忽略的普通人和他们的平凡生活上,这无疑是对于个人价值的发现与肯定。林纾"要求小说表现普通的平凡的人的真情实感,虽无惊天地、泣鬼神的崇高、壮美,但却有血有肉,有'歌哭无端字字真'的本性

---

① 胡适.五十年来中国之文学[M]//胡适文存:二集.安徽:黄山书社,1996:183.
② 吴微."小说笔法":林纾古文与"林译小说"的共振与转换[J].明清小说研究,2002(3):118.

流露。这无疑是新的小说潮流勃兴的信号"①。

在众多的作家作品中,林纾最为倾心的是以狄更斯为代表的写实主义作品,他翻译的狄更斯的作品包括《孝女耐儿传》《贼史》《块肉余生述》《滑稽外史》。林纾称赞狄更斯的《孝女耐儿传》能以深刻而犀利的笔触揭露社会丑恶:"极力抉摘下等社会之积弊","扫荡美人名士之局,专为下等社会写照","专意为家常之言,而又专写下等家常之事,用意着笔为尤难","种种描摹下等社会,虽可哕可鄙之事"。他认为这在中国的传统文学中是"从未见"的,从而感叹"是书特叙家常至琐至屑无奇之事迹,自不善操笔者为之,且厌厌生人睡魔,而迭更司乃能化腐为奇,撮散作整,收五虫万怪,融汇之以精神,真特笔也"②,"迭更司者,盖以至清之灵府,叙至浊之社会,令我增无数阅历,生无穷感喟矣"③。林纾称赞狄更斯能"刻画市井卑污言龌龊之事",实际上就是注意到文学对现实人生和普通人性的关怀,这与林纾古文论中的看法是一致的:"余尝谓古文中叙事,惟叙家常平淡之事为最难著笔。"通过家常平淡之事来表达人生至深之情是中国史传文学之短,林纾承认"究竟史公于此等笔墨亦不多见,以史公之书亦不专为家常之事发也。今迭更司则专意为家常之言,而又专写下等社会家常之事,用意著笔为尤难"④。所以,西方的现实主义大师如狄更斯、司各特等才会在林纾心目中和中国古代杰出的古文家并列。林纾在《春觉斋论文·应知八则》中曾把阅历、学识、道理一起作为古文家学养的三个最重要因素。狄更斯由于出身贫寒,作品中描写的生活正是他所熟悉并真实经历的,这形成了他真实地揭示和批判现实社会痼疾的创作倾向,即我们所说的现实主义作品的批判精神。林纾因为翻译与阐释狄更斯的作品,而成为"将西方近代的批判现实主义引进中国的第一人"⑤。

恩格斯曾把狄更斯等人在小说题材上的特点称为小说性质上的革命,说:"德国人发现,近十年来,在小说的性质方面发生了一个彻底的革命。先前在这类著作中充当主人公的国王和王子,现在却是穷人和受轻视的阶级了。而

---

① 林娟.在中国文学传统与外国文学资源之间——谈林纾的翻译和创作实践[D].福州:福建师范大学,2002:11.

② 林纾.块肉余生述·前篇序[C]//狄更斯.块肉余生述.魏易口译,林纾笔译.上海:商务印书馆,1914:序1-2.

③④ 林纾.孝女耐儿传·序[C]//狄更斯.孝女耐儿传.魏易口译,林纾笔译.上海:商务印书馆,1915:序1-2.

⑤ 郑朝宗.评《林纾研究资料》兼论林纾对世界文学的贡献[J].福建论坛,1984(6):34.

构成小说内容的,则是这些人的生活和命运、欢乐和痛苦。最后,他们发现,作家当中的这个新流派——乔治·桑、欧仁·苏和查尔斯·狄更斯就属于这一派——无疑地是时代的旗帜。"①这一评价也适用于林纾与中国近代文学的变革。林薇说:"这是对于传统的审美心理和价值观念的深刻叛离,无疑是'五四'时代'写实主义'、'平民文学'之先声。"②在"五四"新文化运动中,陈独秀发表《文学革命论》,旗帜鲜明地提出文学革命的主张:推倒贵族文学、古典文学、山林文学,建设平易的抒情的国民文学、新鲜的立诚的写实文学、明了的通俗的社会文学。周作人在著名的《平民文学》中提倡:"我们不必记英雄豪杰的事业,才子佳人的幸福,我们只应记载世间普通男女的悲欢成败。"茅盾认为"进化的文学有三要素",其中之一即"为平民的非为一般特殊阶级的人的",这些理论当时都被当作对传统文学的革命。殊不知"为下等社会写照"早是林纾的旧论,它们"就其历史渊源而论,显然同林纾的小说理论之间,存在着不可抹煞的血缘关系"③。林纾从倡言古文"惟叙家常平淡之事"到要求小说关注世俗人情以及他对典型问题及审美主体的重视等等,都表现出文学观念的现代意识。以狄更斯的小说为代表的现实主义作品经过林纾的介绍,很快成为当时文学的主流,"中国现代文学的发展一直没有摆脱过分强调文学教化功能的桎梏,从晚清开始引入的西方写实主义也越来越被神化为一种能够组织、团结中国民众的激进艺术,于是写实主义同时也就被纳入了更广泛的意识形态体系。事实上,从林译小说开始,经晚清小说启蒙者逐渐丰富的中国近代小说类型,为中国文学的现代性列举了无数可能,开辟了众多可供选择的空间"④。20世纪30年代,阿英在《晚清小说史》中就曾明确指出这一点:"他使中国知识阶级接近了外国文学,从而认识不少的第一流作家,使他们从外国文学里去学习,以促进本国文学发展"⑤。

四、对现代作家的影响

"五四"那一代作家,几乎没有不受林译小说影响的,鲁迅、周作人、郭沫若、朱自清、冰心、苏雪林都不讳言青少年时代对"林译小说"的喜爱,"林译小

---

① 恩格斯.大陆上的运动[M]//马克思恩格斯全集:第1卷.北京:人民出版社,1956:594.
② 林薇.百年沉浮——林纾研究综述[M].天津:天津教育出版社,1990:237.
③⑤ 阿英.晚清小说史[M].北京:人民文学出版社,1980:182.
④ 郝岚."林译小说"与中国文学的现代性[J].广州大学学报,2006(12):73.

说"所裹挟着的欧风美雨的滋养,促进了中国现代作家的成长,这对于中国文学的现代革新具有重要作用和意义。周作人在回忆文章中谈到,阅读"林译小说"是他和鲁迅年轻时的共同喜好,"我们对于'林译小说'有那么的热心,只要他印出一部,来到东京,便一定跑到神田中国书林,去把它买来,看过之后鲁迅还拿到订书店去,改装硬纸版书面,背脊用的是青灰色","对于鲁迅有很大影响的第三个人,不得不举出林琴南来了"①。周作人甚至认为晚清文人中,林纾对自己的文学影响最大,因为大量阅读"林译小说","引我到西洋文学里去了",他说:

  尤其是林译小说为最爱看,从《茶花女》起,到《黑太子南征录》止,这其间所出的小说几乎没有一册不买来读过。这一方面引我到西洋文学里去;一方面又使我渐渐觉得文言的趣味。②

  ……

  我们几乎都因了林译才知道外国有小说,引起一点对于外国文学的兴味,我个人还曾经很模仿过他的译文。③

周作人对林纾的评价因为新文学发展形势有过多次反复,但是他能够说"我们几乎都是因了林译才知道外国有小说,引起一点对于外国文学的兴味",就足以说明,中国现代文学以西方文学为典范正是由"林译小说"开始的。周氏兄弟后来也是有感于"林译小说""误译太多",遂采用"自译法"翻译《域外小说集》以期"弗失文情"④,"这些都标志着近代文学事业在理论、技巧上的提高和进步。但这种提高和进步,是在对林纾的翻译事业进行继承、扬弃和改造的过程中实现的。林纾开创了这种风气,后人又探索出一条较之林纾更科学、更成熟的新途径,因此'五四'时期的翻译事业才得以在新的水平上蔚为大观,从而多渠道、多层次、多侧面地对'五四'新文学的'现代'化产生不可估量的影响"⑤。

  郭沫若在回忆自己的创作道路时说:"林译小说中对于我后来的文学倾向

---

① 周作人.鲁迅的青年时代[M]//鲁迅与清末文坛.石家庄:河北教育出版社,2002:73.

② 周作人.我学国文的经验[M]//知堂文集.石家庄:河北教育出版社,2002:10.

③ 周作人.林琴南与罗振玉[M]//周作人集外文(1904—1925).海口:海南国际新闻出版中心,1995:624.

④ 鲁迅.域外小说集·序言[M]//鲁迅全集:第10卷.北京:人民文学出版社,1981:155.

⑤ 韩洪举.林译小说研究[M].北京:中国社会科学出版社,2005:302.

上有决定的影响的,是 Scott 的 *Ivanhoe*,他译成《撒克逊劫后英雄略》……这书我后来读过英文,他的误译和省略虽很不少,但那种浪漫主义的精神他是具象地提示给我了。"①郭沫若是新文学中浪漫主义文学家,人们大都关注到留日期间,以歌德、海涅、惠特曼为代表的西方浪漫主义对他的影响。然而据郭沫若自述,在留日之前,西方浪漫主义已经通过"林译小说"在他的心中留下深刻印象。哪怕他后来读原作,"但总觉得没有小时所读的那种童话式的译述来得更亲切了""我受 Scott 的影响很深,这差不多是我的一个秘密。我的朋友似乎还没有人注意到这一点。我读 Scott 的著作也并不多,实际上怕只有 *Ivanhoe* 一种,我对于他并没有什么深刻的研究,然而在幼时印入脑中的铭感,就好像车辙的古道一般,很不容易磨灭"。对于林纾的《吟边燕语》,他说:"Lamb 的 *Tales from Shakespeare*,林琴南译为《英国诗人吟边燕语》,也使我感到无上的兴趣。它无形之间给了我很大的影响。"②

冰心自十一岁起就被《巴黎茶花女遗事》所吸引起,"以后竭力搜求'林译小说'的开始,也可以说是我追求阅读西方文学作品的开始"。庐隐在着手创作《海滨故人》之前,就看完所有"林译小说"。"林译小说"是当时文学爱好者们竞相模仿的对象,苏雪林将林纾视为自己"最初的国文导师"并说:"五四前的十几年,他译品的势力极其伟大,当时人下笔为文几乎都要受他几分影响。青年作家之极力揣摩他的口吻,更不必说。近代史料有关系的文献如革命先烈林觉民《遗妻书》、岑春煊《遗蜀父老书》,笔调都逼肖林译。苏曼殊小说取林译笔调而变化之,遂能卓然自立一派。礼拜六一派滥恶文字也渊源于它,其流毒至今未已。有人引林氏之过,我则以为不必,'学我者病,来者方多',谁叫丑女人强效捧心的西子呢?"③

林纾没想到,他的"林译小说"正好冲击了他所要维护的封建礼教,"林译小说"内挟的追求个性解放、人格独立和爱情自由的现代思潮形成巨大的冲击力。"林译小说"《巴黎茶花女遗事》带给近代中国的不仅是文学叙事的变革,更是对国人封闭已久的灵魂世界的强烈冲击,它震撼了青年人萌动的心,影响了一代青年人的思维观念与行为模式。所以,"从文化的高度和文学史的建构的视角来看,林纾不愧为一位现代性话语在中国的创始者和成功的实践者"④。郭沫若说他读的第一种"林译小说"就是《迦茵小传》,这本小说描述青

---

①② 郭沫若.我的童年[M]//我的自传.南京:江苏文艺出版社,1996:118.
③ 苏雪林.林琴南先生[M]//苏雪林散文.杭州:浙江文艺出版社,2001:172.
④ 王宁.现代性、翻译文学与中国文学经典重构[J].文艺研究,2002(6):32-40.

年男女冲破世俗观念与封建压迫追求自由爱情的故事。对于小说的思想倾向,林纾也是有所意识的,他在《剑底鸳鸯·序》中说:"余译此书,亦几几得罪于名教矣……此在吾儒,必力攻以为不可。然中外异俗……不必蹈其事,但存其文可也。"《迦茵小传》在林纾的同辈文人那里,被责为"诲淫",寅半生就认为林纾对女子未婚而孕的描述有伤风化。而在年轻的一代人的眼中,则是"自由""爱情""美"的启迪——

> 那女主人公的迦茵是怎样的引起了我深厚的同情,诱出了我大量的眼泪哟。我很爱怜她,我也很美慕她的爱人亨利。当我读到亨利上古塔去替她取鸦雏,从古塔的顶上坠下,她张着两手接受着他的时候,就好像我自己是从凌云山上的古塔顶坠下来了的一样。我想假使有那样爱我的美好的迦茵姑娘,我就从凌云山的塔顶坠下,我就为她而死,也很甘心。①

恪守礼教的林纾不会想到,他译的《迦茵小传》成了郭沫若——这位20世纪中国最自由不羁的浪漫诗人的启蒙读物。现代学者杨联芬认为,"林译小说"文本的意义,既超越了他本人理性的审美与道德域限,也超越了晚清一般文人读者的审美期待。因此它的最大价值乃是"超前性",其隐性的后果就是塑造了一个崇尚西方文学的新的读者群——五四一代新文学作家。最后林纾被以他的翻译文学哺育的青年人所击垮,通过他的努力带来的新时代、新文学葬送了以他为代表的旧时代、旧文学。

第二节 堂吉诃德:是宿命,也是荣耀

鉴于林纾在"五四"新文化运动期间的负隅顽抗,人们可能会联想到一个人物——塞万提斯笔下的堂吉诃德,当然,这不是个新鲜的比喻。许多学者都喜欢把林纾描绘成舞台上可笑又可恶的跳梁小丑。1987年郑朝宗为张俊才《林纾评传》作初版序时评论道:"他一生最大的污点是反对新文化运动,由攻击白话发展到对所有的新思想、新道德都不满,变成了十足背时的堂吉诃德。"②看来,"堂吉诃德"的比喻似乎只是为了更形象地说明林纾不合时宜的抗争是堂吉诃德式的疯癫而愚蠢的行为,必然会遭到历史的无情嘲弄。

西班牙作家塞万提斯笔下的堂吉诃德是不朽的艺术形象:他一心想匡扶

---

① 郭沫若.我的童年[M]//我的自传.南京:江苏文艺出版社,1996:30.
② 郑朝宗.林纾评传·初版序[M]//张俊才.林纾评传.北京:中华书局,2007:10.

正义,除暴安良,却一厢情愿地把骑士小说里的描述当作现实,幻想在早已变化的社会现实中通过自己的侠行天下来恢复过时的骑士精神;他满腔热情,处处打抱不平,却吃尽苦头,还给人们带来灾难;他为人严肃认真,行为却荒唐可笑;他屡战屡败,却百折不悔,令人肃然起敬……这些喜剧的素材和悲剧的因素、进步的理想和落后的现实、高尚的动机和荒谬的手段之间以夸张的形式在"堂吉诃德"身上得到艺术的统一。残酷的现实无情地嘲弄了他,但他对自由和平、社会正义与人人平等的要求,对扼杀人类美好愿望的恶势力的抗争,始终闪烁着现代人文主义的思想光辉。英国古典主义诗人蒲柏说,堂吉诃德是"最讲道德、最有理性的疯子,我们虽然笑他,也敬他爱他,因为我们可以笑自己敬爱的人,不带一点恶意和轻鄙之心"[1]。堂吉诃德还是骑士制度不自觉的颠覆者、埋葬者。塞万提斯在《堂吉诃德》上卷前言、下卷和篇末中明确表示:"这本书的宗旨就是为了消除骑士小说在社会上和百姓中的影响和地位","目的就是要推翻骑士小说胡编滥造的那套虚幻的东西"[2],塞万提斯最终实现创作理想。正如评论家所言,"《堂吉诃德》出版不多时,西班牙人全觉得那类小说索然无味,再也不出版了","他一面写讽刺,拆了旧小说的台,一面就给我们所谓近代小说的新型创作立下了模范","塞万提斯在武侠小说里安插了对下层阶级的真实描写,搀合了人民的生活,开创了近代小说"[3]。

林纾的性格与命运大体也可以用"堂吉诃德"式的漫画夸张的手法来描绘。在近代史上,林纾是一个非常特殊的人物,他身上集中了种种相互矛盾的行为表现:他既是一个热情的爱国者,又是一个顽固的卫道者;既是译述西洋文学的先驱,又是传统古文的殿军;既是"五四"新文学的不祧之祖,又是"五四"新青年围剿的"桐城谬种"……他以"林译小说"为文化封闭的国人打开多彩的异域之窗,深深地影响并最早塑造了中国文学新一代的作家,对于中国文学的现代化功不可没,这些不正是对以古文为中国文学正宗的文学观念的瓦解与颠覆吗?这种瓦解与颠覆催生了中国文学的现代性因素。然而,就是在他的影响与渗透下生成的新文学和新青年们最后把他送上祭坛,他成了奉献给新文学新时代的牺牲品。可以说,同堂吉诃德一样,林纾不仅是喜剧人物,更是悲剧人物。他的失败在于他在错误的时机说了不合时宜的话,做了一些

---

[1] 杨绛.堂吉诃德·前言[M]//杨绛文集:第五卷.北京:人民文学出版社,2004:7.
[2] 塞万提斯.堂吉诃德[M].刘京胜译.北京:中国书籍出版社,2006:9-10.
[3] 海涅.堂吉诃德·引言[M]//海涅文集·批评卷.钱锺书译.北京:人民文学出版社,2002:422.

不合时宜的事,其结局虽可笑可恶,然而谁也无法否认他的理想是真诚和执着的。

　　林纾称自己"木强多怼""偏狭善妒"①,他对自己的性情也有自知,他撰有《气箴》《言箴》二箴并自序以告诫自己:"乃不知为贫贱之骄人也,中年渐解敛抑,顾蓄其余焰,触枯辄热,老至仍不自制。"②(《二箴并序》)尽管如此,林纾耿直暴烈的性情直到终老也未曾改变,特别在新文化运动期间,为他引来身前身后牵扯不尽的烦忧与纷争。

　　1917年,陈独秀、胡适等人在《新青年》上倡导"文学革命",陈独秀对历代古文家一概否定,把"归方刘姚"等呼为"妖魔"并大加挞伐。胡适把文言文称为"死文字",断言"死文字绝不能产生活文学",进而推衍出其结论:在两千余年的中国文学史上从来就"没有真有价值真有生命的'文言的文学'"。他创作《国语文学史》和《白话文学史》都是为"白话文"寻求历史渊源的合法性依据。若是新青年们以白话文作为承载新思想新精神的工具加以提倡,固是无可指摘,问题是,新文学的激进者们不仅提倡白话文而且主张全盘废弃文言,废弃文言无异于废弃古文,这正是林纾最担心的问题。林纾在五四新文化运动时期的文言白话观主要体现在《论古文之不宜废》《答大学堂校长蔡鹤卿太史书》《论古文白话之相消长》这几篇文章中。

　　林纾并不反对白话文,早在戊戌变法之前,他有感于晚清社会的腐败与人民的疾苦,用白话创作《闽中新乐府》,此诗集不用僻典,不用华丽或深奥的词藻,毫无矫揉造作的痕迹,"俚词鄙谚,旁收杂罗,谈格调者将引以为噱"③。1900年林纾客居杭州,林万里、汪叔明创办白话日报,其中林纾写的白话道情风行一时。他还肯定说"《水浒》《红楼》皆白话之圣,并足为教科之书"(《答大学堂校长蔡鹤卿太史书》),对《官场现形记》《老残游记》等白话小说也是推崇备至。虽然,林纾推崇的"白话"乃是以文言为基础的浅近易懂的语言表达方式,与白话文的提倡者口中的"白话"有所区别。但对于文学语言必随时代变迁而变革发展的规律与事实,他还是看得很清楚,他的洞察从《古文白话之相消长》这一篇名就可以知道个大概:"今官文书及往来函札,何尝尽用古文?一

---

① 林纾.畏庐文集·冷红生传.
② 林纾.畏庐续集·二箴并序.
③ 魏瀚.闽中新乐府·序[C]//林纾.闽中新乐府.福建省图书馆藏书.

读古文则人人瞠目,此古文一道,已历消尽灭之秋,何必再用革除之力?"①不然,他不至于在文白之争的风口浪尖上,为"趋风气"在北京《公言报》上发表《劝世白话新乐府》,这已是他第三次写白话诗乐府诗。若是我们仔细分析胡适首倡白话文的名篇《文学改良刍议》,就会发现篇中他所谓的改良之"八事"大半是旧瓶新酒而已。胡适改良"八事"中的六种——"须言之有物""不摹仿古人""须讲求文法""不作无病之呻吟""务去烂调套语""不讲对仗"正是林纾《春觉斋论文·论文十六忌》的主要内容,唯独有新意的是"不用典"与"不避俗字俗语"两则,若视具体写作情况而言,这两条也并非是林纾一味反对的。林纾反对尽废文言的理由是"知腊丁之不可废,则马、班、韩、柳亦有其不可废者。吾识其理,乃不能道其所以然,此则嗜古者之痼也"②。林纾强调白话与文言只是语言形式的不同,文言作为文学的"艺术"不妨碍白话的存在,求新并不意味着非要对旧学"弃掷践唾而不之惜",他甚至担心一味地"剽窃新学",会使青年们走上片面的道路,"不得新,而先殒其旧","学不新而唯词之新"。然而林纾凭借个人经验对"西学"的虚妄提出质疑,却说不出分明的道理来,只是一味坚持"嗜古者之痼",所以引来青年们的讥讽。

林纾所谓"若尽废古书,行用土语为文字,则都下引车卖浆之徒,所操之语,按之皆有文法,不类闽广人为无文法之啁啾,据此则凡京津之稗贩,均可用为教授矣"③,也被指为对平民的鄙视。实际上"行运土语为文字"有事实依据,早期白话作品的失败就证明这一点。我们知道,直到今天,口头语与书面语还是有区别,那些被称为现代文学经典的著作,用的并不尽是口头语,而是文言、口语加上欧化语的混血。正如蔡元培在《答林君琴南函》中所指出的,当时北京大学的国文课所据课本皆古文,讲授西洋文学的讲义也以文言写作。首先提倡以白话取代文言的胡适,其著《中国古代哲学史大纲》,征引大量古书,多属原文,自然也非皆白话。那么,胡适他们为什么以一个自己都难以达到的标准来要求别人呢?其实,他们也被认为是一群超越具体经验的观念主义者,从胡适、刘半农等人于"五四"之后趋于"保守"的"退步"就可以看出他们对这段历史的反思。

---

① 林纾.论古文白话之相消长[C]// 中国新文学大系第二集.郑振铎编.上海:良友总公司,1935:80.
② 林纾.论古文之不宜废[C]//胡适.胡适作品集:三.台北:元流出版事业股份有限公司.1986:30.
③ 林纾.畏庐三集·答大学堂校长蔡鹤卿太史书.

林纾并不是沽名钓誉的人,他在明知自己势单力薄的情况下还是奋不顾身地与新青年们论战,可见,他是真诚地为传统文化的延续抗争的。与林纾同时代的守旧文人也是新青年们嘲弄的对象,但那些经历了晚清以来社会剧变的老人们,在失望之余多不屑与少年人论战,严复任其天演自然的旁观姿态,就是典型代表,他甚至觉得"林琴南辈与之校论,亦可笑矣"[①]。他们的明哲保身使新青年倍感寂寞,"自从提倡新文学以来,颇以不能听见反抗的言论为憾"[②],"不特没有人来赞同,并且也还没有人来反对"[③]。在这种情况下,钱玄同联合刘半农精心策划了一场轰轰烈烈的"双簧戏"。1919年2月17、18日,林纾在上海《新申报》"蠡叟丛谈"先后发表篇名为《荆生》的文章,寄希望名叫"荆生"的"伟丈夫"将陈独秀等人统统打倒,他写小说《荆生》主要出于泄愤,是极不理智的行为。随后,陈独秀在《每周评论》第13期上组织文章对《荆生》一文逐段进行点评批判。林纾心有不甘,随后创作小说《妖梦》,分别影射蔡元培、陈独秀、胡适等人。此文寄出之后,林纾收到蔡元培的来函,有人想出版"明遗老刘应秋先生遗著",求托蔡元培"介绍任公太炎又林琴南诸先生代为品题",他颇为感动,在复函《致蔡鹤卿太史书》中正面立论、恳切进言[④]。然而阴差阳错的是,《致蔡鹤卿太史书》于3月18日在《公言报》上发表,《妖梦》一文于1919年3月19—23日连载于《新申报》的"蠡叟丛谈",林纾曾有意收回此文,此时已是追悔莫及。虽然林纾在3月26日的《新申报》上发表《林琴南再答蔡鹤卿书》,向蔡元培公开道歉。然而,新文化阵营的同人们并不打算轻易放过这个"假想敌",众多的批判文章把林纾打得体无完肤。到4月份林纾在《文艺丛报》发表《论古文白话之相消长》时,他早已是众人谈笑的话柄了。

陈平原在《触摸历史与进入五四》一文中对此做了精当分析:

> 晚清及"五四"的思想文化界,绝少真正意义上的"辩论",有的只是你死我活的"论战"。这与报刊文章的容易简化、趋于煽情不无关系。真正的"辩论",需要冷静客观,需要条分缕析,而且对参与者与旁观者的学识智力有较高的要求。还有一点,这种真正意义上的"辩论",很可能没有戏剧性,也缺乏观赏性。大众传媒需要吸引尽可能多的读者/受众,因而,夸

---

① 严复.与熊如纯论语言文字书[M]//严复学术文化随笔.北京:中国青年出版社,1991:284.
② 刘半农.复王敬轩[M]//半农杂文.北京:中国戏剧出版社,2001:234.
③ 鲁迅.呐喊·自序[M]//呐喊.武汉:长江文艺出版社,2004:4.
④ 林纾与新文化阵营论争始末资料参考王枫《"五四"前后的林纾》一文,特此感谢。

张的语调,杂文的笔法,乃至"挑战权威"与"过激之词"等,都是必不可少的佐料①。

从新文化运动的历史进程来看,林纾是反对者,但客观上,林纾是"五四"新文化运动向前发展的推动力。新青年们借林纾打倒文化守旧派,在很长一段时间内,古文悄无声息。林纾反对以白话文全盘取代文言文,而专注于传统文化的坚守,从这个角度来说,他也没有错,有的时候复古与守旧也可以理解为对传统文化的保护。根本原因在于,那个时代的人们更多关注的是语言革新背后的社会文化、政治思想的因素,自然很难看到反对意见中一些有价值的东西,只能一笔抹煞和一棍子打死。陈平原述及这场论争时用到一个术语——"革命家的思维方式":

> 对时局,对国民性,对文化传统的深刻怀疑,使陈独秀等人对于按部就班、温文尔雅、和风细雨的改革能否奏效很不乐观,因而倾向于采用激烈的手段,"毕其功于一役"。这种时代风气,从晚清谭嗣同的"烈士心态",到刘师培的"激烈主义",再到"五四"新文化人大都默认的"矫枉必须过正",都是假定改革必须付出代价,唯有"鲜血"能够"洗净旧污"⋯⋯这种废除汉字的"极端言论",正是出于思想"偏激","所主张常涉两极端",说话"必须到十二分"的钱玄同先生。作为一种政治/思想运动的策略,极端思维自有其好处⋯⋯但另一方面,过于讲求"策略性",追求最大限度的"现场效果",未免相对忽视了理念的自洽与完整。②

袁进在叙述欧化白话文在近代的发生、演变和影响时,论及"白话文运动":

> 五四新文化运动时期,胡适、刘半农等人为了推动"白话文运动",提出"文言文是死文学""白话文是活文学"的口号,强调文言文和白话文之间的对立,文言文代表了中国封建落后的思维方式,成为僵死的文学;白话文代表了现代的思维,代表了平民大众的有生命力的文学。这种批判在历史阶段的更替时代是可以理解的,也是必要的,但是它后来成为我们从事语言文学研究的指导思想,就难免导致片面。这是一种二元对立的思维模式,未必合乎当时社会的实际语言状况。③

当然,林纾为旧文化护法也包含着葆有旧道德的意图,从大的方向上来说,这无论如何都是错的。林纾只是从自己的经验出发来谈论白话与文言的关系,缺乏说服力,时人多不为所动。

---

①② 陈平原.触摸历史与进入五四[M].北京:北京大学出版社,2010:112,111.
③ 袁进.新文学的先驱[M].上海:复旦大学出版社,2014:16-17.

有句老话说"性格即遭遇",林纾正是这样。一些学者在分析林纾与"五四"新文化运动的矛盾关系时从性格上寻找原因,认为林纾性情孤高狷介、疾恶如仇且固执己见,这对他晚年的言行产生很大影响。按林纾的性情,他不太可能对新文化阵营针对传统文学的那些尖刻、偏激的批判语听之任之,从而让新青年们抓住弱点。如寒光所言"秉性服善甚笃而疾恶如仇,他之所以不甚满意于新文化、新思潮者,也就错拿了这种主意,和受了一时感情冲动的蒙蔽"①,又如林薇所说:"林纾与新文化的论战,颇像一位器量狭窄的老者与一群明知故犯的顽童的对骂——在论战中双方都因对方的存在而常常'被迫'有些非理性,但后者带着游戏发动者的自信,而前者却是当真了,这是林纾可笑复可怜的地方。"②"五四"文白之争的最后,因为发表《荆生》《妖梦》两篇小说连累学生张厚载被北大开除,林纾对此深感愧疚,同时也觉得在小说中采用辱骂与恐吓的方式实非君子之道,于是写信给各报馆,公开承认自己的错误。陈独秀对林纾的道歉甚是赞许:"林琴南写信给报馆,承认他自己骂人的错处,像这样勇于改过,到很可佩服。"③林纾有过一句无奈的叹息:"吾辈已老,不能为正是非,悠悠百年,自有能辩之者,请诸君拭目俟之。"④

在"五四"新文化运动期间,客观来说,林纾并不是当时最保守的文人,也不是最反动的文人,他何以成为新文化阵营不共戴天的敌人呢?除了性情使然外,也有客观的因素。近代以来文学的变更把林纾推上与白话文作正面斗争的舞台,桐城派自曾国藩、吴汝纶之后也已日暮西山,其嫡传弟子马其昶、姚永概的地位和影响都不大,无法担当振兴之任。林纾当时与桐城派亲近,他因为"林译小说"而声名显赫,又是当时的古文大家,古文创作与理论著述等身,这些因素的综合使他在吴汝纶去世之后自然而然地成为传统古文最后的殿军人物并将维护古文作为自己不可推卸的历史使命。他原本就是一个对国,对家,对他人富有责任感的传统知识分子。林纾晚年热衷于传道授徒、写作选评和理论撰述,其根本目的就是挽救古文行将没落的命运。康有为曾作诗恭维严复、林纾——"译才并世数严林",但据说林纾并不领情。一则,林纾自认为不逊于严复,何以居其后?二则,在林纾的心目中,翻译或自创小说只是戏笔,古文才是他灵魂深处安身立命的事业。所以,对林纾而言,他的文学观念是双

---

①③　寒光.林琴南[M].上海:中华书局,1935:198.
②　杨联芬.林纾与新文化[J].中华读书报,2001-2-21.
④　林纾.论古文白话之相消长[C]//中国新文学大系:第二集.郑振铎编.上海:上海良友总公司,1935:81.

重的:传统的古文与外国小说是完全不同的两码事,遵循截然不同的两套规范。他翻译小说的初衷是沟通中西文学,消除国人偏见,西洋小说固然可以让国人开眼看世界,古文才是林纾灵魂深处安身立命的事业。所以在翻译外国小说时,他可以用较为通俗浅白的文言,但在《春觉斋论文》中他依然对文字有着严苛古旧的要求。林纾对古文理想不合时宜的坚持和斗争中急躁鲁莽的策略失误,导致他成为"五四"新文化祭坛上的牺牲品,成了现代版的"堂吉诃德"。

自从诞生以来,人们赋予"堂吉诃德"的形象的精神内涵各有不同。它既用来指那些具有坚定信念并为之奋斗终身的理想主义者,也指那些无视主观现实,一味耽于自己主观意愿蛮干的主观主义者;既指那些心地善良,乐于助人,却常常帮了倒忙的可爱的老好人,也指那些死啃书本,硬搬教条的僵化的机械主义者。形象的复杂性导致了人们在不同场合所使用"堂吉诃德"时,其内涵也大不相同。杨绛指出,"历代读者或是强调他的某些特点,把他性格上的一个方面或几个方面,代替了他全部性格,或者加上主观成分,歪曲了他原来的性格",因此堂吉诃德的形象"不仅复杂,而且变得混杂了",这段话虽然是杨绛在分析堂吉诃德形象的审美接受,但笔者以为,将这段论述用来理解林纾也未尝不合适。人们多用"堂吉诃德"来喻指林纾不合时宜的抗争,视为疯癫而愚蠢的行为,其实是对堂吉诃德的误读,也是对林纾的误读,把原来复杂的人物性格单一化、扁平化了。笔者私下也赞同"堂吉诃德"的比喻,只是出发点与他们不同。众所周知,"堂吉诃德"性格内涵的丰富正是这个形象最大的特点,批评者不可不知,从林纾联想到堂吉诃德仅仅是因为他们在背时上的共同点吗?恐怕不完全如此,只是由于识见与意识形态的作祟,人们选择了这个最表象、最直接、最适合文学胜利者的书写。林纾与堂吉诃德是何其相似呀!对旧文学的执守使他在"五四"时期成为"守旧""复古""落后"的最佳代表,以旧派文人面目出现的林纾,人们很容易忽略其文学思想深处隐含着的"埋葬""颠覆""更生"的倾向与诉求。林纾在"五四"新文化运动中不够理智的行为与他政治立场上的倒退,确是他人生的一大败笔,然而在此后的文学史,只突出其蹚臂当车的滑稽形象,却鲜能体察他"独挡虎蹊"的悲剧感,这何尝不是败笔。小说中的堂吉诃德一方面是骑士制度自觉的卫道者,另一方面又是骑士制度不自觉的颠覆者、埋葬者。林纾这个人物内在的矛盾性与堂吉诃德形象的复杂性确有相似之处,但他们的相似绝不仅仅在于背时与癫狂。林纾不仅是个喜剧形象,更是悲剧形象:他是旧文学自觉的卫道者、护法者,他在《妖梦》《荆生》等小说中企图借助强势人物来镇压新文化运动,也暴露了旧文化陷入无可奈何的窘境与绝境之中,令人可笑可叹;他又是旧文化不自觉的颠覆者与埋葬者,他以《巴黎茶花女遗事》《黑奴吁天录》等小说为代表的"林译小说"风行中国,瓦解与颠覆以古文为中国文学正宗的文学观念。同时,他付出终身心血以执守的古文论中也不乏文学更生的迹象,他实现了中国古文理论的终结与拓展。古文的时代命运与狂傲狷介的性格决定了林纾"堂吉诃德"式的悲剧命运。"堂吉诃德"既是他的宿命,也是他的荣耀!

附录：林纾古文理论作品概貌

林纾是非常勤勉的作家，拥有丰富的古文创作经验与教学经验，他的文学理论不只是只言片语的点评，还有周详细密的论述，形成系统完整的理论体系。理论集有《春觉斋论文》《文微》《韩柳文研究》等，评点集有《选评〈古文辞类纂〉》《中学国文读本》《选评船山史论》《浅深递进国文读本》《选评名家文集》《左传撷华》《左孟庄骚精华录》等。据粗略统计，林纾选评各类文章将近一千五百篇，每篇皆有评语，少则数言，多则百言、千言。另外，林纾的古文作品集(《畏庐文集》《畏庐续集》《畏庐三集》)、散见于报刊的零星文章和信件中亦有不少文字是其文学思想的生动体现。另外，林纾一生翻译了二百多部西方小说，他为翻译小说撰写的大量序跋在中国文学理论发展史上具有非同寻常的意义。林纾的研究视野非常开阔，其理论涉及文学艺术的多重领域，包括诗论、词论、画论、文论、小说理论、中西比较文论等等，多重视野为其古文理论注入新鲜血液。林纾的著述作品领域之广、数量之多、质量之精，是其他桐城文家或与他同时期的文学研究者所无法比拟的，这是我们讨论其文学理论成就最坚实的基础。"就古文而言，林纾是堪称'殿军'之名的。从写作到选评，从理论撰述到招生授业，其著述之丰，涉足之广，造诣之深，门庭之大，自吴汝纶以后确实无人可以与之抗衡"①。

一、理论著述

1898年，林纾受杭州东城讲舍聘，由闽北上杭州；1901年，受五城学堂聘，由杭州举家迁往北京，在教书之余，兼职于京师大学堂译书局；1906年，受京师大学堂校长李家驹聘，任该校预科和师范馆的经学教员；1910年，京师大学堂分科后，林纾改教大学经文科。林纾对传统古文的研习持续一辈子，在长期创作、教授与揣摩的过程中，他对古文技法与艺术奥妙颇有心得。清朝末年，

---

① 张俊才.林纾评传[M].北京：中华书局.2007:201.

林纾在古文坛上名噪一时，在知识分子阶层中很有影响力，"当清之季，士大夫言文章者，必以纾为师法。遂以高名入北京大学主文科"①。1916 年，北京都门印书局出版的《春觉斋论文》，据说就是林纾在京师大学堂文科讲授古文辞时所用的讲义。1913 年 6 月起，此书原稿曾在《平报》上以"春觉生论文"为题连载过部分。1916 年正式出版时，内容与次序略作调整，全书分为"述旨""流别论""应知八则""论文十六忌""用笔八则"和"用字四法"六个部分。同年 6 月，上海中华编译社特设国文函授部，印行《文学讲义》，聘林纾为编辑主任。林纾在《文学讲义》上陆续刊发《论文讲义》《文法讲义》《史记讲义》《文章流别》《文学史》等文章，内容与《春觉斋论文》亦有重复处。1921 年，此书又易名为《畏庐论文》，由商务印书馆再版。

《春觉斋论文》是林纾重要的文论成果，"皆先生自揭其生平辛苦所创得，而尽宣之于世，将使世之诵法古人者，咸审乎立言取径之道"②。其中"述旨"部分主要论述文论的几个基本问题，如文与道、文与质的关系及文学承变等。《流别论》述及文体的流变，林纾分文体十五类，分别为：骚、赋、颂赞、铭箴、诔碑、哀辞、传状、论说、诏策、檄移、章表、书说、赠序、杂记、序跋，一一细述各文体的渊源、流脉、功能、语体、风格、创作规则、代表作家作品等等，可以说是对中国古典文体论的综合、梳理、辨析与更新。《应知八则》主要涉及古文艺术审美的核心范畴：意境、识度、气势、声调、筋脉、风趣、情韵、神味；《论文十六忌》主要谈论的传统文章的贵忌问题：忌直率、忌剽袭、忌庸絮、忌虚枵、忌险怪、忌凡猥、忌肤博、忌轻儇、忌偏执、忌狂谬、忌陈腐、忌涂饰、忌繁碎、忌糅杂、忌牵拘、忌熟烂等十六忌，对古文的命意取材、表现手法、遣词造语从正反两个方面提出具体的创作要求，对于古文的初学者较有实用价值；《用笔八则》包括：用起笔、用伏笔、用顿笔、用顶笔、用插笔、用省笔、用绕笔、用收笔，主要从笔法角度对文章的谋篇制局提出理论指导，多涉及文章的叙事法，是古代叙事理论的集大成之作；《用字四法》包括换字法、拼字法、"矣"字用法、"也"字用法，主要涉及文字的用法与锤炼问题。有研究者认为林纾的《春觉斋论文》和《文微》"可谓中国最为系统、全面的古文艺术论的著作"③。

1914 年，林纾的《韩柳文研究法》由商务印书馆出版，笔者所持版本为 1915 年第三版，此书也是林纾文学理论的经典之作。马其昶在该书序言中推

---

① 钱基博.现代中国文学史[M].上海：上海书店，2004：124.
② 朱羲胄.林畏庐先生学行谱记[M].上海：上海书店，1991：6.
③ 黄霖.近代文学批评史[M].上海：上海古籍出版社，1993：226.

崇林纾"力学不倦,其于史汉大家之文,诵之数十年,说其义,玩其辞,醰醰乎其有味也"[1],林纾亦自谓"韩氏之文,不佞读之,二十有五年"[2],此可谓其半生心血所得。此书主要是从思想、创作、艺术等多角度对韩柳文章进行研究,既有总论亦有单篇点评。

1924年林纾逝世后,其弟子朱羲胄根据笔记整理出理论遗著《文微》,形式上同《论语》的成书方式有相似处,是学生对于老师的精华语录的重要摘抄。此书分为"通则""明体""籀诵""造作""衡鉴""周秦文评""汉魏文评""唐宋元明清文评""杂评""论诗词"十个部分,除了"论诗词"外,其余皆论古文。据说章炳麟的弟子、著名的音韵训诂学者黄侃对《文微》甚是推崇,"谓彦和(刘勰)以后,非无谈文之专书,而统纪不明,伦类不析,求如是书之笼圈条贯者,盖已稀矣"[3]。这本书是林氏弟子按笔记整理而成,在体系上"笼圈条贯",与《文心雕龙》有异曲同工之处。可惜的是,林纾的授课原稿未存留下来。

林纾还有两部与修身教养有关的作品,一是《小儿语述义》(二卷),1907年商务印书馆初版,笔者所持版本为商务印书馆1925年版,本书为商务印书馆儿童文学丛书,还被选为高等小学堂课本。此书主要将吕近溪的《小儿语》和吕新吾的《继小儿语》,分卷分则,引申其义,文字浅近。二是《修身讲义》(二卷),1916年商务印书馆初版,作为师范学校、中学校的伦理教本,笔者所持即为初版本。当时教育部令各省参照师范学校章程设小学教员讲习所,经讲习所一到二年的培训后,方能从业,《修身讲义》就是讲习所的教科书之一。1906—1908年,林纾担任大学堂预科和师范馆"经学"教员时,讲授修身课程,"取夏峰先生《理学宗传》中诸理学家语录,诠释讲解,久之积而成帙",这就是《修身讲义》的雏形。后来,林纾授课于实业高等学堂与五城中学堂时又沿用此讲义并进行修改整理,经过这三年的教学实践终成二卷本《修身讲义》。书中分为立志、事新、友爱、齐家、接物、制行、劝学、应务八篇,教导学生行为要"诚",交友要"信"、做事要"勤""不为功",要顾"全局"而无"私意"等等,虽归根结底是对朱程之学的阐析,然而因能结合生活实用,颇能为学生接受。据林纾自序介绍,"自余主讲三年,听者似无倦容。一日钟动罢席,前席数人,起而留余续讲"[4]。

---

[1] 马其昶.韩柳文研究法·序[C]//林纾.韩柳文研究法.上海:商务印书馆,1915:序1.
[2] 林纾.韩柳文研究法·韩文研究法.
[3] 朱羲胄.春觉斋著述记卷二[M].上海:上海书店,1989:6.
[4] 林纾.修身讲义·序[M].上海:商务印书馆,1916:序1.

二、古文选评

林纾拥有数量惊人的古文选评本。1908—1910 年,十卷本《中学国文读本》出版,此书由商务出版社张菊生、高梦旦约请林纾选编。第一、二卷为清朝文;第三、四、五卷,为明、元、宋朝文;第六、七卷为唐朝文;第八卷为六朝文;第九、十卷为周、秦、汉、魏文。笔者所持《中学国文读本》为重订八册本,为商务出版社 1915 年出版,其封面盖有"国立北平大学女子师范学院"印章,此版本没有序言。其中第一册《清文》共 40 篇,涉及作家 18 人;第二册《元明文》共 37 篇,涉及作家 21 人;第三、四册《宋文》共 71 篇,涉及作家 24 人;第五、六册《唐文》87 篇,涉及作家 22 人;第七册为《六朝文》共 47 篇,涉及作家 22 人;第八册《秦汉三国文》共 36 篇,涉及作家 16 人。全书由近代上溯至古代,可谓由近及远、由浅及深、循序渐难,其所选文章各类皆备,旨使读者稍知门径,可谓一部较为系统的中国古文选本。林纾不仅自选篇目,而且逐篇加圈点并附评语,都是平日心得之言。第三册《宋文》封底页附录"教育部审定批语"曰:"是选不拘古文宗派,由清明上溯以至汉秦历代之文,皆备涯略采录精审,其评语亦能抉发微隐要言不烦,盖评选者,本文学巨子,自与坊间选本有高下之别。"①

1910 年,林纾出版二卷本《评选船山史论》,共选文 73 篇。笔者所持版本上册为 1917 年版,下册为 1926 年版。这是林纾在五城中学堂教授国文课的讲义,他有感于中学课程设置的博而不精,学生作文往往"据题中数字,衍为空言,篇幅不充,则杂论时事,泽以新名辞,千篇如出一手。祖国文字,亦几于熸矣",故而"不得已采选船山史论,取其博辩者,逐课讲解"②。林纾对史评有浓厚兴趣,他在五城中学堂期间还编选《明史记事本末详节》六卷本,由五城学堂铅印。

1913 年,林纾出版二卷本《左孟庄骚精华录》,笔者所执版本为 1925 年版。其中《左传》选文 32 篇;《孟子》选文 6 篇;《庄子》选文(部分节选)12 篇;《离骚》选入《九章》。据商务印书馆介绍:"左孟庄骚,为吾国中古时代文学大家,左孟开纪述议论之词源,庄骚为心理寓言之文字,闳肆瑰丽,为治古文者所宜诵习,惟全书繁富,词意过主,不适学者之用。今林君琴南集其精华,都为二

---

① 林纾.中国国文读本·宋文[M]//中学国文读本.上海:商务印书馆,1915:封底.
② 林纾.评选船山史论·缘起[C]//评选船山史论.上海:商务印书馆,1926:11.

册,馨其数十年之心得,逐篇加以诠释批语,以资引导,诚为近今国文法程之善本。"①

1916年,林纾出版一套六册本《浅深递进国文读本》,共选文78篇。据林纾研究资料介绍,为了帮助小学生读懂古文并学写古文,林纾每选一篇古文,即同时按原题拟作两篇,一篇文字较浅,一篇文字较深,由浅入深,引导学生进入古文天地。

1918年左右,林纾着手选编姚鼐《古文辞类纂》,主要是有感于后者篇幅繁重(选文700余篇),不宜初学,故精选古文187篇。据商务印书馆图书介绍:"桐城姚惜抱先生《古文辞类纂》,久已风行海内。今得林琴南先生《〈古文辞类纂〉选本》,既萃其精华,而于文之脉络、筋节、起伏、照应,又备论于各篇之后,其点醒处,能令读者豁然意解,指示古文六径,无以加此。"②《选评〈古文辞类纂〉》于1918年、1921年分两次由商务印书馆出齐。

1917年,林纾组织古文讲习会,主要讲解《左传》《庄子》及汉魏唐宋的著名古文,这部分的内容与1921年由商务印书馆出版的《左传撷华》和1923年出版的《庄子浅说》不无关系。《左传撷华》上卷选文25篇,下卷选文46篇,每篇均有点评,笔者所持版本为1924年版。《庄子浅说》共四卷,选文7篇,均为逐段点评,其序中曰:"因积三年之力,自己未讫,辛酉成内篇浅说四卷。"

1924年,商务印书馆出版林纾规模最大的一套选评文集《林氏选评名家文集》15册,笔者所持版本均为1924年初版,它们分别为:

《刘子政集》(刘向、刘歆)。刘向(约前77—前6),原名更生,字子政,西汉经学家、目录学家、文学家,著《九叹》等辞赋三十三篇,大多亡佚。刘歆(前53?—23)刘向少子,字子骏。西汉经学家、目录学家、文学家,西汉古文经学的开创者,中国儒学史上的重要人物,其文章流传者不多。林纾评刘向"《九叹》虽代灵均抒悲,实子政自抒其悲也。至于奏疏及封事,虽博引繁征,然皆精警不刊之语,为文制断",其评刘歆"文章固不足见为人,然不应出之名父之后"③。《刘子政集选》选刘向文14篇,附录有《汉书·刘向传》;《刘子骏集选》选刘子骏文5篇,附录有《汉书·刘歆传》。

《蔡中郎集》(蔡邕)。蔡邕(133—192),字伯喈,东汉文学家、书法家。汉献帝时曾拜左中郎将,故后人也称其"蔡中郎"。林纾认为:"中郎碑版之文,清

---

① 林纾.中学国文读本·宋文[M]//中学国文读本.上海:商务印书馆,1915:封底.
② 林纾选评.唐荆川集[M].上海:商务印书馆,1924:封底.
③ 林纾.蔡中郎集·序[C]//蔡中郎集.林纾选评.上海:商务印书馆,1924:序1.

肃高扬,倏然尘表,未尝叙述本事,乃综一己之论断,蔚然成篇,若不授人以针线之迹,一味表其高寒,此文字中之最难学者也。"《蔡中郎集》共选文42篇,以碑、铭为主,亦有《述行赋》,附录有《后汉书·蔡邕传》。

《谯东父子集》(曹操、曹丕)。曹操(155—220),政治家、军事家、文学家,有《魏武帝集》辑本。他的文章很有特色,无所顾忌、自由随便,从内容到形式都对前代文学有所突破。曹丕在文章上也颇有造诣,《文心雕龙·才略》说"魏文之才,洋洋清绮,旧谈抑之,谓去植千里","但俗情抑扬,雷同一响,遂令文帝以位尊减才,思王以势窘益价,未为笃论也"。曹操父子推动形成以三曹为代表的建安文学,在文学史上留下光辉一笔。林纾认为:"魏武雄才大略,所发为议论,俱出天然,不待文饰,自尔成章,由运会使然也。子桓才不逮其弟,然能探文字之源,建议亦复不磨。"①《谯东父子集》共选文章46篇,附录《三国志·魏书·武帝记》与《三国志·魏书·文帝记》。

《欧孙集选》(欧阳詹、孙樵)。欧阳詹(755—800),福建晋江人。据说自其中进士后,福建文士才开始向慕读书,儒学风逐渐始振兴,因此他对福建影响深远。欧阳詹著有《欧阳行周文集》十卷,其文章特点,一是"精于理",二是"切于情",风格则体现"言多周详"和"叙事重复",林纾以为"行周则有意铲雕,有时吃力处至于不可句读,盖才气卓越,不欲一语稍涉平易,往往火色太浓"②。孙樵,生卒年不详,字可之,又字隐之,唐代散文家。孙樵曾被清人列入唐宋十大家,是晚唐坚持古文运动的代表作家。今传有《四部丛刊》本《唐孙樵集》10卷,系据明刊本影印。其文以奇崛见长,大都反映唐朝政治和社会现实,具有较深刻的思想意义,讲究构思,注重词采,林纾认为孙樵"文多近于努强而伤气"③。《欧孙集选》共选欧阳詹文21篇,孙樵文30篇,附录《新唐书·欧阳詹传》。

《刘宾客集选》(刘禹锡)。刘禹锡(772—842),唐代中期诗人、文学家、哲学家、政治家,有"诗豪"之称,世称"刘宾客"。刘禹锡在文学上的影响在诗不在文,但他的文章实有特色,其著作有《刘梦得文集》,又称《刘宾客文集》。林纾认为"宾客之文,长于讽谕,《因论》七篇,均有寄托,与柳州《三戒》同轨",但"柳州长小学,每句非烹炼不出,而又无斧凿之痕。宾客则穷老尽气以求奇,终落柳州之后。不惟才逊,盖不得古书之精髓,故气韵情采,皆非柳州之敌"④。

---

① 林纾.谯东父子集·序[C]//谯东父子集.林纾选评.上海:商务印书馆,1924:序1.
②③ 林纾.欧孙集选·序[C]//欧孙集选.林纾选评.上海:商务印书馆,1924:序1.
④ 林纾.刘宾客集选·序[C]//刘宾客集选.林纾选评.上海:商务印书馆,1924:序1.

《刘宾客集选》共选文 57 篇。

《柳河东集》(柳宗元)。柳宗元(773—819),唐代文学家、哲学家、散文家和思想家,为"唐宋八大家"之一。柳宗元与韩愈共同倡导唐代古文运动,并称韩柳。柳宗元一生所留诗文作品达 600 余篇,其文的成就大于诗。骈文有近百篇,散文论说性强,笔锋犀利,讽刺辛辣,富于战斗性,游记写景状物,多有所寄托,著有《柳河东集》。林纾对柳宗元游记推崇备至,"余生平醉者,韩、柳、欧三家,而于柳之游记,颠倒尤深"①,他认为:"柳州之文,名贵处肖《文心雕龙》,而实非其类。奇崛处似《离骚》,而亦弗与同""柳州西山诸记,外写山状水,景极肖,内写生平极悲。"②《柳河东集》选文 85 篇,附录《新唐书·柳宗元传》。

《嘉祐集选》(苏洵)。苏洵(1009—1066),北宋散文家,与其子苏轼、苏辙合称"三苏",均被列入"唐宋八大家"。苏洵著有《嘉祐集》,其中大部分为论政文,其议论明畅,纵横恣肆,笔势雄健。林纾认为苏洵为文"于官文书中,最为动目""纵横腾踔,肆其辩口,能自圆其说"③。《嘉祐集选》共选文 30 篇,附录《宋史·苏洵传》。

《元丰类稿》(曾巩)。曾巩(1019—1083),北宋文学家,世称"南丰先生",为"唐宋八大家"之一。曾巩有《元丰类稿》和《隆平集》传世,他精于史传,很擅长于史传、策论、碑志类的应用文写作。林纾认为:"南丰文长于说理,或云在孟学不传之后,程学未显之前。余则谓二程之学醇,而文字不能与韩欧追逐;惟南丰烛理精深,故行文大有条贯。如《学记》诸篇,均能见孔颜大处。"④《元丰类稿》共选文 56 篇,附录《宋史·曾巩传》。

《淮海集选》(秦观),秦观(1049—1100),学者称其"淮海先生"。秦观著有《淮海集》40 卷,其散文长于议论,《宋史》评为"文丽而思深",而且一些题跋、记序也写得相当出色。《淮海集选》共选文 72 篇,附录《宋史·秦观传》。

《后山文集》(陈师道)。陈师道(1053—1102),字履常,一字无己,号后山,北宋诗人。江西诗派把黄庭坚、陈师道、陈与义列为"三宗",陈师道的《后山集》,为其门人魏衍所编,集中有文 14 卷。林纾说:"平心而论,张、晁及淮海之文,筋骨呈露,气调英拔,后山则深邃简重,步武一本前人,发言高贵,品概见诸

---

① 林纾.柳河东集·序[C]//柳河东集.林纾选评.上海:商务印书馆,1924:序 1.
② 林纾.文微.
③ 林纾.嘉祐集选·序[C]//嘉祐集选.林纾选评.上海:商务印书馆,1924:序 1.
④ 林纾.元丰类稿·序[C]//元丰类稿.林纾选评.上海:商务印书馆,1924:序 1.

言表……文多说理之作,而结构精严处,亦时时变其跬步。"①《后山文集》共选文 38 篇,附录《宋史·陈师道传》。

《虞道园集》(虞集)。虞集(1272—1348),字伯生,元代文学家,与揭傒斯、柳贯、黄溍并称"元儒四家"。虞集著有《道园学古录》50 卷,他的散文多数为官场应酬文字,颂扬权贵,倡导理学,也有一些表现了他的政治理想和对社会人情物理的深刻体会。林纾认为其文"嗣读《道园集》,则作止进退,咸有纪律,志铭之文最夥,而一一原本《史》《汉》,无泛设之语,无伤气之言,即杂文,亦皆具有精意"②。《虞道园集》共选文 49 篇,附录《元史·虞集传》。

《震川集选》(归有光)。归有光(1506—1571),字熙甫,又字开甫,别号震川,又号项脊生,是"唐宋八大家"与清代"桐城派"之间的桥梁,被称为"唐宋派"。归有光提倡唐宋古文,所作散文朴素简洁,善于叙事,著有《震川文集》《震川尺牍》《震川先生集》等。林纾论"震川之文,多关心时政。论三区赋役水利书及三途并用议,语语切实,不类文人之言。其最足动人者,无过言情之作,是得于《史记》之《外戚传》"③。《震川集选》选文 84 篇,附录《明史·归有光传》。

《唐荆川集选》(唐顺之)。唐顺之(1507—1560),字应德,一字义修,号荆川,明代散文家。唐顺之著作有《荆川先生文集》,共 17 卷,其中有文 13 卷。唐顺之早年文学主张曾受"前七子"影响,标榜秦汉。中年以后,察觉七子诗文流弊,公开对七子的拟古主义表示不满,提出师法唐宋而要"文从字顺"等主张。林纾认为"荆川生平以道自任,语语不脱理学,即文字亦千回百转,务期表明道真"④。《唐荆川集选》共选文 45 篇,附录《明史·唐顺之传》。

《汪尧峰集选》(汪琬)。汪琬(1624—1691),清初散文家,字苕文,号钝翁,晚年隐居太湖尧峰山,学者称"尧峰先生"。他与侯方域、魏禧合称清初散文"三大家",著有《钝翁类稿》62 卷,《续稿》56 卷,晚年自删为《尧峰文抄》50 卷。汪琬散文疏畅条达,主张才气要归于节制,以呼应开阖,操纵顿挫,避免散乱。林纾论其文"澹宕中,时时流露经术之气""尧峰好以道自任,此所以不及震川也"⑤。《汪尧峰集选》共选文 47 篇,附录陈廷敬撰《翰林编修汪先生琬墓

---

① 林纾.后山文集·序[C]//后山文集.林纾选评.上海:商务印书馆,1924:序 1.
② 林纾.虞道园集·序[C]//虞道园集.林纾选评.上海:商务印书馆,1924:序 1.
③ 林纾.震川集选·序[C]//震川集选.林纾选评.上海:商务印书馆,1924:序 1.
④ 林纾.唐荆川集选·序[C]//唐荆川集选.林纾选评.上海:商务印书馆,1924:序 1.
⑤ 林纾.汪尧峰集选·序[C]//汪尧峰集选.林纾选评.上海:商务印书馆,1924:序 1.

志铭》。

《方望溪集》(方苞)。方苞(1668—1749),清代散文家,桐城派散文创始人,与姚鼐、刘大櫆合称"桐城三祖",著有《望溪先生文集》。方苞首创"义法"说,倡"道""文"统一,为桐城派散文理论奠定了基础。后来桐城派文章的理论,即以方苞所提倡的"义法"为纲领,继续发展完善,方苞也因此被称为桐城派的鼻祖。林纾谓:"文有正宗,明达者或鄙公安之佻,与竟陵之薄,而宁都驰骋,雪苑好剽袭,望溪祖述六经,寝馈程朱,发而为文,沉深处不病其晦,主断处一本之醇,道论能发明容城之所长,亦不护姚江之所短,堂堂正正,读之如饮佳茗,如饫美膳,震川后一人而已。"①《方望溪集》共选文47篇,附录沈廷芳撰《方望溪先生传》。

三、序跋作品

林纾的序跋作品大体上包括三类:

第一类是林纾的自序作品。他为自己古文论著与评选文集所作的序跋颇有意思,如《闽中新乐府·序》《畏庐诗存·序》《践卓翁短篇小说·序》《畏庐漫录·序》《修身讲义·序》《庄子浅说·序》《中国国文读本·序》(包括国朝文序、元明文序、宋文序、唐文序、六朝文序、周秦汉魏文序)《评选船山史·缘起》《左传撷华·序》《选评古文辞类纂·序》等。林纾选篇十五册名家选集,每集皆有序言,包括《刘子政集·序》《蔡中郎集·序》《谯东父子集·序》《欧孙集选·序》《刘宾客集选·序》《柳河东集·序》《嘉祐集选·序》《元丰类稿·序》《淮海集·选》《后山文集·序》《虞道园集·序》《震川集选·序》《汪尧峰集选·序》《方望溪集·序》《唐荆川集选·序》。他品评名家之文,大多独抒己见,切中肯綮。

第二类是林纾为他人文集作序,如《灯昏镜晓词·跋》《西行日记·书后》《周莘仲广文遗诗·引》《留芳记·弁言》《桐城吴先生点勘史记本·序》《文科大辞典·序》《中华大辞典·序》《南记文·序》《慎宜轩文集·序》等。

第三类是林纾为翻译小说作的序跋。据统计,他为"林译小说"一共撰有序跋作品80余篇,前期翻译作品几乎每书必有序跋,评论家普遍认为它们在当时"大受欢迎"。钱谷融主编、吴俊标校的《林琴南书话》选入73篇"林译小说"的序跋,可以作为了解林纾文学思想重要的参考资料。林纾翻译外国小说时,多运用序跋、例言、短评等形式对原作的意义和艺术进行阐明和赏析,在译

---

① 林纾.方望溪集·序[C]//方望溪集.林纾选评.上海:商务印书馆,1924:序1.

文中还有按语或评语等,篇幅一般都在百字、千字左右,也有如《爱国二童子传·达旨》那样洋洋洒洒多达三千多字的。影响较大的有《黑奴吁天录·序》《黑奴吁天录·跋》《利俾瑟战血余腥记·序》《英孝子火山报仇录·序》《斐洲烟水愁城录·序》等。在这些序跋作品中,林纾不仅对外国小说进行介绍、评价、分析,还在不同的层面将它们与中国传统的古文进行比较,既提高了小说的身价,又有利于中国古代文章作法的归纳与发现。他"译述西洋小说,除了打算有裨于世道人心之外,还有一种提供文章作法的用意",这可从"林译小说的译序、评语中得到证实"①。小说序跋是林纾文论思想的重要组成部分,在文学史上具有非常重要的价值与意义。

四、古文作品

林纾在入京之前,治古文已有三十余年了,但一直"恒严闭不以示人"。据张俊才先生《林纾年谱简编》的介绍,"这时(1895),林纾已有古文数十篇……至1910年《畏庐文集》刊印时,文稿又增加了数十篇"②。1910年,商务印书馆出版了林纾的第一部古文集《畏庐文集》,选文110篇,笔者所据版本为商务印书馆1923年版影印本。《畏庐续集》由商务印书馆于1915年出版,选文83篇,笔者所据版本为商务印书馆1927年版影印本。《畏庐三集》由商务印书馆于1915年出版,选文92篇,笔者所据版本为商务印书馆1927年版影印。林纾古文集的一些文章,如《送大学文科毕业诸学士序》《送姚叔节归桐城序》《赠马通伯先生序》《与姚叔节书》《答大学堂校长蔡鹤卿书》《答徐敏书》《答甘大文书》等,还有"五四"文白之争期间,林纾撰写的《论古文白话之相消长》《论古文之不宜废》等古文,都体现了其古文论思想。

---

① 吴俊.叙略[C]//林琴南书话.吴俊编.杭州:浙江人民出版社,1999:3.
② 张俊才.林纾年谱简编[C]//林纾研究资料.薛绥之,张俊才编.福州:福建人民出版社,1983:21.

参考文献

(一)

[1]林纾.庄子浅说[M].台北:台湾广文书局,1978.
[2]林纾.选评《古文辞类纂》[M].慕容真点校.杭州:浙江古籍出版社,1986.
[3]林纾.韩柳文研究法[M].上海:商务印书馆,1915.
[4]林纾.春觉斋论文[M].北京:人民文学出版社,1998.
[5]林纾.畏庐文集 畏庐续集 畏庐三集 畏庐诗存[M]//民国丛书第三编94.上海:上海书店,1991.
[6]《重订中学国文读本》共八册:
  林纾选评.重订中学国文读本清文[M].上海:商务印书馆,1915.
  林纾选评.重订中学国文读本元明文[M].上海:商务印书馆,1915.
  林纾选评.重订中学国文读本宋文[M].上海:商务印书馆,1915.
  林纾选评.重订中学国文读本宋文[M].上海:商务印书馆,1915.
  林纾选评.重订中学国文读本唐文[M].上海:商务印书馆,1915.
  林纾选评.重订中学国文读本唐文[M].上海:务印书馆商.1915.
  林纾选评.重订中学国文读本六朝文[M].上海:商务印书馆,1915.
  林纾选评.重订中学国文读本秦汉三国文[M].上海:商务印书馆,1916.
[7]《林纾选评名家古文集》共十五本:
  林纾选评.刘子政集[M].上海:商务印书馆,1924.
  林纾选评.蔡中郎集[M].上海:商务印书馆,1924.
  林纾选评.谯东父子集[M].上海:商务印书馆,1924.
  林纾选评.欧孙集选[M].上海:商务印书馆,1924.
  林纾选评.刘宾客集选[M].上海:商务印书馆,1924.
  林纾选评.柳河东集[M].上海:商务印书馆,1924.

林纾选评.嘉祐集选[M].上海:商务印书馆,1924.
林纾选评.元丰类稿[M].上海:商务印书馆,1924.
林纾选评.淮海集选[M].上海:商务印书馆,1924.
林纾选评.后山文集[M].上海:商务印书馆,1924.
林纾选评.虞道园集[M].上海:商务印书馆,1924.
林纾选评.震川集选[M].上海:商务印书馆,1924.
林纾选评.唐荆川集选[M].上海:商务印书馆,1924.
林纾选评.汪尧峰集选[M].上海:商务印书馆,1924.
林纾选评.方望溪集[M].上海:商务印书馆,1924.

[8]林纾选评.评选船山史论[M].上海:商务印书馆,1926.

[9]林纾选评.左孟庄骚精华录[M].上海:商务印书馆,1925.

[10]林纾选评.左传撷华[M].上海:商务印书馆,1924.

[11]林纾选评.修身讲义[M].上海:商务印书馆,1916.

[12]林纾选评.小儿语述义[M].上海:商务印书馆,1925.

[13]林纾.闽中新乐府[M].福建省图书馆馆藏本.

[14]林纾.作文须知 矣字法[J].简易国文讲义:第2期.上海:中华编译社印行.

[15]林纾.畏庐琐记[M].上海:商务印书馆,1929.

[16]林纾.畏庐漫录[M].上海:商务印书馆,1922.

[17]林纾.康南海林琴南尺牍[M].上海:文明书局,1922.

[18]林纾.林纾诗文选[M].曾宪辉选编.上海:华东师范大学出版社,1987.

[19]曾宪辉.林纾[M].沈阳:春风文艺出版社,1999.

[20]林纾.林琴南书话[M].吴俊标识.杭州:浙江人民出版社,1999.

[21]林纾.铁笔金针——林纾文选[M].许桂亭选编.天津:百花文艺出版社,2002.

[22]林纾.畏庐小品[M].林薇选编.北京:北京出版社.1998.

[23]林薇.林纾选集[M].成都:四川人民出版社.1985.

[24]林纾.林纾诗文选[M].李家骥,李茂肃,薛祥生整理.北京:商务印书馆,1993.

[25]林纾等.支榭诗拾[M].李宣龚编.福建省图书馆馆藏本.

[26]哈葛德.斐州烟水愁城录[M].曾宗巩口译,林纾笔译.上海:商务印书馆,1914.

[27]哈葛德.迦茵小传[M].魏易口译,林纾笔译.上海:商务印书馆,1905.

[28]狄更斯.孝女耐儿传[M].魏易口译,林纾笔译.上海:商务印书馆,1915.

[29]小仲马.巴黎茶花女遗事[M].王寿昌口译,林纾笔译.上海:商务印书馆,1981.

[30]埃克芒-夏特里安.利俾瑟战血余腥记[M].曾宗巩口译,林纾笔译.上海:商务出版馆,1904.

[31]狄更斯.滑稽外史[M].魏易口译,林纾笔译.上海:商务印书馆,1915.

[32]狄更斯.冰雪因缘[M].魏易口译,林纾笔译.上海:商务印书馆,1914.

[33]司各特.撒克逊劫后英雄略[M].魏易口译,林纾笔译.上海:商务印书馆,1914.

[34]华盛顿·欧文.旅行述异[M].魏易口译,林纾笔译.上海:商务印书馆,1914.

[35]狄更斯.块肉余生述[M].魏易口译,林纾笔译.上海:商务印书馆,1930.

[36]斯托夫人.黑奴吁天录[M].魏易口译,林纾笔译.北京:中华书局,1920.

[37]狄更斯.贼史[M].魏易口译,林纾笔译.上海:商务印书馆,1915.

[38]哈葛德.英孝子火山报仇录[M].魏易口译,林纾笔译.上海:商务印书馆,1914.

(二)

[1]朱羲胄.春觉斋著述记 贞文先生学行记 林氏弟子表[M]//民国丛书第四编.上海:上海书店,1992.

[2]朱羲胄.林畏庐先生年谱[M]//民国丛书第三编.上海:上海书店,1989.

[3]张俊才.林纾评传[M].北京:中华书局,2007.

[4]张俊才、王勇.顽固非尽守旧也——晚年林纾的困惑与坚守[M].太原:山西人民出版社,2012.

[5]薛绥之、张俊才.林纾研究资料[M].福州:福建人民出版社,1983.

[6]张俊才.叩问现代的消息——中国近代文学专题研究[M].北京:社会科学出版社,2006.

[7]寒光.林琴南[M].上海:中华书局,1935.

[8]林薇.百年沉浮——林纾研究综述[M].天津:天津教育出版社,1990.

[9]朱传誉编.林琴南传记资料[M].台北:台湾天一出版社,1981.

[10]陈绵谷编.林纾研究资料选编[C].福建省文史研究馆.2008.

[11]钱锺书等.林纾的翻译[M].上海:商务印书馆,1981.

[12]韩洪举.林译小说研究[M].北京:中国社会科学出版社,2005.

[13]孔立.林纾和林译小说[M].北京:中华书局,1962.

[14]司马迁.史记[M].哈尔滨:黑龙江人民出版社,2004.

[15]司马迁.司马迁散文选集[M].天津:百花文艺出版社,2005.

[16]欧阳修.欧阳修散文选集[M].天津:百花文艺出版社,2005.

[17]曾巩.曾巩散文选集[M].天津:百花文艺出版社,2005.

[18]归有光.归有光散文选集[M].天津:百花文艺出版社,2005.

[19]苏辙.苏辙散文选集[M].天津:百花文艺出版社,2005.

[20]韩愈.韩愈散文选集[M].天津:百花文艺出版社,2005.

[21]苏轼.苏轼散文选集[M].天津:百花文艺出版社,2005.

[22]柳宗元.柳宗元散文选集[M]天津:百花文艺出版社,2005.

[23]袁宏道.袁宏道散文选集[M].天津:百花文艺出版社,2005.

[24]李东阳.李东阳集[M].长沙:岳麓书社,1985.

[25]刘师培.刘师培经典文存[M].上海:上海大学出版社,2004.

[26]姚鼐.姚鼐文选[M].周中明选注.苏州:苏州大学出版社,2001.

[27]郭预衡,侯光复编.中国古代十大散文家精品全集[M].大连:大连出版社,1998.

[28]章太炎.章太炎书信集[M].马勇编.石家庄:河北人民出版社,2003.

[29]曾国藩.曾国藩诗文集[M].上海:上海古籍出版社,2005.

[30]王韬.漫游随录[M].长沙:岳麓出版社,1985.

[31]胡适.胡适文存[M].止庵校定.合肥:黄山书社,1996.

[32]周作人.周作人自编文集[M].石家庄:河北教育出版社,2002.

[33]严复.严复学术文化随笔[M].北京:中国青年出版社,1991.

[34]张溥.挚太常集[M].北京:人民文学出版社,1963.

[35]严复.严复集[M].王栻编.北京:中华书局,1986.

[36]隋书·经籍志[M].复旦大学图书馆藏本.

[37]刘熙载.艺概[M].上海:上海古籍出版社,1978.

[38]颜之推.颜氏家训[M].呼和浩特:内蒙古人民文学出版社,2006.

[39]王夫之.姜斋诗话笺注[M]//夕堂永日绪论内编.戴鸿森笺注.北京:

人民文学出版社,1981.

[40]况周颐.蕙风词话[M].北京:中州古籍出版社,2003.

[41]陈廷焯.白雨斋词话[M].北京:人民文学出版社,1983.

[42]刘大櫆.论文偶记[M].北京:人民文学出版社,1998.

[43]徐师曾.文体明辨序说[M].北京:人民文学出版社,1998.

[44]袁枚.随园诗话[M].北京:昆仑出版社,2001.

[45]王国维.人间词话[M].陈鸿祥编著.南京:江苏古籍出版社,2002.

[46]王运熙,顾易生编.清代文论选[M].北京:人民大学出版社,1999.

[47]贾文昭编.桐城派文选论[M].北京:中华书局,2008.

[48]郭绍虞编.中国历代文论选[M].上海:上海古籍出版社,2001.

[49]归青,曹旭.魏晋南北朝卷[M]//中国诗学史.福州:鹭江出版社,2002.

[50]王水照编.历代文话[M].上海:复旦大学出版社,2008.

[51]贾文昭编.中国近代文论类编[M].合肥:黄山书社,1991.

[52]胡经之编.中国古典文艺学丛编[M].北京:北京大学出版社,2001.

[53]钱基博.《古文辞类纂》解题及其读法[M].南京:中山书局,1929.

[54]姚鼐编.古文辞类纂[M].上海:上海古籍出版社,1998.

[55]方东树.昭昧詹言[M].北京:人民文学出版社,2006.

[56]梁启超.清代学术概论[M].上海:上海古籍出版社,2005.

[57]姚永朴.文学研究法[M].上海:商务印书馆,1933.

[58]周振甫.《文心雕龙》今译[M].北京:中华书局,1986.

[59]钱基博.现代中国文学史[M].上海:上海书店出版社,2004.

[60]章士钊.柳文指要[M].上海:文汇出版社,2000.

[61]章学诚.文史通义[M].北京:中华书局,1985.

[62]胡远濬.庄子诠诂[M].合肥:黄山书社,1996.

[63]周振甫.古代文论二十三讲[M].重庆:重庆大学出版社,2010.

[64]周振甫.文学风格例话[M].上海:复旦大学出版社,2005.

[65]陈子展.中国近代文学之变迁,最近三十年中国文学史[M].上海:上海古籍出版社,2000.

[66]闻一多.闻一多诗文选[M].北京:人民文学出版社,1967.

[67]苏雪林.苏雪林散文[M].杭州:浙江文艺出版社,2001.

[68]鲁迅.集外集·集外集拾遗[M].北京:中国文史出版社,2002.

[69]周作人.周作人回忆录[M].长沙:湖南人民出版社,1982.

[70]钱锺书.写在人生的边上,人生边上的边上,石语[M].北京:三联书店,2002.

[71]钱锺书.七缀集[M].上海:上海古籍出版社,1994.

[72]钱穆.现代中国学术论衡[M].长沙:岳麓出版社,1986.

[73]陈泽平.19世纪以来的福州方言——传教士福州土白文献之语言学研究[M].福州:福建人民出版社,2009.

[74]杨义.中国叙事学[M].北京:人民出版社,1997.

[75]吴士余.中国文化与小说思维[M].上海:三联书店,2000.

[76]张寅德.叙述学研究[M].北京:中国社会科学出版社,1989.

[77]邓国光.挚虞研究[M].香港:学衡出版社,1990.

[78]刘声木.桐城派渊源考撰述考[M].合肥:黄山书社,1989.

[79]海德格尔.海德格尔选集[M].孙周兴主编.上海:三联书店,1996.

[80]韦勒克、沃伦著,刘象愚等译.文学理论[M].北京:三联书店,1984.

[81]方孝岳.中国散文批评[M].北京:三联书店,2007.

[82]杨联芬.晚清至五四.中国文学现代性的发生[M].北京:北京大学出版社,2003.

[83]吴家凡.曾国藩点评历史人物[M].北京:海潮出版社,2003.

[84]郭英惠.中国古代文体学论稿[M].北京:北京大学出版社,2005.

[85]刘黎红.五四文化保守主义思潮研究[M].北京:中国社会科学出版社,2006.

[86]朱世英.中国散文学通论[M].合肥:安徽教育出版社,1995.

[87]陈平原.从文人之文到学者之文[M].北京:三联书店,2004.

[88]陈平原.触摸历史与进入五四[M].北京:北京大学出版社,2010.

[89]陈平原.北大精神及其它[M].上海:上海文艺出版社,2000.

[90]陈平原.文学史的形成与建构[M].南宁:广西教育出版社,1999.

[91]陈来.传统与现代——人文主义的视界[M].北京:北京大学出版社,2006.

[92]郭预衡.中国散文史[M].上海:上海古籍出版社,2000.

[93]杨国荣.现代化过程中的人文向度[M].上海:上海古籍出版社,2006.

[94]刘再华.近代经学与文学[M].北京:东方出版社,2004.

[95]夏晓虹.文学语言与文章体式——从晚清到五四[M].合肥:安徽教育出版社,2006.

[96]夏晓虹.诗骚传统与文学改良[M].杭州:浙江文艺出版社,1998.

[97]夏晓虹.晚清社会与文化[M].武汉:湖北教育出版社,2001.

[98]何晓明.返本与开新——近代中国保守主义新论[M].北京:商务印书馆,2006.

[99]郭延礼.中国文学精神·近代卷[M].济南:山东教育出版社,2003.

[100]袁进.中国文学的近代变革[M].南宁:广西师范大学出版社,2006.

[101]袁进主编.新文学的先驱:欧化白话文在近代的发生、演变和影响[M].上海:复旦大学出版社,2014.

[102]袁进.中国小说的近代变革[M].北京:中国社会科学出版社,1992.

[103]郑大华.晚清思想史[M].长沙:湖南师范大学出版社,2005.

[104]朱东润.中国文学批评史大纲[M].上海:上海古籍出版社,2005.

[105]徐复观.中国文学精神[M].上海:上海世纪出版集团.2006.

[106]王镇远.桐城派[M].上海:上海古籍出版社,1990.

[107]赵建章.桐城派文学思想研究[M].北京:北京图书馆出版社,2003.

[108]郑师渠.晚清国粹派文学思想研究[M].北京:北京师范大学出版社,2000.

[109]周中明.桐城派研究[M].沈阳:辽宁大学出版社,1999.

[110]贾奋然.六朝文体批评研究[M].北京:北京大学出版社,2005.

[111]李珺平.中国古代抒情理论的文化阐释[M].北京:北京大学出版社,2005.

[112]黄霖.中国文学批评通史——近代卷[M].上海:上海古籍出版社,1996.

[113]邬国平,王镇远.中国文学批评通史——清代卷[M].上海:上海古籍出版社,1996.

[114]徐复观.中国艺术精神[M].上海:华东师范大学出版社,2001.

[115]张桂萍.《史记》与中国史学传统[M].重庆:重庆出版社,2005.

[116]庄锡华.文化传统与中国文学理论的现代历程[M].北京:三联书店,2009.

[117]胡经之.文艺美学论[M].武汉:华中师范大学出版社,2000.

[118]徐中玉编.中国近代文学大系·文学理论集[M].上海:上海书店,1994:

[119]谭家健.中国古代散文史稿[M].重庆:重庆出版社,2006.

[120]朱世英,方遒,刘国华.中国散文学通论[M].合肥:安徽教育出版社,1995.

[121]罗志田.权势转移:近代中国的思想、社会与学术[M].武汉:湖北人民出版社,1999.

[122]熊礼汇.明清散文流派论[M].武汉:武汉大学出版社,2003.

[123]彭亚非.中国正统文学观念[M].北京:社会科学文献出版社,2007.

[124]黄霖.近代文学批评史[M].上海:上海古籍出版社,1993.

[125]吴中杰.中国古代审美文化论[M].上海:上海古典出版社,2003.

[126]钱锺书.谈艺录(补订重排本)[M].北京:三联书店,2001.

[127]王德威.想象中国的方法[M].北京:三联书店,1998.

[128]胡经之.中国古典文艺学[M].北京:光明日报出版社,2006.

[129]华东师范大学中文系现代文学教研组函授教学小组编著.中国现代文学史简编[M].1961.

[130]中山大学中文系编.中国现代文学史[M].广州:中山大学出版社,1961.

(三)

[1]邱炜爰.增印《闽中新乐府》序[J].知新报,1899.85.

[2]钱玄同,陈独秀,蔡元培.通信[J].新青年,1917.1(3).

[3]郑振铎.林琴南先生[J].小说月报,1924.15(11).

[4]胡适.林琴南先生的白话诗[J].晨报六周年增刊,1924.12.

[5]沈苏约.小说杂谈[J].新月,1926.2(4).

[6]陈衍.林纾传[J].国学专刊,1927.1(4).

[7]郑振铎.林琴南先生[J].小说月报,1924.15(11).

[8]张俊才.林琴南古文的阴柔美[J].河北师范大学学报,1988(3).

[9]张俊才.林纾古文理论述评[J].江淮论坛,1984(3).

[10]张俊才.试论林纾的改良主义思想[J].河北师范大学学报,1984(4).

[11]张俊才."悠悠百年.自有能辩之者"——重评林纾及五四新旧思潮之争[J].河北师范大学学报,2005(4).

[12]曾宪辉.林译小说的地位与影响[J].福建师范大学学报.1983(4).

[13]曾宪辉.林纾文论浅说[J].福建师范大学学报,1985(3).

[14]曾宪辉.林纾论文的"取法乎上"——畏庐文论撷论[J].福建师范大学学报,1992(2).

[15]钱锺书.林纾的翻译[J].中国翻译,1985(12).

[16]杨联芬.林纾与中国文学现代性的发生[J].中国现代文学研究丛刊,

2002(4).

[17]王枫.五四前后的林纾[J].中国现代文学研究丛刊,2000(1).

[18]胡焕龙.一场"唐吉诃德"式的思想论战－林纾与五四文化阵营思想冲突过程再回顾[J].淮南师范学院学报,2006(2).

[19]马兵.林纾的矛盾—兼谈他与"五四"文学先驱者文学观念的异同[J].东岳论丛,2003(1).

[20]郝岚.林纾的西方观与妇女观[J].东方论坛,2005(3).

[21]韩洪举.林纾的历史地位及其影响[J].濮阳技术学院学报,2005(3).

[22]韩洪举."林译小说"对中国文学语言演变的贡献[J].明清小说研究,2005(4).

[23]韩洪举.《撒克逊劫后英雄略》的文学价值及其影响[J].浙江师范大学学报,2006(5).

[24]蒋英豪.林纾与桐城派、改良派及新文学的关系[J].文史哲,1997(1).

[25]李景光.林纾与新文化运动[J].社会科学辑刊,1983(4).

[26]林薇.论林纾对近代小说理论的贡献[J].中国社会科学,1993(4).

[27]林薇."文生于情,情生于文"——林纾《苍霞精舍后轩记》赏析[J].名作欣赏,1983(4).

[28]谢飘云.林纾与严复散文、译述之比较[J].华南师范大学学报,2002(2).

[29]吴微."小说笔法".林纾古文与"林译小说"的共振与转换[J].明清小说研究,2002(3).

[30]关爱和.五四之后新文学家对桐城派的再认识[J].中州学刊,1998(1).

[31]黄晓红.伏笔、突转和照应在悬念中的运用及其效果[J].理论与创作,2005(2).

[32]张祝祥 刘杰辉.从《巴黎茶花女遗事》看林纾的译笔[J].戏剧文学,2007(3).

[33]郑朝宗.评《林纾研究资料》兼论林纾对世界文学的贡献[J].福建论坛,1984(6).

[34]慈波.《文学研究法》:桐城派文章理论的总结[J].江淮论坛,2007(5).

[35]王济民.林纾与桐城派[J].华中师范大学学报,2007(5).

[36]陈平原."史传"、"诗骚"传统与小说叙事模式的转变[J].文学评论,1988(1).

[37]唐明元.挚虞《文章志》《文章流别志》考辨[J].图书馆理论与实践,2010(2).

[38]何天杰.论桐城派在散文史的地位[J]首都师范大学学报,1997(4).

[39]张胜璋.林纾论古文意境[J].福建论坛,2011(9).

[40]张胜璋.林纾论古文的审美形态[J].福建工程学院学报,2012(5).

[41]张胜璋.林纾论古文的审美欣赏[J].闽江学院学报.2015(4).

[42]陈平原.古文传授的现代命运——教育史上的林纾[J].文学评论,2016(1).

[43]杨新平.林纾《古文辞类纂选本》及其文章学思想[J].安庆师范学院学报,2015(6).

[44]张少成.读林纾之柳宗元《剑门铭》研究[J].文史杂志,2014(1).

[45]张思齐.林纾《左传》文学研究与历史意识[J].大连大学学报,2014(2).

[46]郭丹.林纾的楚辞读本与楚辞批评[J].东南学术,2014(2).

[47]陈安民.试论林纾和嵇文甫的船山史论选评——兼谈时代与史学批评之关系[J].西南大学学报,2015(1).

[48]陈平原.林纾与北大的离合悲欢[J].文艺争鸣,2016(1).

[49]夏晓虹.一场未曾发生的文白论争——林纾一则晚年佚文的发现与释读[J].中山大学学报,2015(1).

[50]赵海峰.文化选择与自身身份的坚守——林纾晚年的坚守与矛盾[J].名作欣赏,2014(24).

[51]游友基.林纾与三坊七巷文化名人的交往[J].闽江学院学报,2011(3).

[52]吕立德.林琴南古文理论研究[D].台北:台湾国文研究所博士论文,1989.

[53]林娟.在中国文学传统与外国文学资源之间——谈林纾的翻译和创作实践[D].福州:福建师范大学,2002.

[54]胡焕龙.林纾"落伍"问题研究[D].合肥:安徽大学,2004.

[55]龚连英.林纾思想文化内涵探析[D].南昌:江西师范大学,2004.

[56]刘素萍.林纾古文研究[D].郑州:郑州大学,2012.

[57]马肖娜.忠恳之诚 抑遏掩蔽——论林纾古文创作[D].开封:河南大学,2013.

[58]安安.林纾《春觉斋论文》古文理论探要[D].呼和浩特:内蒙古师范大

学,2007.

[59]朱丽芳.林纾《文微》探要[D].呼和浩特:内蒙古师范大学,2007.

[60]陈丽静.林纾论欧阳修散文[D].福州:福建师范大学,2011.

[61]孙海艳.林纾《庄子》研究[D].安庆:安庆师范学院,2015.

后　记

　　2005年考博士研究生之前，我住在单位提供的单身宿舍，这里离林纾故居不远。故居挤在民房之中，路口挂着一块"琴南故里"的木牌，不远的地方就是叮当作响的修车铺、冒着油烟的小吃店和卖水果杂物的小摊，门前的大榕树下摆着村民的麻将桌，一天到晚开着流水席。故居显然经过整修，但不知为什么，总是会闻到一股梅雨天才有的潮湿气，几次带朋友去，总是叹息着离去。入学后，姚春树老师建议我以林纾的古文理论作为博士学位论文的方向。或许缘于这份对于林纾的亲切感吧，当时的我没有仔细思量就接下姚老师的任务。后来想起来，真是不知天高地厚，我快成了林纾笔下的那位"魔侠"了。

　　本书的底稿就是我的博士论文，2009年毕业至今已经九年，此次除了补写原来未完成的几节内容，主体并没有做大的修改，倒是写作时间相差近十年，语言风格似乎稍有差别了。我的博士生导师汪文顶教授和姚春树教授希望我在毕业后进一步夯实学业，由林纾的古文论研究扩及至林纾文学理论研究，我也曾有过雄心壮志。但由于种种原因，特别是作为家庭主妇的尴尬处境，使我心有余而力不足。

　　博士论文从最初的选题、定提纲、撰写以及最终定稿无不渗透着汪老师和姚老师的心血。汪老师对我的文稿逐章逐节、逐句逐字地批改，从谋篇布局到遣词造句，从材料引用到行文规范，巨细无遗。看着汪老师为我订正的错别字和引文错误，我真是羞愧难当，他严谨的治学态度使我终身受益。姚老师以七十多岁的高龄为我的论文担忧，尽管我的论文是那么干瘪单薄，他总是不厌其烦地引导我，为我找资料，提意见，甚至修改细节。毕业后，姚老师和师母依然时时关心着我的工作和生活，对我真是恩重如山，这份师生之情将终生铭刻在心。另外，感谢博士毕业论文开题、预答辩和答辩组的所有老师，为我提供宝贵意见；感谢河北师范大学的张俊才老师和福建师大已故的曾宪辉老师，给我鼓励和建议。感谢关注我的同事、同学们，他们帮我找资料，为我校对文稿。感谢单位为我筹备出版经费，刘建萍主任的关注时时拉紧我已经松懈的劲头。遗憾的，文稿还是粗疏和浅陋，我是朽木难雕呀，唯有日后加倍努力了。

最后要感谢我的先生和家人。我考取博士，他们引以为荣也深感忧愁。学习的紧张和焦虑使我常常脱离于大家庭的生活，我的身体状况和即将成为高龄产妇的隐忧时常困扰着他们。毕业后一年，我们如愿得到一个可爱的女儿，长辈们才放下心来。先生是个工科生，自称长期和我一起阅读古籍，文学素养得到极大提高，还常常翻看我购买的书籍并给予好评，我感激他的安慰和支持。

林纾的《论古文白话之相消长》一文中有这么一段话"吾辈已老，不能为正其非；悠悠百年，自有能辨之者"，"悠悠百年"的岁月即将流逝，为林纾正名的希望却还未完全实现。站在这片林纾曾经生活过的土地上，我常常感到自责。这位像堂吉诃德一样执着于信念的老人，赐予我许多人生与命运的启迪。我想，这个论题的写作不会是我研究林纾的终点，我希望有一天，林纾能光耀我们的家乡和文化。

张胜璋

2018 年 3 月 1 日